Der Schaufelmann

NOAH FITZ

DER SCHAUFEL MANN

EIN JOHANNES-HORNOFF-THRILLER

BE
Belle Époque Verlag

Noah Fitz
Postfach 1210
97962 Bad Mergentheim

www.noah-fitz.de
Facebook: *Noah Fitz*
Instagram: *fitznoah*

Alle in diesem Buch geschilderten Handlungen
und Personen sind frei erfunden. Ähnlichkeiten mit lebenden
oder verstorbenen Personen wären zufällig
und nicht beabsichtigt.

Lizenzausgabe des Belle Époque Verlags, Dettenhausen,
mit freundlicher Genehmigung des Autors.

Lektorat: Stefanie Maucher
Korrektorat: Jasmin Kraft
Innenlayout und Schriftsatz: Hans-Jürgen Maurer
Cover: © Traumstoff Buchdesign, *traumstoff.at*
Covermotiv: © Yuliya Tongsai, *shutterstock.com*

Herstellung: Custom Printing, Warszawa, Polen

ISBN: 978-3-96357-088-9

Dezember 2018
Am späten Abend

Wir sind gleich da, sprach Leonie sich Mut zu und versuchte, sich auf die verschneite Straße zu konzentrieren. Die schneebedeckten Äste der Tannen am Straßenrand wiegten sich sanft im Wind und bogen sich unter ihrer Last. Ab und zu rieselte Schnee in feinen Wolken von ihnen herab.

Es hätte idyllisch sein können, wäre Leonie nicht mit ihrer kleinen Tochter allein unterwegs und würden die matschigen Regentropfen sich nicht in Eisklumpen verwandeln, die wie winzige Insekten im Scheinwerferlicht schimmerten. Über den dunklen und feucht glänzenden Asphalt legte sich eine jungfräulich weiße Schicht, in welche der rote Passat zwei Linien pflügte, die sich an manchen Stellen kreuzten. Immer wieder geriet der Wagen ins Schleudern, nicht zuletzt, weil Leonie kaum noch etwas erkennen konnte.

Vergiss nicht, das Wasser der Scheibenwischanlage nachzufüllen, Kurt. Die Anzeige leuchtet schon seit zwei Tagen, und wir haben Winter.

Mache ich, Liebling.

Schon wieder hatte ihr Ehemann etwas versprochen, ohne seine lapidar hingeworfenen Worte auch einzuhalten. Kurt verschob gerne vieles auf später.

Leonie zog wiederholt an dem Hebel und hörte das leise Summen der Pumpe, doch das die Sicht klärende Nass blieb aus. Der kleine Wassertank war nun endgültig leer.

Ausgerechnet jetzt.

Verzweifelt und leider vergeblich versuchte sie, einen letzten Tropfen auf die Scheibe zu bringen, hörte jedoch nicht mehr als ein mechanisches Summen. Die Schlieren auf der Scheibe blieben und nahmen nach jedem Vorbeihuschen der Scheibenwischer schärfere Konturen an.

»Komm schon!«, bettelte sie und versuchte es ein letztes Mal. Ratternd holperten die vereisten Wischer über die Windschutzscheibe. Wenige Tropfen landeten auf der vereisten Glasfläche und wurden zu schmutzigen, sofort gefrierenden Bögen verteilt.

»Jetzt sehe ich noch weniger«, knurrte sie. In Gedanken verfluchte sie ihren Ehemann.

»Mama, wann sind wir endlich da?«

Emma, ihre sechsjährige Tochter, saß auf der Rückbank, wackelte aus Langeweile mit den Beinen und trat gegen die Rückenlehne.

»Hör bitte auf damit, Schätzchen«, presste Leonie hervor, um Fassung bemüht, weil sie wusste, wie kränklich Emma auf Zurechtweisungen reagieren konnte.

Ein Donnergrollen zerriss die Stille. Unweit vor ihnen entlud sich ein heller, gezackter Blitz, der in eine Tanne einschlug.

»Mama, ich möchte nicht mehr auf die besondere Schule gehen«, sagte Emma, ohne von all dem etwas mitbekommen zu haben, und wickelte eine blonde Strähne um ihren kleinen Finger.

»Besondere Kinder gehen nun mal auf eine besondere Schule.«

Wie oft muss ich meinem Kind noch erklären, dass es auf eine Sonderschule gehen muss? Mit der Inklusion hatte es leider Gottes nicht geklappt, weil Emma ein Sturkopf war. Sie hatte sich bei der Aufnahmeprüfung geweigert, ein Pferd zu malen, weil sie Pferde nicht mochte. Stattdessen zeichnete sie einen Hund und biss dann auch noch am Schnuppertag einem Jungen in den Finger, der sie ausgelacht hatte.

»Mama, Janni hat Angst. Sie zittert am ganzen Körper und stinkt.«

Leonie warf einen kurzen Blick über die Schulter. Wirklich kurz, doch lang genug, um abermals fast die Kontrolle über den Wagen zu verlieren.

»Scheiße«, fluchte sie, weil sie den Passat kaum in der Spur halten konnte. Leonie klammerte sich so fest an das Lenkrad, dass die Knöchel ihrer Finger weiß hervortraten. Steine klackerten gegen das Blech, als der Wagen immer weiter von der Fahrbahn abkam. Verzweifelt trat sie das Gaspedal tiefer durch. Der Motor dröhnte. Die Räder drehten durch.

Kalter Schweiß trat ihr auf die Stirn.

Konzentriert starrte sie nach vorne. Endlich fuhr der Wagen auf sicherem Untergrund. Janni, die sechsjährige Schäferhündin, jaulte und winselte, als hätte sie ebenfalls Angst.

»Emma, kannst du sie vielleicht trösten? Aber nicht zu doll. Wir sind gleich da«, sprach Leonie beruhigend auf ihre Tochter und das Tier ein, ohne den Blick von der Straße zu nehmen. »Ich habe alles im Griff«, fügte sie etwas leiser hinzu, diesmal an sich selbst gerichtet. Die Scheibenwischer holperten ein weiteres Mal über die Scheibe, auf der immer mehr weiße Schneekristalle landeten. Der Wind heulte und zerrte an den riesigen Bäumen, die gefährlich schwankten. Eine starke Bö riss den Wagen zur Seite. Leonie unterdrückte einen Schrei und atmete die angestaute Furcht langsam aus.

»Wir sind gleich da«, flüsterte sie und sah in den Rückspiegel.

Wie naiv bist du eigentlich?, fragte eine innere Stimme. *Hast du schon vergessen, wie dein Vater ums Leben gekommen ist? Er wurde zwischen Lenkrad und Vordersitz eingequetscht und ist erfroren, weil er sich nicht aus dem Wrack befreien konnte. Dir droht dasselbe Schicksal; wie der Vater, so die törichte Tochter.*

Leonie schob die unschöne Erinnerung beiseite. *Er war betrunken*, entgegnete sie lautlos. *Er war betrunken und hatte kein Handy dabei. Ich habe eines, bin stocknüchtern und fahre sehr vorsichtig.*

Der Tacho pendelte seit mehreren Minuten zwischen dreißig und vierzig km/h.

Janni winselte. Die Hündin schob ihre dunkle Schnauze durch die Gitterstäbe und leckte sich über die Nase. Ihre dunklen Lefzen schimmerten. Geifer zog sich zu langen Fäden.

Wir hätten den Termin verschieben sollen, überlegte Leonie. *Aber der Hund hatte Schmerzen und der Eingriff hätte nur eine halbe Stunde gedauert, wären da nicht diese Komplikationen aufgetreten …*

Ein leises Klicken unterbrach ihren Gedankengang. »Emma, nicht! Schnall dich sofort wieder an!«

Ihre Tochter hatte sich abgeschnallt und drehte sich zu dem Hund um. Die Kleine schob ihre in eine dicke Jacke eingepackten Ärmchen durch die stabile Barriere und schlang sie um Jannis Hals.

»Warum stinkst du so?«, fragte das Mädchen lächelnd und kletterte vollends aus dem Kindersitz.

»Emma, du sollst dich wieder hinsetzen und dich anschnallen.« Der kalte Schweiß rann Leonie an den Schläfen entlang hinunter in den Nacken. »Emma!«, wiederholte sie mit mehr Nachdruck.

»Wie soll ich Janni beruhigen, wenn ich gar nicht an sie rankomme, weil ich wieder angeschnallt bin?«, widersprach Emma und streifte sich auch noch die Mütze vom Kopf. Ihre dünnen Zöpfchen hingen zu beiden Seiten herunter. Sie kicherte belustigt, während sie versuchte, dem Hund die dicke Wollmütze über die Ohren zu ziehen.

Leonie fuhr jetzt noch langsamer. Die Vorderräder griffen nicht richtig und drehten immer wieder durch, weil es hier ein Stück bergauf ging. Der Passat quälte sich den Hang hinauf.

Plötzlich blinzelte sie heftig. Ihre Hände verkrampften sich. Trotz der eingeschalteten Heizung und der dicken Handschuhe wurden ihre Finger kalt und taub. Es war ein kurzes Aufleuchten, das diese Reaktionen verursachte. Ein Fetzen aus ihrer kindlichen Erinnerung. Ein Flashback. Ihr Verstand projizierte das verzerrte Gesicht ihres toten Vaters auf die Windschutzscheibe und jagte ihr einen mächtigen Schrecken ein. Sie schluckte die Erinnerung herunter wie etwas, das bitter auf der Zunge lag.

»Hey, Janni, warum schleckst du mich ab? Ich bin doch kein Lutscher.« Emma lachte wieder und presste den Hund fest gegen die Stäbe.

Leonie folgte einer langgezogenen Kurve. Hier ging es wieder bergab. Der Wagen beschleunigte, und sie traute sich nicht, auf die Bremse zu treten. Noch blieb sie auf der Straße und hielt sich mittig auf der Fahrbahn. Die unterbrochene Linie verschwand unter dem weißen Teppich. Ein hysterischer Fluchtdrang trieb ihr immer mehr Schweißtropfen auf die Stirn.

»Janni, du tust mir weh.«

Der Hund gab ein warnendes, tiefes Knurren von sich. Sekunden später stieß Emma einen gellenden Schrei aus und prallte mit dem Rücken gegen die Lehne.

Leonie zuckte erschrocken zusammen und riss am Lenkrad. Der Wagen drehte sich einmal um die eigene Achse.

»Sie hat mich gebissen!«, heulte Emma auf dem Rücksitz.

Nun nahm Leonie alles um sich herum nur noch sehr verschwommen wahr. Alles drehte sich. Ihr Herz schien nicht mehr zu schlagen und ein kalter Klumpen steckte plötzlich in ihrem Hals. Vergeblich versuchte sie, nach Luft zu schnappen. Ihre Kehle war blockiert.

Du musst dich entspannen. Nur keine Panik. DU lebst noch und deine Tochter auch.

Pfeifend füllte sich ihre Lunge mit warmer Luft. Der Passat drehte sich nicht mehr, stand quer auf der Fahrbahn. Emma krabbelte zwischen den Rückenlehnen hindurch auf den Beifahrersitz.

»Schau!« Sie zeigte Leonie ihre rechte Hand. Ein kleiner Kratzer war zu erkennen.

»Du hättest sie nicht so doll …«

»Das habe ich gar nicht«, ereiferte Emma sich trotzig, ohne ihre Mutter überhaupt ausreden zu lassen. Wie so oft, sah sie sich ganz automatisch im Recht. Mit aufgeblähten Wangen kletterte sie zurück auf ihren Sitz, weil sie nicht, wie erhofft, den erwarteten Zuspruch bekommen hatte.

Leonie inspizierte ihr Handy. Nur für Notrufe. »Na prima«, schnaubte sie, trat aufs Gaspedal und brachte den Wagen wieder zum Rollen. Nach mehreren vorsichtigen Anläufen schaffte sie es, ihn in die gewünschte Richtung zu steuern.

Janni knurrte abermals drohend. Und plötzlich fing der Hund an, sich gegen das Gitter zu werfen.

»Was ist los, Emma? Lass Janni gefälligst in Ruhe und setz dich ordentlich hin!« Angst schwang in Leonies Stimme mit. Zum ersten Mal, seit sie die Hündin hatten, fragte sie sich, ob es ein Fehler gewesen war, sie zu behalten. Eines Tages hatte Kurt dieses arme Tier an einer Raststätte gefunden, angebunden und verlassen in der sengenden Sonne, und es mit nach Hause genommen. Nach mehrwöchiger Recherche, die erfolglos blieb, hatte die Familie Wegener sich dann einträchtig dafür entschieden, die arme, verhärmte Hündin zu behalten. Weil sich kein Herrchen gemeldet hatte, durfte Janni bleiben.

Knurrend fing diese jetzt auch noch an, an den Gitterstäben zu kauen, so als wolle sie sich befreien. Mit gefletschten Zähnen verbiss sie sich regelrecht an einer der Stangen und zog mit aller Kraft daran. War das vielleicht der Grund, warum sie ausgesetzt wurde? War Janni unberechenbar?

»Mama, sie macht mir Angst!«, jammerte Emma, während es irgendwo in der Ferne laut knallte. Es war kein Donnergrollen, sondern klang wie ein Schuss aus einem Jagdgewehr. Janni drehte völlig durch.

Für einen winzigen Augenblick wurde Leonie abgelenkt und der Passat kam von der Straße ab. Panisch trat sie auf die Bremse, streifte sie jedoch nur mit der Schuhspitze und rutschte vollends ab. Der Motor heulte auf, als sie das Gaspedal erwischte und bis zum Anschlag durchdrückte. Entsetzt – wie durch einen Zeitraffer –, sah Leonie, dass ein Baum auf sie zukam. Die gelben Lichtkegel streiften seine raue Rinde und verloren sich irgendwo im Wald, während sie sich wie paralysiert am Lenkrad festklammerte. Zu keiner Regung fähig, hielt sie die Luft an und schloss die Augen. Sie sah nicht, wie der Wagen mit einem gewaltigen Krachen gegen die Tanne krachte und das Holz barst. Die rote Motorhaube wurde nach oben gedrückt. Das Blech warf Falten, so als wäre es aus Papier. Die Windschutzscheibe zersplitterte, als Leonies Kopf dagegen prallte.

Für einen Moment verlor sie die Besinnung.

»Mami!« Emmas Schrei holte sie aus der Schwärze. Im Wageninneren stank es beißend nach Rauch und heißem Motoröl.

»Es ist nichts passiert«, stammelte Leonie, ohne recht zu realisieren, was gerade geschehen war. Furcht ließ ihr blasses Gesicht zu einer weißen Maske gefrieren. Ihr Brustkorb schmerzte und sie spürte ein leichtes Stechen, dicht unter dem Herzen, sobald sie einen tiefen Atemzug tat. Instinktiv bemühte Leonie sich, die klirrend kalte Luft nur in winzigen Mengen einzuatmen. Das half. Ihr linkes Bein pochte, das andere tat höllisch weh.

Benommen blickte sie in die Dunkelheit.

Sie schnallte sich ab.

Der Sitz drückte ihren Oberkörper fest gegen das Lenkrad und ließ sich nicht wegschieben, egal wie heftig sie an dem Hebel zog. Oder war das gar kein Hebel, sondern ein Kabelstrang? Für Überlegungen hatte Leonie keine Zeit und ihr Hirn funktionierte ohnehin nur im Sparmodus.

Der Airbag hing schlaff nach unten.

Leonie zerrte am Türgriff.

Der Stich in der Schulter fuhr ihr bis ins Mark.

Sie stöhnte.

»Wie geht es dir, mein Schatz?«, presste sie durch die zusammengebissenen Zähne, um ein Lächeln bemüht.

Emma wimmerte.

Irgendwie konnte Leonie sich doch noch aus dem Auto befreien. Ihre Füße versanken in Schneematsch, der nach Benzin stank.

Der linke Scheinwerfer erhellte die Gegend. Leonie konnte sich einigermaßen zurechtfinden. Sie taumelte nach hinten zu ihrer Tochter. Schwer atmend, auf immer wieder wegknickenden Beinen, schleifte sie mit der Schulter am Wagen entlang. Das Leben kehrte nur allmählich in ihren Körper zurück. Der Schlamm unter ihren Füßen schmatzte bei jedem Schritt und kroch in die Schuhe hinein, die alles andere als passend für das Wetter waren. Sie drückte sich von dem kalten Blech weg, blickte durch die beschlagene Scheibe und sah Emma, die weinte und ihr die kleinen Händchen entgegenstreckte. Leonie umklammerte den Griff der hinteren Tür und zog daran. Zu ihrem Erstaunen ließ sie sich mühelos öffnen.

»Mama, was ist passiert?«

»Ich habe nicht aufgepasst, das ist passiert. Tut dir was weh, Kleines?«

»Mein Hals. Ich glaube, ich bin krank.«

Leonie rang sich ein Lächeln ab und füllte ihre Lunge mit kalter Luft. Das scharfe Stechen blieb dieses Mal aus. Ihre kleine Tochter hatte den Aufprall überlebt, allein das zählte. Auch Janni schien nicht sonderlich schwer verletzt worden zu sein. Der Hund hechelte die Heckscheibe an, die durch den warmen Atem des Tieres beschlug. Trotzdem spürte Leonie, wie nackte Panik sie in Wellen überfiel. Rauch und Dampf stiegen unter der zerquetschten Motorhaube hervor. Etwas zischte, so als würde Wasser auf eine heiße Kochplatte träufeln und zischend verdampfen.

»Komm, Schatz, ich helfe dir.« Sie hauchte sich etwas Wärme in die Hände und machte sich daran, ihre Tochter aus dem Sitz zu befreien.

»Mama, ich muss spucken«, krächzte Emma, ein Würgen unterdrückend.

Leonie trat schnell zur Seite. Ein warmer gelber Schwall landete vor ihren Füßen und ließ den schmutzigen Schnee schmelzen.

»Es tut mir leid«, bat das Kind wimmernd um Verzeihung. »Ich hätte nicht so viel Pommes essen dürfen.« Emma streckte die Ärmchen aus. »Mama, ich stecke fest«, winselte das Kind. Sie war aschfahl geworden, die ängstlich dreinblickenden Augen waren dunkel umrandet.

»Das macht nichts«, sprach Leonie beschwichtigend auf ihre Tochter ein und versuchte die schlimme Lage, in die sie sich manövriert hatte, mit einem Lächeln zu kaschieren.

Nach einigen Versuchen musste sie feststellen, dass ihre Tochter in dem Sitz eingeklemmt war.

Leonie unterdrückte die Tränen und rang sich erneut ein Lächeln ab.

Sie kramte in der Tasche ihres Mantels und ertastete das Handy. Zuerst wählte sie die Nummer ihres Mannes, dann die des Notrufs. Beide Male konnte die Verbindung nicht hergestellt werden. *Wie komme ich hier weg? Hoffentlich fängt der blöde Wagen nicht an zu brennen,* überlegte sie, um Fassung ringend. Und sie lächelte weiter, obwohl ihr nach Heulen zumute war.

Verzweifelt drückte sie mit letzter Kraft gegen die Rückenlehne und zog am Sicherheitsgurt.

»Mama, lass das! Du tust mir weh.«

»Tut mir leid, mein Schatz. Papa kommt gleich und holt uns ab«, log sie und streifte ihre Tochter die Strähnen von der Stirn.

Emma schien sich der Gefahr nicht wirklich bewusst zu sein. Leonie beneidete ihre Tochter für die kindliche Naivität. Oder verlor sie das Bewusstsein?

Erneut stieg ein Gefühl der bodenlosen Panik in ihr auf.

»Schätzchen du darfst jetzt nicht schlapp machen, hörst du mich? Emma?«, stammelte sie.

»Hör mal, Mama, kommt da jemand? Ist es Papa?« Emmas Worte wurden zu einem leisen Fiepen. Ihr Kopf baumelte vor und zurück, weil ihre Kräfte zunehmend schwanden. »Ich bin irgendwie müde«, nuschelte sie schläfrig, während das Geräusch eines Motors immer lauter wurde.

»Warte kurz hier, mein Schatz. Ich werde nur schnell auf die Straße laufen und das Auto anhalten.« Leonie musste sich zusammenreißen. Sie strich ihrer Tochter erneut über die feuchte Stirn, legte Emma ihren Schal um den Hals und warf einen kurzen Blick zur Motorhaube. *Kein Feuer, nur Dampf,* beruhigte sie sich. »Zuhause werde ich dir Kakao kochen, okay?«

Sie kletterte die Böschung hinauf. Trockenes Gestrüpp hinderte sie daran, diese kleine Erhebung zu erklimmen. Sie stolperte und schlitterte, packte dornige Äste und zog sich daran hoch. Die letzten Zentimeter kroch sie auf allen vieren. Sie ignorierte den Schmerz im rechten Knie und scherte sich nicht um ihre teuren Handschuhe, die ihr Kurt zum achtunddreißigsten Geburtstag geschenkt hatte. Alles, was zählte, war Emma. Schreiend und mit fuchtelnden Händen stellte sie sich mitten auf die Straße und brüllte dem herannahenden Fahrzeug aus voller Kehle entgegen: »HALT!«

Alles wird gut, sprach sie sich Mut zu. An diese einzig zulässige Vorstellung klammerte sie sich verbissen, während sie alles andere ausblendete.

»HALT!«, schrie sie noch lauter. Eigentlich krächzte sie nur noch, weil ihre Stimme von Tränen erstickt wurde.

»Mama, ich habe mich befreit!«

Bildete sie sich das nur ein, oder hörte sie wirklich ihre Tochter, die auf sie zukam? Leonie vernahm das leise Knacken von trockenen Zweigen und Emmas keuchenden Atem. Das grelle Weiß der Scheinwerfer blendete sie. Sie verengte die Augen zu Schlitzen. Der Wagen kam näher, ohne langsamer zu werden.

»Ich muss wieder spucken«, keuchte Emma würgend.

Janni bellte unermüdlich.

»Emma, bleib von der Straße weg«, warnte Leonie ihre Tochter, bevor das grelle Weiß sie komplett verschlang und ihr die Sicht raubte.

***

»Das war ein guter Schuss. Ein sehr guter Schuss.«

Beide Männer lachten zufrieden und sahen nach hinten auf die Ladefläche des Pick-ups. Dort, unter der Plane, lag ein totes Reh.

»Pass auf, da ist jemand …«, rief der Beifahrer und riss hektisch am Lenkrad.

Ein metallisches Poltern folgte unmittelbar darauf.

»Was war das?«

»Keine Ahnung.«

Der Wagen machte einen Schlenker, weil der Fahrer einen schnellen Blick nach hinten warf und dabei zu stark am Lenkrad zog. Die Räder holperten über den unbefestigten Straßenrand.

»Pass auf!«, schrie der Beifahrer erneut. »Verfluchte Scheiße!« Sein Gesicht wurde aschfahl.

»Was ist?« Der Mann am Steuer begriff nicht sofort, was geschehen war. Sein Verstand wollte das Geschehene als Hirngespinst abtun. »Habe ich ein Reh erwischt?« Er bettelte beinahe darum.

»Ich glaube …«, stockte der Beifahrer, »… ich glaube wir haben eine Frau überfahren.« Den Blick starr auf die Straße gerichtet, wagte er nicht, sich zu bewegen. »Du musst anhalten, du Idiot, wir können sie nicht einfach liegen lassen!«

Der Fahrer reagierte nicht.

»Halt an!«, schrie der abermals und blickte in den Seitenspiegel, während der Pick-up ins Schleudern geriet, zwei schwarze Bremsspuren hinter sich herziehend.

»Du meinst, wir haben sie erwischt?« Als der Wagen endlich zum Stillstand kam, schaltete der Fahrer die Warnblinkanlage ein und spähte mit zusammengekniffenen Augen in den Rückspiegel.

»Nicht wir, sondern du«, knurrte der andere und stieg als Erster aus dem Wagen. »Mach das verdammte Blinklicht aus!«

Das monotone Klackern des Relais und das rhythmische Flackern der Lichter hörte auf. Mit flattrigem Magen hielt sich der Fahrer am Lenkrad fest und verweilte noch einen Augenblick im Wagen. Den Hinterkopf gegen die Stütze gepresst, wünschte er sich, dass die Tote auf der Straße nur ein Reh oder ein anderes Tier wäre. Allen Mut sammelnd, riss er die Tür auf und ging auf den Körper zu, den sein Sozius bereits erreicht hatte. Der kalte Wind zerrte an seinen Klamotten und peitschte ihm ins Gesicht. Mit einem eisigen Klumpen im Bauch ging er neben seinem Freund in die Hocke und betrachtete das blutüberströmte Gesicht der Frau. Der andere drückte ihr zwei Finger gegen den Hals. Der Fahrer berührte das Gesicht der Frau. Etwas erwachte beim Anblick der Toten in ihm. Etwas, das er bisher nur bei der Jagd gespürt hatte. Dieses Etwas fühlte sich nun intensiver an und verlangte nach mehr. Er senkte sein Gesicht und spitzte die Lippen zu einem Kuss, wollte unbedingt das Blut schmecken.

»Was machst du da?«

»Ich will sehen, ob sie noch lebt«, antwortete er und warf seinem Gegenüber einen vernichtenden Blick zu. »Ich will wissen, ob sie noch atmet.« Nur mit viel Mühe konnte er das Verlangen in sich unterdrücken, der augenscheinlich todbringend Verletzten das Blut von den Lippen zu lecken. Er zog den rechten Handschuh aus und betastete den schmalen Hals der Frau. Ihre Haut war warm und samtig weich. Seine Finger wanderten tiefer. Er stieß auf etwas Scharfes, auf einen Knochen, vermutete er, und erzitterte bei der Vorstellung.

»Wärst du nicht so schnell unterwegs gewesen, hättest du genügend Zeit zum Reagieren gehabt.«

»Hättest du nicht getrunken, müsste ich nicht fahren.« Die anfängliche gute Stimmung war endgültig dahin – pures Entsetzen und Hilflosigkeit machten sich breit.

»Und jetzt hinterlässt du auch noch Fingerabdrücke auf einer Toten.«

»Was schlägst du vor?« Der Mann, der den Wagen gelenkt hatte, richtete sich zu voller Größe auf und stand nun breitbeinig vor dem anderen.

»Keine Ahnung. Liegen lassen können wir sie auf keinen Fall.«

»Wir sollten uns ihrer entledigen«, sagte der Fahrer knapp, ohne Spur von Reue. Sein kantiges Gesicht spiegelte die Gefühle wider, die in seinem Inneren tobten. Er atmete heftig und schob sich die dicke Mütze tief in die Stirn, was ihn wirken ließ wie einen Mafioso, der zu später Stunde ein Opfer entsorgte.

»Wie stellst du dir das vor? Es war ein Unfall. Wir rufen die Bullen.«

»Ach ja? Wenn wir das tun, werde ich nie wieder Auto fahren dürfen. Und du?«

»Ich kann ja behaupten …« Der Mann wurde von einem Geräusch unterbrochen. »Was war das?«

Sie drehten sich im Kreis.

»Keine Ahnung. Eine Eule.«

Beide Männer hielten inne.

»Ein Hund. Da steht ein Wagen, in dem ein Hund ist.« Der Fahrer kratzte sich am Kinn, deutete mit einer knappen Handbewegung in die entsprechende Richtung und lief auf einen roten Wagen zu, der unheilvoll qualmte.

»Ich könnte schwören, ich höre ein Kind nach seiner Mutter rufen«, sagte sein Kumpel, der Mühe hatte, mit ihm Schritt zu halten.

»Du hättest weniger saufen sollen. Hol eine Taschenlampe!«

Der kleinere Mann rannte zurück zum Wagen und kam kurz darauf zurück. Der Lichtstrahl in seiner Hand kroch auf den zerbeulten Passat zu und wurde von dessen zerbrochener Scheibe reflektiert. Gemeinsam bewegten sie sich auf das Autowrack zu, dessen Front wie ein abstraktes Origami gefaltet war.

»Sei still.« Der Mann mit der Taschenlampe hob die Hand, blieb stehen und lauschte.

»Das ist nur ein blöder Köter.«

Der Fahrer watschelte zurück zum Pick-up und kam mit einem Gewehr zurück, während sein Freund bereits versuchte, die klemmende Heckklappe des Fahrzeugs zu öffnen.

»Willst du das Tier auch noch umlegen?«

»Was für eine blöde Frage. Wenn wir die Frau wegschaffen, müssen wir auch den Wagen irgendwie loswerden. Und ich möchte nicht, dass uns die Töle dabei in die Quere kommt. Wir versenken die Karre am besten im See. Mach den Kofferraum auf!« Er schulterte das Gewehr ab. Seine Kiefermuskeln zuckten.

Der Hund saß hinter der Hecklappe, bellte und warf sich gegen das Glas. Geifer flog aus seinem Maul und besprenkelte die beschlagene Scheibe.

»Jetzt!«

»Das dürfen wir nicht.«

»Das ist doch nur ein blöder Köter. Mach schon!« Er nahm den Hund aufs Korn.

Der helle Schein der Taschenlampe war gegen den Boden gerichtet. Der Beifahrer lupfte den Hut und zögerte, weil er nicht wusste, was er tun sollte.

»Mach endlich die Scheißklappe auf, bevor noch jemand kommt. Schnell!« Der Lauf des Gewehrs folgte dem Hund.

»Nein. Wir werden das Vieh nicht erschießen«, sagte der Mann entschieden, nahm eine Schaufel aus dem Kofferraum und stapfte damit zur gegenüberliegenden Straßenseite.

»Was hast du jetzt vor?«, wunderte sich der Fahrer, warf sich die Flinte über die Schulter und folgte ihm zurück zu dem verunfallten Wagen.

»Ich werde den Hund totschlagen. Darin habe ich Übung.«

»Echt jetzt?«

»Klar. Wenn du ihn totschießen willst, musst du genau zwischen die Augen zielen. Und wenn er dich oder mich zwischen die Zähne bekommt? Was willst du später dem Arzt erzählen? Dass du von einem Reh gerissen wurdest? Was, wenn der Köter tollwütig ist oder sonst was hat? Schau ihn dir doch an. So viel Schaum habe ich mein Lebtag nicht gesehen; als hätte er eine Flasche mit Shampoo ausgesoffen. Jetzt schau nicht so blöd aus der Wäsche. Lass das Vieh raus!«

Der große Mann scharrte mit den Füßen und sorgte für

einen sicheren Stand, bevor er tief Luft holte und die Hecktür aufriss. Der Hund fletschte die Zähne und schnappte nach seinem Mantel. Dann, mit einem großen Satz, sprang er aus dem Wagen.

»Mach ihn tot, schnell!«

Der schlaksige Typ taumelte mit weit aufgerissenen Augen rückwärts Richtung Wald. Seine Stiefel versanken immer tiefer im Schnee und Gestrüpp. Der Hund machte sich sprungbereit. Sein Hinterteil ging nach unten, im nächsten Moment würde er angreifen.

Geräuschlos sauste das Schaufelblatt durch die Luft. Das neuwertige Teil kam in hohem Bogen auf den Kopf des Hundes zu und traf ihn mit der Kante. Ein kurzes Winseln folgte. Das Metall fuhr tief ins Fleisch. Der Knochen splitterte.

»Jetzt schau, was du hier für eine Sauerei angerichtet hast. Du hast dem Vieh den halben Kopf abgetrennt.«

»Halts Maul! Diesen Scheiß haben wir dir zu verdanken.« Der Mann mit der Schaufel verzog angeekelt den Mund und trat nach dem toten Hund. »Er ist verreckt, das ist die Hauptsache«, murmelte er, wischte sich mit dem Ärmel seiner Jacke ein paar feine Blutstropfen von der Stirn und zog die Schaufel aus dem Schädel. »Komm, räumen wir die Scheiße hier auf. Wir sollten uns beeilen, nach Hause zu kommen. Nicht, dass sich noch jemand Sorgen um uns macht und die Polizei ruft.«

* * *

Emma lag auf dem Boden. Sie hatte wieder gespuckt. Die Kotze brannte in ihrem Hals wie Essig. Sie wusste, wie Essig schmeckte, weil sie mal Wasser aus dem Teekessel getrunken hatte, nachdem Mama ihn entkaltet oder erkalktet hatte. Dazu machte sie Essig ins Wasser und ließ es ganz heiß werden. Am erkalteten Rest hatte Emma genippt und sofort den nesselnden Schmerz gespürt, den die Säure auf ihren Schleimhäuten verursachte. Genauso brannte jetzt ihre Kehle.

Emma blinzelte. Etwas stimmte nicht. Sie lag im Schnee, aber warum? Mama war gegen einen Baum gefahren, das wusste sie noch. Danach war ihr speiübel geworden und Mama stand neben ihr, als sie das Essen nicht mehr im Bauch halten konnte. Auch daran, dass sie im Sitz eingeklemmt war und an das Kribbeln in ihren Beinen und in der Brust konnte sie sich noch erinnern. Aber was war dann passiert? Und wo war Janni? Emma stemmte sich hoch und saß nun aufrecht im matschigen Schnee. Ihre Handschuhe waren nass und kalt.

»Mama?« Emma schluckte. *Meine Stimme ist weg*, stellte sie fest und zog ihre Füße an, weil sich erneut alles drehte. Selbst die großen Bäume begannen, um sie zu kreisen. Angestrengt starrte Emma in die Dunkelheit. Der helle Stahl einer Taschenlampe oder die Lichter eins vorbeifahrenden Autos erhellten einen Baum, der keine Krone hatte. Sein Stamm war zersplittert, als wäre er von einem Blitz getroffen worden. Er schien stillzustehen, während die anderen Bäume sich weiterhin drehten.

Emma würgte und hustete.

»Das blöde Vieh lebt noch!«, schrie plötzlich jemand mit schriller Stimme. Emma schrak zusammen. »Hau drauf, sonst bekommst du noch Tollwut!«, brüllte dieser Jemand kurz darauf.

»Ich habe ihn!«, schrie eine zweiter Mann, dessen Stimme tiefer und weniger schrill klang.

Wie ein Bär, überlegte Emma und rappelte sich hoch auf die Beine. Dabei hatte sie noch nie von einem sprechenden Bären gehört, sah man mal von Paddington oder Winnie Puuh ab. Sie hatte zwar schon welche im Zoo gesehen, aber die sprachen nie mit ihr. Sie knurrten nicht mal. Und Paddington und Winnie waren zwar Bären, die sprechen konnten, aber sie waren nicht echt, sondern nur *Animationsfiguren.*

Komisch, dass du dir so schwierige Worte merken kannst, aber nicht weißt, wie man Autobahn oder Toilette schreibt. Es war Edwins Stimme, die nun in ihrem Kopf zu ihr sprach. Edwin war früher mit ihr in einer Klasse gewesen. Er war kein besonderes Kind, sondern ein ganz gewöhnlicher Taugenichts. Das hatte Mama ihr auf dem Nachhauseweg verraten, weil Emma ganz doll weinte. Edwin hatte an dem Tag ganz viele gemeine Sachen zu ihr gesagt. *»Du bist blöd und ein Dummkopf«*, war eines davon und ein- und dasselbe, was Emma sehr wohl wusste.

Emma zuckte erneut zusammen. Das kaputte Auto, das Mama gegen den Baum gefahren hatte, bewegte sich wieder. Sie hörte, wie das Blech quietschte. Dann wurde sie von einem hellen Lichtstrahl, der ihr Gesicht traf, geblendet. Emma hielt sich die Hand vor Augen.

»Da ist ein Kind«, sagte der Mann mit der hohen Stimme, die nun nicht mehr so schrill klang. Zwischen den Fingern hindurchspähend, konnte Emma einen Schatten erahnen. Er kam auf sie zu. Es war ein Mann, der eine Schaufel in der Hand hatte. Sie kniff angstvoll die Augen zu.

Etwas streifte ihre Wange.

»Hör sofort auf. Sie hat nichts gesehen«, schrie der zweite Mann. Dann schickte er ein paar sehr böse und unanständige Worte hinterher, von denen Emma wusste, dass sie nur von blöden Jungen verwendet wurden, die in der Schule nichts gelernt hatten.

»Hallo, Kleines?«, hörte sie ihn kurz darauf wieder, nun freundlich und sanft klingend. Vorsichtig ließ sie die Hände sinken und schlug die Augen auf. Der zweite Mann, der keine Schaufel hatte, beugte sich zu ihr. Sein Gesicht war nicht zu sehen, denn er hatte sich ein Tuch vor Mund und Nase gebunden, als wäre er ein Cowboy, der sich vor dem Staub der Prärie schützen musste. »Ist alles in Ordnung mit dir?«

Emma schwieg. Sie durfte mit fremden Menschen nicht reden. Trotzdem gab es eine Frage, die sie unbedingt stellen musste: »Wo ist meine Mama?« Schon wieder spürte sie, wie ihr die Galle hochstieg.

»Sie hat dich aus dem Auto geworfen. Kannst du dich nicht mehr daran erinnern?«

Emma schüttelte nur den Kopf und würgte. Ihre Knie wurden weich. Die Erde schien sich aufzutun, und sie glaubte, in ein Loch zu fallen. Das war ihr schon oft passiert und dieses Gefühl war immer schrecklich für sie gewesen. Es hatte erst nachgelassen, als sie die roten Tabletten verschrieben bekam, die nach Himbeeren schmeckten.

Zwei Hände packten ihre Schultern.

»*Lass mich los!*«, wollte sie sagen, traute sich jedoch nicht.

»Wir müssen sie wegschaffen. Mach sie tot!«, sagte der Schaufelmann zu dem Cowboy.

»Das geht nicht«, antwortete der und hob sie in die Luft. Sie hatte Angst. Ihr linker Schuh verabschiedete sich, hing noch kurz an ihrem großen Zeh und fiel dann zu Boden. Sie spürte sofort die Kälte, die durch ihren Fuß in ihr Bein kroch. Der Duft des Mannes stieg ihr in die Nase. Der Cowboy roch nach Zigaretten wie Onkel Michael, Papas bester Freund.

»Wir machen sie tot«, knurrte der Schaufelmann. Emma sah einen Schatten, der auf sie zuflog, und spürte einen kühlen Luftzug.

»Bist du bescheuert!«, schrie der andere, während er sich samt Emma hastig wegdrehte. Trotzdem traf etwas Hartes ihre Wange. Emma spürte einen scharfen Schmerz und ihr Kopf flog zur Seite. Darauf folgte ein leises Summen, dann fühlte Emma nichts mehr.

Egal wie sie sich anstrengte, sah sie keine Schatten mehr,

die sich miteinander stritten. Die Männer waren nicht mehr da. Dann setzten die Stimmen ein.

Wir fürchten uns vor der Dunkelheit. Wir haben Angst vor dem Alleinsein, weil wir uns nicht sicher sein können, ob wir in der Finsternis wirklich allein sind, raunten sie im Chor.

So was hatte mal ihr Opa zu ihr gesagt, als sie nicht einschlafen konnte. Sie hatte geglaubt, jemand läge in ihrem Bett und würde ihren Rücken und den Bauch streicheln.

Das bildest du dir ein, Kleines, weil du dich nach Nähe sehnst. Komm, ich lese dir etwas vor, sagte Opa mit einem Lächeln und legte sich zu ihr ins Bett.

Emma, versteck dich. Emma, du musst ganz leise sein. Wir sind bei dir. Du brauchst keine Angst mehr haben, sprachen sie nun alle durcheinander.

Jemand weinte. Ganz leise.

Emma, du musst dich totstellen, sonst stirbst du, flüsterte ein Junge.

Ich bin Jana, komm mit mir, Emma, ich kenne ein Versteck, dort findet dich niemand.

Ja, zusammen mit den weichen Knien, die mit den roten Pillen verschwanden, waren auch die Stimmen in ihrem Kopf wieder da. Einige kannte sie schon, andere waren neu.

Wo ist meine Mama?, wollte Emma von Jana wissen.

Wir glauben, sie ist tot. Die Stimmen redeten nicht mehr wild durcheinander, trotzdem verstand Emma nicht alles.

Hier bist du sicher.

Wir bauen eine Mauer, hinter der du dich verstecken kannst.

»Du hast ihr den halben Schädel …«, drang eine Stimme von außen zu ihr durch.

Hör nicht auf sie, sagte Jana. *Diese Männer sind böse. Aber Milan wird dich retten.*

Wer ist Milan?, fragte Emma.

Milan ist stark, stärker als wir es jemals sein könnten. Er ist ein Junge und ein bisschen älter als du.

Emma versuchte, die Stimmen in ihrem Kopf zu ignorieren und sich auf die Außenwelt zu konzentrieren, was ihr für einen kurzen Augenblick auch gelang.

»Wir sollten sie schnell begraben«, sagte gerade der Cowboy. »Da kommt jemand!«

»Versteck sie unter der Plane, und dann lass uns schleunigst verschwinden«, entgegnete der Schaufelmann. Er klang verängstigt.

Emma, hör nicht auf sie, drängte Jana sich wieder in den Vordergrund. *Nun komm schon. Alle warten auf dich. Milan wird uns alle beschützen.*

Emma ließ sich ablenken. Sie fror nicht mehr.

Hallo Emma, ich bin Rita. Lass uns spielen!, wurde sie von einer weiteren Bewohnerin ihres Geistes freudig begrüßt, während die Worte der Männer zu einem unverständlichen Säuseln wurden, nicht bedeutender als das Heulen des Windes.

* * *

Mit einem erstickten Schrei im Hals und einem unguten Gefühl schreckte er aus dem Schlaf. Mit müden Gliedern und wild pochendem Herzen drückte er sich in eine aufrechte Position, blinzelte, um seine Sicht zu klären, und holte tief Luft. Bis auf den Fernseher, der stumm gestellt war, brannte kein Licht. Er war tatsächlich auf dem Sofa eingeschlafen, während er auf seine Frau und seine Tochter gewartet hatte. Kurt rieb sich die Augen und stand auf. Mit steifen Gliedern stakste er auf die Flimmerkiste zu und schaltete sie aus.

»Leonie?«, rief er in die Stille. »Emma?« Das Blut toste in seinen Gehörgängen wie ein wilder Wasserfall.

Die beiden müssten längst zurück sein, überlegte er. *Es wird doch nichts passiert sein*? Dieser Gedankengang wurde vom Bedürfnis, etwas zu trinken, abgelöst. Sein Hals war trocken.

»Nein, denen geht's gut«, murmelte er auf dem Weg in die Küche. »Kurt, Kurt, Kurt, du wirst nicht jünger«, fügte er noch hinzu, als ihm auffiel, dass er ein Selbstgespräch führte. Auch wenn er erst Anfang vierzig war, fühlte er sich manchmal alt und angeschlagen. Im Flur angelangt betätigte er gerade den Lichtschalter, als es klingelte. »Haben wohl wieder keinen Schlüssel dabei, die zwei«, stellte er fest, als er zur Haustür ging und sie vergnügt lächelnd aufriss.

»Michael?« Er war Kurts Nachbar und ein guter Freund, doch es war ungewöhnlich, dass er zu später Stunde unangekündigt vorbeischneite. *Es wird doch nichts passiert sein?*, dachte Kurt abermals. Seine Kehle schnürte sich zusammen. Myriaden möglicher Grässlichkeiten surrten wie kleine schwarze und sehr giftige Insekten in seinem Kopf herum.

»Wie siehst du denn aus? Hast du schlecht geträumt?«, fragte Michael, der dicke Handschuhe trug, schniefend dastand, und Kurt von Kopf bis Fuß begutachtete.

»Mein Aussehen ist deinem unangemeldeten Besuch geschuldet. Soll ich dir eventuell eine Uhr schenken?«

»Bist du etwa allein?« Michael stellte sich auf die Zehenspitzen und warf einen hastigen Blick ins Haus.

»Ja. Leonie und Emma sollten aber jeden Moment hier sein. Bei dem Wetter fährt meine Frau eigentlich nie, aber der Hund musste ja unbedingt operiert werden. Das hat wohl etwas länger gedauert.« Prüfend blickte Kurt nach draußen, bevor er einen Schritt zur Seite trat. »Willst du reinkommen?«

»Ähm, eigentlich bin ich auf dem Sprung.« Michael suchte nach Worten. »Ich habe heute etwas …«

»Du hast wieder getrunken, obwohl du im Einsatz bist?«

»Ja.«

»Ist jemand liegengeblieben?«

Michael nickte. »Kannst du vielleicht …?« Er presste die Lippen aufeinander.

»Klar. Ich rufe nur kurz bei Leonie an und gebe ihr Bescheid.«

»Okay. Ich warte im Wagen auf dich. Zieh dich warm an, es schneit wieder.« Michael zog den rechten Handschuh aus, griff in die dicke Jacke und holte eine Zigarettenpackung heraus. Schnell steckte er sich ein Zigarillo zwischen die Lippen.

Kurt verschwand im Haus. Er rieb sich die Hände, die ungewöhnlich kalt waren. Dann suchte er sein Handy und wählte Leonies Nummer. Er lauschte dem Klingeln, doch niemand hob ab. Nach einer Weile sprang die Mailbox an. Kurt legte auf, ohne eine Nachricht zu hinterlassen, weil Leonie diese eh nie abhörte. Seufzend begab er sich zurück in den Flur, schnappte sich seine dicke Daunenjacke und schlüpfte in die gefütterten Winterstiefel.

»Kommst du jetzt endlich?«, drängelte Michael, der in der Tür stand und eine Rauchwolke in die klirrend kalte Luft blies.

»Ja. Aber nur, wenn wir danach die Strecke abfahren, die Leonie für gewöhnlich …«

»Ja, klar. Wenn sie in der Stadt war, liegt es sowieso auf dem Weg. Nun komm aber in die Gänge, sonst bekomme ich noch mehr Stress mit dem Boss. Und vergiss die Handschuhe nicht.« Michael machte einen letzten Zug und warf den Glimmstängel auf den Boden.

»Den hebst du aber auf«, ermahnte Kurt ihn sofort, während er nach seinem Schlüsselbund griff und die Haustür absperrte.

»Du bist schlimmer als meine Frau«, knurrte Michael, hob die Kippe aber auf. Er sah sich um. »Ihr habt hier keinen Aschenbecher.«

Kurt ignorierte den Einwand und ging schnurstracks auf den großen Pick-up zu, der in der Einfahrt stand. Ein Dodge RAM 1500 mit Allradantrieb – Michaels ganzer Stolz. Michael warf Kurt den Schlüssel zu, den er in der Luft auffing.

»Weißt du, was Kathrin mir neulich vorgeworfen hat?«, fragte sein Nachbar beim Einsteigen. Kurt hörte nur mit halbem Ohr zu. Seine Gedanken waren bei seinen Mädels. »Sie hat tatsächlich behauptet, dass ich zu wenig Zeit mit ihr verbringen würde. Sie meinte, sie wäre kein Hündchen, das sich mit einem zugeworfenen Knochen begnügt …«

Kurt warf die Handschuhe auf das Armaturenbrett und einen letzten Blick auf sein Handy, bevor er den Motor startete.

»Ich möchte nicht bemitleidet werden«, äffte Michael Kathrin affektiert nach. »Das bisschen Zeit, das du für mich erübrigst, möchte ich nicht vor der Glotze verbringen, während du an deiner Flasche nuckelst. Ich bin ein Teil deines Lebens und will daran teilhaben.« Er lachte böse auf und klatschte in die Hände. »Du hättest ihr Gesicht sehen müssen, als ich ihr vorgeschlagen habe, mir dabei zu helfen, den Keller auszuräumen. Und jetzt wollte sie auch nicht mitkommen. Es wäre viel zu kalt, hat sie gesagt. Apropos kalt!« Michael beugte sich vor und öffnete das Handschuhfach, entnahm einen glänzenden Flachmann, drehte den Verschluss ab und gönnte sich einen Schluck Schnaps. »Selbstgebrannt ist immer besser als selbstgekauft. Willst du auch einen?«

»Nein, danke. Wo müssen wir überhaupt hin?«

»Wir müssen hier links abbiegen. Und mach nicht so ein besorgtes Gesicht. Leonie ist vermutlich noch beim Tierarzt.«

Kurt setzte den Blinker.

Der innere Widerstreit brachte sein Gemüt in Wallung: War das hier die richtige Entscheidung? Leonie und Emma lagen womöglich irgendwo im Graben und er kutschierte Michael durch die Gegend, damit dieser weitersaufen konnte. Sollte er nicht besser umkehren und die Suche mit seinem Wagen fortsetzen?

»Jetzt zieh nicht so ein Gesicht! Leonie würde dich doch anrufen, wenn sie in Schwierigkeiten steckt, oder?« Michael boxte gegen Kurts Schulter. »Ich kenne sie auch ein wenig. Ihre ständigen Anrufe können manchmal regelrecht nerven.«

Kurt blieb an einer roten Ampel stehen. Er blickte zu Michael, der gerade hinterhersetzte: »Wir waren ja auch mal zwei Jahre zusammen, wie du weißt.« Er hob die Brauen. »War ja auch nichts Ernsthaftes. Wir waren jung und sexgierig. Schließlich hat sie dich mir vorgezogen und ein Kind von dir bekommen. Mir war das nur recht, denn ich war es leid, mich ständig zu fügen und zu allem Ja und Amen zu sagen. Du hast damit scheinbar keine Probleme. Wie sagt man so schön? Für jede Möse gibt es einen passenden Stöpsel.« Michael grinste. Offenbar erwartete er eine humorvolle Antwort auf diese Provokation. Als diese ausblieb, fügte er hinzu: »Ach komm, Kurt, was ist mit dir los? Bist du jetzt eingeschnappt, weil ich unsere frühere Beziehung erwähnt habe? Leonie bedeutet mir wirklich nichts mehr. Ich wollte dich nur etwas von deinen unschönen Gedanken ablenken.« Erneut lachte er auf. »Weißt du noch, damals, als ich dir die Nase blutig geschlagen habe, nachdem ich dich mit Leonie erwischt hatte? Aber du hast es mir ordentlich zurückgegeben.«

»Da wart ihr aber nicht mehr zusammen.«

»Das hat Leonie behauptet. Ich war da anderer Ansicht. Ich dulde nämlich keine Konkurrenz.« Unbewusst fuhr Michael sich mit dem Finger über das Nasenbein. Es war an zwei Stellen gebrochen gewesen. »Du hast mich damals ganz schön vermöbelt.«

Kurt hob die Mundwinkel zu einem Lächeln.

»Hier müssen wir nach rechts und dann sofort nach links.« Michael verdeutlichte die Anweisungen, denen Kurt folgte, mit der linken Hand. Die Straßen waren leer. Sie passierten Häuser, in denen Lichter brannten, doch draußen war kein Mensch zu sehen.

»Jetzt kannst du Gas geben«, verkündete Michael, als sie das Ortsschild passierten. Kurt trat aufs Gas. Das 400 PS starke Monster heulte auf und beschleunigte.

***

Emma öffnete die Augen. Sie lag unter einer Plane und fror.

Wo sind wir?

Ich weiß es nicht?

Emma strengte sich an, die Worte zu verstehen, die verzerrt klangen und nur bruchstückhaft zu ihr durchdrangen.

Warum sind wir hier?

In Zeiten der Not sollten wir zusammenhalten.

Milan? Emma hörte in sich hinein.

Milan redet ungern. Er spricht nur mit Menschen, die dich verletzen wollen. Diese Stimme gehörte Jana.

Emma konzentrierte sich nun auf die Geräusche und Sinneseindrücke, die nicht aus ihrem Kopf stammten. Die Folie, unter der sie lag, raschelte. Ihr Rücken tat weh. Sie fror. *Wo bin ich überhaupt?* Emma erinnerte sich nicht. Sie wusste nur, dass der eisige Wind sie vom Wagen gezerrt hat, samt dieser schweren Folie.

Sie roch das Blut. »Nein!«, schrie Emma und fuchtelte mit den Armen. »Nein!« Entsetzt starrte sie in die toten Augen des Rehs.

***

»Was ist?« Michael sah Kurt verdutzt an. »Wieso hältst du hier an?«

»Ich habe etwas am Straßenrand gesehen.« Kurt zeigte mit dem Finger durch das geöffnete Seitenfenster. »Vielleicht wurde auch bloß ein Tier angefahren.«

»Du hörst Gespenster. Aber das trifft sich gut. Ich muss

nämlich pissen«, sagte Michael in saloppem Ton und kletterte aus dem Wagen.

»Wir können auch weiterfahren!«, rief Kurt ihm nach, weil er sich nicht mehr sicher war.

»Ich muss aber pissen.«

Kurt versuchte vergeblich, seinen Unwillen zu unterdrücken. Mit einem tiefen Seufzer machte er seinem Zorn Platz und legte den Gang ein. »Ich fahre ohne dich …«

»Sch. Sei still!«, fuhr Michael ihm grob über den Mund und stopfte schnell alles zurück in die Hose. »Auch ich habe etwas gehört.« Er hob den Arm in die Luft und lief zum Heck des Wagens.

Kurt zögerte nicht, eilig sprang er auf die Straße.

»Was willst du denn damit?« Kurt zeigte auf die Schaufel, die Michael in seinen Händen hielt.

»Und wenn es ein angeschossenes Wildschwein ist?«

»Willst du eine verletzte Wildsau vergraben?«

»Halt einfach die Schnauze und komm mit. Ich glaube, es kam von da.« Michael zeigte auf die gegenüberliegende Seite.

»Warte.« Michael kehrte zurück zum Wagen und holte eine Taschenlampe, die er sofort anknipste. Der helle Schein vertrieb die Dunkelheit. »Eintausend Lumen!« Seine angesäuerte Miene hellte sich auf. Um zu demonstrieren, wie stark sein Spielzeug war, hob er den Strahl gen Himmel. »Stark, was?« Er grinste breit.

* * *

Sie kommen. Ich kann sie hören.

Auch Emma konnte sie hören. Ein einzelner Lichtstrahl kroch unter die Plane und berührte ihre Finger.

Es kitzelt, lachte ein Mädchen in ihrem Kopf.

Emma spürte nichts.

»Hast du das gehört?« Diese Stimme kam von außen und gehörte einem Mann. War der Schaufelmann zurückgekehrt? Emma presste die Augen fest zusammen.

»Ich habe ein Rascheln gehört!«, sagte eine anderer, dessen Stimme Emma sehr bekannt vorkam.

»Emma? Emma, mein Schatz!«

Papa?

Emma wurde gepackt und hochgehoben. Sie riss die Augen auf. *Papa!* Unendliche Erleichterung machte sich in ihr breit und sie brach in Tränen aus.

»Wo ist Mama? Was ist passiert, Schätzchen? Du blutest ja!« Er lächelte sie an, sah aber verängstig aus. »Emma, wo ist Mama?«

Emma wusste keine Antwort. Sie kämpfte noch immer mit den Tränen, als ihr Blick auf den Mann fiel, der ihren Vater begleitete. Ihre Stimmen begannen alle auf einmal zu kreischen.

Der Schaufelmann ist wieder da!, schrien sie wild durcheinander. Emma presste den Kopf gegen Papas Brust und starrte den Mann an, der nicht mehr maskiert war und breit grinste.

»Du bist der Schaufelmann, du hast meine Mama totgemacht«, sagte Emma mit Milans Stimme.

Johannes

Zwei Jahre später

In der Nähe von Berlin

»Du musst dir nur das Zimmer anschauen, versprochen.« Karl verzieht die Mundwinkel, doch es bleibt beim Versuch eines Lächelns. »Johannes, habe ich dich jemals getäuscht?« Er senkt die Brauen. Sein kurzes Haar schimmert silbern. Karl Breuer ist ein großer und schwerer Mann, Anfang sechzig, und bringt gute zwanzig Kilo mehr auf die Waage als ich. Bis auf wenige Monate ist der meist schlecht gelaunte Hauptkommissar fünf Jahre älter als ich und seine Schultern sind nur eine Handbreit breiter.

»Ich werde langsam müde, Karl. Deine Fälle werden immer komplizierter.«

Karl stiert nachdenklich in die Luft und sagt:»Du musst das Mädchen doch nur dazu bringen, sich zu öffnen. Wie nennt man das in deinen Kreisen? Subtile Manipulation? Der Fragende zieht an den richtigen Fäden, und der Befragte reagiert unterbewusst darauf.«

Meine rechte Hand liegt auf der Brust meines Trenchcoats und klopft rhythmisch gegen die Rippen. Ich bin unentschlossen, ob ich seiner gerade geäußerten Bitte nachkommen soll.

»Gibt dir einen Ruck, Doc. Ein Kind wird vermisst. Es könnte in die Hände eines Psychopathen geraten sein. Und wer, wenn nicht du, kann sich in solch kranke Persönlichkeiten hineinversetzen? Du hast ein angeborenes Talent und ich bitte dich nur, es zu nutzen, um Leben zu retten.« Er legt seine schwere Hand auf meine Schulter und drückt sie leicht. »Du wirst nicht an den Ermittlungen teilnehmen, zumindest nicht direkt, das verspreche ich dir. Tu es mit zuliebe, bitte, ein letztes Mal.«

Ich fahre mir mit den Fingern über den feinen, dünnen Wulst, der sich über meine linke Wange zieht. Diese Narbe stammt von einem Teppichmesser, das hineingerammt wurde. »Immer, wenn du lachst, bekommen andere Menschen Angst, Karl. Sollte das letzte Mal nicht schon das letzte Mal sein?«

Als hätte ich ihn gemaßregelt, macht Karl ein zerknirschtes Gesicht. »Deine blöden Witze kannst du steckenlassen. Schaust du dir nun das Zimmer der Kleinen an oder nicht?« Er wird ungeduldig.

»Was wissen wir über die betroffene Familie und die Umstände des Verschwindens?«

»Familie Zorn steht unter Schock. Ihre zehnjährige Tochter ist in der Nacht spurlos verschwunden. Ob sie allesamt Menschen mit reiner Seele sind, kann ich zum gegebenen Zeitpunkt nicht sagen. Die Umstände lassen solche Schlüsse nicht zu, wenn du verstehst, was ich meine.« Er kratzt sich über die eigene, ebenfalls vernarbte Gesichtshälfte. Seine Augen tränen. Er greift in die Hosentasche und fischt ein kleines Fläschchen heraus. »Kannst du mir je zwei Tropfen pro Auge einträufeln?« Er kaut auf der Unterlippe. »Ich habe immer Probleme damit«, fügt er entschuldigend hinzu.

Wir stehen immer noch in der Auffahrt. Das Polizeiband hinter uns flattert im kühlen Wind, trennt den Bauernhof von der restlichen Welt und hält eine Menschentraube davor ab, diesen Bereich zu betreten. Schaulustige haben sich hinter der hohen Hecke versammelt und rufen uns Fragen zu, die allesamt unbeantwortet bleiben. Einige der Uniformierten protestieren lautstark, als eine Person sich den Weg durch die grünen Thujen, die wieder mal geschnitten werden sollten, bahnen will.

»Hey, Sie da!« Eine Polizistin, die mindestens zwei Köpfe kleiner als der Störenfried ist, stellt sich dem etwas älteren Herrn in den Weg und gebietet ihm Einhalt.

»Bitte, lassen Sie mich durch! Meine Enkeltochter ist in diesem Haus.«

»Ist sie nicht«, erwidert Karl. »Wer sind Sie überhaupt?«

»Mein Name ist Wegener. Werner Wegener. Die Polizei hat meine Aussage schon aufgenommen. Nun möchte ich nachsehen, wie es Emma geht. Sie ist meine Enkelin und hat gestern hier übernachtet. Und Sie, wer sind Sie?«

»Das hier ist Professor Doktor Hornoff. Mein Name ist Karl Breuer. Ich bin Polizeihauptkommissar.« Dass er von der Mordkommission ist, verschweigt er.

»Schön. Kann ich jetzt zu meinem Enkelkind?«

Der Mann wird ungeduldig und macht Anstalten, an Karl vorbeizugehen. Der streckt den Arm aus, um ihn aufzuhalten, und wendet sich zeitgleich an eine Kollegin: »Amanda, kannst du Herrn Wegener aufs Revier bringen?«

Die kleine Polizistin nickt. Ihre Miene bleibt die ganze Zeit über ernst.

»Ich will doch nur wissen, ob es meiner Enkelin gut geht. Sie ist ein bisschen eigen, müssen Sie wissen.«

Karl bewegt sich auf den Mann zu.

»Emma ist nichts passiert, oder?«

»Eingangs sind wir davon ausgegangen, dass …« Karl verstummt und holt sein Notizbuch hervor. Mit gerunzelter Stirn blättert er so lange darin, bis er einen passenden Satz findet. Er reibt sich immer wieder über die Augen und hat Mühe, das Geschriebene zu lesen.

Meine Aufmerksamkeit wird durch eine Bewegung abgelenkt, die ich im Augenwinkel wahrnehme. Ein Mann steht mit der Schulter an einen kahlen Obstbaum gelehnt in dem kleinen gepflegten Garten, mit einer Hand am Ohr. Obwohl ich sein Gesicht nicht sehen kann, verrät mir seine

Körperhaltung, dass er mit jemandem telefoniert, mit dem er nicht einer Meinung ist. »Nein, sie ist nicht weggelaufen! Xenia ist verschwunden!«, höre ich seine Stimme, die vom auffrischenden Wind herangetragen wird.

»Ich zitiere«, drängt sich Karl wieder in den Vordergrund und lenkt meine Aufmerksamkeit zurück auf den mageren alten Herrn mit dem gekrümmten Rücken. Sein schlohweißes Haar ist immer noch dicht. Er trägt nur ein Jackett und eine helle Leinenhose mit Bügelfalten, seine Füße stecken in grauen Hauspantoffeln.

Karl verengt die Augen zu Schlitzen und fummelt in der Brusttasche seiner viel zu dünnen Lederjacke nach seiner Brille. Umständlich setzt er sich diese auf und sucht nach der passenden Stelle.

»Ich weiß, was ich gesagt habe, ich bin vielleicht alt, aber nicht senil.« Der Mann reibt die schwieligen Hände aneinander. »Ich dachte, Emma wäre zu Hause. Die Tür ihres Zimmers stand offen. Auch glaubte ich, leise die Melodie ihrer Spieluhr zu hören, aber scheinbar habe ich mich in dieser Hinsicht geirrt.« Er hebt den linken Zeigefinger in die Luft, um zu unterstreichen, dass er sich nur in dieser einen Nichtigkeit vertan hat. »Sie müssen bedenken, ich pflege zurzeit meine Frau, obwohl ich selbst nicht wirklich fit bin. Emma hat bisher noch nie Probleme bereitet. Sie ist etwas Besonderes.« Seine Stimme droht zu kippen. Er schluckt und fährt sich mit der Zungenspitze hastig über die Lippen. »Emma hat nie wirklich Freunde gehabt. Mit Xenia hatten wir Glück. Emmas Krankheit …« Er hält inne und schlägt sich die Hand vor den Mund. Tränen mäandern über die eingefallenen Wangen. »Kinder können grausam sein. Emmas Defizite sind allen hier im Ort bekannt. Manchen ist dieses Wissen peinlich. Darum versuchen die meisten, nett zu sein und durchs Fabulieren …« Sein Kinn zittert, nicht nur der Kälte wegen. Herr Wegener wischt sich grob die Tränen weg.

»Sie meinen, sie lügen sich gegenseitig an und tun so, als wäre alles in Ordnung, statt sich mit Emma auseinanderzusetzen und sie zu akzeptieren?«, höre ich mich sagen.

»Ja. Emma ist nicht dumm, nur anders.« Seine feuchten Wangen zittern. Die trockene Haut, die an Pergament erinnert, bekommt einen bläulichen Glanz.

»Bitte, begleiten Sie die Kollegin zum Wagen.«

»Muss ich unbedingt aufs Revier?«

»Ihre Aussage war nicht vollständig. Da gibt es Zeitfenster, die gefüllt werden müssen.«

»Das verstehe ich«, gibt der ältere Herr klein bei und knetet dabei die Hände. »Ich werde Ihnen alles erzählen. Aber bei mir zu Hause. Meine Frau ist ohne Aufsicht. Kann ich nicht bei ihr sein, während Sie erneut meine Aussage aufnehmen?« Herr Wegener sieht Karl mit seinen trüben Augen flehentlich an.

»Ja, das können Sie, gibt Karl nach. »Amanda, wärst du bitte so nett und begleitest Herrn Wegener nach Hause?« Er reißt das Blatt aus seinem Notizbuch und reicht es der Polizistin. »Da, wo ich Fragezeichen eingefügt habe, bräuchte ich noch mehr Informationen.«

Das Blatt flattert im Wind, während die Frau danach greift und es in einer schwarzen Mappe verschwinden lässt.

»Ich brauche es noch heute«, fügt Karl an.

Die Polizistin nickt knapp. »Kommen Sie«, sagt sie leise. Nach kurzem Zögern setzt sich der alte Mann in Bewegung. Sein schlurfender Gang ist unsicher. Immer wieder macht er kurze Pausen. Amanda wartet jedes Mal geduldig und redet beruhigend auf ihn ein. Sie verspricht dem sich sorgenden Mann, dass sich bald alles aufklären lässt.

Karl reißt mir das kleine Fläschchen aus den Händen, befeuchtet sich umständlich die Augen und zwinkert mehrmals.

»Komm mit«, knurrt er und drückt mir zwei OP-Handschuhe gegen die Brust.

»Ich habe noch nicht zugestimmt«, sage ich, folge ihm jedoch beinahe willfährig.

»Schau dir wenigstens den Ort des Geschehens an.«

»Eins verstehe ich nicht ...« Ich zwänge meine Hände in die kalten Gummihandschuhe. »Warum bist du hier? Wird nur auf Verdacht eines Verbrechens sofort die Mordkommission eingeschaltet? Das Kind wurde entführt ...« Ich beende den Satz nicht, weil das, was mir auf der Zunge liegt, der Situation keine sonderlich aufbauende Wirkung implementiert.

Karl bleibt vor der Eingangstür stehen und lässt sich in die Liste eintragen. Der dort Wache stehende Polizist verlangt auch nach meinen Papieren, die ich bereitwillig aushändige. Er schreibt unsere Namen auf und bittet uns um eine Unterschrift.

»Okay, das wars«, sagt er matt und tritt zur Seite.

»Wir haben noch keine Leiche, aber wir gehen stark davon aus, dass sie demnächst auftauchen wird. Wenn du die Sauerei siehst, wirst du mir zustimmen«, ergreift Karl den Faden und betritt das Wohnhaus.

Der draußen vorherrschende Geruch nach Kuhmist wird drinnen von anderen Sinneseindrücken überlagert. Die Luft ist viel zu warm und stickig. Die Tapeten und das Mobiliar sind zweckerfüllend. Die Dielen knarzen, sind matt und uneben.

»Im Keller haben wir eine Botschaft und eine Menge Blut gefunden«, fährt Karl fort.

Gemeinsam nehmen wir die Treppe, die steil nach unten führt. Ein modriger, von Unheil geschwängerter Luftzug weht uns entgegen. Schon jetzt zieht sich meine Brust zusammen. Ich lege eine kurze Pause ein und konzentriere mich auf alles andere, nur nicht auf dieses beklemmende Gefühl. Die Holzstufen geben unter unserem Gewicht nach. Der Handlauf hängt an einer Steinmauer, deren Mörtel wie erstarrter grauer Brei aus den Fugen quillt. Hier hat jemand versucht, das Gemäuer weiß zu tünchen und sein Vorhaben nach einem halben Meter aufgegeben. Entweder ging demjenigen die Farbe oder die Lust aus. Ich halte mich am Handlauf fest. Mein Blick streift eine Stelle, die sich vom Rest abhebt. Eine rote Spur, kaum sichtbar, die von blutigen Fingern stammen könnte, verläuft oberhalb des glattpolierten Holzes. Der Geruch nach altem Gewölbekeller und geronnenem Blut kriecht in meine Nase.

»Kommst du?« Karl wirf einen kurzen Blick über die Schulter.

Ich konzentriere mich auf die Regelmäßigkeit meiner Atemzüge und folge ihm durch den Korridor. Rohre, Schläuche und staubige Spinnweben verlaufen über meinem Kopf, den ich instinktiv einziehe, obwohl die Deckenhöhe dies nicht erfordert.

Karl verschwindet durch eine der Türen.

Ich wappne mich innerlich.

»Hier wird die Luft knapp«, sagt Karl, als ich ebenfalls eintrete, und macht mir Platz. »Pass auf, wo du hintrittst, Doc«, warnt er mich überflüssigerweise.

Eine einzelne Lampe an der Decke erleuchtet den Raum nur dürftig. Ein heller Kreis des Lichts wird von der dunklen Blutlache absorbiert, die noch nicht vollends vom staubigen Boden aufgesaugt wurde. Ein schwerer Tisch aus massivem Holz steht in der Ecke. Die Kratzspuren auf dem rauen Untergrund bezeugen, dass der Tisch erst vor Kurzem verschoben wurde.

»Schau dir das an.« Karl stellt sich vor die Wand und deutet auf die krakeligen Buchstaben.

Emma

Zur gleichen Zeit

Berliner Krankenhaus

Emma saß auf einem Stuhl, ihre blutverschmierten Hände versteckte sie im Schoß. Ihr Pyjama war schmutzig, am linken Knie war ein Loch.

»Möchtest du dich vielleicht umziehen?« Eine Frau mit roten Haaren und blauen Augen ging vor ihr in die Hocke und lächelte sie an.

Du sollst nicht mit ihr sprechen.

Wir wissen noch nicht, ob wir uns umziehen möchten.

»Kann ich dir diese Decke geben?« Ohne eine Antwort abzuwarten, breitete die Frau eine weiße Decke, die weich und kuschelig war, über Emmas Beinen aus. Sofort wurde Emma ein kleines bisschen wärmer.

Die Decke ist okay.

»Die Decke ist okay«, wiederholte Emma flüsternd. In ihrer rechten Faust hielt sie ein Weidenkätzchen, über das sie nun verstohlen mit dem Daumen rieb.

Die Frau lächelte.

»Ich habe dir warmen Kakao mitgebracht.«

Oh, ja, freute sich Rita. Sie war die Jüngste. Emma kannte sie noch nicht lange. Rita hatte eine piepsige Stimme und drängte sich oft in den Vordergrund, aber Jana hielt sie immer zurück.

»Aber er darf nicht zu heiß sein, sonst verbrenne ich mir die Lippen.« Emma hörte, wie Jana mit der Frau sprach. Ihre verschiedenen Persönlichkeiten konnten sich mit der Außenwelt unterhalten und aktiv am Leben teilnehmen. So hatte der Kinderpsychologe, der Emma die roten Tabletten verschrieb, erklärt, warum sie sich manchmal so sonderbar verhielt und ihre Stimme immer neue Klangfarben annahm.

»Ich habe die Milch nur warm gemacht«, versicherte die Frau.

»Wurden da rote Tabletten reingemischt?« Jana blieb skeptisch.

Die Frau, deren Name Inge war, runzelte die Stirn. Jana redete nicht wie ein Kind.

»Hast du vielleicht Hunger?« Inge ging zum Tisch und goss etwas von dem Kakao in eine Tasse.

»Nur halbvoll«, meinte Jana.

Versteck dich hinter der Wand, Emma, forderte Rita. *Komm bitte mit mir.*

»Halbvoll«, wiederholte Inge. »Ich lasse die Tasse zum Abkühlen hier stehen. Willst du vielleicht einen Keks oder ein Brötchen mit Marmelade?«

»Zwieback mit Nutella«, meldete sich Rita erneut zu Wort. »Zwei Stück.«

Emma war überfordert. Wie viele imaginäre Kinder Inge zusahen und zuhörten, vermochte sie nicht mit Sicherheit zu sagen.

»Wir wollen nichts, danke.« Dieses Mal klang ihre Stimme noch fester. Milan hatte seinen Auftritt.

Inge schluckte trocken.

»Schenken Sie einfach etwas von der kalten Milch nach.« Milan sprang von dem Stuhl und lief auf den Tisch zu. Unterwegs dorthin steckte er das Weidenkätzchen in die kleine Brusttasche des schmuddeligen Pyjamas. Der Wechsel von Emmas Persönlichkeiten beschleunigte sich, weil sie mit der Situation nicht klarkam.

Inge trat einen Schritt zur Seite und hob beunruhigt beide Hände zum Kinn.

Milan griff nach der Kanne mit der kalten Milch und

füllte die Tasse bis zum Rand auf. Prüfend nippte er an dem nur noch lauwarmen Getränk. *Du kannst jetzt trinken,* ließ er Rita wissen und verzog sich zu ihren Gunsten in den Hintergrund.

»Der Kakao schmeckt lecker«, freute Rita sich mit kindlicher Stimme und schlürfte viel zu laut. »Krieg ich Zwieback mit Nutella?«

»Klar. Bin sofort wieder da«, entgegnete Inge, der man die Unsicherheit anhörte. Sie ging zur Tür, verweilte kurz im Rahmen und ging schließlich in den Flur.

Jana übernahm wieder die Kontrolle. Mit der Tasse in den Händen setzte sich das Mädchen zurück auf den Stuhl. *Haltet euch bedeckt,* ermahnte sie die anderen. Milan war außer sich. *Wir dürfen ihnen nichts erzählen.*

Wieso nicht?, wollte Rita wissen. *Die Frau ist doch nett.*

Halt einfach den Mund!, herrschte Jana die kindlichste von Emmas Persönlichkeiten an, bevor sie die ursprüngliche Emma aus ihrem Versteck holte. Auch ihr schärfte sie ein, niemandem etwas von Xenia zu erzählen. Doch das hätte Emma ohnehin nicht getan. Sie wollte den Fehler, den sie vor zwei Jahren gemacht hatte, nicht wiederholen. Aber da war sie erst fünf Jahre alt gewesen, jetzt war sie sieben. Damals hatte sie der Polizei erzählt, wer der Schaufelmann war. Heute glaubte sie manchmal, dass sie sich vielleicht geirrt hatte.

Sie musste wieder an ihren Papa denken und an Michael. Irgendwie hatte die Polizei herausgefunden, was ihr Papa damals angetan hatte.

Eine der Stimmen hatte dem Mann von der Polizei alles erzählt. Emma wusste nicht, wer das gewesen war, weil sie sich damals sehr oft hinter der Wand versteckt hatte. Papa musste deswegen ins Gefängnis und Michael auch.

Emmas Augen füllten sich mit Tränen.

»Was ist los, Kleines?« Inge war wieder da. Sie hatte

einen Teller mit zwei Stück Zwieback, die dick mit Nutella beschmiert waren, und einen alten Mann dabei. Er roch nach Mottenkugeln und hatte eine lange Nase, auf der eine Brille mit runden Gläsern saß. Mit seinen tiefen Falten und dunklen Augenringen erinnerte er Emma an einen Vampir.

Hat der Mann etwa geweint?, fragte Rita, der die Nässe auf den Wangen des Alten auffiel. Abermals schlürfte sie viel zu laut vom Kakao.

»Hallo, Emma, ich bin Doktor Kurz.«

»Kurz Furz«, drängte sich Bernd nach draußen. Er war der Clown der Truppe und machte oft dumme und unpassende Witze, wenn er sich fürchtete, so wie jetzt.

»Tut mir leid«, entschuldigte sich Emma, um Kontrolle kämpfend, und blickte zu dem Mann auf, dessen verblüffter Gesichtsausdruck rasch einer professionellen Miene wich.

Ich mag ihn nicht, nuschelte Rita. »Kann ich jetzt meinen Zwieback haben?«, fragte sie laut.

»Oh, entschuldige«, beeilte sich Inge und reichte dem Mädchen den Teller.

»Danke«, übernahm Jana, die einen argwöhnischen Blick auf den Doktor warf. »Kann ich mich bitte hinlegen? Ich fühle mich nicht gut. Wir müssen uns ausruhen.«

»Wir?«, echote Doktor Kurz, dessen Hände in den Taschen seines weißen Kittels steckten.

»Bitte, lassen Sie uns allein. Unser Körper ist müde«, antwortete nun Milan mit fester Stimme. Er stellte den Teller samt dem Becher einfach auf dem Boden ab und reckte provozierend das Kinn. »Sie müssen gehen!«

Der Doktor blickte fast schon hilfesuchend zu Inge, die ihm mit einer knappen Geste bestätigte, dass es besser war, das Zimmer zu verlassen. Emmas Persönlichkeiten wechselten in zu rascher Folge – es würde Zeit brauchen, Vertrauen aufzubauen.

Milan zog sich erst zurück, als der Arzt gegangen war,

und überließ das Feld der kindlichen Rita, die prompt an den Fingernägeln knabberte.

»Ich helfe dir.« Inge nahm die kindliche Hand, die an den Fingernägeln blutig und mit Dreck verkrustet war, half dem Mädchen aufs Bett und deckte es zu.

»Wo ist unser Opa?«, fragte die Kleine.

»Er kommt bestimmt bald«, versprach Inge, bevor sie das Licht ausschaltete. Sekunden später fiel die Tür leise hinter ihr ins Schloss.

Wir sind wieder allein. Jana klang erleichtert. *Emma, du darfst aus dem Versteck kommen. Wir sollten versuchen, etwas zu schlafen.*

Emma fühlte sich tatsächlich sehr müde. Sie senkte die Lider und fiel in einen traumlosen Schlaf.

Johannes

Im Keller der Familie Zorn

»Das war ein Kind«, sage ich und sehe mir die Buchstaben etwas näher an. »Oder jemand, dem das Schreiben nicht sonderlich leichtfällt. Ich vermisse hier eine gewisse Routine.«

In die Wand ist ein Wort geritzt, das für mich keinen Sinn ergibt und nicht zu einem Tatort passt. Hast und Angst scheinen den Urheber getrieben zu haben. Feine Putzbrocken und Staubkörner liegen auf dem Boden. Angesichts der schieren Unmenge des teils eingetrockneten Blutes wird mir augenblicklich bewusst, wie viel von dieser roten Flüssigkeit durch die Adern eines menschlichen Körpers fließt.

»Ein Kind?«, wiederholt Karl und lacht auf. »Die beiden Mädchen sind sieben Jahre. Würde deine Nichte so etwas hinbekommen?« Feine Fältchen um seine Mundpartie deuten an, dass ich ihn mit meiner Äußerung amüsiert habe.

»Schaufelmann«, lese ich laut vor. »Warum ausgerechnet dieses Wort? Gibt es einen Film mit diesem Titel?«

»Vielleicht schreibt später jemand ein Buch über unseren Fall! Streng dich also an, damit wir nicht so blöd rüberkommen. Ich hoffe, du hast deine Intelligenz nicht zu Hause bei deiner Frau vergessen.«

»Seit ich zugestimmt habe, mit dir zusammenzuarbeiten, bemühe ich mich, auf deinem Niveau zu bleiben, damit du nicht an einem Minderwertigkeitskomplex zugrunde gehst. Und ich habe wenigstens noch eine Frau. Du hattest ja schon deine drei Versuche«, kontere ich monoton. Ich kenne

Karl gut genug, um zu wissen, dass er mich mit dieser plumpen Anmache nur provozieren möchte. Auf diese Art erhofft er sich mehr Engagement meinerseits.

»Was soll das heißen? Schau-fel-mann«, splittet Karl das Wort in einzelne Silben, als würde es so mehr Sinn ergeben.

»Ich folge meinem Bauchgefühl, wie du auch. Aber dank deiner Proportionen liegst du klar im Vorteil.«

Wir scherzen, weil uns die Tragweite der Tat, die sich hier ereignet hat, sehr bewusst ist und versuchen so, uns von deren Brutalität abzulenken. Nur so können wir uns auf das Wie und das Warum konzentrieren. Das Wer erschließt sich uns ja nicht sofort. Wir müssen nach dem Opfer und dem Täter suchen, was mehr als kompliziert werden dürfte. Da sind Fingerspitzengefühl und Erfahrung gefragt – und eine Prise Glück gehört ebenfalls dazu.

»Haben Sie das gehört?« Karl zieht den Bauch ein und zieht einen Mann im weißen Schutzanzug zur Unterhaltung hinzu, der irgendetwas mit einer Pinzette vom Boden aufhebt.

»Ich halte mich aus ehelichen Streitigkeiten immer raus. Was die Vermutung bezüglich des Erschaffers dieses Schriftzuges betrifft, so hat Doktor Hornoff recht. Wir haben Fotos davon an einen Graphologen gemailt, der uns diese Annahme sofort bestätigt hat. Die Handschrift kann fast hundertprozentig einem Kind zugewiesen werden.«

»Warum erfahre ich erst jetzt davon?« Karls anfänglich gute Laune ist dahin. Sein Tonfall ist schneidend. Er hat sich noch nie an einem seiner Kollegen vergriffen, ist aber gut darin, den Eindruck zu erwecken, kurz vor dem Ausrasten zu sein. Der Mann im Schutzanzug erhebt sich. Er ist klein und rundlich. Trotzdem sind seine Bewegungsabläufe flink. Von seinem Gesicht kann ich nur die Augen erkennen.

»Warum wurde ich darüber nicht informiert?«, hakt Karl nach.

»Dieser Aufgabenbereich obliegt nicht meiner Verantwortung. Sie entschuldigen mich?« Der Mann von der Spurensicherung hält eine durchsichtige Tüte in der Hand und zeigt auf die eiserne Tür. »Wir sind hier weitestgehend fertig. Sie dürfen sich in diesem Raum gerne umschauen, aber achten Sie bitte darauf, im abgegrenzten Terrain zu bleiben.«

»Ist Ihnen eigentlich klar, wer diese Ermittlung leitet?«

»Sie machen Ihren Job und ich meinen. Verzeihung.« Er zwängt sich an uns vorbei und geht auf den Ausgang zu. Dort steht ein großer Rollkoffer, in dem er sorgfältig seine Utensilien verstaut, ohne uns zu beachten.

Ich lasse meinen Blick durch den Raum schweifen, der, abgesehen von einem großen Tisch, leer ist. Schimmel und Blut vermischen sich an den Wänden zu einem süßlichen Cocktail. Der Mörtel ist an vielen Stellen dunkel. Ein hölzerner Keil steckt unter der grauen Tür und verhindert, dass sie sich schließt.

»Stand die Tür schon vor Ihrem Eintritt offen?«, werfe ich dem Mann von der Spurensicherung, der sich auf die Treppe zubewegt, noch fragend hinterher. Er bleibt am ersten Treppenabsatz stehen.

»Wieso?« Er dreht sich zu mir um.

»Woher stammte all das Blut?«

»Von einem Tier. Herr Zorn ist Jäger und zerteilt geschossene Tiere auch für andere. Er hat erst gestern eine Sau erlegt.«

»Kommt dir diese Sauerei auch gewollt vor?« Karl zupft an den Gummihandschuhen.

»Hm«, murmle ich. Die Wand, dort, wo der Schriftzug dominiert, ist von blutigen Schlieren besudelt. »Als hätte jemand mit diesem Blut andere Spuren verwischen wollen.«

»Ganz genau«, murmelt Karl.

»Die Buchstaben wurden mit einem Messer eingeritzt?«, will ich von dem Spurensicherer wissen. Dieser nickt, lässt seinen Koffer an der Treppe stehen und kommt ein Stück auf mich zu.

Karl wartet geduldig.

»Wieso lässt man diesen Raum offenstehen, wenn sich zwei kleine Mädchen im Haus befinden? Außerdem sind mir Blutstropfen aufgefallen …«

»Die Spuren da oben?«, meldet sich Karl hinter mir. Er sieht zur Treppe. »Eigentlich sind es Blutsschlieren. Sieht aus, als stammen sie von einer menschlichen Hand. Dort oben an der Wand, stimmt's, Doc?«

»Die meine ich.« Auch ich zupfe an den blauen Fingerlingen. Der Handschuh wirft feine Falten auf meinem Handrücken. Der linke Zeigefinger, dem die Spitze fehlt, juckt. Die Phantomschmerzen sind wieder da.

»Nehmen Sie davon Proben und schicken Sie bitte alles zur Analyse ins Labor. Ich möchte auch, dass Sie hiervon«, sagt Karl, der seine Hand über der Pfütze kreisen lässt, »Proben nehmen. Ich will wissen, ob sich darin auch menschliches Blut nachweisen lässt. Auf mich wirkt das alles hier fingiert. Derjenige, der das zu verantworten hat, will uns für dumm verkaufen.«

»Wir werden uns bemühen, versprechen kann ich Ihnen nichts. Diese Sauerei erschwert unsere Arbeit. Hier ist alles vollgeschmiert, sodass wir zu viele Spuren haben.«

»Eines der Mädchen wird vermisst?« Ich sehe Karl fragend an.

Der große und kratzbürstige Hauptkommissar nickt.

»Das spurlos verschwundene Mädchen ist die Tochter dieser Familie?«

Erneutes Nicken.

»Auch sie ist sieben Jahre alt?«

»Langsam nervst du mich, Doc. Worauf willst du hinaus?«

»War eines der Betten eingenässt?«, will ich jetzt von dem

Mann von der Spurensicherung wissen, weil ich mir von ihm mehr Kooperation erhoffe. Sein Blick huscht zwischen Karl und mir hin und her. Er wartet auf eine Erklärung.

»Und wieder so eine Frage«, murmelt Karl. »Was bezweckst du nun damit? Wir können nicht in deinen kaputten Kopf hineinschauen.«

»Sekundäre Enurese ist eine psychische Störung, bei der ein Kind wieder ins Bett macht, obwohl es bereits trocken war. Ausgelöst werden kann dieses Phänomen durch einen Zwischenfall, der die kindliche Psyche an ihre Grenzen treibt. Vielleicht wurde hier ein Ritual abgehalten, und das Kind sollte diesem Hirngespinst beiwohnen? Womöglich wurde es geopfert.«

»Haben Sie oben in einem der Betten einen gelben Fleck gesehen?« Karl hebt die Brauen und sieht den Mann durchdringend an.

»Nein«, gibt dieser sein Unwissen ehrlich zu. »Oben war ich nicht. Wir sind hier zu dritt.«

»Johannes, lass uns bitte nach oben gehen. Und Sie kümmern sich um die Proben. Auch will ich das Messer haben, mit dem das dort gemacht wurde«, knurrt Karl, zeigt auf das eine Wort und läuft mir voraus.

Ich verweile einen Moment in dem Keller. Schließe die Augen, blende alle Geräusche aus, und lasse nur die Gerüche auf mich wirken. Mit gleichmäßigen Atemzügen präge ich mir alle Nuancen ein. Oft verdanke ich den Erfolg meiner Arbeit der scheinbar willkürlichen Verkettung von Umständen.

»Geht es Ihnen nicht gut?«

Ich öffne die Augen. Der rundliche Mann steht vor mir und zieht an dem Mundschutz.

»Sie rauchen nicht. Auch tragen Sie vor der Arbeit kein Parfum auf.«

Seine Augen werden größer. Er nimmt den Mundschutz ab und wühlt in seinem Kopf nach einer Antwort.

»Sie sind nicht verheiratet und haben eine Bratwurst mit viel Senf gegessen.«

Die Verblüffung steht ihm ins Gesicht geschrieben.

»Der Klecks an ihrem Mundwinkel ist immer noch zu sehen. Alles andere habe ich erschnuppert. Karl raucht normale Zigaretten. Hier riecht die Luft jedoch nach billigen Zigarillos, die beim Rauchen penetrant nach Vanille stinken.«

»Friedrich Zorn ist Asthmatiker, das habe ich geprüft. Können Räucherstäbchen so riechen? Ich weiß zwar nicht, wie so eine Prozedur abläuft, aber benutzen diese Geisteskranken nicht alles Mögliche, um das Opfer zu beweihräuchern?«

»Wer war also noch hier?«, spreche ich mit mir selbst.

»Hey, Doc, willst du dort unten Wurzeln schlagen? Komm hoch!«

Je ausufernder die Ermittlungen werden, desto weniger Erkenntnisse kann man als Ermittler aus den Hinweisen schöpfen. Manchmal ist weniger eindeutig mehr. Zu viele Spuren hinterlassen zu viel Raum für Interpretationen. Hier trat genau dieser Fall ein. Was geschah hier, in der vergangenen Nacht?

Schnell mache ich ein Foto von dem Schriftzug und notiere mir in Gedanken, dass hier nicht nur geschlachtet, sondern auch geraucht wurde. Dann folge ich Karl.

»Linkshänder«, murmele ich.

»Wie bitte?« Karl, der stehengeblieben ist, um auf mich zu warten, mustert mich.

»Das Kind hat dafür die linke Hand benutzt. Diese eine Wischspur verrät es.« Ich vergrößere das Bild auf meinem Handy. »Vielleicht war das Mädchen verletzt.«

»Daher die Ungeschicktheit, weil es für gewöhnlich den rechten Arm benutzt?«

»Möglich, sehr wahrscheinlich sogar.«

Wir weichen zwei Frauen in Tyvek-Anzügen aus, die sich an uns vorbeidrängen.

»Komm, sehen wir uns das Kinderzimmer an.«

Schweigend folge ich ihm.

Emma

Kurze Zeit später

Berliner Krankenhaus

Emma lag auf der Seite und tat nicht mehr so, als würde sie schlafen.

Inge, die zu viel Haarlack benutzt hatte und deren rote Haarpracht nun glänzte und abstand wie die Stacheln eines Igels, saß neben ihr auf einem Stuhl und lächelte sanftmütig. Ihr schrilles Äußeres entlockte Emma ebenfalls ein Grinsen, das jedoch verflog, als Inge ihr einen Kosmetikspiegel entgegenstreckte und sie aufforderte, hineinzusehen.

»Bitte, tu ihn weg«, bat Emma, den Blick vom eigenen Spiegelbild abwendend.

»Ich habe dein Gesicht mit einem warmen Tuch saubergewischt«, sagte Inge. »Schau doch mal, wie hübsch du nun wieder aussiehst!« Eine kurzes Schweigen entstand. Inge verstaute den Spiegel in einer Schublade des Beistelltischs.

»Hast du Angst vor deinem eigenen Gesicht? Oder bist du nicht Emma, sondern jemand anderes?«

Nicht nur ich habe damit ein Problem. Wir alle haben damit zu kämpfen, dass wir nicht wissen, wie wir aussehen. Das sagte Emma nicht laut. Sie wollte Inge keinen weiteren Grund für unnötige Fragen geben.

»Magst du Märchen?«, fragte Inge nun. Mit den Fingerspitzen strich sie über Emmas Hand, die unter der Decke hervorlugte und prompt zurückgezogen wurde.

Emma mochte es nicht, berührt zu werden. Das hatte Papa früher auch getan. Seitdem wollte sie nicht mehr angefasst werden, aber das verstanden die Erwachsenen nicht.

»Schau mal, was ich da habe.« Inge hielt ein dickes Buch in der Hand.

»Soll ich dir von Rotkäppchen …«

»Das ist eine Lüge«, kam es aus Emmas Mund, viel zu barsch.

»Wie meinst du das?« Inge, die gerade das Buch aufgeschlagen hatte, hielt inne. Sie war verwirrt.

»Das Märchen ist eine Lüge«, wiederholte Emma.

»Ja, klar. Wölfe können nicht sprechen.«

»Das habe ich nicht gemeint.« Emmas Stimme hörte sich rau an. Sie hüstelte in die Armbeuge, so wie Opa ihr das beigebracht hatte. Das nannte er Manieren.

Inge ging in die Hocke. Sie wirkte auf einmal kleiner als Emma. Ihre Hände lagen auf der Bettkante. Emma fielen Inges Nägel auf, die rund waren und rosa glänzten. Ihre eigenen Fingernägel waren kurz, weil Rita ständig daran kaute. Der am kleinen Finger hatte einen Riss. Der Daumennagel war dunkelblau und schälte sich langsam ab.

»Warst du schon mal in einer Bibliothek?«, holte Inge sie aus ihren Gedanken. »Dieses Buch habe ich für meine Nichte ausgeliehen. Sie heißt Marieke. Ihr wurden die Mandeln entfernt. Ich dachte, ich kann dir etwas daraus vorlesen. Marieke hatte nichts dagegen.«

Das Buch lag neben Emmas Knien. Sie kämpfte gegen die Versuchung an, das schwere Teil zu Boden zu stoßen.

»Ich höre dir zu, Liebes.« Inge versuchte erneut, über Emmas Finger zu streichen.

»Ich will nicht berührt werden«, drängte Milan sich in den Vordergrund, was Inge dazu brachte, zurückzuzucken, als hätte sie sich an Emmas Haut verbrannt. »Wenn man einem Wolf den Bauch aufschlitzt, ist das Mädchen, welches er gefressen hat, längst tot.«

Inges Gesichtszüge entglitten. Sie wurde bleich, aber nur kurz, danach färbten sich ihre Wangen rot.

»Das stimmt«, presste sie hervor. Ihre Finger verkrampften sich, sie suchte nach Halt.

»Ich hatte einen Kanarienvogel. Er war gelb. Alle Kanarienvögel sind gelb«, redete Milan weiter. Er sprach schnell, darum musste Emma sich anstrengen, ihn zu verstehen.

»Ja. Kanarienvögel sind für gewöhnlich gelb«, wiederholte Inge, die ebenfalls Mühe hatte, seinen Worten zu folgen.

»Im Sommer, wenn das Wetter schön war, stand der Käfig in meinem Zimmer auf dem Schreibtisch. Eines Tages wollte meine Oma mir dabei helfen, ihn zu säubern. Sie vergaß, das Türchen zuzuschließen, weil sie schon sehr alt ist, müssen Sie wissen.« Im Gegensatz zu Rita, die jedermann duzte, war Milan immer höflich und sprach Erwachsene stets mit Sie an.

Inge hob die Hand an die Lippen und fuhr sich mit dem Mittelfinger über das weiche Fleisch. Sie machte einen nervösen Eindruck. Ihr Mund stand leicht offen. »Meine Oma ist auch sehr alt. Auch sie vergisst oft Sachen. Diese Krankheit nennt man Demenz oder Alzheimer.«

»Nein, meine Oma hat nichts davon. Sie hat Krebs. Hier oben im Kopf. Sie wird bald sterben, verstehen Sie. Darum sind wir ihr nicht böse.«

Milan, sei ruhig. Lass mich mit der Frau reden. Jana, die Milans Geheimnis kannte und ahnte, was er gleich erzählen würde, verdrängte Emma in den hintersten Winkel ihres Geistes. Emma konnte sie trotzdem hören. *Du darfst Inge nichts davon erzählen. Wenn du nicht den Mund hältst, werden wir alle in Schwierigkeiten geraten. Warum tust du das nur? Das schadet uns allen. Rita hat Angst, Emma braucht eine Pause. Sei bitte still,* drängte Jana, doch Milan sprach unbeirrt weiter: »Der Vogel hatte keinen Namen. Wir nannten ihn tatsächlich immer nur Vogel. Dieses dumme Ding sprang heraus und flog durch das offene Fenster nach draußen.«

»Habt ihr ihn wieder eingefangen?«, fragte Inge interessiert. Sie hoffte wohl auf ein glückliches Ende der Geschichte. Ihre Hände lagen jetzt auf ihren Brüsten, die ziemlich klein waren, stellte Milan fest. Schnell sah er in eine andere Richtung. Er war zwölf und somit älter als die Mädchen und Bernd, aber nicht älter als der, der das Wort im Keller eingeritzt hatte. Niemand kannte dessen Namen, aber sie wussten, dass er böse war und wollte, dass Emma sich verletzte.

»Was ist mit dem Kanarienvogel geschehen?«, hakte Inge nach.

Milan hatte den Faden verloren.

»Wie bitte?«, stotterte er.

»Habt ihr den Vogel wieder eingefangen?«

»Nein.« Milan schluckte. Er hörte Bernds Lachen.

Du bist so blöd, Milan. Kannst nicht einmal diese Scheißgeschichte zu Ende erzählen, ohne dabei wie eine Ente zu quaken.

»Die Katze des Nachbarn hat den dummen Vogel erwischt«, fuhr Milan fort, Bernds piepsige Stimme ignorierend. »Alles, was von dem Federvieh blieb, war sein blöder Kopf. Den Rest hat Tiger – so hieß die Katze – gefressen.«

Auf Inges Wangen machten sich erneut rote Flecken breit.

»Und was geschah danach?«

»Ich hab den Tiger in eine Falle gelockt und …«

»Das hast du nicht gemacht!«

»Doch, in eine Schnappfalle für Ratten. Als ich Tiger den Bauch …«

Milan, nein. Das darfst du nicht!, kreischte Jana. *Rita hört dir zu, und Emma weiß auch nichts davon.*

Das stimmte nicht. Emma wusste davon.

»Emma? Sollen wir vielleicht Doktor Kurz hereinholen. Er möchte deine Geschichte vielleicht ebenfalls …«

»Nein«, schnitt Milan Inge das Wort ab. »Ich erzähle sie

nur Ihnen. Wollen Sie meine Geschichte nun zu Ende hören oder nicht?«

Inge nickte knapp.

»Ich habe Tiger den Bauch aufgeschlitzt. Der Kanarienvogel war tot. Er sprang nicht lebendig raus wie die Oma und das Rotkäppchen im Märchen.«

Inge unterdrückte einen Schrei. Sie sog scharf die Luft ein und erhob sich. Taumelnd, als wäre sie betrunken, lief sie zum Fenster und zog die Vorhänge auseinander. Ein zufriedenes Lächeln schlich sich in Milans Gesicht. Ja, es war ihm gelungen, Inge zu schockieren. Sie würde es sich künftig bestimmt zweimal überlegen, bevor sie versuchte, seine Mädchen auszufragen oder ihnen Märchen zu erzählen. Doch nicht alle waren mit diesem Ergebnis zufrieden. *Du bist blöd, Milan,* schluchzte Rita, während Bernd hysterisch kicherte und Jana um Kontrolle kämpfte. Die Situation in Emmas Innerem geriet zunehmend außer Kontrolle.

»Das habe ich nur erfunden, um dich zu erschrecken, Inge«, übernahm Jana rasch das Ruder.

»Warum hast du das gemacht?«

»Weil ich Märchen blöd finde.« Janas Stimme vibrierte, die Worte fielen in sich zusammen. »Mir geht es nicht gut«, sagte sie. Ihr Kopf drohte zu platzen. Sie brauchte noch einen weiteren Moment, ehe ihr Verstand vollends aufklarte. Ihr kam es so vor, als hinge sie kopfüber im Raum. »Kann ich warme Milch haben?«

»Natürlich, ich bin gleich wieder da.« Inge war dankbar, einen Grund zu haben, das Zimmer zu verlassen.

Kaum trat Inge den Rückzug an, kam Emma zum Vorschein. Sie war erschöpft.

»Inge?«

Inge blieb in der Tür stehen. Ihr Blick war beinahe flehend.

»Kannst du mir vielleicht auch noch Bleistifte bringen?«

Emma bewegte nur die Lippen. Ihre Augen waren ausdruckslos und ihre Stimme klang monoton, so als stünde sie unter Narkose. Sie lallte leicht. Inge dachte sich nichts dabei. Das Mädchen hatte ein leichtes Beruhigungsmittel bekommen, das nun zu wirken begann.

»Die müssen schwarz sein und weich.«

»Natürlich«, beeilte Inge sich mit der Antwort. Sie verblieb noch einen Moment in der Tür. Ihre Augen huschten nach oben in die Ecke, in der eine Kamera war, mit der die Patienten, die hier meist vorübergehend stationiert waren, rund um die Uhr beobachtet wurden. Ihr Mund verzog sich zu einem nervösen Grinsen. Der Ausdruck in den Augen des Mädchens hinterließ ein unschönes Empfinden, das sich nicht mit Worten beschreiben ließ.

»Ich bin müde«, flüsterte Emma.

»Versuch zu schlafen, Kleines«, sagte Inge, der der Wunsch, diesem unschuldigen Kind zu helfen, das sich die Decke bis ans Kinn hochgezogen hatte, beinahe das Herz zerriss. Sie litt eindeutig an einem Helfersyndrom. An einem pathologischen Altruismus, einem fast schon krankhaften Drang, das Leiden ihrer schwachen und hilfsbedürftigen Mitmenschen zu lindern. Zumindest hatte ihr das ein Mann diagnostiziert, den sie über alles geliebt hatte. Manuel war nicht damit klargekommen, ständig von ihr bemuttert zu werden. Er hatte sie vor drei Jahren verlassen, und seitdem war dieses Verlangen in ihr wie ein Tumor gewachsen.

»Ich bringe dir die Milch und die Stifte. Und einen Malblock«, flüsterte Inge und schloss leise die Tür.

Müde schloss Emma die Augen, während in ihrem Inneren ein erbitterter Streit tobte.

Wir dürfen nicht malen. Wir bringen Emma in Gefahr.

Sei still, du hast hier überhaupt nichts zu melden. Versucht jetzt zu schlafen! Unser Wirt … Emma muss schlafen.

Ich will spielen und ich will Kakao!

Unser Körper ist müde.

Emmas Lippen hatten eine bläuliche Färbung angenommen, sie fror und zitterte. Ihr war, als würde sie in ein dunkles Loch fallen, in dem sie sich die Seele aus dem Leib schreien könnte, ohne dass ihr Hilferuf gehört werden würde. Dann übernahm der Eine, dessen Namen niemand kannte, die Führung.

Xenia

In derselben Nacht

In einem dunklen Raum

Xenias Augen hatten sich an das Zwielicht gewöhnt. Sie lag auf einem Bett mit einer dünnen Matratze. Eine klamme und schmuddelige Decke drückte schwer auf ihre Brust. Xenia hob sie an und verzog den Mund. Ihre Pyjamahose, weiß mit gelben Blumen darauf, war feucht. Hatte sie ins Bett gemacht?

»Du musst dich dafür nicht schämen.«

Das Mädchen schrak zusammen.

Er war wieder da und stand vor ihr. Ein großer Schatten mit einer Maske. Ein Sack mit zwei Löchern, unter dem sich das Gesicht ihres Entführers verbarg. »Ich habe dir etwas zu essen und frische Sachen gebracht.«

Er sprach langsam. Wie ein Mensch, der ein bisschen dumm war. Xenia dagegen redete wie ein Wasserfall. Sie war sieben, genauso alt wie ihre Freundin, die gestern bei ihr übernachtet hatte. Ihre linke Hand nestelte am Bund ihrer Hose. Nein, sie hatte sich nicht eingenässt, das war Emma gewesen. Sie hatten zusammen in einem Bett geschlafen, weil Emma zuvor einen Alptraum gehabt hatte.

»Wo ist Emma?« Nur Xenias Augen, schwarz wie glänzenden Murmeln, und das krause schwarze Haar lugten unter der Decke hervor.

Der Mann zuckte die Schultern und kratzte sich mit der linken Hand am Hinterkopf. In der rechten hielt er einen schwarzen Beutel. Er ließ ihn auf den Boden fallen und verschwand in der Dunkelheit.

Xenia hob leicht den Kopf. Ihr Haar löste sich von dem flachen Kissen. Ihr Blick folgte dem Mann. Etwas raschelte. Sie drückte sich mit den Ellenbogen hoch und bewegte den Kopf nach links. Ihr steifer Nacken knackte leise und tat weh. Mit den Fingern der linken Hand berührte sie eine weitere Stelle, die wehtat. Mit eiskalten Fingerspitzen strich sie über die pochende Beule. Die Locken an dieser Seite waren verklebt und klumpig. Xenia zuckte zusammen, als sie mit dem Daumen etwas fester auf die Beule drückte.

»Aua«, nuschelte sie und blickte zur Wand. In dem einzelnen, scheuen Lichtstrahl, der durch das mit Brettern vernagelte Fenster kroch, schwirrten Staubflusen.

Der Mann kam wieder zurück. Er schleifte etwas über den Boden. Rückwärts laufend zog er einen Karton.

Schuch …

Schuch …

Schuch …

Xenia hörte das schnelle Pochen ihres Herzes.

»Magst du Dosenfisch?« Er richtete sich wieder auf und rieb sich den linken Ellenbogen. Der Mann redete so, als hätte auch er Schmerzen.

»Ich hasse Fisch«, winselte Xenia. Ihre Kehle schnürte sich zusammen.

Ich ersticke.

Geh weg.

Lass mich in Ruhe.

All das dachte sie, ohne sich zu trauen, diese Wünsche laut auszusprechen.

»Hast du Angst?«, fragte der Mann.

»Ich möchte nach Hause.«

»Es tut mir leid, aber du muss dich mit der Situation abfinden und dich an die Heringe gewöhnen.«

Ist er doof? Ich will nach Hause.

»Ich möchte zu meiner Mama.«

»Das geht jetzt nicht.«

»Warum nicht?«

»Ich habe jetzt keine Zeit, dir das zu erklären«, sagte er ungeduldig und trat gegen den Karton.

Xenia hörte ein leises Klimpern, gefolgt von einer ihr sehr vertrauten Melodie.

»Bist du der Schaufelmann?«, platzte es aus ihr heraus. Sie kaute sich die Unterlippe blutig.

»Nein«, entgegnete er schroff und trat erneut gegen den Karton. Die Melodie verstummte abrupt. Xenia vergaß zwei Herzschläge lang zu atmen.

Xenia sah den Mann flehentlich an.

Er starrte durch zwei ausgefranste Löcher auf das verängstigte Mädchen. Die Angst drückte sein Herz wie ein eiserner Handschuh zusammen. Sie durfte ihn nicht erkennen. Alles, was gestern Nacht geschehen war, war nicht geplant gewesen. Im Improvisieren war er nie gut gewesen. Auch tat sein linkes Bein höllisch weh.

»Ich will dir nicht wehtun. Du musst nur artig sein.« Sich um einen sanften Ton bemühend, sah er, wie das Mädchen bei jedem seiner Worte zusammenzuckte. »Ich bin nicht dein Freund, aber ich will dir nichts Böses. Wenn du dich benimmst, darfst du schon bald zu deiner Mama.« Er war bestrebt, das Gespräch so schnell wie nur möglich zu beenden, weil er sich nicht verplappern wollte. Gleichermaßen tat ihm Xenia leid, aber er konnte nicht anders. *Der Schaufelmann wird uns sonst schnappen,* erinnerte er sich an Emmas Schreie und sah vor seinem inneren Auge, wie sie über die Wiese rannte. Xenia zappelte in seinen Armen. Emma stürzte und fiel der Länge nach hin.

Mit einem tiefen Atemzug verdrängte er die Erinnerung aus seinem Kopf, weil er bereute, Xenia hierher gebracht zu haben. Diese Entführung war zu einer Farce geworden, zu einer Falle, aus der er keinen Ausweg sah. Darum benötigte er jetzt etwas Zeit zum Nachdenken. Beide Fäuste gegen die Schläfen gedrückt, gab er ein tiefes Knurren von sich.

»Bist du ein Monster?« Xenia blickte ihn mit angstgeweiteten Augen an.

»Nein.«

»Warum versteckst du dich dann? Lass mich nach Hause gehen.«

»Das geht nicht«, sagte er schnell.

»Dann bist du der Schaufelmann, von dem mir Emma erzählt hat. Du hast ihre Mama getötet.«

»Nein, das bin ich nicht!« Die Antwort kam viel zu schnell. Die Haare an seinen Unterarmen richteten sich auf und drückten gegen die Ärmel seiner Jacke. Kalter Schweiß rann seinen Nacken hinab. Unter dem staubigen Sack wurde die Luft immer knapper.

»Bist du sein Kompize?«

Das heißt Komplize, korrigierte er Xenia in Gedanken und schüttelte automatisch den Kopf. Die Kordel, die den grobmaschigen Sack festhielt, rieb an seinem Hals und zog sich enger zusammen. Schnell versuchte er, den Knoten zu lösen – und bekam einen Schub. Diese Schübe kamen immer dann, wenn er mit einer Situation überfordert war.

»In der Kiste sind Flaschen und Dosen. Ich werde bald wiederkommen. Wenn du nicht stillhältst, holt dich der Schaufelmann.« Wie einen auswendig gelernten Text spie er die Drohung aus, als er die Schlaufe endlich gelöst hatte. Gierig sog er die kalte Luft ein.

»Ich habe hier auch einen Heizlüfter. Du wirst es bald warm haben hier drin.«

»Ich will nach Hause.« Xenias Stimme verwandelte sich zu einem Fiepen. Die langen Wimpern wurden feucht.

Der Mann ballte die Hände zu Fäusten. Insgeheim

wünschte er sich nichts sehnlicher, als das alles hier ungeschehen zu machen, aber das ging nicht.

»Du bist nicht böse. Warum hast du mich trotzdem mitgenommen?«

Sein linkes Auge zuckte nervös. Dass er sein Gesicht besser verhüllen sollte, war ihm erst vor der Tür eingefallen. Zum Glück hatte der gammelige Sack, in den er schnell zwei Löcher schnitt, direkt vor dem abgebrannten Haus gelegen. Falls Xenia von der Polizei oder ihrem Vater gefunden werden sollte, durfte sie ihnen nicht verraten, wer sie hier eingeschlossen hatte.

»Ich muss jetzt gehen. Da drin ist noch eine Spieldose. Mit der kannst du dich beschäftigen.«

»Emmas Ballerina?« Xenias Augen leuchteten für einen winzigen Moment auf.

»Ja.«

»Wo ist Emma?«, fragte sie ein weiteres Mal.

»Sie wurde vom Schaufelmann geschnappt. Du darfst keinen Ärger machen. Hier bist du sicher. Wenn du aber schreist, kann er dich hören und wird dich töten. Sei also brav, sonst muss ich dich knebeln«, drohte er. »Willst du das?«

Xenia schüttelte vehement den Kopf.

Der Mann drehte sich um und ließ das weinende Mädchen allein.

Der Schlüssel musste mit viel Kraftaufwand und Geschick mehrmals umgedreht werden. Das Schloss quietschte wie tausend Mäuse. Als er das geschafft hatte, zog er sich den Sack vom Kopf. Seine Haare klebten feucht an der Stirn und sofort kroch ihm die Kälte hinten in den Kragen. Im Gegensatz dazu fühlte sich seine Stirn glühend heiß an und er lehnte sie gegen das rostige Blech. Die Hände presste er flach gegen das kalte Metall und kratzte über den Raureif, der sich darübergelegt hatte und unter seiner Haut zu schmelzen begann.

»Mami!«, rief Xenia in ihrem Verlies.

Er holte aus. Der rechte Stiefel krachte gegen die schwere Tür und hinterließ eine Delle. Ein jäher Schmerz durchzuckte seinen Fuß.

»Sei still!«, schrie er Xenia noch ein letztes Mal an und stampfte davon.

Johannes

Währenddessen

In Xenias Zimmer

Erneut weicht Herr Zorn Karls Blick aus. Xenias Vater, sitzt neben seiner Frau auf der Bettkante und tröstet sie, indem er ihren leicht gekrümmten Rücken streichelt. Ihr Kopf lehnt an seiner Brust.

»Wo waren Sie in der Nacht?«, wiederholt Karl die Frage zum dritten Mal.

Noch immer sieht Herr Zorn zu Boden. Seine weißen Socken sind fadenscheinig und schmutzig.

»Hat ihre Tochter in diesem Bett geschlafen?«, stelle auch ich eine Frage, die mich beschäftigt.

Die schwielige Hand des Mannes bewegt sich nicht mehr. So, als hätte ich ihn bei etwas ertappt, schaut er zu mir auf.

Die Frau schnieft. Das zerrupfte Papiertaschentuch in ihren Händen fällt zu Boden. Sie hebt es auf und zupft winzige Papierfetzen ab, die in ihrem Schoß landen.

»Natürlich hat Xenia in diesem Bett geschlafen! Wo denn sonst?« Nicht Herr Zorn beantwortet meine Frage, sondern seine Frau Tamara. Ihre von verlaufener Wimperntusche dunkel umrandeten Augen sind geschwollen. Das aschblonde, leicht gewellte Haar hat einen dunklen Ansatz.

»Was glauben Sie, wo unsere Tochter sonst schläft?« Sie wird leicht aggressiv und versucht, die Schuld für das Verschwinden ihrer Tochter bei mir zu finden.

»Sagen Sie es mir?«

»Xenia hat hier geschlafen«, übernimmt Herr Zorn wieder und umarmt seine Frau. »Xenia hat in ihrem Bett geschlafen, und Emma auf der Matratze. So war es zumindest vorgesehen. Die Mädchen haben sich wahrscheinlich umentschieden und die Nacht gemeinsam in Xenias Bett verbracht. Ist ja groß genug.«

Neben dem weißen Bett mit dem rosa Himmel liegt eine Luftmatratze, aber keine Decke und kein Kissen. Das weiße Spannbetttuch ist makellos, im Gegensatz zu dem auf dem Bett.

»War Ihre Tochter nicht trocken oder gibt es dafür eine andere Erklärung?« Mir ist der gelbe Fleck auf der zur Seite umgeschlagenen Decke, die über den Rand hängt, nicht entgangen. Auch der scharfe, trotz des gekippten Fensters sehr intensive Geruch des Urins verleitet mich dazu, diese Frage zu stellen.

»Das war bestimmt dieses Mädchen.« Frau Zorn gibt sich nicht die Mühe, die Abneigung zu verbergen, die sie Emma gegenüber zu empfinden scheint. Energisch streift sie die Papierfetzen von ihrer dunklen Hose. Wie Schuppen rieseln diese zu Boden.

»Emma?«, frage ich und greife in die Tasche meines Dufflecoats, wo meine Finger einen kleinen Softball aus rotem Schaumstoff ertasten. Ich muss mich beruhigen und presse die weiche Kugel in gleichmäßigem Rhythmus zusammen.

Das Ehepaar schweigt.

Herr Zorn greift nach der Hand seiner Frau.

Hand in Hand sitzen die beiden einfach nur da. Die Blicke verlieren sich irgendwo im Nichts. Sie verschweigen etwas, das sie belasten könnte, dessen bin ich mir sicher. Doch was?

Karl steht neben mir. Sein Funkgerät knistert. Ich höre eine abgehackte Stimme, die durch elektrisches Rauschen ständig unterbrochen wird. Karl brummt eine Entschuldigung und lässt mich allein in dem kleinen Zimmer, das für eine siebenjährige Prinzessin liebevoll hergerichtet wurde.

»Sie mögen Emma nicht?«

»Das habe ich nie gesagt.« Frau Zorns Gesichtszüge sind wie gemeißelt. Kalt und unnahbar.

»Warum durfte Xenia Emma einladen, wenn Sie das Kind nicht mögen?«

»Emma ist kein Kind. Sie ist ein Monster, sie ist verrückt!« Das Kinn der Frau zittert. Sie ist zornig. Der Name passt zu dieser Familie, stelle ich in Gedanken fest. Abgesehen von diesem Zimmer wirkt das Haus kalt und ohne Leben. Offenkundig lieben die beiden sich nicht mehr, dennoch treibt sie etwas dazu, mir eine heile Welt vorzuspielen.

»Wir haben uns bemüht, Xenia nicht unnötig damit zu belasten. Die Seele eines Kindes ist sehr zerbrechlich. Ihr ging es nicht sehr gut. Wir hatten Sorge, dass diese Art Gespräche sie zu sehr aufwühlen könnten und ihrer Entwicklung weiter schaden.« Herr Zorn hält es nicht länger aus, einfach da zu sitzen. Er springt vom Bett und baut sich vor mir auf. »Was wollen Sie eigentlich hier?«

»Haben Sie diesen Text auswendig gelernt?«

»Was?« Er legt die Stirn in Falten.

»Sie sind Jäger. Ihre Sachen sind gebügelt. Auch Ihre Frau trägt eine schöne Hose und eine weiße Bluse, weil sie im Kino waren. Ihre Haare glänzen von zu viel Gel. Sie duften nach Parfüm, was sie irritiert, weil Sie es sonst nie auftragen. Sie kräuseln ständig die Nase oder spannen die Nasenflügel an, auch wenn Ihnen das nicht bewusst ist. So wie jetzt.«

Herrn Zorns Gesicht wirkt überrascht, beinahe angstvoll.

»Sind Sie ein Seelenpfuscher? Sind Sie deswegen hier? Woher wollen Sie wissen, dass wir im Kino waren?«

»An Ihrem Vorderzahn klebt eine dunkle Schale. Sie haben Popcorn gegessen, Ihr Atem riecht danach. Im Flur hängt ein Kalender. Der heutige Tag ist eingekreist. Das

Wort Kino konnte ich mit etwas Anstrengung auch entziffern. Ist ein Besuch im Kino zu einem Ereignis geworden, das nicht einfach so stattfindet, sondern eingeplant und in den Familienkalender eingetragen werden muss? Ist Ihnen jegliche Spontanität abhandengekommen? Sind Sie gerade dabei, Ihren Familienfrieden aus Bruchstücken wieder zusammenzuflicken?«

Mein Gegenüber schweigt. Er begreift nicht, was ich von ihm will.

»Sie haben heute Nacht einen Film angeschaut. Im Kino. Sie sind einem Rat eines guten Freundes oder eines Familienberaters gefolgt. Sie haben sich Zeit genommen, um die Risse Ihrer Ehe zu kitten. Man hat Ihnen empfohlen, etwas zu unternehmen, das Ihnen Spaß macht. Etwas, bei dem Sie und Ihre Frau allein sein können.«

»Das haben wir nie bestritten. Ist es ein Verbrechen, ins Kino zu gehen? Ich denke nicht!«, ereifert sich der Mann und kratzt sich mit dem schmutzigen Fingernagel über den Zahn.

»Wer hat während Ihrer Abwesenheit auf die beiden Kinder aufgepasst?« Meine Hand wird zu einer Faust. Der Ball verschwindet darin.

Friedrich Zorn setzt hektisch zu einer Antwort an, doch findet er keine passenden Worte. Sein Mund steht einfach offen.

»Jessica war hier«, bekommt er Rückendeckung von seiner Frau, die sich erhoben hat und an seine Seite stellt. »Und zu Ihrer vorangegangenen Frage: Xenia hätte niemals ins Bett gemacht. Und sie wäre nie einfach so aus dem Haus verschwunden.« Frau Zorn gleicht dem Schatten ihrer Selbst.

Mich beschäftig immer noch die Aussage über die Psyche ihrer Tochter. Was hat Herr Zorn damit zum Ausdruck bringen wollen?

»Woher stammt eigentlich das Blut im Keller?«, wechsle ich die Richtung meiner Befragung.

»Ich habe vorgestern ein Reh geschossen.«

»Und dieses Tier ist dann im Keller explodiert?«

Erneut ernte ich für meine Frage einen zornigen Blick des Mannes.

»Nein. Das Reh war nicht wirklich tot.«

»Angesichts des Blutverlustes und der Sauerei gehe ich davon aus, dass derjenige, der da unten sein Unwesen getrieben und das Reh doch noch erledigt hat, sehr kräftig und nicht allein war.«

»Mein Sohn hat mir dabei geholfen«, sagt er, aber er widerspricht mir nicht. Im Protokoll wurde Wildschwein eingetragen, jetzt behauptet der Mann, er habe ein Reh zerteilt.

»Hätten die beiden Mädchen das tote Tier dort unten zu Gesicht bekommen können? Die Tür stand offen.«

»Nein. Wir haben die Sau noch am selben Abend zum Metzger gebracht.«

Jetzt ist es wieder eine Sau.

»Warum haben Sie das Tier zuerst nach Hause geschleppt und erst dann zum Metzger? Warum haben Sie das Blut nicht weggewischt?«

»Weil Manu nicht um drei Uhr nachts arbeitet. Mein Sohn wollte sich um die Sauerei kümmern, leider kam ihm etwas dazwischen. Außerdem zerlege ich ab und zu auch selbst Wild unten im Keller, wenn Fridolin mich dabei unterstützt.«

Ich nicke. »Fridolin ist Ihr Sohn?«

»Ja.«

»Jessica war also die ganze Nacht in Ihrem Haus?«

»Nein. Sie war bis kurz nach elf da. Wir sind nach dem Film sofort nach Hause.« Herr Zorn sucht nach Augenkontakt bei seiner Frau. Sie stimmt seinen Worten zu. Tamara Zorn nickt.

»Wer hat das Verschwinden der beiden Mädchen bemerkt?«

»Jessica«, sagt Frau Zorn mit belegter Stimme.

»Wir wissen es nicht wirklich«, fügt ihr Mann übereilt hinzu. »Als wir ankamen, herrschte hier ein wildes Durcheinander.«

»Wo war Emma zu diesem Zeitpunkt?«

»Im Garten. Jemand hatte sie gefesselt.«

»Wer hat sie gefunden?«

»Die Polizei.«

»Und Ihr Sohn. Wo war er?«

»Keine Ahnung. Er ist erwachsen und kann tun und lassen, was er will.«

»Und Sie waren die ganze Zeit im Kino?« Ich sehe Herrn Zorn abwartend an.

Das kurze Flackern in den Augen. Er sortiert seine Gedanken neu.

»Was soll die Frage?« Er schluckt und muss sich beherrschen, seine Frau nicht anzuschauen.

»Manchmal wird man in eine ausweglose Situation manövriert, ohne dies selbst verschuldet zu haben. Aus Liebe oder einem Pflichtgefühl heraus, versucht man alles Mögliche und trifft nicht immer die richtige Entscheidung. Alles passiert viel zu schnell. Man hat einfach nicht die Zeit zum Überlegen. Und wenn man eine oder zwei der unwiederbringlichen Entscheidungen getroffen hat, steckt man plötzlich zu tief …«

»… in der Scheiße«, vollendet er meinen Satz.

»Sie sagen es.«

»Meine Tochter ist verschwunden, und Sie palavern hier von irgendwelchen Pflichtgefühlen.«

»Wo war Jessica? Hier in diesem Zimmer?«

»Sie war im Wohnzimmer.«

»Allein?«

»Ich vermute schon.« Herr Zorn bleibt wortkarg.

»Wie oft kommt sie zu Ihnen, um auf Xenia aufzupassen?«

»Das war das erste Mal.«

»Sicher?«

»Ja, verdammt.«

»Hat Jessica einen Freund? Sie hat womöglich diese Möglichkeit ausgenutzt, um ungestört Zeit mit dem jungen Mann zu verbringen?«

»Ich war nicht da!«

»Wie alt ist Jessica?«

»Sie ist fünfzehn«, sagt Frau Zorn.

»Also noch ein Kind.«

»Nicht wirklich«, fügt Herr Zorn hinzu und fährt sich mit der Zunge über die Innenseite der rechten Wange.

Er hat Zahnschmerzen.

»Haben Sie die beiden beim Knutschen erwischt?«

Wieder dieses kurze Aufflackern.

»Nein«, sagt er und verzieht das Gesicht.

»Nun zurück zu meiner anfänglichen Frage, warum durfte Emma hier übernachten?«

»Xenia hatte einen schlimmen Alptraum.« Frau Zorn windet sich aus der Umarmung ihres Mannes. Sie geht auf Abstand. Das, was sie erwägt zu sagen, kann beiden schaden.

»Tamara, nicht«, knurrt ihr Mann.

Sie beachtet ihn nicht. Ihre Finger zerrupfen den Rest des feuchten Taschentuchs. »Wir waren bei einem Arzt. Xenia hatte Reitunterricht.« Sie kaut auf der Unterlippe. »Sie wurde von dem Reitlehrer unsittlich angefasst. Er behauptet zwar, er hätte ihr beim Aufsitzen geholfen, doch nach Xenias Schilderung sind wir anderer Meinung. Jedenfalls haben wir festgestellt, wie Xenia sich in den letzten Wochen verändert hat. Sie interagierte nicht mit anderen Kindern. Blieb oft allein. Sie verschloss sich auch vor uns. Sie fand die Zuflucht im Alleinsein. Sie warf alle Bücher und Spielsachen aus ihrem Zimmer, das nur annähernd etwas mit Pferden zu tun hatte.«

»Darum haben Sie das Zimmer neu tapeziert?«

Sie nickt.

Hinter meinem Rücken werden Stimmen laut.

»Lassen Sie mich los!«, schreit ein Mann.

»Fridolin?«, entfährt es der Frau. Sie zwängte sich an mir vorbei und läuft in den Flur. Ihr Mann folgt ihr dicht auf.

Ich eile den beiden hinterher.

Karl sitzt auf einem Mann, dessen Gesicht gegen die Dielenbretter gedrückt wird.

Lars, Karls Kollege, zückt die Handschellen und lässt sie um die Handgelenke des sich heftig wehrenden Mannes zuschnappen.

»Lassen Sie meinen Sohn los!« Herr Zorn versucht, Lars am Kragen zu packen, doch der junge Polizist ist flink. Nach weniger als drei Handgriffen steht Lars hinter dem Rücken des großen Mannes und hält ihn im Schwitzkasten.

Tamara Zorn stößt einen hysterischen Schrei aus und will dazwischengehen. Ich bekomme ihr Handgelenk zu fassen und hindere sie daran.

»Er hat nichts getan!« Sie windet sich.

»Wir werden das alles klären. Verkomplizieren Sie die Sache nicht zusätzlich«, beruhige ich sie und breche ihren Widerstand, indem ich sie an den Schultern packe und zurück ins Kinderzimmer führe.

»Saskia, gehen Sie mit Doktor Hornoff. Er braucht Ihre Unterstützung«, höre ich Karl, der einer jungen Polizistin, die ich zu schätzen gelernt habe, Anweisungen erteilt.

»Fridolin hat uns angerufen. Er hat das Verschwinden meiner Tochter als Erster bemerkt. Friedrich war nicht die ganze Zeit im Kino. Er war eine halbe Stunde nicht bei mir, weil Fridolin eine Panne hatte«, sprudelt die Frau plötzlich los. Ihre angestaute Wut und Verzweiflung brechen sich Bahn.

»Sie haben zu der Tatzeit kein verifiziertes Alibi!«, dröhnt Karls Stimme durch das ganze Haus. »Und genau dieser Sachverhalt zwingt uns zu der Annahme, dass Ihre Gegenwehr nicht unbegründet ist. Wenn Sie weiterhin so strampeln, werde ich Ihnen wehtun müssen. Aus welchem Grund haben Sie sich hinter dem Haus in der Scheune versteckt?«

»Sie sind ein verdammter Hurensohn!«, antwortet der junge Mann mit den stechend blauen Augen.

»Sparen Sie sich Ihre Beschimpfungen für einen Rap Song auf.«

»Sie Wichser!«

»Wenn Sie nicht aufhören, mir solch unschöne Worte an den Kopf zu werfen, werde ich Sie …«

»Arschlo…« Zu mehr kommt Fridolin nicht, seine letzte Beleidigung erstickt in einem Keuchen.

»Abführen!«, sagt Karl.

»Guten Tag.« Eine schmale Frau taucht in der Tür auf und zieht sie hinter ihrem Rücken zu. Das Poltern von Füßen und die Flüche aus mehreren Kehlen werden zu dumpfen Geräuschen.

»Mein Name ist Saskia Kirschmann. Ich bin hier, um mit Ihnen über Ihre Tochter zu sprechen. Meine Absicht ist, Ihnen zu helfen.« Die zierliche Polizistin ist von einer positiven Aura umgeben. Sie lächelt. Das schulterlange blonde Haar hat sie zu einem kurzen Pferdeschwanz gebunden.

Tamara Zorn wehrt sich nicht mehr gegen meinen Griff. Sie sackt in sich zusammen. Saskia und ich helfen ihr aufs Bett.

»Ich hole Ihnen ein Glas Wasser«, sage ich und lasse die beiden Frauen allein – mehr aus taktischer Absicht als aus

Einfühlsamkeit. Ich lehne die Tür nur an, bleibe stehen und lausche.

»Wollen Sie mit mir darüber reden, was in der Nacht passiert ist? Ist Ihnen etwas aufgefallen? War Ihr Mann in den letzten Tagen anders als sonst?«

Saskia stellt die richtigen Fragen und ist dabei nicht aufdringlich.

»Hey, Doc, was …«

Ich hebe den Finger an die Lippe und bringe so Karl zum Schweigen, dessen Lippe blutet.

»Jeder Antwort liegt eine Frage zugrunde«, sagt Saskia.

Karl und ich sind still, hören ihrer angenehmen Stimme zu, blenden die Rufe und Geräusche, die von den Wänden widerhallen, einfach aus.

»Sie und ich werden versuchen, auf all diese Fragen eine Antwort zu finden. Ich werde Sie während dieses Prozesses begleiten, bis wir am Ziel ankommen.«

»Sie lernt schnell. Du bist ein guter Lehrer. Saskia hat dich gelobt«, flüstert Karl mir zu.

»Danke.« Ich entferne mich von der Tür.

»Habt ihr den jungen Zorn abgeführt?«

»Er wäre mir beinahe entwischt.«

»Würden Sie Frau Zorn bitte ein Glas Wasser bringen?«, bitte ich einen älteren Herrn in Uniform.

»Mache ich.«

»Danke.«

Karl und ich gehen nach draußen. Ich brauche frische Luft.

»Warum war er so außer sich?«

»Zuerst zeigte er sich kooperativ. Es lief alles gut, bis ich von ihm wissen wollte, ob Tamara Zorn seine richtige Mutter ist.«

Draußen scheint die Sonne nicht mehr. Ein graues Wolkenmassiv hängt über der kleinen Siedlung. Der dichte Nebel kriecht durch die Straßen und raubt uns die Sicht. Wie in Watte gepackt, wirken die Fachwerkhäuser unecht.

»Das hast du an seinem Blick erkannt. Seine Augen haben es dir verraten.«

»Stimmt.« Karl steckt sich eine Zigarette zwischen die Lippen. Das Zippo klimpert leise. Das scheue Züngeln der kleinen Flamme erhellt sein Gesicht. Er macht einen langen Zug.

»Du hast den Eheleuten tief in die Augen geschaut«, stelle ich fest und bin mir sicher, dass er dieselbe Beobachtung wie ich machen konnte.

»Ja. So, wie du es immer tust.«

»Du bist ein guter Beobachter«, sage ich und hole den Ball aus der Manteltasche.

»Ohne den Psychopathen an meiner Seite hätte ich diese Fähigkeit nicht«, sagt er und lacht er über seinen verbalen Seitenhieb, der einfach an mir abprallt.

»Friedrich Stolz und seine Frau haben eine kastanienbraune Iris. Xenia dieselben dunklen Augen. Ich habe eines der Fotos im Kinderzimmer etwas näher betrachten können«, setzt er nun wieder sachlich hinzu und bestätigt damit meine Annahme.

»Nur Fridolin nicht«, murmele ich.

»Nein. Seine sind blau. Und das ist unmöglich bei dieser Konstellation. Stimmt's?«

Er klopft mir auf die Schulter, so fest, dass mir beinahe der Ball aus der Hand fällt.

»Wenn wir beide in einem spannungsgeladenen Film die Hauptrollen spielen müssten, wäre unser Auftritt an Peinlichkeit nicht zu überbieten, oder?« Karl lacht. »Ein Psychologe, der mehr Marotten hat als seine Patienten, und ein Polizist, der sein Privatleben weniger schätzt als die Arbeit, die er eigentlich hasst.«

»Im Lichte dessen betrachtet, erfüllen wir doch alle Klischees, die die Zuschauer von solchen Filmen erwarten.«

»Nur ist das alles hier keine Fiktion. Die Spuren an der Wand könnten von einem Kind stammen, das von einem Mann unserer Körpergröße nach oben getragen wurde.« Seine gute Laune ist weg. »Für einen Erwachsenen sind die Schlieren einfach zu klein, auch ist da zu wenig Platz«, schiebt er erklärend nach und macht wieder einen Zug auf Lunge.

Der herüberwehende Zigarettenrauch reizt meine Schleimhäute.

»Warum seid du und dein Team hier, Karl?«

Wir stehen uns gegenüber. Der Wind pfeift in meinen Ohren. Das Absperrband flattert und löst sich.

»Seit vorgestern wird eine Frau vermisst. Sie ist jung. Keine zwanzig. Dieser Ort hier ...« Karl bedenkt das Haus und das gegenüber mit einem traurigen Blick. »Diese Tristesse kann einem schon mal den Kopf verdrehen.«

»Wer ist diese Frau?«

»Sie studiert in Berlin, hat hier in diesem Kaff ihren festen Wohnsitz. Ich habe eine Anfrage an die Universität geschickt, die mir das bestätigen konnte. Nicht, dass das Blut da unten von ihr ist und die Kritzelei an der Wand auch.«

»Wo kommt sie her?«

»Aus Polen. Sie hat eine Schwester. Sie waren verabredet.«

»Aber das ist nicht alles.« Ich lasse den Ball in die andere Hand wechseln.

»Vor zwei Jahren verschwand Emmas Mutter. Bis heute fehlt jede Spur von ihr. Der Vater starb während der Untersuchungshaft. Wurde ermordet. Einer der Insassen hat ihn abgestochen. Kurt Wegener und sein Kumpel, Michael Stanzer, gehörten zum engen Kreis der Verdächtigen. Die Beweislage reichte jedoch nicht aus für einen Prozesses. Aus

Mangel an Beweisen wurde Michael Stanzer aus der U-Haft entlassen. Kein halbes Jahr später verschwand eine weitere Frau.«

»Das Opferprofil …«

»Nicht wirklich …« Karl lässt mich nicht ausreden.

»Nun, jetzt konzentrierst du dich auf den jungen Zorn, weil du da eine Verbindung siehst?«

»Du hast die Sauerei doch selbst gesehen.«

Ich nicke. »Der Schaufelmann. Dieses Wort ist dir vertraut.«

Karl drückt die Zigarette aus und steckt den Stummel in einen kleinen Plastikbeutel. »Emma war damals die einzige Zeugin. Sie hat vor zwei Jahren ihren Vater und Michael Stanzer belastet. Das Mädchen hatte Glück im Unglück. Sie war mit in dem Wagen, der samt ihrer Mutter und dem Hund verschwunden ist. Und Kurt Wegener höchstpersönlich, zusammen mit Michael Stanzer, hat sein Kind am Straßenrand gefunden – was für ein Zufall! Emma war schlimm zugerichtet und dem Tod näher als dem Leben.«

»Wir haben es also mit einem Wiederholungstäter zu tun.« Dies ist keine Frage, sondern eine Feststellung.

Karl verschließt das durchsichtige Tütchen und steckt es in die Jeanstasche. »Sieht ganz danach aus. Nur stammt das Blut an den Wänden von einem Reh.«

»Ich dachte, es stammt von einem Wildschwein.«

»Dachte ich auch. Zorn Junior behauptet aber, ein Reh geschossen zu haben.«

»Er und sein Vater haben sich schlecht abgesprochen. Oder einer sagt die Wahrheit und der andere lügt.«

»Meinst du, dass noch mehr Mädchen verschwunden sind?«

»Schwer zu sagen.«

»Wann gedenkst du, dich mit Emma zu unterhalten, Johannes?« Karl stellt den Kragen seiner Jacke auf. Wir bewegen uns zu seinem Wagen. Der Hof ist gepflastert, trotzdem schmatzt jeder meiner Schritte, weil der Schnee aufgetaut ist und sich in Matsch verwandelt hat, der sich über die Knochensteine legte. Noch mehr Schaulustige haben sich vor der Einfahrt versammelt.

»Ich brauche mehr Backgroundinformationen. Diese Kinder sind zerbrechlich. Ich muss mich in ihre Lage versetzen können. Muss eine Ahnung von ihren Ängsten bekommen.«

»Sie ist nicht allein. Dort oben wohnen viele Geister.« Karl tippt sich an die Schläfe. Er klingt nicht sarkastisch und meint es nicht böse. »Das arme Kind leidet an einer gespaltenen Persönlichkeit. Aber das wundert mich nicht. An ihrem Schicksal würde jeder zerbrechen.«

»Umso wichtiger ist es für mich, so viele Informationen wie nur möglich zusammenzubekommen. Spricht sie in Mehrzahl von sich?«

»Manchmal«, sagt Karl. »Wir nehmen lieber den Hinterausgang.« Mit einem missmutigen Blick auf die gaffende Meute durchqueren wir den kleinen Garten.

»Ich habe Herrn Zorn senior hier stehen sehen. Dort unter dem Baum. Er hat mit jemandem telefoniert.«

»Wir haben sein Handy konfisziert.«

Schweigend bewegen wir uns auf eine kleine Pforte zu, die in eine grüne dornige Hecke eingelassen ist. Mir ist klar, dass hier ein Serientäter sein Unwesen treibt. Dieses Mal wurde er gestört. Welches Motiv könnte dieser absonderliche Abkömmling einer menschenähnlichen Gattung haben? Warum Schaufelmann? Die emotionale Indifferenz eines Serienkillers darf nicht mit einem gewöhnlichen Mörder verglichen werden, der im Affekt handelt. Diese seltene Spezies, mit der wir es hier zu tun haben, fokussiert sich auf das Töten. Selten ist der Tod das Ziel, sondern der Weg dorthin. Zwei Jahre sind nach Karls Informationen zwischen diesen beiden Morden vergangen.

»Wills du nicht einsteigen?« Karl sieht mich fragend an.

Ohne es bemerkt zu haben, bin ich vor seinem schwarzen BMW angelangt. Der grobschlächtige Polizist öffnet mir die Tür.

»Bitteschön, Sie verwirrtes Geschöpf.«

»Danke. Karl?« Ich setze mich in den Wagen. Karl steht neben mir.

»Was?«

»Das Kind, dieses Mädchen, Emma.«

»Ja?«

In meinem Kopf passiert zu viel auf einmal. Ich versuche alle Ideen der Reihe nach zu ordnen. Karl nutzt die kurze Pause, knallt meine Tür zu, umrundet den Wagen und nimmt hinter dem Lenkrad Platz. Er startet den Motor und dreht die Heizung auf. »Nun spuck es aus, Doc.«

»Emma könnte einen Flashback gehabt haben.«

»Du meinst eine Erinnerung, die plötzlich und unerwartet hochkam?«

»Diese Erinnerungen sind mit Ängsten verknüpft. Unser Verstand versucht, sich zu schützen, indem er uns etwas vorgaukelt, das Geschehene ausblendet oder etwas dazuerfindet.«

»Du meinst, dass die Erinnerungen verfälscht sein könnten. Doch was hat das jetzt …«

»Es ist nicht zwingend, dass die Geschehnisse, die wir in unseren Köpfen abgespeichert haben, mit der Realität übereinstimmen. Emma war damals fünf. Ihr Vater fand sie am Straßenrand. Sie war schlimm zugerichtet, stimmt doch, oder?«

»Ja.«

»Das, was Emma in der Nacht erlebt hat, oder vielmehr das, woran sie sich erinnerte, könnte durch verschiedene Einflüsse verfälscht worden sein. Sie wurde von Seelsorgern betreut, die mit Sicherheit versuchten, das Kind zu beruhigen, das vermutlich an einer zeitlich begrenzten Amnesie litt, weil ihr Denkorgan das Erlebte nicht verarbeiten konnte. Wie viele Persönlichkeiten leben in Emmas Körper?«

»Das weiß ich nicht. Warum?«

»Sie muss schon vor dem Unfall traumatisiert gewesen sein. Durch immer mehr Persönlichkeiten entstehen immer weitere Barrieren, die sie vor der Außenwelt schützen. Du musst es dir so vorstellen: Sie ist wie ein kleiner Superheld, der viele Fähigkeiten hat und sich den Situationen entsprechend anpasst.«

Karl grunzt, als hätte er meine Erklärung begriffen.

»Es gibt zwei Bewusstseinsebenen. Eine reale, das bedeutet Emma erlebt alles live mit, und eine Co-Ebene. Dabei wird Emma von der Außenwelt abgeschottet. So als stünde sie in einem anderen Zimmer, während die Gäste sich nebenan lautstark unterhalten. Sie bekommt nicht viel mit und kann in das Geschehene nicht eingreifen, weil einer der Gäste die Tür abgeschlossen hat.«

»Und gestern Nacht ist sie jemandem begegnet, der sie so durcheinandergebracht hat? Du meinst, sie war es, die die Botschaft hinterlassen hat? Ist es so ein Trauma-Trigger gewesen, der das Kind innerlich so gespalten hat, dass Emma sich im realen Leben, das du als Außenwelt bezeichnet hast, nicht mehr an ihre Handlung erinnert?«

»Möglich.«

»Also war es nicht Emma, sondern eine andere Person in ihrem Körper, die das in die Wand geritzt hat? Wer hat das ausgelöst?«

»Das muss keine Person gewesen sein. Jede mit der verdrängten Erinnerung verknüpfte Veränderung, selbst ein bestimmter Duft, kann zum Trigger werden und die Schutzmauer zu Fall bringen. Wir müssen herausfinden, was in jener Nacht passiert ist und was die Mädchen beobachtet haben.«

»Du musst das Mädchen dazu bringen, sich zu erinnern.«

»Zuerst muss ich herausfinden, ob Emma – die von den anderen beschützte, ursprüngliche Persönlichkeit – bereit ist, in den Vordergrund zu treten. Sie muss aktiv an der Befragung teilnehmen.«

»Interessant. Bin gespannt, ob du sie dazu bewegen kannst. Ich muss aufs Präsidium. Wo soll ich dich absetzen? Oder möchtest du mit mir kommen? Ich muss Fridolin Zorn etwas fragen, und zwar unter vier Augen.«

»Fahr mich bitte zu meinem Bruder. Ich will mich mit Benjamin beratschlagen.«

»Wie du meinst.«

Karl drückt aufs Gaspedal. Laut hupend drängt er die Gaffer von der Straße. Einige protestieren lautstark. Einer ist sogar so dreist, gegen das Auto zu treten. Karl drückt seinen Polizeiausweis gegen die Scheibe. Der Mann senkt den Kopf und eilt davon. »Ab morgen spielt Saskia deine Fahrerin. Lars und ich werden uns um die Familie Zorn kümmern. Wenn du so weit bist und mit Emma sprechen willst, möchte ich davor in Kenntnis gesetzt werden.« Der letzte Satz ist keine Bitte, sondern ein Befehl.

»Bevor ich das tue, werde ich zuvor ihren Großeltern einen Besuch abstatten.«

»Wie du meinst.«

Ich drücke meinen Kopf gegen die Lehne und schließe die Augen.

»Was sagst du deiner Frau?«

»Die Wahrheit.«

»Und die wäre?« Karl unterdrückt ein Lachen.

»Du hast mich dazu gezwungen.«

Ich grinse, Karl lacht laut auf. »Du bist ein Pantoffelheld, Professor Doktor Hornoff.«

»Und du bist vier Mal geschieden.«

»Touché, Doc.«

»Karl, ich brauche mehr Informationen. Ich muss mehr über Emma erfahren. Insbesondere über den Zwischenfall, bei dem ihre Mutter verschwunden ist.«

»Wir fahren zu mir ins Büro. Ich werde dir die nötigen Akten zukommen lassen. Du kannst dir Notizen und Kopien machen. Währenddessen werde ich die Befragung durchführen. Im Anschluss bringe ich dich zu deinem Bruder«, ändert Karl kurzfristig meine Pläne.

»So machen wir es.«

Karl lässt die Scheibe ein Stück nach unten gleiten und zündet sich eine Zigarette an.

Ich schließe die Augen und stelle mir vor, dass ich nicht in seinem Wagen sitze.

Emma

Berliner Krankenhaus

Emma rieb sich die letzten Fetzen ihres Traumes aus den müden Augen. Ihr fiel sofort auf, wie dunkel es im Zimmer geworden war. Sie schluckte. Der Hals war trocken, die Zunge pelzig. Die Fingerspitzen prickelten unangenehm. Sie formte die linke Hand zu einem kleinen Boot, hielt sich dieses vor Mund und Nase und hauchte hinein. Ihr Atem roch schlimm. Sie hob die Decke.

»Bitte nicht«, flüsterte sie. »Ich habe nur geschwitzt«, beruhigte sie sich und schob die Hand zwischen ihre Beine. Ihre Hose war trocken. Ein großer Stein fiel ihr von der Brust, in der das Herz wie ein Kolibri flatterte. Sie hatte sich nicht eingepieselt. Vielleicht war es doch Xenia gewesen.

Emma deckte sich wieder zu. Sie hatte Durst.

Soll ich Inge darum bitten, mir ein Glas Wasser zu bringen? Ich sollte mich vielleicht waschen, aber dann kann Inge sehen, was sie nicht sehen darf. Emmas Finger kribbelten. Sie sah die krummen Narben zwar nicht, aber sie spürte sie. Auch stieg in ihr das Verlangen auf, sich wieder zu ritzen.

»Der Schmerz ist ein Ventil.« Das hatte die Frau zu ihrem Opa gesagt. Die Frau war eine psychologische Betreuerin gewesen; eine von vielen. »Wenn Emma sich schneidet, treten die Stimmen in ihrem Kopf in den Hintergrund und sind nicht mehr so aggressiv. Der reale körperliche Schmerz hilft ihr, sich auf das Hier und Jetzt zu konzentrieren.« Die Frau hatte recht. Emma hatte sie und ihren Opa dabei belauscht, wie sie sich über ihre Psyche und den labilen Zustand ihres inneren Ichs unterhielten. Die beiden Erwachsenen hatten geglaubt, sie wäre auf der Toilette, und das war sie ja auch, eigentlich. Nur wusste keiner von dem Loch in der Wand. Wenn man sich auf den Klodeckel stellte und sich ganz lang machte, konnte man das Plastikteil an der Wand abmachen und sein Ohr gegen die kleine Öffnung legen. So konnte man alles hören, was im Wohnzimmer gesagt wurde. Emma hatte genau zugehört und die Frau in einem späteren Gespräch am selben Tag damit verblüfft, dass sie ihr die Beweggründe, die sie dazu brachten, sich selbst zu verletzen, geradezu lehrbuchmäßig beschrieb.

Nach dem Tod ihrer Mutter zog Emma zu ihren Großeltern und Marc – Marc mit C. Er war Emmas Onkel. Nach einem schlimmen Unfall saß er im Rollstuhl, weil er querschnittsgelähmt war. Auch dieses Wort konnte sich Emma ohne Anstrengung merken. Manchmal, wenn Emma traurig war, holte Marc sie auf sein Zimmer. Er hatte nämlich eine alte Stereoanlage. Mit kleinen Lämpchen die rauf- und runterhüpfen. Grün, Gelb und Rot. Besonders dann, wenn Emma sehr viel an ihre Eltern denken musste, drehte Marc die Lautstärke ganz auf. So laut, dass es in Emmas Bauch kitzelte und ihr die Ohren wehtaten.

Sobald der Regler am Anschlag war und sich nicht mehr drehen ließ, blinkte kein Lämpchen mehr; sie leuchteten alle hell. Bis Opa kam und den Stecker zog.

Genauso fühlte es sich an, wenn Emma kurz vor dem Durchdrehen war, alles in ihr schrie und verlangte danach, dass jemand in ihr den Stecker zog. Wenn die Panik sich nicht mehr steuern ließ und alle roten Lämpchen in ihrem Kopf rot aufleuchteten, musste sie sich schneiden. Das war dasselbe wie Steckerziehen.

Emma musste jetzt wieder an ihren Papa denken und daran, warum er sterben musste. Nur weil eine der Stimmen erzählt hatte, was Papa mit ihr …

Emma drückte sich mit beiden Händen die Ohren zu.

Es war niemand da. Oder doch? Jemand atmete, ganz leise. Sie hielt die Luft an. Trotzdem war dieses Schnaufen noch in ihrem Kopf. *Ich werde belauscht.*

Wer bist du?

Ein. Emma füllte die Lunge mit Luft.

Wer bist du?, wiederholte Emma.

Aus.

Emma nahm die Hände weg und stieg aus dem Bett. Ihre nackten Füße klatschten auf den kalten Boden.

Ich brauche etwas Scharfes, etwas, womit ich mich ritzen kann. Ich muss den Stecker ziehen.

Plötzlich ging die Tür auf.

Inge sah Emma mit einem flüchtigen Lächeln an.

»Stifte und einen Malblock habe ich dir besorgt.«

»Ich habe Durst. Kannst du mir ein Glas Wasser bringen?« Emma rieb sich demonstrativ den schmalen Hals und reckte das Kinn. Auf ihrer weißen Haut prangte ein dunkles Würgemal. Sobald ihre Finger darüberfuhren, verzog sich ihr Gesicht zu einer schmerzverzerrten Maske.

»Emma?« Inge klang besorgt und ging in die Knie. Sie hielt Emma fest an den Schultern.

Wir müssen sie verstecken.

Schnell.

Sie muss hinter die Mauer. Dort ist sie sicher.

Zieht die Wände hoch, schnell.

»Lass mich«, kreischte Xenia in ihrem Kopf. Die Erinnerung wurde zur Realität. Inge verschwand und auch das Krankenhauszimmer existierte nicht mehr. Unvermittelt wurde Emma in die Nacht katapultiert, in der sie vom Schaufelmann heimgesucht wurde. Emma fror. Ihre Hose war feucht und roch nach Pipi. Xenia hatte einen schlimmen Traum gehabt und deswegen ins Bett gemacht.

Jessica, die auf die beiden aufpassen sollte, war mit einem

Jungen im Wohnzimmer. Sie kicherten und knutschten und Jessica hatte nur einen BH an. Zuerst fanden Xenia und Emma das ein bisschen lustig und peinlich. Sie schauten den beiden ein wenig zu und kicherten ebenfalls, bevor sie sich in den Keller wagten.

Die Treppe quietschte nicht, doch sie mussten sich im Dunkeln nach unten schleichen, weil keine von ihnen an den Lichtschalter heranreichte. Glücklicherweise hatte Xenia ihren Teddybären dabei. An seiner Brust hing ein kleines rotes Herz aus Plastik. Als Xenia sich den Kuschelbären ganz fest gegen die Brust drückte, leuchtete das Herz.

»Wie eine kleine Taschenlampe«, sagte Xenia. »Du hast doch keine Angst im Dunkeln, oder, Emma? Bist du ein Angsthase?«

Emma schüttelte den Kopf, obwohl sie kaum atmen konnte, so sehr fürchtete sie sich vor diesem Keller.

»Ich habe schon ein bisschen Angst«, gab Xenia zu. »Aber ich will nicht, dass …« Sie unterbrach sich, als ihr etwas auffiel. »Das ist jetzt blöd. Wie sollen wir denn zurück nach oben gehen? Nackig?«

»Wir können doch warten, bis unsere Sachen wieder trocken sind. Mein Opa wirft die nassen Klamotten immer in den Trockner, damit sie kuschelig weich und schnell trocken werden«, schlug Emma vor.

»Ich weiß gar nicht, wie man die Waschmaschine anmacht«, gestand Xenia, deren Gesicht im Schein des Herzens rot leuchtete. Sie sah wie ein kleines Gespenst aus.

Bevor Emma antworten konnte, ertönte das Geräusch von dumpfen, schweren Schritten.

»Da kommt jemand«, raunte sie mit belegter Stimme.

»Wir müssen uns verstecken«, flüsterte Xenia, und zog Emma rasch durch eine Tür in einen angrenzenden Raum. Mit laut pochenden Herzen standen die beiden Mädchen in der Dunkelheit.

Was war danach geschehen? Hier klaffte eine große Lücke.

»Emma, Schätzchen.« Inge riss sie zurück in die Gegenwart. Sie hockte kniend vor ihr und hatte sie fest an den Schultern gepackt.

»Kann ich ein Glas Milch haben?« Rita hatte sich wieder außen postiert und lächelte Inge an. »Mit Keksen?«

Inges fester Griff lockerte sich.

»Emma, du musst morgen mit Herrn Doktor Kurz darüber reden, was letzte Nacht vorgefallen ist.«

»Kann ich duschen?«, übernahm Emma das Gespräch.

»Aber natürlich.« Diese Kehrtwende schien Inge zu gefallen. »Ich werde dir dabei helfen.«

»Ich schaffe das schon allein.«

»Das darf ich leider nicht zulassen. Du bist noch zu labil, ich meine zu schwach«, druckste Inge herum.

Emma machte einen Schritt nach hinten. Mit leicht gesenktem Kopf sah sie zu Boden.

»Emma? Du kannst auf mich zählen, ich bin immer für dich da. Egal, was passiert, ich bin auf deiner Seite.«

Wir können den Schutz wieder absenken.

In einem Anflug von kindlichem Trotz verschränkte Emma die Arme vor der Brust und sah Inge mit leicht getrübtem Blick an. Der Nebel, von dem sie umgeben war, lichtete sich allmählich. Das Zimmer kam zum Vorschein. Inges Gesicht nahm schärfere Konturen ein.

»Wir trinken zusammen eine Tasse Tee, und du versuchst, dich an das zu erinnern, was geschehen ist.«

Die Erinnerungen waren wie Geister. Sie waren unsichtbar, ihr Kommen spürte man nicht, sie überfielen einen aus dem Hinterhalt. Und sie ließen so lange nicht von ihr ab, bis sie schreiend aus dem Traum erwachte oder bis sie von anderen, noch schlimmeren Erlebnissen abgelöst wurden. Doch Emma träumte nicht, sie war wach, trotzdem verloren die Bilder in ihrem Kopf nichts von ihrer Intensität. Ihre Zähne klapperten.

»Wir trinken zusammen eine Tasse Tee, versprochen.« Inge klang munter, aber besorgt, das konnte Emma an dem leichten Zittern ihrer Stimme hören. »Aber nicht, bevor wir dich blitzeblank geschrubbt haben.«

Inge hatte den Abstand verringert, ohne dass Emma davon etwas mitbekommen hatte. Sie war plötzlich ganz dicht bei ihr und streckte die Hände nach ihr aus.

»Nein!«, schrie Emma plötzlich. Ihre Finger krümmten sich zu Krallen. Sie schlug um sich und traf Inge im Gesicht. Emma spürte, wie die Fingernägel sich tief in Inges weiche Wange bohrten.

Ich werde dich wieder schrubben müssen, höhnte eine hässliche Stimme aus ihrer Erinnerung.

Inge hielt sie an den Handgelenken fest.

Bis deine Haut zartrosa ist. Wie Glassplitter sickerten die höhnischen Worte in den kindlichen Verstand und brennender Schmerz hinterließ eine Schneise der Erkenntnis: *Ich werde sie nie wieder los. Die Stimmen sind ein Teil von mir. Sie sind ich. Sie sind alles, was ich bin.*

»Ich möchte hier weg, bitte«, winselte Emma, ohne recht zu wissen, an wen ihr Flehen gerichtet war.

Inge strich Emma sanft über die Wange.

Das Mädchen wehrte sich nicht mehr. Die Frau mit den roten Haaren bemühte sich um einen sanften Ton. Trotzdem ergaben die Worte keinen Sinn für Emma. Auf die einfachen Fragen fand das verängstigte Mädchen keine Antworten.

»Was ist passiert? Emma. Bitte. Sieh mich an!«

Um Emma wurde alles finster schwarz.

Du entkommst mir nicht, brüllte eine tiefe Stimme sie aus der Dunkelheit heraus an. Plötzlich stank es nach Zigaretten und Vanille.

Ich werde dich jetzt blitzeblank schrubben, mischte sich eine zweite ein. Sie klang nicht tief oder böse, sondern hässlich und für Emmas Ohren viel zu vertraut.

Johannes

Noch am selben Abend

Neustadt in der Nähe von Berlin

Im großen Zimmer meines Bruders riecht die Luft nach verbrannten Räucherstäbchen, deren beruhigende Wirkung ich nie verspürt habe. Bis auf das Kratzen im Hals tat sich nichts bei mir.

Benjamin sitzt mir gegenüber in seinem neuen Rollstuhl. Hinter meinem Bruder steht sein Pfleger Oliver, der groß, durchtrainiert und an beiden Armen tätowiert ist. Olivers rötliches Haar ist jetzt länger als gewohnt. Er trägt ein schwarzes Muscle-Shirt und drückt erneut Benjamins Kopf nach unten, gegen dessen Brust.

»Du brichst mir noch das Genick, du Grobian«, schimpft Benjamin. Nicht nur seine Stimme gleicht der meinen. Sein gesamtes Erscheinungsbild ähnelt dem meinen sehr, abgesehen von dem roten Rollstuhl. Von Geburt an ist er ab dem Hals ein toter Mann. Das sind seine Worte, nicht meine. Er ist oft selbstkritisch, verschont aber die anderen auch nicht. Seine sarkastische Ader ist sein Markenzeichen.

Ich muss die Prozedur abwarten.

»Oliver, nimm deine blöden Pfoten von mir weg. Siehst du nicht, dass ich Besuch habe?«

»Zwing mich doch«, entgegnet Oliver ruhig. Er ist der Einzige, der Benjamins Behinderung als Angriffsfläche benutzen darf, die ihm eigentlich zur Verteidigung dient. Aus reiner Notwehr, sozusagen.

»Ich werde dich feuern!«

»Das hast du schon gestern getan.«

»Warum bist du also noch hier?«

»Weil du mich um zwei Uhr in der Nacht angefleht hast, deine Schimpftirade als einen bösen Traum abzutun und die Sache zu vergessen?« Oliver knetet weiter.

»Ich habe mich geirrt. Das hier ist der wahre Albtraum.«

»Dann hör endlich auf zu zappeln!«

»Wenn du es bisher nicht bemerkt hast, ich kann mich nicht bewegen.«

»Dein freches Mundwerk macht deine Bewegungslosigkeit wett.«

An dem Mundwinkelzucken des großen Mannes erkenne ich, dass er Freude daran hat, meinem Bruder den letzten emotionalen Ausbruch auf diese Weise heimzuzahlen. Die fünfzehn Minuten auf der Stoppuhr, die von Benjamin eigens dafür, nicht länger als nötig gequält zu werden, eingestellt wurde, sind schon längst abgelaufen.

»Oliver, ich würde dich schlagen, wenn ich es könnte.«

»Du kannst doch deinen Daumen und den Zeigefinger bewegen. Zwick mich doch.«

Ich muss lachen. Auch Cristina scheint glücklich zu sein. Sie sitzt auf meinem Schoß und schaukelt mit den Beinen.

Ihre wie Sprungfedern schwarzen Locken kitzeln mich an der Nase. »Onkel Joghurt, warum zanken die beiden sich eigentlich immer?« Sie hebt den Kopf und sieht mich mit ihren wissbegierigen Augen abwartend an. »Wie Tom und Jerry.« Sie kichert.

Für ihre acht Jahre ist sie, meiner Meinung nach, zu gescheit und stellt oft schwierige Fragen. Aber sie mag mich, und das erfüllt mich mit Stolz, weil ich eher selten von Mitmenschen gemocht werde. Mit meinem Sohn stehe ich auf Kriegsfuß.

»Weil die beiden sich eigentlich liebhaben.«

»Meine Mama und mein Papa streiten nie. Haben sie sich etwa nicht mehr lieb?«

Cristina, die mich abwartend ansieht, wurde von meinem jüngeren Bruder adoptiert. Ich kann mir mein Leben ohne dieses Energiebündel nicht mehr vorstellen.

»Nein. Deine Mama und dein Papa lieben sich immer noch, nur können die beiden es besser zeigen.«

»Weil Mama eine Frau ist?«

»Ja. Frauen können nämlich viel besser reden.«

»Das stimmt«, freut sich Cristina.

Ein Kratzen und Winseln an der Tür. »Das ist bestimmt Flummi. Er will spazieren gehen. Aber bei dem Sauwetter …« Sie kräuselt die Stirn und hebt eine Braue.

Flummi ist ihr Hund, ein kleiner Chihuahua.

»Es gibt einfach kein Wesen auf diesem Planeten, das dir zu Seite stehen möchte. Wen willst du damit beeindrucken, Ben?« Auch dieses Privileg ist nur Oliver bestimmt. Selbst ich darf Benjamins Namen nicht verhunzen.

»Lass mich einfach in Frieden!«

»Okay, Cristina. Dein Onkel ist eine Diva.«

»Dann gib ihm doch einen …«

»Du brauchst dich nie wieder bei mir einschleimen, Fräulein, wenn du etwas angestellt hast und deine Eltern dich bestrafen wollen!«, unterbricht Benjamin sie. Benjamin lebt bei Peter. Ich bin unserem jüngeren Bruder sehr dankbar dafür, dass er Benjamin bei sich aufgenommen hat. Müsste ich mir mit Benjamin ein Dach teilen, würde einer von uns beiden eines Tages nicht mehr aufwachen. Wir sind uns einfach zu ähnlich.

»Ich gehe lieber mit Flummi in den Garten«, entscheidet sich Cristina.

»Und nimm den blöden Hund auch gleich mit, dieses Gewinsel ist nicht zum Aushalten. Und damit ist nicht der Chihuahua gemeint«, teilt Benjamin wieder moralische Seitenhiebe aus und holt tief Luft. Sein Gesicht hat Farbe bekommen, und das freut mich besonders.

»Das war moralisch nicht korrekt, Benjamin.« Oliver geht in ein Nebenzimmer und kommt mit einer schwarzen Lederjacke und einer kleinen Schachtel zurück, die er Benjamin in den Schoß legt. »Du musst von den gelben zwei Stück nehmen. In zehn Minuten.«

»Das ist moralisch nicht korrekt, mein Lieber.«

»Warum denn? Kannst du deine Aussage begründen?« Oliver schlüpft in die schwere Jacke.

»Kannst du mit dem Wort überhaupt etwas anfangen?«

»Moralische Werte sind sehr schwammige Begriffe, deren Definition im Auge des Betrachters liegt. Eine Auslegungssache, mehr nicht.«

»Weil?« Die Ader an Benjamins Hals schwillt an und pulsiert.

»In manchen Regionen dieser Erde wird das Töten von Cholerikern nicht als Sünde angesehen, sondern als Erlösung. In deinem Kopf wohnen zu viele böse Geister, Ben. Ich brauche eine Pause von dir. So viel zu den moralischen Werten. Vergiss deine Pillen nicht, sonst habe ich später niemanden an meiner Seite, der mich auf die Palme bringt.« Oliver nimmt Cristina an die Hand.

»Nicht, dass du von einem Auto überfahren wirst, so hochnäsig, wie du heute bist!«

Oliver holt tief Luft. »Die Risiken des Alltags dürfen nicht unterschätzt werden, mein Lieber, das gebe ich viel zu gerne zu, nichtsdestotrotz bringt es nichts, in ständiger Angst zu leben. Wo bleibt dann der Spaß? Ich versuche, mein langweiliges Leben zu genießen.« Mit diesen Worten verlässt Oliver mit Cristina im Schlepptau das Zimmer.

»Tschüss, Onkel Joghurt. Tschüss, Onkel Ben«, verabschiedet sich der Wuschelkopf und zieht die Tür zu.

»Jetzt zu dir, Johannes«, wendet sich Benjamin an mich, sobald die Tür ins Schloss gefallen ist. »Du grinst immer noch.«

Mit meiner aufgesetzten Freude überspiele ich oft mein inneres Befinden. Auch wenn mir manchmal nicht nach Lachen zumute ist, versuche ich, nach außen hin positiv zu wirken. Nur jetzt nicht. Mein Glücksgefühl ist echt. »Ohne Oliver bist du aufgeschmissen.«

»Willst du mir mit dieser Unterstellung Anerkennung für meine Fortschritte zur Unabhängigkeit zollen? Schau her.«

Er hebt die Hand an und dreht sie im Gelenk hin und her.

»Nein. Ohne ihn bist du genauso hilflos wie eine Schildkröte, die auf dem Rücken liegt. Diese Fortschritte hast du nicht nur dir, sondern größtenteils ihm zu verdanken. Ich hätte dir schon längst den Hals umgedreht.«

»Das beruht auf Gegenseitigkeit«, kontert mein Zwillingsbruder und senkt die Hand zurück auf das Bedienungsfeld.

»Da wäre ich mir nicht so sicher, Benjamin.«

»Genug der Sentimentalitäten. Was hast du mitgebracht?«

»Wir haben ein Kind, eigentlich sind es mehrere, die einen Körper bewohnen. Ein Mädchen, sie heißt Emma.«

»Interessant«, murmelt Benjamin und rollt näher an mich heran. Der Elektromotor verursacht ein kaum wahrnehmbares Summen, welches ich mehr spüre, als dass ich es höre. Ich ziehe meinen linken Fuß von dem Rad weg, das zu nah an der Schuhspitze zum Stehen gekommen ist. »Was noch?«

»Xenia.«

»Ein zweites Mädchen?« Eine verborgene Leidenschaft schwingt jetzt in seiner Stimme mit. Er ist jetzt im Jagdmodus. »Was hat es denn?«

»Es ist verschwunden.«

»Spurlos?« Er verzieht den Mund. Die zweideutige Anspielung ist wie so oft sehr eindeutig.

»Spurlos verschwindet heutzutage niemand. Nur hat die Polizei bisher keine physischen Indizien zu ihrem Verschwinden sicherstellen können. Alles, was wir haben, ist eine Botschaft.«

»Die lautet?« Benjamin wird ungeduldig.

»Schaufelmann.«

»Bitte was?« Er hebt die Brauen, belustigt und etwas erstaunt. »Ein kindischer Name für einen …« Er lässt den Satz unvollendet in der Schwebe.

»Wir wissen nicht, ob dieses Wort ein Synonym für den Entführer ist. Ich gehe jedoch stark davon aus, dass diese Namensgebung tatsächlich dem Geist eines Kindes entsprungen ist.« Ich hole mein Handy heraus.

»Warte!« Benjamin fährt rückwärts bis an sein Bett und gibt mit Daumen und Zeigefinger Befehle ein. Unter seiner Hand befindet sich eine Kugel, die er flink zu bedienen weiß. Nach einem kurzen Augenblick senken sich mehrere Flachbildschirme von der Decke.

»Du darfst dich gern auf mein Bett setzen«, sagt Benjamin und hebt den Blick zu den Bildschirmen.

Ich leiste seiner Bitte Folge.

»Die Verbindung steht. Du kannst die Bilder hochladen.«

Ich suche die passenden Schnappschüsse auf dem Bildschirm meines Smartphones und lade diese via W-LAN hoch.

Benjamin zoomt die krakeligen Buchstaben heran. »Wir suchen also nach einem Mann mit einer Schaufel. Kinder sagen oft das, was sie sehen.«

Natürlich ergibt seine Vermutung Sinn.

»Wie alt ist Emma denn?« Benjamin schaut sich derweil die restlichen Bilder an, die ich von dem Bauernhof und dem Haus gemacht habe.

»Sie ist sieben.«

»Ihre Persönlichkeit ist noch nicht ausgereift. Welchen Eindruck haben ihre Eltern auf dich gemacht?«

»Ihre Mutter ist vor zwei Jahren verschwunden. Ihr Vater

wurde im Gefängnis erstochen. Sie gibt sich dafür die Schuld, weil sie ihn belastet hat.«

»War das, was Emmas Vater ihr angetan hat, sexueller Natur?«

Ich nicke unschlüssig. »Darüber streiten die Experten. Keiner weiß, ob Emmas Aussage den Tatsachen entspricht. Sie hat sie mehrmals entkräftet und mit anderen Abscheulichkeiten versehen, um diese dann erneut zu widerrufen.«

»Was hat ihn dazu getrieben, seine eigene Tochter zu missbrauchen?«

»Das weiß ich nicht. Auch wurde es nie hundertprozentig nachgewiesen, weil Emma ihre Aussage komplett zurückgezogen hat. Das wäre alles nie passiert, war ihr letztes Statement. Sie lebt jetzt bei ihren Großeltern.«

»Du hast das Mädchen noch nicht gesprochen?«

Wieder schüttele ich nur den Kopf.

Ich möchte zuerst mit ihren Großeltern sprechen. Nicht selten spielt das persönliche Umfeld eine wesentliche Rolle in der Entwicklung eines Kindes. Auch wenn es keinesfalls als Spiegel des jeweiligen Individuums angesehen werden darf. Das sage ich nicht laut.

»Passen denn bisherige Zeitabläufe ineinander? Wie lange braucht ein Mädchen wohl dafür, um dieses Wort in die Wand zu kritzeln? Warum verschwand das andere Mädchen und Emma blieb verschont?«

»Die Ermittlungen stehen erst am Anfang. Die Ermittler haben nicht viel in der Hand. Die Polizei kann zurzeit nur einige Mutmaßungen anstellen.«

Nun erscheinen die Fotos der beiden Mädchen auf den Bildschirmen.

»Die beiden Kinder stammen aber aus demselben sozialökonomischen Milieu, oder nicht?«

»Das muss ich noch überprüfen.«

»Vielleicht hat Emma …« Benjamin hält inne. Überlegt.

Schließt kurz die Augen. »Kann es sein, dass Emma nicht den Vorstellungen dieses Schaufelmannes entsprochen hat? Emma ist blond, Xenia hat dunkle Haare. Vielleicht hat sie ihn schon früher irgendwo gesehen. Wo war sie am Tag des Verschwindens ihrer Mutter?«

»Warte kurz.« Ich wähle die Nummer meiner Frau und warte darauf, dass sie abhebt. Ich vermute stark, dass ich heute sehr spät nach Hause kommen werde.

»Ich höre?« Sonja kann meine Gedanken lesen, das kann ich aus ihren abgehackten Atemzügen heraushören. »Bist du wieder bei deinem Bruder?«

»Ja.«

»Du ermittelst wieder?«

»Nein.«

»Das ist eine Lüge.«

»Ich werde nur ein kleines Mädchen interviewen.«

»Wann willst du dich um deine eigene Familie kümmern? Weißt du, was dein Sohn gerade durchmacht?«

»Er ist in Südamerika und züchtet Schmetterlinge.«

»Und warum?«, fährt sie mir über den Mund.

»Weil er sich im Schnellrestaurant nicht entfalten kann und er den Gestank von Burgern satthat?«

Sonja lacht böse auf. »So einfach ist es nicht.«

»Das weiß ich, schließlich berappen wir jeden Monat eine stattliche Summe, damit Tim weiterhin Schmetterlinge über die Wiese jagen darf, anstatt sich darum zu kümmern, erwachsen zu werden.«

»Unsere Eltern haben versucht, uns auf das Leben vorzubereiten.«

»Das haben wir auch bei Tim versucht.«

»Aber da gibt es ein Problem, Johannes. Die Welt schert sich einen Scheißdreck um unsere Kinder, weil sie von kinderlosen, gefühlskalten Menschen regiert wird, die von ihrer Omnipotenz überzeugt sind.«

»Ich liebe dich und unseren Sohn. Das weißt du. Ich will nur dem armen Mädchen helfen.«

»Mach, was du nicht lassen kannst. Das Essen steht in der Mikrowelle. Wenn du kommst, weck mich bitte nicht auf.«

Sie unterbricht die Verbindung.

Ich atme erleichtert auf. Ihr Unmut gilt nicht mir, sondern uns beiden, weil wir bei der Erziehung unseres Sohnes gemeinsam versagt haben.

»Hängt der Haussegen wieder schief?«

»Wird schon werden«, sage ich.

»Dann erzähl mir doch alles, was du bisher weißt, lieber Bruder. Ich bin ganz Ohr.«

Xenia

In einem dunklen Raum

Xenia saß im Bett und saugte an ihrem Finger, der nach Fisch stank. Sie hatte sich geschnitten, weil der blöde Deckel der Fischdose nicht abgehen wollte. Nachdem Xenia mit aller Kraft an dem schmalen Ring gezogen hatte, schälte sich das dünne Blech mit einem Ruck ab.

Der Fisch war matschig. Sie musste das Zeug mit bloßen Händen essen. Der Mann mit dem Sack auf dem Kopf hatte ihr kein Besteck in die Kiste gelegt.

Ihr Magen grummelte.

Sie hatte Durst. Xenia wollte Wasser, aber in der Kiste steckte nur eine Packung Pfirsich-Eistee. Er schmeckte abscheulich, überhaupt nicht nach Pfirsich, und war pappsüss. Sie konnte sich nicht daran erinnern, jemals so traurig gewesen zu sein wie heute. Xenia hätte gerne geweint, doch dazu fehlte ihr die Kraft. Sie hatte keine Tränen mehr. Das eingeschüchterte Kind mit den traurigen Augen hatte sich leergeweint. Sie sah sich die kleine Schnittwunde noch einmal genauer an. Ihr Zeigefinger blutete nicht mehr.

»Ich habe Hunger«, flüsterte sie in die Stille und lauschte. Da war nichts. Kein entferntes Hupen von Fahrzeugen und kein Muhen. Obendrein war nichts zu sehen. Vor allem keine Sterne, weil es hier kein Fenster gab. Bei ihr zu Hause hatte sie eins, genau über dem Bett. Immer dann, wenn sie nicht schlafen konnte, sah sie hoch zu den Sternen. Auch hörte sie die Kühe im Stall, als ihre Familie noch welche hatte.

Ihr Papa war früher ein Milchkuhbauer gewesen. Sie hatten einen großen Kuhstall, in dem es nach Heu und Kuhmist roch. Damals hatte Xenia sich darüber geärgert, weil sie in der Schule manchmal gehänselt wurde, weil ihre Klamotten angeblich nach Kuhscheiße stanken. Vorletztes Jahr hatte Marga, die jüngste Kuh im Stall, ein Kälbchen zur Welt gebracht.

Das war schön. Aber Papa musste alle Kühe verkaufen, weil er nicht genug Geld für die Milch bekommen hatte, das erzählte er Mama. Er und Mama haben dabei geweint und sich in den Arm genommen.

Xenia vermisste ihre Eltern und wollte jetzt in den Arm genommen und getröstetet werden. Ihr Kinn zitterte. Sie musste blinzeln, weil etwas Helles ihre Augen streifte. Sie dachte nicht mehr an das kleine Kälbchen und sah hoch zu den Brettern. Dort war ein Licht, das im nächsten Moment erlosch und grelle Punkte auf ihrer Netzhaut hinterließ.

War das der Schaufelmann, vor dem sich Emma so fürchtete? *»Das ist der Schaufelmann«*, hatte sie in Xenias Ohr geflüstert, als sie beide unten im Gewölbekeller standen, weil Emma sich in die Hose gemacht hatte, auch wenn sie es nicht zugeben wollte. Es war Xenias Idee gewesen, nach unten in den Keller zu gehen.

»Du musst ganz leise sein«, hatte Emma mit piepsiger Stimme gesagt und Xenia ganz fest an sich gedrückt. »Er darf uns hier nicht finden, sonst versteckt er auch noch deine Mama und schlägt dich mit der Schaufel tot.«

»Aber du bist doch gar nicht tot«, hatte Xenia daraufhin erwidert. »Ich glaube, dass das mein Bruder ist.« Xenia war sich aber nicht ganz sicher gewesen.

»Sei leise. Er kommt.« Emma hatte Xenia den Teddybären grob aus den Fingern gerissen. »Er darf uns auf keinen Fall hier finden. Ich rufe jetzt meinen Opa an.«

»Wie denn?«

»Ich habe ein altes Handy dabei. Mein Onkel hat es mir

geschenkt, für alle Fälle. Onkel Marc mit C sagt, ich darf ihn jederzeit anrufen.«

Emma hatte ihr Handy die ganze Zeit bei sich gehabt. Zuerst lag es unter ihrem Kissen. Später hat sie sich entschieden es mitzunehmen. Ihr Pyjama hatte eine Kängurutasche. Sie wollte immer erreichbar sein. Weil sie noch nie bei jemandem übernachtet hatte, hatte sie es die ganze Zeit angehabt und sehr oft auf den Bildschirm geschaut ob der Akku noch genügend Balken hatte. Die leuchtenden Tasten piepten jedes Mal leise, sobald sie auf eine der verblichenen Zahlen drückte.

»Hat dein Handy denn keine Taschenlampe?«

»Nein. Die ist kaputt.« Emma hatte eine ganze Weile gebraucht, um die Nummer zu wählen. »Das ist blöd, wir haben hier keinen Empfang.«

»Dann lass uns nach oben gehen. Ich bin mir sicher, dass das mein Bruder und nicht der blöde Schaufelmann ist.«

»Warte, ich habe es gleich«, hatte Emma mit konzentrierter Miene genuschelt. Ein kleines Lämpchen leuchtete wie ein Glühwürmchen neben ihrem Ohr.

»Deine Taschenlampe geht ja doch! Du bist eine Lügnerin.« Xenia war wütend und drauf und dran gewesen, den Namen ihres Bruders laut zu rufen. Xenia konnte sehr laut schreien. Das konnte sie wirklich, darum hatte sie ganz viel Luft geholt und …

»Schau mal!« Emma hielt ihr Handy so, dass auch Xenia das tote Reh an der Decke hängen sehen konnte. Das schwache Leuchten der winzigen Lampe erhellte den Raum mit dem toten Tier.

»Mein Papa geht oft jagen.« Xenias Kehle war wie zugeschnürt gewesen. Sie mochte Rehbraten, doch bisher hatte sie noch nie ein totes Reh aus der Nähe gesehen. Dem armen Tier tropfte Blut aus Mund und Nase. Ein Auge fehlte. Da war nur ein Loch.

Emma hatte nicht geweint. Sie hatte auch nicht geschrien. Sie hatte nur spöttisch den Mundwinkel gehoben. Ihre Augen schienen Xenia auszulachen.

»Tötet er auch Frauen? Er hat meine Mama nicht versteckt, er hat sie vergraben.« Emma klang auf einmal anders, überhaupt nicht mehrverängstigt. »Er tötet auch dich.« Emmas Blick wurde kalt. Ihre Bewegungen wurden steif, wie bei einer kaputten Puppe. Sie hinkte leicht. »Er kommt, um uns zu töten.«

»Emma, was ist los? Was redest du da? Warum humpelst du?«

Emma war zu dem schweren Tisch gelaufen und hatte nach einem Messer gegriffen. Die Klinge war blutig. »Ich bin nicht Emma, du blödes Mädchen.« Emma fuhr mit dem Finger über das Metall. Fasziniert sah sie zu, wie das dickflüssige, beinahe schwarze Blut an ihrer Hand kleben blieb. Ein dicker Tropfen klatschte auf ihren Pyjama. Emma wischte sich die Hand an der Hose sauber und prüfte mit dem Daumen die Schneide.

»Scharf wie eine Rasierklinge.« Sie war wie ausgewechselt. Jedes Wort wurde in die Länge gezogen.

»Xenia?« Die tiefe Stimme, die nach Xenia rief, klang nervös. »Nein, dem Wagen ist nichts passiert. Der Toyota hat nur eine kleine Delle. Vielleicht war sie auch schon vorher da.«

»Das ist mein Bruder«, hatte Xenia beharrt. Sie hatte wieder Luft. Ihre Brust hatte nicht mehr weh getan, weil sie sich sicher gewesen war.

»Er wird dich töten, Xenia«, hatte Emma protestiert.

»Wer?«

»Der Schaufelmann.«

»Das ist mein Bruder«, hatte Xenia widersprochen. Sie hatte in der Nacht aus Angst und Wut am ganzen Körper gezittert, als ob sie fröre.

»Er ist böse. Er hat meine Mama versteckt. Ich glaube, er hat sie vergraben. Dort, wo die Weidenkätzchen leben.«

»Was?«

Emmas hatte nichts mehr darauf erwidert.

Sie hatte sich an die Wand gesetzt und begonnen, mit dem blutigen Messer zu schaben. Mit beiden Händen hatte sie den Schaft fest umschlossen gehalten. Ruckartig, fast schon mechanisch, fuhren ihre Arme in die Höhe und ritzten schmale Linien in die graue Oberfläche. Das Kratzen der Spitze hatte Xenia noch mehr Angst eingejagt. »Er hat meine Mama getötet. Er hat meine Mama getötet. Er hat meine Mama getötet«, hatte Emma ununterbrochen den einen Satz immer und immer wieder wiederholt.

Xenia war hin- und hergerissen. Was, wenn Emma recht hatte? Was, wenn dieser Schaufelmann tatsächlich hier war? Was, wenn er die Stimme ihres Bruders nachahmte? Womöglich auch sein Aussehen?

»Er ist nicht allein«, riss Emma sie aus ihren Überlegungen. Als hätte sie Xenias Gedanken gelesen, fügte sie hinzu: »Er kommt immer in der Nacht.«

Xenia erlebte alles noch einmal. Ihre Eindrücke waren dieses Mal intensiver, weil sie nun den Ausgang kannte. Jetzt gab es keine Hoffnung auf das Auftauchen ihres Bruders.

Xenia war mit Emma im Keller, die mit gekrümmtem Rücken auf dem Boden kniete. Xenia starrte auf die Wand.

Die gezackten Buchstaben leuchteten auf.

Xenias Mund stand offen.

Schaufelmann, las sie das Wort, das sich für ewig in ihren Verstand einbrannte.

Woher kommt das Licht?, wunderte sie sich. Ihre Freundin hockte noch immer mit dem Rücken zu ihr auf der feuchten Erde.

Das Handy lag auf dem Boden, vor Xenias Füßen. Ein heller Kreis an der Decke blinkte rhythmisch.

Eine leise Melodie ertönte.

Emma warf das Messer weg und sprang auf die Füße. Schnell griff sie nach dem alten Nokia. »Marc, hol uns bitte hier weg«, sprach sie nun wieder mit normaler Stimme. Sie weinte sogar.

»Xenia, renn weg! Er kommt!«, kreischte sie, ungeachtet dessen, dass die Männer sie hören konnten. Xenia war sich jetzt sicher. Zwei Männer sprachen miteinander.

»Xenia? Seid ihr das?«

Emma schubste das zu Tode verängstigte Mädchen durch die Tür.

»Seid ihr da unten?«, echote die Frage nach und verklang irgendwo in der Dunkelheit, die alles verschlang.

»Xenia? Seid ihr da unten?«, wiederholte der andere seine Frage.

»Schnell! Xenia. Beeil dich!«, schrie Emma.

»Dort geht es zu den Kuhställen. Du läufst in die falsche Richtung«, warnte Xenia ihre Freundin, trotzdem rannte sie Emma hinterher. Auf keinen Fall wollte sie allein sein.

Emma war schnell. Sie bog nach links ab.

Xenia stolperte und fiel hin. Sie hatte sich die Knie aufgeschlagen. Wie gerne würde sie hier einfach liegenbleiben und darauf warten, bis Mama oder Papa sie aufhoben, um sie zu trösten. Sie waren aber nicht da. Darum rappelte sie sich wieder auf und rannte weiter.

»Emma?«

»Ich bin hier! Du musst mir helfen«, krächzte Emma.

Xenia sah eine Bewegung. Der weiße Pyjama schimmerte grau in der Dunkelheit. Ihr Atem ging schwer, die Lunge brannte wie Feuer.

»Die Tür klemmt«, winselte Emma. »Du musst mir helfen, schnell.«

»Lass mich das machen, Emma.« Sie schob ihre Freundin zur Seite. Mit klammen Fingern zog Xenia an dem Riegel. Der Bügel quietschte. Ihre Finger rutschten zweimal von dem rostigen Metall ab. Sie stellte sich auf die Zehenspitzen und biss die Zähne zusammen. Sie weinte und kreischte. Alles geschah gleichzeitig. Auch der Riegel kreischte metallisch. Endlich ließ er sich zur Seite wegdrücken.

Die Schritte kamen näher. Die Lampen an der Decke flackerten hell auf.

Sich gegen das warme Holz stemmend drehte Xenia den Kopf zur Seite. »Emma, du musst mir helfen.«

Gemeinsam drückten sie die Tür auf und stürzten nach draußen.

Ich kann sehr schnell rennen, sprach Xenia sich Mut zu. *Ich bin schneller als die meisten Mädchen.*

Ohne sich umzudrehen, stürmte sie los und war fast schon an der Straße angelangt. Sie achtete nicht auf Emma. Plötzlich wurde Xenia von hinten gepackt. Eine große Hand drückte ihr Mund und Nase zu.

»Xenia?«, erschallte Fridolins Stimme.

»Das war mein Bruder«, war das Letzte, an das sich Xenia erinnern konnte.

Irgendwann wachte sie auf dieser löchrigen Matratze auf, die an einer Ecke angekokelt war und nach kalter Asche stank. Ihr kam es vor, als würde sich das Bett unter ihrem Rücken bewegen, so als würde es schwanken, wie ein Boot.

Ihre Augen schimmerten feucht. Sie konnte wieder weinen. Zwei Tränen kullerten über ihre schmutzigen Wangen und hinterließen zwei helle Streifen. Die heißen Tränen spülten auch die Erinnerung von ihr fort.

Xenia schrak erneut zusammen.

Hatte da gerade eben jemand eine Autotür zugeschlagen? Sie hielt den Atem an. Das Herz hüpfte in ihrer Brust wie ein aufgeschreckter Vogel. Sollte sie um Hilfe rufen?

»Hallo? Fridolin, bist du das?«

Nichts. Keine Antwort.

Da war niemand.

Sie war allein und weinte wieder.

Am meisten vermisste sie ihre Mama und ihren Papa und ihren Teddybären.

Emma

Berliner Krankenhaus

»Hallo, Emma.«

Das Mädchen rieb sich die müden Augen.

Inge saß wieder an ihrem Bett.

Emmas Haut fühlte sich komisch an. Etwas Weiches rieb an ihren Armen und Beinen.

»Dein Schlafanzug ist aus Biberstoff.«

»Bieber?«, wunderte sich Emma.

»Nein.« Inge lächelte. Sie lächelte auch mit den Augen, fand Emma. *Wenn jemand von Herzen lacht, bekommt er hier und hier kleine Fältchen.* Das sagte Opa immer, weil er viele solche Fältchen hatte. »Im Alter kann man sofort am Gesicht eines Menschen erkennen, ob er ein fröhliches Wesen ist. Die Lachfältchen verraten es einem.«

»Und böse Menschen?«

»Die erkennst du an den Zornesfalten«, hatte Opa gesagt und lächelnd auf Emmas Stirn gezeigt. »Sie verlaufen genau hier.« In letzter Zeit war Opa aber nicht mehr so gut gelaunt gewesen. Oma war sehr krank. Sie lag nur in ihrem Bett und stöhnte vor Schmerzen. Auch in der Nacht.

»Ich habe dich gewaschen und umgezogen.« Inge lächelte immer noch. Plötzlich verschwanden ihre Fältchen. Ihre Wangen wurden so weiß wie die Wand hinter ihr. Sie sah auf einmal sehr besorgt aus.

Emmas Augen wurden schmal.

»Emma? Geht es dir nicht gut? Warum siehst du mich so an?«

»Warum hast du mich gewaschen?«

»Weil du das so wolltest? Wir beide hatten sogar etwas Spaß dabei. Kannst du dich daran nicht mehr erinnern?« Inge hob jedes Mal die Stimme, so klang jeder ihrer Sätze wie eine Frage.

»Doch«, flunkerte Emma. Die Bewohner ihres Kopfes stritten miteinander. Niemand von ihnen konnte sich an das Bad entsinnen. »Wo ist mein Opa?«

»Er war doch da? Er hat dir das hier mitgebracht.«

Inge stand auf und lief zu einem der Schränke.

Emma drückte sich auf die Ellenbogen. Ihr Haar duftete nach Himbeeren. Ihr Lieblingsduft. *Woher wusste Inge, dass ich Himbeeren mag?* Sie lupfte schnell die Decke. Ihre Finger tasteten hastig die Hose ab. Alles trocken.

Inge kam mit einer roten Tüte zurück.

»Hier. Das hat dir dein Opa mitgebracht. Kreidestifte«, sagte Inge und lugte hinein. »Schwarz und rot.« Etwas überrascht sah sie zu Emma.

Emma kaute auf der Unterlippe.

»Dein Opa hat anscheinend die Malblätter vergessen.« Inges Mund formte wieder ein sanftmütiges Lächeln. Sie setzte sich auf die Bettkante.

Die Matratze gab leicht nach. Emma rutschte zur anderen Seite. Sie wollte nicht von Inge berührt werden.

»Warum nur schwarz und rot?« Die Frau zupfte an dem Revers ihres weißen Kittels und legte die Tüte auf den Stuhl.

»Ich mag die anderen Farben nicht«, sagte Emma wahrheitsgetreu.

»Möchtest du mit mir reden, Emma? Willst du mir vielleicht erzählen, was dich bedrückt?«

»Sie wollen wissen, wo Xenia ist?«

Inges Gesichtszüge wurden weicher.

»Kannst du mir etwas über den Mann erzählen, vor dem du so viel Angst hast?«

Emma wartete einen Augenblick lang.

Du darfst ihr nichts über den Schaufelmann erzählen.

Wir kennen sie nicht genug.

Ja. Die spielt nur eine Rolle.

Ich will Kakao.

Sei still, Rita.

Emma, lass mich nach außen. Jana hielt Rita den Mund zu. *Lass mich mit der Frau reden.*

»Nein, ich werde …«

»Was?«, unterbrach Inge sie.

Was soll ich ihr erzählen? Ich habe gehört, wie die Polizei mit meinem Papa darüber gesprochen hat, als er noch nicht tot war.

Inge rückte ein Stück nach hinten. Ihre Hände lagen im Schoß. Sie wirkte unschlüssig. Mit dem Rücken gegen das Fußteil gelehnt, sah sie gebannt zu Emma.

»Darf ich das, was du sagst, aufnehmen?«

Emma schüttelte langsam den Kopf.

»In Ordnung, ich werde mir einfach alles merken.« Inges Blick wanderte zur Decke, zum blinkenden Lampchen der Kamera. »Du kannst mir alles anvertrauen, was dir auf dem Herzen liegt.«

»Ein Mann. Er hatte so eine Uniform. Er war Polizist und hatte meinem Papa Handfesseln umgemacht. Hier und hier.« Emma zeigte auf beide Handgelenke. »Papa und ich mussten aufs Rev…« Emma runzelte nachdenklich die Stirn. Ihr fiel das Wort nicht ein.

»Aufs Revier?«

»Hm«, machte Emma. »Es war schon spät. Der Polizist und mein Papa saßen in einem Zimmer und ich im Nebenraum. Ich durfte malen. Da gab es nur einen schwarzen und einen roten Stift. Der rote war an zwei Seiten gespitzt und schon ziemlich kurz. Der schwarze nicht, aber er war dort, wo keine Spitze ist, angeknabbert. Der Mann hat meinen Papa gefragt …« Emma machte eine kurze Pause. Sie wollte nicht damit prahlen. Sie war keine Angeberin, aber manchmal konnte sie sich Sätze merken, einfach so. Auch wenn sie sie nicht verstand.

»Trau dich, Emma.«

»Ich habe einen Satz auswendig gelernt.«

»Schön. Lass mich ihn hören.«

»›Haben Sie sich schlicht des Leichnams Ihrer Gattin entledigt? Den toten Körper wie den Kadaver eines Tieres verscharrt?‹«, machte sie den Mann nach. »Der Mann war groß und dünn. Er sah krank aus. Trotzdem hatte mein Papa sich vor diesem Mann gefürchtet«, fügte Emma erklärend hinzu, weil sie das Gefühl hatte, noch etwas sagen zu müssen.

»Das kann ich gut verstehen. Wir alle wollen keinen Ärger mit der Polizei haben. Stimmt's?«

Emma schwieg, auch Inge bewegte sich nicht. So, als fürchtete sie, Emmas Bereitwilligkeit zu verscheuchen.

»Mein Weidenkätzchen!«

»Wie bitte?« Inge begriff nicht, was das Mädchen von ihr wollte.

Der plötzliche Gefühlsumschwung des Kindes kam sehr unerwartet.

»Mein Weidenkätzchen. Ich hatte es in meiner Brusttasche. Wo ist es?«, brüllte Emma wie von Sinnen.

»Wir werden es finden. Beruhige dich bitte.«

Inges warme Hände packten Emma an den schmalen Schultern.

Erst jetzt fielen dem Mädchen die feinen, blutigen Linien auf Inges Wange auf. Es waren Kratzer.

»Mein Kätzchen darf nicht verloren gehen.« Emma senkte den Kopf auf die Brust. Sie hasste sich selbst. *»Manchmal ist es besser, wenn man stirbt, als unnötig leiden zu müssen.«* Das hatte Oma zu Opa gesagt. Emma hatte sie belauscht. *»Es kommt immer auf das Alter und die Situation an, wenn* *das Leben nicht mehr lebenswert ist, dann sollte man denjenigen einfach gehen lassen.«* Oma hatte recht. Emma wollte auch gehen. Sie wollte zu ihrer Mama. Aber wie? *Wie macht man sich tot?* Das wusste Emma nicht.

»Hier ist es. Hier, ich habe es nicht weggeworfen.«

Hektisch riss Inge die Schublade des Beistelltisches auf und kramte panisch darin herum. Fast schon triumphierend gab sie einen Freudenschrei von sich und drückte Emma das samtig weiche Fellknäuel in die kleine Faust. »Es ist alles gut, meine Kleine. Das bedeutet dir sehr viel.«

Emma nickte. Sie ließ sich auch von Inge berühren. Diese wischte ihr die Tränen von den Wangen. »Sch. Alles gut, meine Kleine.«

»Ich möchte, dass du gehst.« Emma schob Inge von sich. »Ich möchte allein sein. Ich will schlafen. Kannst du bitte gehen?« Emma bewegte den Kopf zum Fenster. »Es ist ja schon dunkel.«

»Meine Schicht ist eigentlich schon zu Ende«, räumte Inge ein. »Ich gehe jetzt nach Hause. Doch falls du jemanden brauchst …«

»Ich will schlafen!«

»… drückst du einfach auf diesen Knopf«, sprach Inge unbeirrt weiter. Sie griff nach einem runden Teil, das an einem Kabel hing und einen roten Drücker hatte. »Eine Nachtschwester ist immer für dich da. Sie sind beide sehr nett. Eine ist Nonne. Wie gesagt, wenn dir danach ist, mit mir zu reden, fragst du einfach nach mir. Ich wohne in der Nähe und bin im Nu wieder bei dir. Mein Handy lasse ich an. Nur für dich. Die Nummer steht auf dem Zettel, der auf deinem Nachttisch liegt.«

Einem motzigen Kind gleich, schürzte Emma die Lippen, drehte sich um und presste ihr Gesicht gegen das Kissen. »Lass mich allein!«, brüllte sie.

Die Tür knallte nicht, sie glitt leise ins Schloss. Emma

spürte das Alleinsein. Wie eine kalte Hülle umschloss sie das Gefühl des Verlassenseins.

»Ich will zu meiner Mama«, vertraute sie ihren sehnlichsten Wunsch dem warmen Kissen an, das auch nach Himbeeren roch.

Lass uns malen, Emma. Das wird dir guttun, sprach eine Stimme zu ihr, die keinen Namen hatte. Sie ähnelte der ihrer Mutter. *Die Wand neben deinem Bett ist weiß und glatt,* wurde Emma von der Namenlosen ermuntert. Alle anderen hatten Angst vor dieser Persönlichkeit, bisweilen auch Emma.

Lass mich das machen. Lass mich an deiner statt die Erinnerung an das hüten, was uns allen zugestoßen ist. Ich bin dagewesen, habe zugeschaut. Felicitas war damit beschäftigt, dich vor den Schmerzen zu schützen. Ich jedoch blieb die ganze Zeit wach.

Emma drückte sich hoch und schwang die Beine über die Bettkante. Sie ließ sie baumeln. Das Kribbeln in den Zehen erinnerte sie daran, wie ihre Mama sie immer gekitzelt hatte. *Das war in einem anderen Leben,* überlegte sie, und sprang auf den Boden. Sie schnappte sich die Tüte und griff nach einem Stift.

Lass mich das nur machen, Emma, gab die namenlose Stimme nicht auf und drängte sich in den Vordergrund.

Johannes

Am nächsten Tag

Karl und ich laufen zum Haus der Familie Stanzer. Die heutige Nacht war für mich nicht wirklich erholsam. Ich durfte im Wohnzimmer auf dem Sofa schlafen. Manchmal, zum Glück nicht allzu oft, rannte man bei Sonja wie gegen eine Wand, die von dornigen Ranken umsponnen war. Oder man fiel in ein sumpfiges Loch, in das man mit jeder Bewegung noch tiefer sank. Herauskriechen konnte man da nur, wenn man bereit war, sich Schrammen zu holen.

Nicht selten gibt es Ehen, in denen sich die Partner damit begnügen, die Zeit des Zusammenseins mit Streitigkeiten oder permanentem Anschweigen zu verbringen. Das Nebeneinanderleben von zwei verschiedenen Individuen bedeutet für manche, das Kreuz zu tragen. Bis dass der Tod uns scheidet. Manchmal nimmt einer der Eheleute das Schicksal selbst in die Hand und interpretiert das Versprechen, welches er vor Gott gab, anders, und nimmt seinem Partner das Leben.

Meine Frau und ich sind selten derselben Meinung, aber wir bemühen uns, aufeinander zuzugehen.

An Mord musste ich bisher noch nicht mal denken, doch Sonja sprach es schon mehrmals laut aus. *»Ich könnte dich umbringen«*, habe ich schon oft von ihr zu hören bekommen.

Gestern, als ich mich weit nach Mitternacht ins Haus schlich, schlief Sonja schon.

›Ich möchte nicht geweckt werden!‹ Ein gelber Zettel mit dieser kurzen Nachricht hing an der Mikrowelle, in der etwas zu Essen für mich bereitstand. Das Sofa war auch schon hergerichtet und Jack Brown wärmte meine Schlafstätte vor. Mein treuer Freund meinte es gut mit mir. Vor dem Schlafengehen drehten wir noch eine Runde ums Haus.

Meine Absonderlichkeiten waren meiner Frau so vertraut, dass sie diese nicht mehr bemerkte, meine Zwänge sind mit einer Psychose vergleichbar. Aber was ihr gegen den Strich ging, war meine Abwesenheit und die Gefahr, dass ich mich wieder in einen Fall verstrickte, der mich das Leben kosten könnte.

Sonja weckte mich um 6 Uhr, weil unser großer Hund wieder für einen Spaziergang bereit war. Jack lag vor der Tür, mit der Leine im Maul. Er bellte nicht, sah mich lediglich an und stand auf.

Er ist ein schlauer Bursche. Er weiß, wann sein Frauchen nicht in Stimmung ist. Das war Sonja heute nun wirklich nicht.

Als wir von unserem Spaziergang zurückkamen, hatte sich ihre Laune nicht gebessert. Eines der Bilder im Wohnzimmer war zu Boden gefallen, weil sich der Nagel aus der Wand gelöst hatte, und sie verzweifelte beim Versuch, es wieder zu befestigen.

»Mach was du willst, Johannes, aber sieh zu, dass das Bild wieder an seinem Platz hängt.« Entnervt deutete sie mit der Hand, in der sie immer noch den Hammer hielt, auf das Loch, welches sie hineingerammt hatte.

Hätte auch mein Schädel sein können, schoss es mir durch den Kopf.

Wie schon erwähnt, nicht meine Zwänge und Eigenheiten bringen sie auf die Palme, sondern der Gedanke, mich an eine dieser Bestien zu verlieren.

Sie in diesem Moment der Rage auf den Mund zu küssen, kam einer wahnwitzigen Idee gleich. Ich tat es trotzdem. Ich spürte den Hammer in meinem Rücken. Sonja biss mich in die Lippe und wollte sich aus meiner Umklammerung lösen. Ich blieb hartnäckig und habe diesen Zweikampf schließlich gewonnen.

»Hey, Doc, wach auf.« Ein leichter Stoß in die Seite holt mich zurück in die Gegenwart.

»Hätte mich nicht Saskia abholen sollen?«, will ich von Karl wissen.

Er macht einen letzten Zug und wirft den Stummel in eine Pfütze. Das leise Zischen, gefolgt von Karls grummeligem Gelächter, vertreiben den Rest meiner Gedanken.

»Weißt du, was Saskia herausgefunden hat?«

»Dass du zu viel rauchst?«

»Nein. Dass dieser Herr Stanzer, den wir heute besuchen wollen, ein Kuckucksei gelegt hat. Aber das bleibt ein Geheimnis.«

»Du meinst, Stanzer ist der leibliche Vater von …«

»… Fridolin Zorn«, beendet Karl meinen Gedankengang und nickt dabei. »Wozu hat man sonst gute Freunde? Michael Stanzer und Tamara Zorn hatten ein Techtelmechtel mit einer Kinderüberraschung. Der gehörnte Herr Zorn hat keinen blassen Schimmer davon. Und die beiden Herren sind Kumpels.«

»Wollen Sie uns heute besuchen?«, unterbricht ein uns Fremder Karls Erzählung. Karl und ich bleiben stehen.

»Guten Tag, der Herr. Kennen wir uns?« Karl bleckt freundlich die Zähne. Sein falsches Lächeln lässt ihn dümmlich aussehen.

Wir drehen uns vollends um. Unsere Blicke gleiten ein Stück nach unten.

»Ich bin Marc mit C. Marc Wegener. Ich wohne bei meinen Eltern.«

»Sie sind Emmas Onkel?«

»Genau.« Der Mann sieht zu uns auf. Er sitzt in einem Rollstuhl.

»Herr Doktor Hornoff wird Sie in …«, Karl sieht auf sein Handgelenk, »… in zirka einer Stunde stören, wenn es Ihnen nichts ausmacht. Ihr Vater wurde darüber in Kenntnis gesetzt.«

»Ja. Ein schöner Tag heute, nicht?« Er legt den Kopf tief in den Nacken und sieht gen Himmel. »Sie wollen zu Familie Stanzer, nehme ich stark an.«

»Ja, das haben wir vor.«

»Die sind aber nicht da. Seine Frau arbeitet und Michael ist in seiner Werkstatt. Die beiden haben nicht mehr richtig zueinandergefunden, seit dem Vorfall.«

»Was meinen Sie?« Karl klingt nicht sonderlich interessiert, dennoch wartet er die Antwort ab.

Ich bleibe im Hintergrund.

»Mein Vater sagt immer, man kann nur dann etwas *nicht* sehen, wenn man bewusst die Augen davor verschließt.«

»Wahre Worte«, murmelt Karl.

»Mein Vater ist ein Genie.«

»Schön. Wo ist denn Herrn Zorns Werkstatt zu finden?«

»An der Ortseinfahrt.«

»Ach so. Und wo ist diese Ortseinfahrt, im Westen oder im Osten?« Karls aufgesetzte Freundlichkeit bekommt erste Risse.

»Sie nehmen mich doch auf den Arm, oder? Woher soll ich bitteschön wissen, wo Westen und wo Osten ist. Da vorne ist die Ortseinfahrt«, er streckt den Arm aus und zeigt durch Karl hindurch, »und da hinten die Ausfahrt«, jetzt zeigt er mit dem Daumen über seine Schulter.

»Können Sie laufen?«, frage ich und spüre beider Blicke auf mir.

»Ich sitze im Rollstuhl, falls es Ihnen entgangen ist. Ist das eine Fangfrage?« Er artikuliert jedes Wort sorgsam, als stünde vor ihm ein seniler oder geistig zurückgebliebener Mensch.

»Ihre Schuhe sind schmutzig.« Ich deute auf die schmutzigen Schuhspitzen.

»Ich bin nicht komplett gehbehindert. Mein Vater ist alt. Ich brauche etwas Unterstützung, wenn ich pissen muss.« Seine Freundlichkeit ist wie weggewischt.

»Das erklärt aber nicht, warum ihre Schuhsohlen mit Matsch …«

»Meine Blase ist schwach. Und eine Windel will ich nicht tragen. Mein Vater und ich waren heute spazieren. Ich musste dringen pissen. Wenn mein Vater nicht mehr da ist, werde ich wohl wie ein Köter auf allen vieren an einen Baum pieseln müssen, doch noch kann ich mein kleines Geschäft im Stehen erledigen. Wie gesagt, einer muss mich dabei stützen. Schönen Tag, die Herren. Bevor Sie unser Zuhause betreten, müssen Sie vorher die Schuhe ausziehen«, blafft er und fixiert mich mit seinem Blick. »Warum zucken Sie so mit dem Arm? Parkinson?«

»Nein. Bloß ein allergisches Zucken.«

»Hä?«

»Nicht so wichtig. Ich bin auch ein Krüppel, müssen Sie wissen.«

»Ich bin aber kein Krüppel.«

»Damit hat er nicht Sie, sondern mich gemeint.« Karl reibt sich die vernarbte Wange.

»Sie nehmen mich auf den Arm.«

»Ganz im Gegenteil. Wir müssen leider weiter. Herr Hornoff ist in einer Stunde bei Ihnen.«

»Wie Sie wünschen. Und Sie müssen anklopfen. Meine Mama hasst die Türklingel.«

»Mache ich«, sage ich bloß. Dieser Mann ist nicht ganz ehrlich gewesen, sagt mir mein Instinkt.

Er greift nach den Rädern und dreht sich ungeschickt herum. Mit gleichmäßigen Armbewegungen rollt er davon.

»Was sollte das, Doc? Etwas mehr Mitgefühl wäre da

nicht ganz verkehrt. Und was sollte das mit dem allergischen Zucken?«

»Ich hasse notorische Lügner genauso wie falsches Mitleid. Komm, wir fahren jetzt zu diesem Michael Stanzer. Ich will mir unbedingt das Haus ansehen, in dem Emma wohnt.«

Emma

Zwei Stunden zuvor

Berliner Krankenhaus

Emma fuhr im Bett hoch, weil sie von einem lauten Geräusch, das nicht menschlicher Natur war, geweckt wurde. Ihre Brust tat weh. Sie brauchte einen Augenblick, um zu begreifen, wo sie sich befand. Das Gekicher in ihrem Kopf schwoll ab. In hysterischen Zyklen verklang das Gelächter, das sie an die Schreie einer sterbenden Möwe erinnerte.

»Ich wollte den Vogel nicht töten«, hörte sie die Stimme ihres Opas wie ein Echo. Er hatte ihr mal eine Geschichte von einer sterbenden Möwe erzählt und wie er sie hatte töten müssen. Beim Erzählen mimte ihr Opa immer Tiergeräusche nach, so wie auch bei dieser Geschichte, die Emma in ihrem heutigen Traum heimgesucht hatte.

»Du hättest sie zu einem Tierarzt bringen können, Opa«, hatte Emma mit feuchten Augen gesagt, mit dem Wissen, dass es an der Geschichte nichts mehr ändern würde. Die Vergangenheit konnte man schönreden oder bei der Wahrheit bleiben, beides würde das Geschehene nicht rückgängig machen, das wusste sie.

»Das Gedächtnis spielt einem in die Jahre gekommenen Mann wie mir oftmals böse Streiche, und die Erinnerungen an das Damals werden immer verworrener, je mehr wir uns den Erzählungen hingeben. Vielleicht war es keine Möwe, vielleicht war es auch eine Krähe.«

Sie spürte seine schwieligen Finger, mit denen er ihr die Tränen weggewischt hatte, auch jetzt noch. Das wohlige Erschauern, das damit einherging, ließ sie frösteln.

»Damals hat es mich nicht gekümmert. Es war nur ein Vogel. So ist nun mal der Lauf der Dinge. Der Tod gehört zum Leben«, hatte ihr Opa die Geschichte beendet.

Emma starrte zur Decke. Ihr linker Unterarm pochte. Sie spürte das Blut und den Schmerz. Die Scherben des Glases, mit dem sie sich geschnitten hatte, lagen auf dem Boden. Keine der Nachtschwestern hatte mitbekommen, wie sie das Glas am Bettgestell zerschlagen hatte. Wo blieb nur ihr Opa? Er sollte sie hier wegholen. Aber würde er das können?

Warum hast du dich schon wieder verletzt, Emma?, wollte Rita von ihr wissen.

Emma schwieg.

Es tut mir leid, dass wir dich nicht davon abhalten konnten, sagte Jana, mit einer Befangenheit, die nichts Künstliches an sich hatte. Ihr Mitgefühl und die Selbstschuldzuweisung waren aufrichtig.

Schau dir deine Hände an. Das war Milan. Er klang vorwurfsvoll. *Du hast uns alle erneut in Schwierigkeiten gebracht.*

Lasst sie in Ruhe!, mischte sich nun eine neue Stimme ein, die Emma bislang fremd war.

Ich heiße Felicitas, sprach das neue Mädchen. *Emma, du musst versuchen, dich an die Nacht zu erinnern.*

Felicitas' Stimme und das, was sie sagte, projizierte grässliche Bilder hinter Emmas Stirn. Sie konnte das, was in ihrem Kopf vorging, sogar spüren und roch das morsche kalte Laub, das sich in jener Nacht unter ihren Füßen befand. Die Irrbilder wirkten echter als die Realität.

Das kann ich nicht, winselte Emma, ohne die Worte laut auszusprechen. Sie bewegte ihre Lippen nicht, weil sie in die Welt hinter den Augen eingetaucht war, in der sie sich verstecken konnte.

Was bedeuten all diese Bilder, die du an die Wand gemalt hast?

Ich war das nicht, entgegnete Emma, die sich plötzlich fragte, wie alt Felicitas wohl war. Ihre Stimme klang ein wenig rauchig und irgendwie erwachsener als die anderen. Sie war bestimmt schon fünfzehn, wenn nicht älter.

Wer dann?, wollte Felicitas nun wissen.

War er das?, fragte Milan.

Wer? Jana klang bestürzt.

Ich kenne seinen Namen nicht, aber ich weiß, dass er versucht, uns alle vor der Außenwelt zu schützen.

Emma, so geht es nicht weiter. Felicitas wurde nicht wütend, trotzdem klang ihre Stimme fordernd.

Eine unerklärliche Schwere befiel Emmas Körper. Sie war wie ausgelaugt und mit der Situation überfordert. Die Haut in ihrem Nacken zog sich zusammen. Die Finger verkrampften sich. Sie warf die Decke zur Seite. Der Blutklecks unter ihrem verletzten Arm sickerte durch den weißen Stoff hindurch und wuchs zu einer Lache. Es wurde auf einmal so still. Sie hörte sogar eine leise Melodie der Spieluhr und spürte ein Kribbeln im Nacken, das ihr unangenehm war und sie frösteln ließ.

Erst jetzt fiel Emma ein, dass außer Felicitas niemand mehr bei ihr war. Sie waren unter sich. In einem hellen Raum. In ihrem früheren Zimmer.

Emma!

Lass mich allein!

Ich will dich doch nur beschützen!

Du lügst!

Nein.

Verschwinde!

Wieso?

Weil du mich anlügst!

Du musst mit jemandem darüber reden, was in dieser Nacht passiert ist.

Nein! Mein Papa hat mich auch beschützen wollen und hat mir wehgetan. Er hat sich in mein Bett gelegt und … Ihre Stimme erstickte in einem Schluchzen.

Emma, überleg doch mal. Wie kann dein Papa sich zu dir ins Bett legen, wenn er tot ist? Felicitas klang nun sanfter.

Keine Ahnung. Ich habe keine Ahnung. Vielleicht bilde ich mir das alles nur ein. Aber er kommt fast jede Nacht.

Das weiß ich, sagte Felicitas. *Du bildest dir auch nichts ein.*

Vielleicht … vielleicht …, versuchte Emma abermals mit der Erklärung zu starten, fand jedoch jedes Mal keinen passenden Anfang.

Du bildest dir nichts ein, Emma. Ich bin immer da, wenn er kommt.

Darum hast du dich vor mir versteckt?

Ja, ich brauche immer viel Zeit und Raum, um mich von seinen Besuchen zu erholen. Dein Papa würde dir niemals weh tun, oder?

Emma schwieg, dann rang sie sich durch und sagte: *Wenn er weg ist, riecht mein Bett nach Papas Parfüm.*

Emma, Emma, komm zurück!

Nein, ich will das nicht mehr. Ich will nicht mehr hier sein. Nicht hinter den Augen und auch nicht da draußen.

Ich gehe zu meiner Mama.

Das geht nicht, das würde deine Mama nicht wollen. Du bist noch viel zu jung.

Er kommt, ich erkenne sein Parfüm. Emma, er ist wieder da. Dein Opa ist hier!, unterbrach Jana das Gespräch und zerrte Emma nach außen. *Du musst mit ihm sprechen.*

Emma wehrte sich.

Wo ist Felicitas? Ich will sie etwas fragen.

Ich bin hier und höre dir zu.

Wenn es nicht mein Papa ist, der sich nachts in mein Bett legt, wer ist es dann?

Ich weiß es nicht.

Schläfst du da auch schon?

Meistens ja.

Wann kommt er zu uns ins Bett?

In der Nacht, wenn alle schlafen. Ich erkenne ihn an den Schritten und wache sofort wieder auf. Dieses leise Klatschen von nackten Füßen auf dem Boden reißt mich immer aus dem Schlaf. Er redet ganz leise mit mir. Ich darf mich dabei nicht umdrehen. Ich muss die Wand anschauen. Ich mag es, wenn er mir etwas ins Ohr flüstert, aber ich mag nicht das, was er mit den Händen macht.

Ich mag nicht, wenn mir jemand den Rücken streichelt, flüsterte Emma.

Was noch?

Emma schwieg.

Du kannst dich nicht daran erinnern, stimmt's?

Woher weißt du das?

Weil ich dich und die anderen davor beschütze.

Darum kennen wir dich nicht so gut?

Ja. Ich bin gerne allein.

Kannst du mir sagen, wer sich zu mir ins Bett legt?

Du wünschst dir, es wäre dein Papa?

Ja, aber er darf mich da … nicht berühren. Das tut weh. Kannst du ihn fragen, wer er ist?

Felicitas atmete nur. Sie sagte kein Wort.

Wenn ich das tue, schlägt er den Körper.

Also bin ich gar nicht die Treppe runtergefallen? Ich schlafwandle nicht?

Ich fürchte nicht.

Aber Opa hat es meiner Lehrerin so erzählt.

Er versucht auch, dich zu beschützen.

Wovor?

Vor dem Mann, von dem du denkst, er wäre dein Papa.

Der innere Dialog raubte Emma die letzten Kraftreserven. Die Außenwelt nahm sie nicht mehr wahr.

Felicitas?

Ich höre dir zu, Emma.

Denkst du, es ist mein Opa?

Ich weiß es nicht. Immer, wenn er sich zu uns legt, versuche ich, an nichts zu denken. Ich stelle mir vor, ich stehe ganz oben auf einem Berg und springe ins Wasser. Wenn ich eingetaucht bin, höre ich nur das

Blubbern. Ich halte sogar die Luft an. Ich spüre den Druck. Im trüben Wasser versuche ich bunte Fische auszumachen und sie mit den Fingern zu berühren.

Auf meinen Tapeten gibt es auch Fische. Ich bin eine Meerjungfrau, die in einem Aquarium lebt. Das sagt mein Opa immer.

»Schätzchen, was hast du nur getan?!« Opas warme Hand schloss sich um ihren Arm und drückte zu. Blut sickerte zwischen seinen Fingern hindurch. Emma wurde schlagartig in die Wirklichkeit zurückgeholt.

»Schwester! Schwester! Gottverdammt!« Er sah über die Schulter zur Tür, die aufgerissen wurde. Eine kleine mollige Frau rannte ins Zimmer. Ein Alarm trällerte los.

»Opa, hast du mich lieb?«, flüsterte Emma. Ihre Lippen waren trocken und rissig. Sie schmeckte Blut. »Werde ich wie die Krähe in deinen Händen sterben?«

Ihr Opa war bestürzt und wusste nicht recht, was er mit der Frage anfangen sollte.

»Du wirst nicht sterben, mein Engel. Nicht heute. Du bist noch viel zu jung. Das ist doch nur ein Kratzer.« Er klang nicht wirklich überzeugt von dem, was er sagte. Seine Hand ließ sie los.

»Wie konnte das passieren? Sie ist ein kleines Kind, das rund um die Uhr überwacht werden sollte«, fuhr er die Krankenschwester an, die sich bemühte, die Wunde schnellstmöglich mit einer dicken Mullbinde zu verbinden.

»Wir sind unterbesetzt.«

»Das interessiert mich nicht.« Mit zittrigen Fingern löste er die Glasscherbe aus der rechten Hand des Mädchens. »Das hättest du nicht tun sollen, mein Engel.«

Mehr bekam Emma nicht mit. Sie fiel in ein Loch, das sich unter ihr aufgetan hatte. Plötzlich fühlte sie sich frei. *Ich bin ein Vogel. Eine Krähe.*

»Emma! Emma!«

Die Kleine hörte ihren Opa nicht mehr.

Johannes

Eine kurze Autofahrt später

Vor der Autowerkstatt

Unter meinen Schuhen schmatzt der Schlamm. Das Gelände um die Autowerkstatt gleicht einem Schrottplatz. Fahrzeuge stehen herum, bedeckt mit Schnee, der in der Sonne zu tauen beginnt. Rostige Flecken kommen zum Vorschein.

»Was für ein Drecksloch«, knurrt Karl, mit glühender Zigarette zwischen den Lippen.

›Michael's Werkstatt‹. Ein einstmals weißes Schild mit schwarzen Lettern neben einem Garagentor. Rost hat sich auch hier durch den Lack gefressen und fließt mit jedem Regenguss in dünnen Rinnsalen an der Hauswand hinab.

Besonders belesen ist der Mann nicht. Und sein Werbedesigner auch nicht, sonst hätte er Michael Stanzer auf den Apostroph angesprochen, der von den meisten falsch angewendet wird, sinniere ich und weiche einer matschigen Pfütze aus.

Mein Handy summt.

Umständlich fingere ich danach in der Manteltasche und halte es mir nach weiteren drei Summtönen ans Ohr.

Ich erwarte keine Begrüßung. Benjamin hält nichts von solchen Nichtigkeiten, wenn er etwas Wichtiges zu berichten hat. »Man schafft es in fünf Minuten«, sagt er in den Hörer.

»Auch dir einen guten Morgen gewünscht, mein lieber Bruder. Nur müsstest du für mich noch den Anfang deines Gedankenganges wiederholen.«

»Das war doch die Frage, die dich beschäftigt hat. Wie lange braucht ein Kind, um dieses Wort in die Wand zu ritzen? Cristina und ich haben dieses Experiment vorhin durchgeführt. Mit einem Messer in meinem Zimmer.« Er lacht vergnügt und senkt die Stimme. »Sie ist auch sieben, also im selben Alter wie …«

»Ich bin acht«, korrigiert ihn seine Nichte, deren vergnügtes Lachen ich im Hintergrund hören kann.

»Cristina hat also das Wort Schaufelmann in die Wand geritzt?«

»Ja, dafür wird sie mächtig Ärger von ihrem Vater bekommen, und ich noch mehr. Wir hoffen, dass Oliver unser Gekritzel rechtzeitig zuspachteln und streichen kann, bevor Peter nach Hause kommt. Ich habe Oliver schon zum Baumarkt geschickt. Und wenn man vom Teufel spricht: Gerade kommt er wieder zur Tür rein. Dann werde ich mal auflegen. Wir hören uns heute Abend.«

Die Leitung wird unterbrochen.

Karl und ich bewegen uns auf einen Schuppen zu, aus dem wir das laute Getöse eines Motors kommen hören. Es hört genauso abrupt auf, wie es anfing. Der Schuppen wirkt fast schon baufällig. Grün gestrichenes Holz. Der Lack schält sich wie alte Haut von den Brettern. Zwei große Fenster mit Rissen, die wie Spinnweben aussehen, sind von innen beschlagen. An der windschiefen Tür hängt ein Schild.

»Bin in der Werkstatt«, liest Karl laut vor und dreht sich zu mir um.

»Würdest du hier deinen Mercedes checken lassen?«

Sein rechter Mundwinkel hebt sich leicht. Er nimmt noch einen tiefen Zug und wirft den Zigarettenstummel in den Schlamm. Zischend geht die Glut aus. Karls schwerer Stiefelabsatz treibt den erloschenen Glimmstängel noch weiter in den matschigen Boden.

»Welcher dieser Verschläge ist wohl die Werkstatt?«, wirft Karl die Frage auf und lässt seinen Blick über den Hof gleiten. »Was fällt dir auf, Doc?«

»Es ist still geworden.«

Karl schnippt anerkennend mit den Fingern. »Und warum?«

»Weil wir beobachtet werden.«

»Und zwar von der Kamera dort oben.« Karl zeigt auf den Schuppen mit dem Schild. »Wer montiert in so einem Drecksloch eine Kamera?« Er erwartet keine Antwort. Ich höre Karls Monolog einfach zu. »Jemand, der Dreck am Stecken hat, und dieser Jemand ist niemand anderer als Herr Michael Stanzer. Komm, wir sagen ihm Hallo.« Er stampft auf eine Garage zu, bei der das Rolltor ein Stück offensteht.

»Karl?«

»Was ist?«

»Sieh dir das an!«

Karl bleibt stehen, wartet, dreht sich um und sieht mich fragend an.

»Was fällt dir an dem roten Japaner auf? Welche Farbe haben denn die anderen Fahrzeuge?«, führe ich ihn auf die richtige Spur.

»Schwer zu sagen, bei dem vielen Schnee …«

Ich kann zusehen, wie ihm ein Licht aufgeht.

»Du bist ein verdammt guter Beobachter. Nicht schlecht, Doc.«

»Der Wagen ist nicht neu, trotzdem ist der Lack auf der Motorhaube wie frisch poliert. Es liegt kein Schnee drauf. Ich wette, sie ist noch warm«, sage ich. Während Karl noch den Wagen betrachtet, drehe ich mich bereits um, da ich Schritte höre. »Und das«, füge ich hinzu, »dürfte wohl der Besitzer sein.«

»Was wollen Sie hier?« Der Mann, der rasch näherkommt, wischt seine mit Motoröl verdreckten Hände mit einem nicht weniger schmutzigen Lappen notdürftig sauber. Sein Gesicht ist kantig und gleicht dem eines Soldaten aus einem Actionfilm. Schwarze Schlieren an Stirn und Wangen. Er trägt eine dicke Jacke. Aus der aufgeplatzten Naht an der Schulter quillt gelbes Futter.

»Sind Sie Michael Stanzer?« Karl zeigt sich ungerührt, auch wenn der Mann etwas einschüchternd wirkt.

»Wer will das wissen?«, fragt Michael Stanzer ruppig, während er den Abstand zwischen uns mit schlurfendem Gang weiter verkürzt.

»Polizei Berlin. Mordkommission.«

Herr Stanzer bleibt stehen, hebt die Hände. Der schmutzige Stofffetzen landet im Matsch. »Ich bin unschuldig. Ich gehe nicht wieder in den Knast. Nicht auf Verdacht oder sonst irgendwelchen …«

»Wir wollen Ihnen nur einige wenige Fragen stellen.«

»So hat es vor zwei Jahren auch angefangen. Ich habe mich damals kooperativ gezeigt, bin mit aufs Revier gefahren. Es dauert nur eine Stunde, hat es damals geheißen. Aus dieser Stunde sind dreizehn gottverdammte Monate geworden.«

»Die Beweise waren schwerwiegend.«

»Es waren keine Beweise. Wir beide, mein Kumpel und ich, wurden von seiner verwirrten Tochter belastet. Kurt wurde im Knast vergewaltigt, von einem Asiaten, der mehr auf die Waage brachte als ihr zwei zusammen. Später hat man ihn mit aufgeschlitzter Kehle in der Dusche gefunden. Natürlich steht davon nichts in den Akten.« Ein Zug der Trauer gepaart mit einem Hauch von Empörung legt sich auf sein Gesicht wie eine zweite Maske. »Kurt war mein bester Freund. Er hat seine Frau geliebt und war an dem, was damals passiert ist, unschuldig, da bin ich mir ganz sicher. Leonie war samt Kind und Hund in der Stadt gewesen und Kurt hatte sich Sorgen um die beiden gemacht. Der Hund musste zum Tierarzt nach Berlin.« Der letzte Satz liegt ihm bitter auf der Zunge. Unser Gegenüber verzieht das Gesicht. Ihm fehlt ein unterer Schneidezahn. Er schluckt, überlegt, hebt den Blick zum Himmel und klopft sich sämtliche Taschen ab, die er hat. »Haben Sie Feuer?« Sein ganzes Augenmerk gilt Karl. Mich ignoriert er geflissentlich.

Karl brummt etwas und wirft dem Mann sein Zippo zu. Das Feuerzeug wird geschickt von einer schmutzigen Hand gefangen. Der linken.

Herr Stanzer greift in die Innentasche seiner braungelben, wattierten Jacke und holt ein silbernes Etui heraus. Eigentlich eine billige Dose. Mit einer routinierten Handbewegung klappt er den Deckel auf, zieht eines der Zigarillos heraus, steckt sich den braunen Stängel zwischen die Lippen und verdeckt das Zigarillo mit beiden Händen. Ich höre das leise Klimpern. Das schmutzige Gesicht wird von gelbem Licht erleuchtet. Wie ein Hund schnuppernd, kann ich tatsächlich einen Hauch Vanille erkennen. Dieser Mann war im Keller der Familie Zorn.

»Haben Sie Kinder?« Ich erwische Michael Stanzer dabei, dass er zusammenzuckt. Die Frage quetscht ihm den Hals zu. Er verschluckt sich am Rauch und bewegt die Lippen wie ein sterbender Karpfen. Jetzt weiß ich, was mich an dem Mann so stört. Stanzer erinnert mich an einen Fisch. Die kühlen wässrigen Augen und dieser Mund.

»Sind Sie auch von der Polizei?« Er steckt das Feuerzeug ein.

Karl schweigt.

»Ich unterstütze die Ermittlungen. Ein Mädchen ist verschwunden, das in enger Verbindung mit der, wie Sie sie nennen, verwirrten Tochter ihres verstorbenen Kumpels steht. Wir tun alles, um die Kleine zu finden.«

Michael Stanzer hustet. Nervös bläst er eine Rauchwolke in die kühle Luft.

»Ohne einen Anwalt werde ich mich zu keiner Ihrer Fragen äußern. Diesen Fehler werde ich nicht wiederholen.«

»Es ist keine Vernehmung, nur eine Unterhaltung. Wir

sind nicht verkabelt oder so.« Karl bemüht sich um einen lockeren Plauderton und schiebt sich eine Zigarette in den Mund. Ein subtiler Wink mit dem Zaunpfahl, den sein Gegenüber sofort begreift. Er wirft das Feuerzeug zurück zu Karl.

Michael Stanzer bleibt auf Distanz.

»Wir wollen Ihnen keine Unannehmlichkeiten bereiten«, versichert Karl, der das Zippo geschickt auffängt.

»Das tun Sie aber. Was sollte die Frage, ob ich Kinder habe? Haben Sie etwa mit meiner Frau gesprochen? Ich bin nicht impotent, falls Sie darauf abzielen. Mich damit zu kränken, wird Ihnen nicht gelingen. Aber ich liebe meine Frau nunmal nicht mehr. Hat sie Ihnen schon vorgeheult, wie wenig wir miteinander schlafen?«

»Wir haben nicht mit Ihrer Frau gesprochen.« Karl wippt auf den Schuhsohlen. Er steckt die Zigarette zurück in die Schachtel und spielt mit dem Deckel des Feuerzeugs.

»Was wollen Sie also von mir? Ich habe nichts mit der kleinen Verrückten oder dem Verschwinden ihrer Freundin zu tun. Gehen Sie bitte. Sie haben nichts gegen mich in der Hand und ich bin mir keiner Schuld bewusst.«

»Herr Stanzer«, versuche ich, ihn zu beruhigen, »niemand beschuldigt Sie wegen irgendetwas. Wir möchten nur wissen, ob Sie …«

»Wenn Sie kein Polizist sind, warum mischen Sie sich dann überhaupt ein? Hm?«, unterbricht er mich rüde. Sein Unterkiefer malmt. Er macht zwei Schritte auf mich zu. Sein vom Rauch umwölktes Gesicht nimmt scharfe Züge des Hasses an.

»Zum einen habe ich mich in keiner Weise eingemischt, ich trage nur meinen Pflichtteil bei, zum anderen habe ich eine Beobachtung gemacht, die meinen Verdacht bestätigt, dass Sie sich vor Kurzem in den Kellerräumen aufgehalten haben, die zum Haus der Familie Zorn gehören.«

»Und was macht Sie da so sicher?«

»Ich habe einen Riecher dafür.«

Michael Stanzer begreift nicht, worauf sich meine Anspielung bezieht.

»Werde ich wieder einer Sache verdächtigt, ohne diese selbst verschuldet zu haben?« Er macht noch einen Schritt in meine Richtung.

»Ohne Ihr Zutun kann sich Ihre Lage wieder verschlechtern, so leid es mir tut.« Karl checkt die Lage mit ernster Miene und stellt sich neben mich. Die Luft knistert vor Anspannung. »Wir benötigen ein wenig Engagement Ihrerseits und etwas mehr Kooperationsbereitschaft.«

»Was haben Sie gegen mich in der Hand? Überhaupt nichts, oder?« Das Zigarillo zwischen Daumen und Zeigefinger geklemmt, rollt er es hin und her.

»Ich denke nur darüber nach, was Sie dort unten im Keller zu suchen hatten, während die Eltern nicht zu Hause waren.«

Sein nach innen gekehrter Blick lässt erahnen, wie die Rädchen in seinem Kopf rattern. Scheinbar greifen nicht alle reibungslos ineinander. »Ich bin nicht pervers und lasse mich nicht für dumm verkaufen. Früher in der Schule habe ich vier Sprachen beherrscht. Zwei davon fließend. In Schrift und …«

»Wort«, helfe ich ihm auf die Sprünge.

»Genau. Englisch, Französisch, Russisch und …«, zählt er auf und gerät erneut ins Stocken. Er hält drei Finger in die Luft und sieht sie mit nachdenklicher Miene an. Er ballt wiederholt die Hand zur Faust und fängt von Neuem an. Selbst nach dem dritten Versuch sind es immer noch drei Finger, die er anstarrt.

»Deutsch?« Wieder bin ich derjenige, der ihm unter die Arme greift, worüber sich der Mann überhaupt nicht freut.

»Ja, verdammt nochmal. Vier Sprachen!« Er streckt vier

Finger in die Luft. »Ich hätte Arzt werden können oder Rechtsverdreher. Alles stand mir offen. Aber ich habe mich von der Liebe blenden lassen. Und was habe ich erreicht? Schaut euch im Reich des Verlierers nur um. Ich habe nicht mal genug Pflastersteine für den Hof. Da habe ich mich nämlich verkalkuliert.« Er tippt sich gegen die Stirn. »Mein Kopf macht das, was er will, aber nicht das, was ich möchte.«

»Diese dicke Schramme und der Schädelbruch … Haben Sie diese Verletzungen auch der Liebe zu verdanken? Was steht darüber in den Akten?« Karl reibt die Hände aneinander und stampft mit den Füßen. »Wollen wir vielleicht drinnen weiterreden? Gegen einen warmen Kaffee hätte ich wirklich nichts einzuwenden.«

Auch meine Füße sind steifgefroren.

»Nein. Ich habe keinen Kaffee, und die Garage ist nicht beheizt.«

Er sagt nicht die Wahrheit. Sein Atem riecht nach starkem Kaffee, der von dem Rauch des Zigarillos nicht komplett überlagert wird. Er bläst mir eine weitere Wolke ins Gesicht.

»Dieses Andenken«, seine Finger betasten den rötlich schimmernden Wulst an der Schläfe, »habe ich einer Jugendsünde zu verdanken.«

»Weil Sie alkoholisiert Auto gefahren sind«, stellt Karl trocken fest.

»Wenn Sie alles über mich schon haargenau wissen, warum sind Sie dann hier?« Erneut richtet sich sein Zorn gegen mich, obwohl es Karl war, der ihm diese Wahrheiten an den Kopf knallte.

»An Ihrem aggressiven Verhalten mir gegenüber kann ich erkennen, dass Sie sich von meinem Kollegen ungerecht behandeln fühlen. Oder können Sie mir Ihre abweisende Art anders erklären?«

»Ich hasse euch alle. Vor allem die, die versuchen, in mein Hirn hineinzukriechen. Nicht ich bin unfruchtbar, sondern meine Frau ist es. Aber das will die blöde Kuh nicht begreifen. Sie will sich nicht mal untersuchen lassen und sagt, dass sie mit einem Alki wie mir sowieso keine Kinder in die Welt setzen möchte.«

Uns trennt noch ein Meter voneinander. Jetzt nur noch ein halber. Sein rechter Gummistiefel steht in einer knöcheltiefen Pfütze.

»Und jetzt sagen Sie mir, wie Sie zu der blöden Behauptung kommen, ich sei in Friedrichs Keller gewesen. Ich bin ganz Ohr. Im Gefängnis, da war auch so ein Schlauer bei mir. Ein Seelendoktor. Er hat es sogar mit Hypnose versucht.« Er tippt sich mit dem schmutzigen Finger gegen die Schläfe. »Er wollte hier rein.« Michael Stanzer lacht abfällig. »Nach jeder Sitzung fühlte ich mich wie ausgelaugt. Die Zelle, in der ich wie ein Tier eingesperrt war, wurde jedes Mal kleiner. Ich dachte, ich würde durchdrehen. Ich hatte Platzangst. Jetzt kommen Sie und behaupten, ich würde mich in das Scheißloch trauen? Waren Sie schon einmal da unten?«

»Sie haben sich gerade eben selbst verraten.«

»Nein, habe ich nicht. Ich war in dem beschissenen Keller. Friedrich ist Jäger. Ich habe ihm früher beim Ausschlachten geholfen. Aber das war, bevor ich eingebuchtet wurde.«

»Das glaube ich nicht.«

Das Blau seiner Augen ist nicht so leuchtend wie das seines unehelichen Sohnes, dennoch ist die Ähnlichkeit frappierend.

»Die Gewohnheit macht uns blind.«

»Was labern Sie für einen gequirlten Mist? Ich habe mir einen Satz aufgeschrieben und ihn auswendig gelernt, weil ich den Sinn des Blödsinns ums Verrecken nicht verstanden habe. Wollte es aber nicht zugeben. Warten Sie«, er legt den

Kopf leicht schräg in den Nacken und beginnt in seinen Erinnerungen wie in einer Rumpelkammer zu kramen. »Das Leben jedes einzelnen von uns ist wie ein Mechanismus, der aus vielen Einzelteilen besteht, die miteinander in Einklang harmonieren müssen.« Er schließt die Lider, weil ihm der Satz nicht auf Anhieb einfällt. »Ich hab's. Wir alle sind ein winziges Rädchen dieses Gebildes. Sie und ich, wir alle gehören zu dem Gewirr an Komplexität. Würde man einen von uns herausreißen, könnte dieses Konstrukt in sich zusammenbrechen. Was zur Hölle soll dieser Scheiß bedeuten?« Er breitet die Hände aus. Sein Blick huscht zwischen Karl und mir hin und her, als heische er nach einer Erklärung. »Was wollte der Typ eigentlich damit sagen? Dass ich dämlich bin, oder was?«

»Er wollte Ihnen verdeutlichen, wie schlimm der Tod jedes einzelnen von uns für die Angehörigen sein kann. Haben Sie mit dem Gedanken gespielt, sich das Leben zu nehmen?«

»Quatsch! Egal wie beschissen das alles hier ist.« Er lässt die Hand über seinem Kopf kreisen. »Dort unten wird es vielleicht wärmer, aber nicht besser. Warum redet ihr so geschwollen?«, wechselt er das Thema. »Ich habe den Kerl gefragt, ob er seine Gefühle beschreiben könnte. Ich wollte dem Typen nur mal auf den Zahn fühlen. Und wissen Sie, was er mir darauf geantwortet hat?« Michael Stanzer zieht an dem Zigarillo. Die Glut erwacht zum Leben. Die trockenen Tabakblätter knistern. Mit rauchendem Mund und zu einem tiefen Bariton gesenkter Stimme sagt er: »Wenn ich die Ganzheit des gesamten Spektrums in Worte fassen müsste, so bräuchte ich Unmengen von Papier und noch mehr Zeit, die wir nicht haben.« Michael Stanzer wechselt wieder in einen normalen Ton. »Wissen Sie, was ich mir daraufhin zusammengereimt habe? Ich kann auch zurückschießen. Ich bin nicht blöde. Diesen Schuh ziehe ich mir nicht an, und für dumm lasse ich mich auch nicht verkaufen. Ich habe was auf dem Kasten, das sage ich Ihnen.«

Ich höre, dass Karl schwer Luft holt.

»Darauf bin ich sehr gespannt«, sage ich und will Karl damit verdeutlichen, dass wir diesen leicht verwirrten Mann bei Laune halten müssen.

»Um aus diesem Zusammenhang hervorgerufenen Widersprüchlichkeiten aus dem Weg zu gehen, sollten Sie vielleicht eine andere Befragungsmethode anwenden und mich nicht mit Ihrer gequirlten Scheiße zulabern. Ich lese viel und schreibe mir solchen Scheiß manchmal auf.« Ein Funken Stolz schleicht sich in seine Mimik.

»Sehr gut«, lobe ich ihn pflichtbewusst.

»Jetzt sind Sie dran. Ich weiß immer noch nicht, wie Sie zu der Behauptung kommen, ich wäre bei Friedrich im Keller gewesen? Womit habe ich mich verraten?«

»Wie schon erwähnt: Sie rauchen.«

»Er raucht auch.« Michael Stanzer zeigt auf Karl. »Ich rauche seit meinem zehnten Lebensjahr. Immer, wenn mich mein Vater dabei erwischte, bekam ich mein Fett weg. Es gab eine ordentliche Tracht Prügel. So, wie es sich gehört. Bei jedem Fehler, den ich mir erlaubt habe, bekam ich prompt einen Satz heißer Ohren – oder Schlimmeres. Meist war es ein Besenstiel, seltener kam die Schaufel zum Einsatz. Es war nicht immer der Griff, der mich hier oben oder im Rücken traf.«

Bei dem Wort Schaufel werde nicht nur ich hellhörig. »Haben Sie schon damals als kleiner Junge diese Sorte Zigarillos geraucht?«

»Was soll das nun wieder? Bemühen Sie sich wieder unter Vorspiegelung falscher Tatsachen mir etwas anzudrehen? So läuft es bei mir nicht.« Er schnalzt mit der Zunge.

»Bisher haben Sie sich nichts zuschulden kommen lassen. Wir möchten Ihnen lediglich zwei Fragen stellen.« Karl macht ein Victoryzeichen. »Wo waren Sie am Freitag zwischen 21 und 24 Uhr?«

»Ich war zu Hause. Und ich war betrunken. Sie können meine Frau fragen.« Innerlich stellt er sich auf einen Kampf ein und ballt die linke Hand zur Faust. In der rechten steckt der glühende Zigarillo, den er wieder zwischen Daumen und Zeigefinger hin und her rollt.

»Zweitens.« Karl überlegt. »Sie wissen, dass Fridolin Zorn ihr leiblicher Sohn ist?«

Michael schweigt die Antwort aus.

»Wir werden diese Tatsache nicht überall kolportieren und Ihren so schon angeschlagenen Ruf mit den Füßen in den Dreck treten«, verspreche ich.

»Sie werden was?«

»Wir werden es nicht weitersagen. Es bleibt unter uns.«

Ich warte auf einen passenden Augenblick, weil mir eine andere Frage auf der Zunge brennt.

»Es war nur einmal. Ich wusste nicht, dass man von einem Lusttropfen schwanger werden kann. Ich hab ihn nur kurz reingesteckt und habe es ewig bereut. Da war nichts.«

»Präejakulat«, höre ich mich sagen.

»Nennen Sie es, wie Sie wollen. Rein, raus, schon war Tamara schwanger.«

»Trotzdem sind Sie bereit, Fridolin zu schützen, der möglicherweise etwas getan hat, das ihn hinter Gittern bringen kann. Hat er in dieser Nacht den Toyota gefahren?« Ich drehe mich schräg zum Wagen.

Michael Stanzer schnalzt mit dem Zeigefinger und katapultiert das Geschoß in meine Richtung. Der Zigarillo zischt an meinem Ohr vorbei.

Karls rechte Hand schnellt nach vorne. Seine Finger bekommen den Mann nicht zu packen. Er entwischt Karl nur um Haaresbreite und rennt an den Garagen vorbei. Karl nimmt die Verfolgung auf. Sein linker Schuh bleibt nach wenigen Schritten im Dreck stecken. Eine weiße Socke blitzt auf und taucht in einem matschigen Loch ab. »So eine verfickte Scheiße! Bleiben Sie stehen!«, brüllt er mit geröteter Miene dem Mann hinterher. Karl läuft weiter und rutscht aus. Wieder verschwindet sein Fuß in einem Schlammloch. »Bleiben Sie stehen, sonst schieße ich.«

Der bis zur Weißglut erzürnte Hauptkommissar zückt tatsächlich seine Waffe und steckt sie wieder weg, weil er taumelnd nach Halt sucht.

»Fuck!«, knurrt er und sieht mich klagend an.

»Warum stehst du da wie ein stupider Taugenichts? Er läuft uns davon!«

Michael Stanzer bewegt sich erstaunlich schnell. Von einem Knochenstein auf den anderen springend, verschwindet er aus meinem Blickfeld.

»Er ist schon weg, Karl. Man sollte niemals etwas wagen, wenn man schon von vornherein von der Niederlage überzeugt ist. Das nennt man Selbstüberschätzung.«

»Dieser Typ hat recht. Ihr Psychoquacksalber habt alle einen gewaltigen Sprung in der Schüssel.«

»Ich stehe im Trockenen, Karl.«

»Du bist ein …« Händeringend sucht er nach einer passenden Beleidigung und zerrt an seinem Bein.

»Impertinentes Stück Dreck?« Ich hebe die Braue, so als wolle ich wissen, ob er sich mit meinem Vorschlag zufriedengeben kann.

»Trefflicher hätte ich das nicht zum Ausdruck bringen können.« Karl beugt sich nach unten. Mit angeekelter Miene zieht er die Socke von seinem Fuß und humpelt etwas ungelenk zu seinem Schuh.

»Du hättest mich wenigstens vorwarnen können, dass er Reißaus nehmen könnte.« Karl drückt seinen nackten Fuß in den Schuh hinein.

»Ich kann nur in seltensten Fällen die Denkweise eines

anderen erahnen. Sein Kopf ist schließlich keine Kristallkugel.«

Karl sagt etwas, das ich nicht verstehen kann, und greift nach seinem Telefon.

»Außerdem hätte die Verfolgung wenig Sinn ergeben. Zu oft wurde ich von Wahnsinnigen angegriffen. Meine Frau will mich am Stück zurückhaben, sonst bin ich ein toter Mann, und du auch.«

Er fordert Verstärkung und ein Team von der Spurensicherung an.

»Basierend auf dieser Prämisse bin ich zu der Erkenntnis gelangt, dass die Sache mit Herrn Stanzer nicht ganz schlüssig ist«, lässt er seinen Groll an einem seiner Kollegen aus. »Ja. Professor Doktor Hornoff ist hier. … Wie kommen Sie darauf, Edgar? … Weil ich was? … Ich bediene mich seiner Wortwahl?«

Edgar ist ein forensischer Spezialist, der mich in allen Kriterien nachzuahmen pflegt, selbst in meinem äußeren Erscheinen.

»Das lasse ich jetzt unkommentiert so stehen. Was wollen Sie von unserem Doktor, Edgar?«

Aus dem einseitigen Dialog kann ich keine Schlüsse ziehen, darum versuche ich erst gar nicht, genauer hinzuhören. Ich laufe auf den roten Toyota zu, weil ich mir die Motorhaube genauer anschauen will und weil sich der Wagen in der Nähe einer der Garagen befindet, in der das Licht brennt.

»Sie hat was?«, brüllt Karl. »Schicken Sie mir sofort Saskia her. Ja, Frau Kirschmann soll hier antanzen und das Zappelmännchen mitnehmen.«

Die Beleidigung trifft mich nicht einmal peripher.

»Ich werde hier alles andere in die Wege leiten – und bringen Sie mir ein Paar frische Socken mit.«

Ich kann mir ein hämisches Grinsen nicht verkneifen. Karl tobt.

»Ja. Sechsundvierzig«, schiebt er knurrend nach und legt auf.

»Fass da ja nichts an, Johannes!«

Karl steht jetzt neben mir.

»Saskia holt dich gleich ab. Emma hat sich verletzt.«

»Was noch?«

»Sie hat die Wand vollgemalt.«

»Du musst den heutigen Termin bei Herrn Wegner verschieben.«

»Der alte Mann ist bei seiner Enkelin. Warum hat sie das gemacht?«

»Vielleicht hat sich Emma an etwas erinnert. Visuelle Stimulation kann das Gedächtnis wieder zum Laufen bringen. Manchmal genügt ein winziger Funke. Die Bilder können Emma helfen, das vergessen geglaubte Ereignis besser zu verarbeiten. Vielleicht hat sie unwissentlich etwas hervorgekramt, was sie in den Tiefen ihres Verstands abgespeichert hat.«

»Das meine ich nicht. Warum hat sich das Madchen verletzt? Sie ist erst sieben.«

»Ist sie nicht überdurchschnittlich intelligent?«

Karl wiegt den Kopf. »Ja.«

»Ihr Verhalten mag mehr Fragen aufwerfen als es Antworten liefert. Sie versucht, sich ihren Ängsten zu stellen. Das ist ein Hilferuf.«

»Ist dein Zucken auch eine Art Hilferuf?«

Meine Hand klopft wieder gegen den Brustkorb.

»Haben dich deine Eltern jemals geschlagen, Doc?«

»Nein.«

»Kann man das nicht irgendwie auskurieren? Dein Vater war doch ein guter Arzt.«

»Ja und ein guter Vater. Er hat viele Versuche unternommen, mich von meinen Ängsten zu befreien. Er wollte mich davon überzeugen, dass ich zu feige wäre, mich in einem fensterlosen Zimmer einsperren zu lassen, weil er wusste, dass ich ein Sturkopf war.«

»Was hat das eine mit dem anderen zu tun?«

»Ich wollte ihn vom Gegenteil überzeugen. Ich habe mich schon immer dagegen gewehrt, mir etwas aufzwingen zu lassen.«

»Das war doch kein Verbot.«

»Auf eine Weise schon. So etwas nennt man paradoxe Intervention. Ich habe mich freiwillig in der Abstellkammer eingesperrt und verbrachte dort die ganze Nacht. Aber die Angst vor engen Räumen ist geblieben.«

Karl lacht auf. »Ich weiß nicht, wen es von uns beiden schlimmer erwischt hat. Wenn meinem Vater die Argumente ausgingen, schlug er mir mit der flachen Hand ins Gesicht. Das war ein eindeutiges Zeichen für mich, dass ich lieber die Klappe halten sollte.«

»Alle Eltern versuchen, ihren Nachkommen die eigenen Auffassungen über das Leben aufzuzwingen. Dabei vergessen wir leider, dass unsere Kinder ein anderes Leben führen als wir. Die Zeit ist wie ein Bulldozer, der alles niederwalzt. Wir müssen uns dem Lauf der Dinge anpassen, wenn wir nicht zertrampelt werden wollen, denn alles ist vergänglich. Auch die Sichtweise ändert sich mit jeder Generation.«

»Da hast du nicht unrecht.«

»Ich habe mich früher oft für das geschämt, was ich bin. Ein Krüppel, der kein Mädchen ansprechen kann. Wir werden durch Niederlagen mehr geprägt als durch Siege. Auch der Kerl, nach dem wir fahnden, will sich etwas beweisen. Sich und allen anderen. Wir werden von wiederkehrenden Erlebnissen, bei denen wir den Kürzeren ziehen, geschwächt. Manche brechen unter dieser Last komplett zusammen. Amokläufer sind allesamt Verlierer. Sie drehen einfach irgendwann durch.«

»Das kann uns beiden nicht passieren. Komm, Doc, wir

schauen uns derweil in der Garage um, in der das Licht brennt. Ehrlich gesagt, mir friert gleich der Arsch ab.«

Die Kälte wird mit jedem Schritt spürbarer.

Karl drückt auf einen Knopf. Das Tor rollt nach oben.

In der Garage steht ein weißer Pick-up.

Hinter der Windschutzscheibe taucht ein verängstigtes Gesicht auf.

»Scheiße!«, flucht Karl und stößt mich zur Seite. Keinen Moment zu spät. Der große Wagen röhrt wie ein Urtier und schießt an uns vorbei. Die Räder wühlen den Boden des Hofes auf. In meinem Gesicht landet ein kalter Schwall nasser Erde. Ich spucke und reibe mir mit dem Handrücken über die Lippen.

»Doc, bist du okay?«

»Ich denke schon! Und du?«

»Der Drecksack hat auf den richtigen Moment gewartet, weil er mit unserem Auftauchen gerechnet hat.«

»Oder er hat etwas im Wagen vergessen, das ihn in Schwierigkeiten bringen könnte, falls wir es finden sollten. Siehst du die Spuren da?« Ich rappele mich auf die Beine.

Matschige Schuhabdrücke führen zu einer Tür am hinteren Ende des großen Raumes.

»Er hat den Hinterausgang benutzt.«

»Die Socken kann sich Edgar sonst wohin stecken. Ich muss mich komplett umziehen.«

Wie zwei Schlammmänner stehen wir da. Von oben bis unten mit Dreck bespritzt.

»Eine schöne Scheiße ist das.« Karl greift nach seinem Funkgerät. Seine knappen Anweisungen werden mit einem wiederkehrenden elektrischen Knacken quittiert.

Schon kurz darauf vernehme ich das Heulen einer Polizeisirene.

Zusammen bewegen wir uns Richtung Straße.

»Ich wurde noch nie so erniedrigt wie heute, Doc. Auf

dem Präsidium wird es Gelächter geben, das schwöre ich dir.«

»Ich kann dir die Nase blutig schlagen, Karl. Kannst ja später behaupten, du hättest ihn beinahe im Schlamm ertränkt. Ich könnte es bezeugen.«

»Sehr witzig.«

»Das Leben ist wie russisches Roulette. Es ist aufregend und gefährlich. Fordert man Fortuna zu sehr heraus, ist man plötzlich tot.«

»Das ist man sowieso irgendwann.« Karl greift nach seinem Telefon. Sein Finger hinterlässt wässrige Schmutzflecke auf dem Bildschirm. »Scheiß Technik«, grummelt er und wischt mit dem Ärmel darüber. »Die gesuchte Person ist nicht auffindbar«, rauscht es aus Karls Funkgerät. »Das Fahrzeug wurde sichergestellt. An alle Einheiten, das gesuchte Fahrzeug wurde sichergestellt, von der gesuchten Person fehlt jedoch jede Spur.«

»Was ist passiert?«, fragt Karl.

»Ist gegen einen Baum gefahren.«

»Okay. Sichert die Stelle ab.«

Drei Einsatzwagen kommen vor uns zum Stehen. Niemand spricht uns darauf an, warum wir in so einem desolaten Zustand sind. Karl ist wieder in seinem Element. Er teilt aus und sagt, was zu tun ist.

»Hallo, Doktor Hornoff.« Saskia lächelt mich an und reicht mir einen Kaffeebecher, den ich dankend annehme. »Ich bringe Sie zuerst nach Hause, damit Sie sich umziehen können, danach fahren wir sofort ins Krankenhaus.«

»Ein sehr guter Vorschlag«, stimme ich zu.

Xenia

Im dunklen Raum

Xenia lag zusammengekrümmt im Bett. Einen Augenblick war ihr, als müsse sie sich übergeben. Sie hatte Durst, trotzdem konnte sie nichts trinken. Zwei volle Flaschen hatte sie in der Kiste gefunden. Bei beiden war der Deckel zu fest zugeschraubt. Sie bekam ihn einfach nicht auf.

Klack.

Klack.

Klack.

Xenia drehte sich von der Wand weg.

Das metallische Klacken in der Tür brachte ihr Herz zum Stehen.

Die warme Luft, die der Elektroheizer verströmte, traf sie im Gesicht und machte ihre Augen trocken.

Klack.

Klack.

Klack.

Was macht er da?, fragte sich Xenia und zog die Decke bis ans Kinn hoch.

Ihre Zunge klebte am Gaumen. Die kleinen Füßchen ragten unter der Decke hervor, die viel zu klein war. Auch das Bett war winzig. Wie für ein Baby, nur ohne Gitterstäbe. Darauf lag eine dünne löchrige Matratze, die schimmelig roch.

Ein Donnern.

Die Tür flog scheppernd auf.

Abwehrend bedeckte Xenia ihr Gesicht mit den Händen. Der Schrei blieb ihr im Hals stecken. Sie hörte Schritte, traute sich jedoch nicht, hinzuschauen.

Er war wieder da.

Dicht vor ihrem Gesicht spürte sie das leichte Keuchen. Sein Atem kroch durch ihre Finger hindurch. Er stank nach Zwiebeln, weil er sich wieder den Sack über den Kopf gestülpt hatte. Er sah wie eine Vogelscheuche aus. Bisweilen fand Xenia Vogelscheuchen lustig. Besonders die aus dem *Zauberer von Oz*, die gern Verstand hätten.

»Hallo, Prinzesschen.«

Es widerstrebte Xenia, sich zu bewegen. Sie wollte tot sein.

»Weißt du was? Ich habe dir ein Kleid mitgebracht.«

Xenia bewegte sich immer noch nicht.

»Du kannst mich zwar nicht sehen, aber du kannst mich hören. Sei kein Baby.« Seine Hand schob sich unter die Decke und berührte sie an der Schulter. Sie war kalt und zitterte.

»Ich mag dich«, flüsterte er weiter. »Xenia, du kannst dich nicht von mir verstecken. Sobald du die Augen öffnest, ist das, wovor du dich fürchtest, wieder da.«

Xenia trat mit den Füßen um sich. Sie wollte von ihm nicht berührt werden, schon gar nicht an der Hose. Dort war immer noch der Fleck.

»Sei kein Baby. Komm mit.«

»Nein!«, schrie sie und schlüpfte unter seinen Händen hindurch.

Er knurrte verärgert, geriet ins Straucheln und fiel aufs Bett, genau auf die Stelle, wo Xenia gelegen hatte. Das klapprige Gestell, das jedes Mal gequietscht hatte, wenn sie sich im Schlaf umgedrehte, krachte unter seinem Gewicht zusammen. Der Sack über seinem Kopf verrutschte. Unbeholfen zerrte er an dem groben Stoff. Aus einem der Schlitze, die für die Augen gedacht waren, ragte nun ein Ohr heraus. Sekunden später riss der Stoff des Sackes hörbar.

Xenia wich zurück und fiel über eine Kiste. Etwas rollte an ihrem Bein entlang. Eine Flasche. Sie lag bäuchlings auf dem staubigen Boden. Blut tropfte aus ihrer Nase. Es kostete sie ihre gesamte Willenskraft, nicht laut aufzuschreien – und nicht liegenzubleiben, was sie gern getan hätte. Ihr linkes Knie brannte. Ihre Arme knickten in den Ellenbögen immer wieder ein. Sie war erschöpft. Etwas flatterte in ihrem Kopf und verschattete ihre Gedanken.

Mit der letzten ihr noch verbliebenen Kraft drückte sich die Kleine hoch auf alle viere.

»Xenia!« Die Vogelscheuche rief panisch ihren Namen, so laut, dass es ihr in den Ohren wehtat. Der Mann klang besorgt, wenn nicht gar verängstigt.

Sie blieb stumm und drückte sich ganz vorsichtig hoch auf die Füße. Die Flasche wog schwer in ihrer Hand. Lautlos wie ein Schatten bewegte sie sich auf die Silhouette zu, die sie auf den Trümmern ihres Bettes erkennen konnte. Sie sah nicht mehr als die Umrisse des Mannes, der sich immer noch abmühte, den Sack auf seinem Kopf zurechtzurücken. Er keuchte zornig. Wie eine Keule schwang sie nun die Flasche über ihren Kopf, zählte bis drei, kniff kurz die Augen zusammen – und schlug zu.

Klong!

Ein Aufschrei folgte.

Die Flasche prallte einfach von dem Schädel ab, ohne zu Bruch zu gehen, wie sie es aus dem Fernseher kannte. Der Mann fiel überhaupt nicht um, stattdessen schrie er auf und schlug mit den Fäusten um sich.

»Was hast du getan, du blöde Kuh?«, schrie er, wild mit den Armen fuchtelnd, weil er sie packen wollte.

Xenia ließ die Flasche fallen. Sie taumelte rückwärts, Richtung Tür, die einen Spalt breit offenstand. Nach ein paar Schritten fuhr sie herum, stürzte auf den Ausgang zu und zog am Türgriff.

Nichts tat sich.

Xenia quetschte ihre Finger in den schmalen Schlitz, winselnd wie ein zu Tode verängstigtes Hundebaby.

Ein schwerer Schuh krachte gegen die Tür.

»Aua!« Einer ihrer Finger blieb eine ganze Ewigkeit lang eingeklemmt. Der Schmerz verdunkelte alles um sie herum. Dann flog Xenia durch den Raum und prallte mit dem Rücken gegen etwas Hartes. Das bisschen Luft, das ihr geblieben war, wurde aus ihrer Lunge gepresst.

»Was hast du getan?«

Weiße Speichelfäden flogen aus seinem Mund. Der Mann war nicht mehr die Vogelscheuche. Sein Gesicht lief rot an. Seine großen Hände tastete den unbedeckten Kopf ab. Mit geweiteten Augen betrachtete er seine Hand und roch daran, als könnte er die Schwere der Verletzung erschnuppern. Seine Lippen zitterten vor Empörung, der Mund stand offen. Er keuchte. Mechanisch hob und senkte sich sein Brustkorb.

»Lass mich!« Xenia blickte zu ihm auf. Sie kannte ihn.

Der Mann brummte etwas, wandte sich um. Der Zorn in seiner Stimme war verflogen »Ich wollte dir nicht wehtun«, flüsterte er entschuldigend. Sein Handy klingelte.

»Ich habe Durst«, winselte Xenia.

Der Mann beugte sich tief nach unten, hob die Flasche auf, mit der Xenia ihn am Kopf getroffen hatte, schlug den schmalen Hals gegen den Türknauf und ließ sie auf den Boden fallen.

Xenia kroch schnell auf die immer größer werdende Pfütze zu.

»Wenn du jemals jemandem verrätst, dass ich es war, der dich hier eingesperrt hat, schneide ich dir deinen kleinen Kopf ab und stecke ihn in diesen Sack. Hast du das verstanden?« Mit diesen Worten verschwand er wieder.

Wie konnte das bloß möglich sein? Er war eigentlich

immer nett gewesen. Xenia konnte es immer noch nicht begreifen.

Das Brennen in ihrem Hals wurde noch stärker und blendete alle Ängste aus. Sie hatte Durst, nur dieser Gedanke beschäftigte sie, darum hörte sie dem Mann nicht wirklich zu. Hastig hob sie die zersplitterte Öffnung mit den scharfen Kanten an die Lippen. Das sprudelnde Wasser war kühl. Sie verschluckte sich mehrmals.

Hinter der Tür hörte sie den Mann reden.

Nachdem sie die Flasche zur Hälfte geleert hatte, kehrte die Furcht mit solch heftiger Wucht zurück, dass Xenia von ihr erdrückt wurde.

»Mama!«, schrie sie. Sie stand an der Tür und trommelte mit ihren kleinen Fäustchen gegen das Blech wie gegen eine riesige Trommel.

Johannes

Berliner Krankenhaus

Bis auf das leere zerwühlte Bett und die abstruse Zeichnung an der Wand fehlt von Emma jede Spur.

»Wo ist das Mädchen?«, will ich von dem Mann wissen, der den Titel des leitenden Arztes mit solchem Stolz trägt, der nur von dem eines frischgebackenen Vaters übertrumpft werden kann.

»Sie wurde auf die Intensivstation verlegt«, interveniert eine Frau mit knallrotem Haar, die sich schlicht als Inge vorgestellt hatte. In meinen Augen strahlt sie mehr Selbstbewusstsein aus als der grünschnäblige Typ mit seiner Brille, dem Arztkittel und der Hose mit Bügelfalten, die bestimmt von seiner Mutter gebügelt wurde. Wie gern würde ich sein selbstverliebtes Grinsen ausradieren. Inge dagegen wirkt müde und ausgelaugt – und von Schuldgefühlen geplagt.

Saskia steht neben mir. Die junge Polizistin schweigt, was ich ihr hoch anrechne. Sie agiert im Hintergrund und macht ihre Aufgabe hervorragend. Ihre Anwesenheit entschärft die Situation. Die Präsenz einer Frau wirkt entschärfend, weil wir Männer nun mal so sind. Wir wollen mit unserem Gehabe imponieren. Mein Gegenüber plustert sich auf, weil er Saskia beeindrucken möchte, darum versuche ich, seine Gegenwart zu ignorieren. Eine bewährte und simple Technik, die ich da anwende. Doktor Stang, so heißt der Mann, wird meiner Ignoranz zum Trotz mehr von sich preisgeben, als ihm bewusst ist.

»Kann ich mit dem Kind sprechen?« Ich frage Inge, nicht ihn.

»Das ist zum gegebenen Zeitpunkt leider nicht möglich«, schiebt sich der unangenehme Typ wieder in den Vordergrund und taxiert mich von unten. Er ist klein und schmalschulterig. Einer, der früher in die Kloschüssel getaucht wurde und sein dick geschmiertes Butterbrot brav einem pickligen Jungen überlassen musste.

»Warum konnte Emma sich verletzen?« Meiner Auffassung nach ist dies durchaus eine legitime Frage, doch der Arzt fasst es wie eine Unterstellung oder einen gegen ihn gerichteten Affront auf.

»Wir geben stets unser Bestes. Für Fragen dieser Art bin ich der Falsche und Frau …«

»Ist schon gut. Ich habe es vermasselt«, sagt Inge.

»Sie dürfen nicht über Details sprechen, die das ganze Krankenhaus in Schwierigkeiten bringen können«, wird sie prompt zurechtgewiesen.

»Keine Angst, ich werde das alles hier nicht sofort bei Facebook posten«, beschwichtige ich.

»Das ist mir bewusst, dennoch …« Die Irritation in seiner Stimme zieht ihn noch mehr ins Lächerliche. »Diese Lappalie könnte Sie den Job kosten.« Der junge Oberarzt lässt den Dampf nun an Inge ab. Er gibt sich keine Mühe, seine Geringschätzung ihr gegenüber zu verbergen. Mehr noch, er unterstreicht seinen Gefühlsausbruch mit einem Ton der Missbilligung.

»Doktor Stang?« Saskia hebt die Hand. Obwohl sie klein und zierlich ist, ist ihre Autorität bemerkenswert. Sie ist durch und durch eine Polizistin, die sich zu behaupten weiß.

»Ja, ich höre.«

»Wieviel Personal befand sich in der Nacht in diesem Bereich?«

»Darüber kann die Personalabteilung Auskunft geben.

Wie gesagt, ich überlasse Ihnen diesen Raum. Sie haben eine Stunde Zeit. Danach wird hier alles aufgeräumt. Bei weiteren Fragen sollten Sie sich an die Geschäftsleitung wenden.« Er richtet das über den Hals hängende Stethoskop zurecht. Die roten Schläuche haben denselben Ton wie das Gestell seiner Brille. »Ich werde jetzt woanders benötigt.«

Er nickt uns beiden zum Abschied zu, presst die Lippen aufeinander, greift in die Tasche seines Kittels, holt ein Handy heraus und verlässt das Zimmer. Die Tür bleibt offen. Im Flur erschallt seine Stimme.

»Ich versuche, hier alles zu regeln. Die entstandenen Unannehmlichkeiten können nicht mehr rückgängig gemacht werden, daher ziehe ich ein persönliches Gespräch einem Telefonat vor, Herr Wegener.«

»Ist denn Emmas Opa nicht hier?«, will ich von Inge wissen.

»Er hat das Krankenhaus Hals über Kopf verlassen, nachdem wir ihm zugesichert haben, dass seine Enkelin rund um die Uhr überwacht wird. Seine Frau hatte wieder einen Anfall.«

»Das war sie hier auch, nicht? Rund um die Uhr überwacht, meine ich.« Saskia macht sich Notizen.

»Ja, aber nur auf dem Papier. Auf der Intensivstation ist sie nicht mehr allein. Sie ist unter Beobachtung. Tag und Nacht. Wir hätten nie gedacht, dass ein Kind zu so etwas fähig sei. Ich hätte nie den Mut dazu gehabt, mich selbst zu schneiden«, präzisiert Inge.

»Wie konnte es dazu kommen?«

»Emma wollte trinken. Ich habe ihr ein Glas Wasser gebracht. Wir haben auch Kunststoffbecher, aber ich wollte etwas Gutes tun. Daher habe ich mich für das Glas entschieden. Wegen Mikroplastik …« Inge knetet die Finger.

»Wussten Sie nicht, dass Emma sich schon früher geritzt hat?«

»Das stand nicht in ihrer Akte.«

Ich höre der Unterhaltung zu. Mein Blick klebt jedoch an den schwarz-weißen Bildern an der Wand, die für mich noch keinen Sinn ergeben. Ich kann nicht erkennen, was Emma damit zum Ausdruck bringen wollte. Das Gebilde ist genauso verworren wie die Gedankenwelt des Mädchens.

»Was stand denn in den Akten?«

»Die Verletzungen an den Unterarmen hätte sich Emma bei dem Unfall zugezogen. Ich fand daran nichts Verdächtiges. Nur das Muster der Narben war zu gewollt. Mein Bauchgefühl sagte etwas anderes als der Kopf, aber ich habe mich auf die Akten verlassen.«

Inge verlässt den Raum. Ich bin allein mit meinen Gedanken. Emma hat einen Stuhl genommen, damit sie mehr Fläche von der weißen Wand bemalen konnte. Was wollte die Kleine mit diesem Durcheinander an Symbolen und kurzen Fragmenten zum Ausdruck bringen? Ihr Kunstwerk wirkte, als wären mehrere Ideen, die nicht zu Ende gedacht wurden, auf einen Haufen geworfen worden. So, als wären hier mehrere Künstler am Werk gewesen. Vielleicht stimmte das ja auch.

Emma leidet an einer dissoziativen Identitätsstörung. Sie ist ein Wirt, der mehrere Persönlichkeiten beherbergt, erinnere ich mich. Ich konzentriere mich auf rote Striche, bis meine Augen schmerzen. Das Muster ist einfach zu verwirrend. Ich kann meine Aufmerksamkeit nicht auf einen bestimmten Punkt fokussieren. Die Linien geraten in Bewegung.

Sind es etwa Augen? Ich trete näher. Langsam schält sich etwas aus dem Wirrwarr heraus. Wie ein 3-D-Bild aus einem dieser Bücher, bei dem es wichtig ist, sich nur darauf zu konzentrieren und alles andere auszublenden. Langsam nimmt das Gekritzel eine Form an, in der ich tatsächlich ein Auge zu erkennen glaube.

Es sieht mich an.

Ein Gesicht nimmt Form an.

Ein Mann.

Seine untere Gesichtspartie ist von einem Tuch verdeckt. Wie bei einem Cowboy.

Ein S taucht hinter seinem Kopf auf.

Ein Scheinwerfer. Das Licht blendet mich.

Eine Schaufel.

Ein Baum.

Ein weitaufgerissener Mund.

Ein kaputtes Fenster.

Hier eine Hand.

Rücklichter, rot umrandet.

Ein M.

Ein umgedrehtes A.

Zwei Stiefel.

Ein Kind.

Hundeschnauze.

Scharfe Zähne.

Blutig.

Der rote Strich am Reißzahn wurde mit solch einer Heftigkeit in die Wand getrieben, dass ein Stück des Wachsmalstifts abbrach. Ich schaue zu meinen Füßen. Winzige Klümpchen liegen auf dem Boden verteilt.

Die Eindrücke prasseln unerbittlich auf mich ein wie das Lauffeuer aus einem Maschinengewehr. Wie in Trance muss Emma das alles hier aus ihrem Kopf an die Wand projiziert haben. Hier spielten Gefühle eine sehr große Rolle. Daraus bestehen ihre Alpträume.

Ich hebe den Blick.

Ein C auf der Radkappe, spiegelverkehrt.

In der Mitte ein V und W.

SCHAUFELMANN.

Ich sehe die Buchstaben vor meinen Augen. Gehe sie noch mal durch, so als müsste ich dort die zwei anderen Buchstaben auch noch einbinden.

»Volkswagen«, flüstern meine Lippen.

Ihre Mutter hat diesen Wagen gefahren. Das weiß ich, weil es in der Akte stand, die Karl mir gegeben hat.

Doktor Stang räuspert sich vernehmlich und hüstelt in die Hand. Er steht in der Tür, einen Maler oder Hausmeister im Schlepptau. Sein Blick ist auffordernd, meine weitere Anwesenheit ist hier unerwünscht.

»Wie weit sind Sie? Die Stunde ist um. Wir brauchen dieses Zimmer. Es muss gestrichen und wieder hergerichtet werd…«

»Das dürfen Sie nicht«, unterbreche ich ihn. Meine Stimme klingt belegt.

»Ich entscheide, was ich darf und was nicht. Ich habe hier das Sagen. Ihre Anwesenheit zwingt mich …«

»Hören Sie bitte zu.« Ich hebe die Arme, bemühe mich um einen schlichtenden Ton. Seine Absicht kann nicht falsch interpretiert werden; er sucht Streit, weil er mich loswerden will.

»Sie sind nicht in der Position, mir Anweisungen zu geben.«

Ich schweige.

»Miroslaw!« Er wirft einen schnellen Blick über die Schulter.

»Ja!« Wie auf Kommando beugt sich der Bärtige zu dem kleinen Mann, als würde er ihn so besser verstehen können.

»Du kannst das hier wieder weiß machen.«

»Okay.«

»Miroslaw. Warten Sie bitte im Korridor!« Ich schenke dem Mann ein Lächeln.

Er ist verwirrt.

»Was erlauben Sie sich eigentlich?« Mitten auf Doktor Stangs Stirn schwillt eine Ader an.

Ich schiebe den aufgebrachten Arzt vor mir her, bis auch er im Flur steht, und schließe die Tür. Mein Daumen huscht über das Display meines Handys. Karls Nummer steht ganz oben. Ich wähle und presse es gegen das Ohr.

»Was ist?«

»Ich brauche deine Unterstützung.«

»Ha!«, freut sich Karl. »Welchem Umstand verdanke ich diese Ehre?«

Stimmen werden laut.

Sie kommen näher.

Stampfen von schwerem Schuhwerk.

»Er ist da drin! Einfach vor die Tür setzen«, ereifert sich Doktor Stang. Er hat Verstärkung mitgebracht.

Ich bin mir nicht mehr sicher, ob ich alle wichtigen Details abfotografiert habe. »Das sind nicht einfach nur Hirngespinste eines verwirrten Kindes, Karl. Ich brauche mehr Zeit. Die Zeichnung ist viel zu wichtig. Es ist eine Botschaft. Eine verschlüsselte Botschaft, wenn du so willst. Ich benötige Zeit!«, wiederhole ich.

»Dann nimm sie dir!«

»Ich kann mich aber nicht konzentrieren, wenn ich einen Oberarzt im Nacken sitzen habe, der sich aufspielt, als gehöre ihm das Krankenhaus.«

»In gewisser Weise hast du auch jetzt nicht ganz unrecht. Das ist eine Privatklinik. Und Herr Stang leitet sie. Herr Wegener hat darauf bestanden, dass seine Enkelin von Spezialisten betreut wird.«

»Und jetzt? Er will die Wand übermalen!«

»Nur ruhig mit den jungen Pferden, Doc. Ich schicke Lars und Edgar zu dir. Halte solange die Stellung.« Er legt auf.

Der Kopf von Herrn Stang taucht wieder in der Tür auf.

»Bitte!«, sage ich.

Er drückt die Tür auf. Zwei uniformierte Sicherheitsleute betreten den Raum.

»Okay. Ich will keinen Ärger.« Ich hebe ergeben die

Hände. Im Flur steht Miroslaw mit einem kleinen Farbeimer vor den Füßen.

»Bitte nicht anfassen, ich gehe schon«, warne ich die beiden Männer und verlasse das Zimmer.

»Geht doch«, freut sich der Oberarzt. Doch sein Glück währt nicht lange. Ich drehe mich um und laufe rückwärts, bis ich mit dem rechten Fuß an dem Eimer hängen bleibe. Ich gebe mir auch nicht sonderlich viel Mühe, meine theatralische Bestürzung über das Malheur glaubhaft rüberzubringen. Es kommt nur darauf an, Zeit zu schinden. Das habe ich erreicht.

Miroslaw ist empört, Doktor Stang ist außer sich.

»Das war pure Absicht.«

»Das bestreite ich gar nicht. Doch wehe, einer dieser Typen gedenkt, mich anzufassen, dann werde ich dafür sorgen, dass Ihr Krankenhaus von schlechten Rezensionen überhäuft wird.«

Diese Drohung zeigt ihre Wirkung. In der heutigen Zeit ist es ein wirklich überzeugendes Druckmittel.

»Jetzt lassen Sie mich meine Arbeit tun. Ich habe Unterstützung angefordert, bis heute Abend sind wir hier fertig, danach gehört der Raum wieder Ihnen. Bis auf Weiteres möchte ich von niemandem mehr gestört werden.«

»Polizei?« Einer der beiden Männer mit der gelben Aufschrift *Security* auf der Brust zupft nervös an seiner Uniform.

»Okay. Miroslaw, wisch bitte den Boden auf«, gibt Doktor Stang nach.

»Weiß machen?« Miroslaw versteht die Welt nicht mehr.

»Nix weiß machen, weg machen.« Doktor Stang zeigt auf den Boden.

Der andere Security spricht mit Miroslaw in deren Landessprache.

»*Glowa Kurva*«, brummt Miroslaw.

Dein Chef ist wirklich ein Arschloch, pflichte ich in Gedanken bei und tätschele seine Schulter. »Tut mir leid, Miroslaw. *Wymowka*«, entschuldige ich mich auf Polnisch, entlocke so dem Mann ein zögerndes Lächeln und verschwinde hinter der Tür in dem Raum, in dem ich mir mehr Antworten erhoffe, wenn ich die Zeichnung verstehe.

Namenlose Stimme

Sie fürchten sich vor mir und verstecken Emma, sobald ich aus meiner Hölle hervorkrieche. Ich habe keinen Namen, dennoch bin ich ein Jemand. So etwas wie die innere Stimme; Vernunft und Vorsicht in einem. Ich bin weder männlich noch weiblich und erst recht kein körperloses Wesen, auch wenn ich keine Vorstellung davon habe, wie ich aussehe. Ich bin kreativ, habe ein fotografisches Gedächtnis und kann Dinge riechen, bevor sie in Sichtweite kommen. Ich bin das, was Emma ausmacht. Ihre Intelligenz und die Gabe, die Welt anders wahrzunehmen als die meisten, hat sie meiner Existenz zu verdanken.

Sie nennen mich nicht beim Namen, weil ich keinen habe. Emma, Milan, Jana, Bernd, Felicitas und selbst Rita scheuen meine Gegenwart. Sie sind eine Gemeinschaft – ich bin der Einzelkämpfer. Ich wurde nicht ausgestoßen, sondern möchte nicht dazu gehören. Das ist ein gewaltiger Unterschied. Sie alle sind naiv, glauben stets an das Gute im Menschen, blindlings bereit, Vertrauen zu schenken. Ich bin der Gegenpol dieser kleinen Truppe, die mit jedem Gewaltakt um ein Mitglied erweitert wird.

Ich wurde geboren, bevor Emma einen richtigen Gedanken fassen konnte, war schon da, bevor sie verstehen konnte, dass es zwei Welten gibt. Die Innere, die nur uns gehört und in der wir alles tun können, ohne dafür ausgelacht oder bestraft zu werden, und die, in der sich die meisten Menschen nicht zurechtfinden. Ich existierte bereits, bevor Emmas

Geist sich zu spalten begann, was notwendig war. Wie sonst sollte ein Kind sich in einer Welt zurechtfinden, die von erwachsenen Kreaturen, welche nichts anderes im Sinn haben, als es zu verletzen, bevölkert wird?

Wie?

Wie sollte ein Mädchen wie Emma sich gegen die Übergriffe wehren, wenn es nicht imstande war, zu begreifen, warum er das tat?

Ich kenne seinen Namen.

Ich weiß, wie er aussieht.

Ich will dieses Geheimnis nicht mehr für mich behalten. Die anderen sollten erfahren, wer Emma weh tut, wer ihr Bett in der Nacht aufsucht. Sie sollten wissen, warum Felicitas geboren wurde – und welches Leid sie ertragen muss, damit Emma existieren kann.

Wie oft habe ich der rauchigen Stimme des Psychiaters lauschen müssen, während er Emma in seinen Gesprächsstunden dumme Fragen gestellt und noch dümmere Vorschläge gemacht hat, wie sie sich abreagieren und ihren Frust abbauen könnte?

»Schreibe alles auf, was dich ärgert. Nimm ein leeres Blatt Papier, stelle dir die Person vor und schreibe alles nieder, was du in dem Moment empfindest. Alles. Denke an diese Menschen und halte dich mit deinen Emotionen nicht zurück. Fasse deine Wut in Worte. Wenn du mit dem Brief fertig bist, verbrenne ihn.«

Der Psychiater, der in einem Schaukelstuhl gesessen hatte, hatte überhaupt nichts begriffen und nicht mal nachgefragt, wer ihm gegenübersaß. Emmas unschuldiges Antlitz betrachtend, hatte er nicht hinterfragt, wer sich hinter dieser kindlichen Maske verbarg. Er sah nur ein verwirrtes Kind. Ein Mädchen in einem rosa Kleid.

Aber Emma war nicht wirklich da. Jana hatte sie versteckt, in dem Zimmer, in dem sie vor seinen Fragen sicher war. Bernd war an ihrer Stelle nach außen getreten. Er liebte es, den alten Mann auf die Schippe zu nehmen und genoss die Aufmerksamkeit der anderen. Vor allem wollte er Jana und Milan imponieren.

»Emma, hast du mir zugehört?«, hakte der Kinderpsychiater nach, sich leicht nach vorne beugend. Der Stuhl wippte nicht mehr. Die von blauen Adern durchzogenen Hände des Mannes hielten sich an den blankpolierten Armlehnen fest. »Du musst alles aufschreiben und es dann verbrennen. So kannst du deine Aggression abbauen. Hast du das verstanden?« Er verzieht seinen Mund zu einem angsteinflößenden Lächeln.

»Alles aufschreiben, das habe ich kapiert, nur was mache ich mit dem Brief, wenn ich den Menschen, auf den ich so böse bin, verbrannt habe?«

Der Gesichtsausdruck des blöden Doktors hat sich für immer in mein Gedächtnis eingebrannt. So köstlich wie an diesem Tag habe ich mich selten amüsiert. Alle haben mitgelacht, nur Emma nicht. Sie hatte ja nichts mitbekommen, weil sie in diesem Zimmer saß. Ich jedoch hatte alles beobachtet. Wie immer. Die anderen konnen mich nicht sehen und nicht hören. Ich bin wie ein Geist für sie, dabei bin ich in vielen Dingen sehr begabt. Zum Beispiel kann ich mir alles merken, ohne auch nur eine Kleinigkeit zu vergessen oder das Geschehene zu verdrehen. Ich bin überdurchschnittlich intelligent. Würde ich sprechen können, wäre ich perfekt, nur fehlt mir diese Begabung. Ich kann nicht mit Lauten mit der Außenwelt kommunizieren, nur mit Zeichen. Ich habe das Wort in die Wand geritzt, in jener Nacht, in diesem Keller, während alle anderen die Augen vor der Wirklichkeit verschlossen.

Auch Milan.

Keiner von ihnen hatte die tote Frau auf dem Tisch gesehen, deren Gesicht zu Brei zerquetscht worden war. Das tote Reh hing über ihr. Aus dem Mund des toten Tieres tropfte Blut, das sich mit dem der Frau vermischte. Xenia hatte ebenfalls einen Blick auf den Tisch geworfen, doch sie war kleiner als Emma, darum glaube ich, dass sie nur das tote Reh sah.

Ich weiß auch, wo Emmas Mama begraben liegt.

Ich habe das Weidenkätzchen mitgenommen.

Der Schaufelmann hatte Emma den Schädel zertrümmert. Alle waren wie tot, nur ich nicht. Ich lag im Schlamm und sah zu, wie sie ein Loch aushoben, bevor sie Emmas Mutter in den Wald schleiften, wo sie sie auszogen. Ich habe gesehen, wie der Mann sich auf Emmas Mutter legte und das mit ihr tat, was Männer und Frauen miteinander tun, wenn sie sich liebhaben. Dieser Mann hatte Emmas Mutter nicht lieb gehabt.

»Du verfluchte Schlampe, dir werde ich's richtig besorgen.« Er hat dabei gegrunzt wie ein verletztes Schwein.

»Was machst du da?«, hatte der andere den grunzenden Mann angebrüllt – und sich dann übergeben.

»Willst du auch ran?« Der Schaufelmann hatte glücklich gegrinst. Hätte ich sprechen können, hätte ich die beiden Männer angeschrien.

»Komm, pack mit an«, hatte der Schaufelmann kurz darauf gesagt und seinen Penis zurück in die Hose gesteckt. Emmas Mama verschwand in der Grube. Der Hund auch.

»Und was machen wir mit ihr?« Sie standen über Emmas Körper gebeugt. Der Schaufelmann trat nach ihren Beinen. Ihr fehlte ein Schuh.

»Hat sie sich gerade bewegt?«

»Quatsch«, lachte der Schaufelmann abfällig und trat nach Emmas Füßen.

Die linke Hand hatte sich verkrampft. Ein Ahornblatt und das Weidenkätzchen wurden von der kleinen Faust umschlossen.

»Ich werde das Grab zuschütten. Das Kind werfen wir irgendwo in den Graben.« Er lachte immer noch. Das Böse in seinen Augen war deutlich spürbar gewesen.

»Warum?«

»Damit ihr Vater sie finden und begraben kann. Er wird glauben, seine Frau hätte sich seiner Tochter entledigt und wäre mit einem anderen abgehauen.«

Sie hoben Emmas reglosen Körper auf, trugen ihn zum Wagen und verbargen ihn unter einer Plane. So versteckt, mobilisierte ich Emmas letzte Kräfte und ertastete mit der rechten Hand zuerst einen weichen Körper, dann etwas, das weder eine Scherbe noch ein Messer, aber doch scharf war. Ich rammte die Hand dagegen. Mit dem Schmerz kam auch das Leben zurück. Doch vielleicht hätte ich uns allen einen Riesengefallen getan, wenn ich uns hätte sterben lassen. Leider sehe ich die Welt aus einer anderen Perspektive als der Rest von uns und bündele alles auf einen Punkt.

Emma

Berliner Krankenhaus

»Ich glaube, das Mädchen wacht auf.«

»Wie geht es dir?« Die blonde Frau legt ihre warme Hand auf Emmas Stirn.

»Gut. Ich habe Durst und möchte zu meinem Opa.«

»Das ist schön. Was meinst du? Hast du so viel Kraft, dass du zwei, drei Fragen beantworten kannst?«

Milan zögert. Er wartet auf Jana.

Sollen wir mit dem Mann sprechen, was meinst du, Jana?

Okay. Emma geht es wieder gut, aber sie muss in ihrem Zimmer bleiben. Sie darf das alles nicht hören.

»Okay«, sagt er zögernd.

»Schön«, freut sich die Frau. Sie lächelt die ganze Zeit.

Der linke Unterarm des Kindes brennt immer noch. Der Schmerz schärft Milans Sinne. Ein großer Mann mit dunklen, an den Schläfen grauen Haaren und wissenden Augen nähert sich dem Bett. Dieser Mann spricht mit ihnen, ohne ein Wort zu sagen. Er kommuniziert mit seinem Blick, der tief in Emmas Augen eintaucht.

Jana und Milan tuscheln miteinander.

»Hallo«, sagt Doktor Hornoff und setzt sich auf einen Stuhl. »Mit wem spreche ich? Ich weiß, dass Emma nicht alleine ist.«

Diese eine scheinbar unbedeutende Erwähnung lässt Janas und Milans Welt wie ein Kartenhaus zusammenstürzen. Milan verkriecht sich nach innen. Er fürchtet sich vor diesen allwissenden Augen. Noch nie zuvor ist jemand auf den Gedanken gekommen, ihnen diese Frage zu stellen. Niemand.

Jana rückt nach außen.

»Sie sprechen mit Jana«, schießt es aus Emmas Mund.

»Hallo, Jana«, sagt er mit einer unbeschreiblichen Gelassenheit und einer Wärme, die ihr Herz berührt. »Wie geht es dir?«

»Gu… gut«, stottert Jana und lächelt dümmlich.

»Ich reiche dir nicht die Hand zur Begrüßung. Nicht, weil ich mir die Hände nicht wasche …« Er macht eine Pause, die Jana mit höflichem Lachen füllt. »… sondern weil ich weiß, dass du es nicht magst, von Fremden berührt zu werden. Stimmt's?«

Ein Kopfnicken.

»Ich bin Johannes, aber du darfst mich gerne Onkel Joghurt nennen, das macht meine Nichte nämlich auch.«

Er verarscht euch, mischt Bernd sich ein.

Tut er nicht, widerspricht Milan.

»Meine Nichte heißt Cristina. Sie ist acht. Wie alt bist du, Jana?«

»Ich bin elf.«

Die Frau, die hinter ihm steht, wird bleich und legt sich beide Hände vor den Mund, als könne sie nicht glauben, was sich da vor ihren Augen abspielt. Als wäre dieser Mann ein Scharlatan und Emma *Regan McNeil* aus dem Horrorfilm *Der Exorzist*. Diesen Film hatte sich Onkel Marc, bei dem Emma manchmal schlief, nachts mal angesehen und Jana und die anderen hatten gespickt.

»Schön. Glaubst du, du bist so weit, mir etwas über dich erzählen zu können?«

»Ich bin müde.« Jana verkriecht sich wieder, schubst Milan nach vorne.

Der Doktor faltet die Hände als wolle er beten und berührt mit den Fingern seine Nasenspitze. Er überlegt.

»Kann ich dich morgen besuchen? Reden wir dann weiter?«

»Nur, wenn ich danach zurück nach Hause kann.«

»Wer spricht jetzt mit mir?«

Onkel Joghurt ist der Wechsel tatsächlich aufgefallen. Milan ist verblüfft. Selbst Bernd ist erstaunt und hält den Mund.

»Ich will schlafen«, weicht Milan der Frage aus.

»Das ist in Ordnung. Wir sehen uns also morgen, und vielleicht im Haus deines Opas. Magst du Hunde?«

»Ja.«

Milan flucht in sich hinein. Mit dieser Frage hat er nicht gerechnet.

»Schön. Wir sehen uns morgen, wer immer du bist«, sagt der Doc augenzwinkernd, steht auf und verlässt den Raum. Die Frau steht, mit dem Rücken an die Wand gelehnt, einfach nur da und macht keine Anstalten, ihm zu folgen.

Während sich Stille im Raum ausbreitet, wird es laut in Emmas Kopf. Bernd und Rita sind aufgeregt und plappern wild durcheinander, während Jana und Milan miteinander streiten, ohne dabei laut zu werden. Wie besorgte Eltern, die darauf achten, nicht von ihren Kindern beim Streiten erwischt zu werden.

»Emma muss selbst mit ihm reden!«, spricht Jana schließlich ein Machtwort und lässt Emma aus ihrem geschützten Raum, der manchmal einem Gefängnis im eigenen Geist gleichkommt.

Johannes

Am nächsten Tag

Polizeipräsidium Berlin

Ich befinde mich in Karls Büro. Noch immer sehe ich den verängstigten Blick des Mädchens vor meinem geistigen Auge. Das Flackern darin gleicht dem scheuen Züngeln der Flamme eines im Wind stehenden Teelichts, das jederzeit ausgehen kann. Ich schiebe die Bilder beiseite, muss mich auf etwas anderes konzentrieren.

Die Tür geht auf. Karl kommt herein, gefolgt von Lars und Saskia.

»Edgar kommt später«, sagt Karl und reicht mir einen Becher. »Ohne Zucker, ohne Milch.«

»Danke.« Die Wärme kriecht durch meine Hände bis in den Nacken hinauf. Ich gönne mir einen Schluck. Der Kaffee ist stark, schmeckt aber so, wie Automatenkaffee eben schmeckt: scheußlich.

»Wie hast du das hinbekommen, Doc?« Karl zeigt auf eine Tafel. Insgesamt vier Tapetenstreifen hängen dort.

»Miroslaw hat mir dabei geholfen. Zum Glück wurden in diesem Zimmer Vliestapeten verwendet.«

»Und wie hat der gute Doktor Stang darauf reagiert?«

»Du musst für Miroslaw einen neuen Job besorgen, und ich habe Hausverbot.«

Ein zaghaftes Klopfen an der Tür.

»Edgar, komm rein und zier dich nicht wie ein …« Das letzte Wort schluckt er rechtzeitig hinunter. Sein schuldbewusster Blick streift Saskia und entlockt der mir sehr sympathischen Polizistin ein flüchtiges Lächeln.

»Guten Tag.« Edgar nickt in die kleine Runde. Unter seiner Achsel steckt eine dicke Mappe.

»Und?« Karl hat sich mit vor der mächtigen Brust gekreuzten Armen an die Fensterbank gelehnt.

»Das Blut aus dem Keller war zu stark verunreinigt, um einen DNS-Test damit durchzuführen, trotzdem sind wir davon überzeugt, dass es sich um ein Gemisch handelt. Um menschliches und tierisches Blut«, informiert Edgar.

»Und was hast du für uns, Lars?«

»Wir sind alle Vermisstenanzeigen durchgegangen. Tatsächlich wird seit Kurzem eine junge Frau vermisst, die aus dem Ausland stammt.« Lars streift sein blondes Haar, das ihm bis an die Schultern reicht, hinter die Ohren, bedient sich eines Stiftes und zeichnet in der Luft einen Kreis über einer Landkarte. »Ungefähr hier wurde sie zum letzten Mal gesehen. Ziemlich unübersichtlich, die Gegend«, sagt Lars.

»Seen und Wälder«, murmelt Karl und tritt näher.

»Und das Kind? Xenia?« Diese Frage beschäftigt mich am meisten. »Wurde ihr Verschwinden nur inszeniert? Wollte damit jemand vom Mord an einer Frau ablenken?« Diese irrwitzige Vorstellung quetscht sich durch meine Gehirngänge und verursacht einen anschwellenden Schmerz auf der rechten Seite meines Kopfes. Ich unterdrücke den Drang, nach dem kleinen Ball zu greifen, der neben mir auf dem Tisch liegt. Die Finger meiner rechten Hand klopfen sachte gegen den Oberschenkel.

»Gesetzt den Fall, es hat sich tatsächlich so zugetragen, warum lässt der Täter Xenia verschwinden und Emma nicht?«

»Weil er gestört wurde. Etwas ist schiefgelaufen. Er musste improvisieren.«

»Womöglich hat er nicht mit dem Auftauchen der beiden Kinder gerechnet.« Edgar legt die Mappe auf Karls Tisch, auf dem sich Beweistüten und anderes Zeug häufen. »Er hatte es nicht auf seinem Radar, dass Emma bei Xenia übernachtet.«

»Oder er hat die Frau nicht mit Absicht umgebracht.« Lars' weit abstehende Ohren leuchten rot, genauso wie seine Wangen. Er schnieft und reibt sich mit einem Taschentuch die Nase.

»Wir wissen nicht, ob das Blut im Keller von einer toten Frau stammt«, interveniert Saskia, die die ganze Zeit geschwiegen hat.

»Sehr gut«, lobt Karl sie und fummelt in der Brusttasche nach seiner Brille, die er sich auf die fleischige Nase setzt. Mit zu schmalen Schlitzen zusammengekniffenen Augen sieht er auf die vollgekritzelten Tapeten. »An Emma ist ein Expressionist verloren gegangen«, murmelt er.

»Eher ein Surrealist«, korrigiert Edgar und erntet dafür einen bösen Blick.

»Wenn Sie sich in der Kunst so gut auskennen, dürfen Sie heute hier übernachten und mir dieses Dingsda deuten. Was will die junge Künstlerin damit zum Ausdruck bringen?«

»Eine Banane an der Wand wäre dir lieber?«, zieht Lars seinen Partner hämisch grinsend auf.

»Ich will hier keinem ins Handwerk pfuschen, aber ich hätte da einige Überlegungen, die vielleicht nicht sehr verkehrt sind. Seht her.« Ich stelle mich vor die Tafel und zeige auf die Radkappe – wenn es denn eine ist. »Könnte die Radabdeckung eines VWs sein. Frau Wegener hat vor ihrem Verschwinden einen Passat gefahren, wenn ich mich nicht täusche.«

Karl hebt die Brille an und wiegt den Kopf hin und her, so als schaue er durch einen Lattenzaun.

»Hat sie«, bestätigt Edgar.

»Auch verstecken sich Buchstaben, die zusammengefasst wieder das Wort Schaufelmann ergeben, dessen bin ich mir sicher. Nur habe ich bisher nicht alle entdeckt. Und seht euch diesen Abschnitt hier an. Dieses Tuch hat ein markantes Muster. Weiße Karos auf rotem Untergrund.«

»Sieht wie ein Cowboy aus.« Lars hustet in die vorgestreckte Faust. »Ich werde krank«, murmelt er.

»Was hast du noch?« Karl sieht mich an.

»Das wars. Ich habe alles abfotografiert und die Bilder an meinen Bruder geschickt. Er mag Puzzles.«

»Na gut«, schließt Karl ab. »Du und du, ihr bleibt hier.« Die beiden jungen Männer widersetzen sich nicht, weil sie wissen, dass das nichts bringen würde. »Saskia, Sie werden der Familie Wegener zusammen mit dem Herrn Professor einen Besuch abstatten. Ich habe mitbekommen, dass Frau Wegener nicht mehr lange zu leben hat. Sie hatte vorgestern einen erneuten Schwächeanfall.« Karl geht an seinen Tisch, reißt eine Schublade auf, greift hinein und macht sich an einer blechernen Dose zu schaffen. »Geh schon auf«, knurrt er, ohne weiter auf uns zu achten.

»Lass mich das machen«, bietet Lars ihm seine Hilfe an, die mit einem finsteren Blick abgelehnt wird.

»Geht doch«, murmelt Karl, als er endlich Erfolg hat, wirft sich eine Pastille in den Mund, klappt den Deckel wieder zu und wirft die Dose in Lars' Richtung. »Den Rest bekommst du. Soll gegen Halsschmerzen helfen.«

Wir warten auf weitere Anweisungen.

»Bis morgen will ich weitere Ergebnisse auf meinem Tisch haben. Ich knöpfe mir nochmal diesen Fridolin Zorn vor. Vielleicht steckt er hinter alldem. Seine Frist läuft demnächst ab. Wenn wir ihm nichts anhängen können, darf er morgen wieder nach Hause. Eine schöne Scheiße ist das hier. Lars?«

»Ja?«

»Schon was Neues von Michael Stanzer?«

»Er ist wie vom Erdboden verschluckt. Sein Dodge hat nichts Aufsehenerregendes. Bis auf die Ölwanne.«

Karl schlüpft in seine Lederjacke. »Was? Ölwanne?«, echot er und schreitet auf seinen Kollegen zu.

»Die hatte einen Riss. Deswegen ist er von der Straße abgekommen. Kolbenfresser oder sowas. Kenne mich nicht aus. Ihr habt ihn bei der Reparatur gestört. So viel ist sicher.«

»Und der Toyota?«

»Der Toyota wird derzeit auf Spuren untersucht.«

»Die Ergebnisse sind schon da.« Edgar greift nach der Mappe. »Wir haben Blutreste sicherstellen können.«

»Und?«

»War nicht viel, trotzdem konnten wir eine gültige DNS-Probe extrahieren. Nur haben wir keinen Treffer, weil diese Person nicht im Register steht.«

»Fingerabdrücke?«

»Der Wagen wurde von innen wie auch von außen gründlich gesäubert.«

»Wer hat ihn zuletzt gefahren?«

»Keine Ahnung. Michael Stanzer ist unauffindbar und hat darüber kein Buch geführt.«

»Lars, du fährst wieder hin!«

»Wohin?«

»Na, zu dieser Bruchbude, die sich Autowerkstatt schimpft. Du, Edgar, widmest dich diesem Kunstwerk, und ihr zwei solltet euch langsam auf den Weg zu Familie Wegener machen.«

Karl verlässt sein Büro. Die Tür bleibt offen. Ich trinke den Rest des nicht mehr so heißen Kaffees und werfe den leeren Becher in den Mülleimer.

Wir laufen durch den Flur zu den Treppen.

»Können wir bei meinem Bruder vorbeifahren, Saskia? Ich möchte mir seinen Hund ausleihen. Emma scheint Tiere zu mögen. Meinen eigenen vierbeinigen Freund möchte ich nicht mitnehmen. Von einer riesigen Deutschen Dogge könnte sich das Kind eingeschüchtert fühlen. Ein Chihuahua ist ein anderes Kaliber und wesentlich handlicher.«

»Wird Cristina damit einverstanden sein? Sie liebt ihren Flummi mehr als alles andere, wenn ich mich nicht täusche.«

Wir laufen nach unten und weichen mehreren Polizisten aus, die es eiliger haben als wir.

»Sie ist in der Schule und wird sein kurzzeitiges Verschwinden nicht bemerken.«

»Wie Sie meinen.«

Schweigend legen wir den Rest des Weges zurück und steigen in Saskias Wagen.

»Sie haben dafür gesorgt, dass Emma nach Hause zu ihrem Opa kann. Warum?«

»Emma braucht etwas Vertrautes, nach allem, was ihr zugestoßen ist.«

»Verstehe. Ich habe mich mit Schwester Inge unterhalten. Emma liebt Himbeeren und sie vermisste ihre Spieluhr.«

»Was noch?«

»Die Kleine sagte, sie hätte Angst vor ihrem Vater, weil er in der Nacht immer zu ihr ins Zimmer kommen, sich in ihr Bett legen und ihr wehtun würde.«

»Aber er ist doch tot?«

»Ja, ich weiß. Und noch etwas. Das hier hat sie vergessen.« Saskia öffnet die Faust. »Emmas Glücksbringer. Ein Weidenkätzchen.«

Mit spitzen Fingern nehme ich das kleine Fellknäuel an mich. »Das ist keine Pflanze, sondern ein Stück Fell von einem Hasen.«

»Emma ist jedoch davon überzeugt, dass es ein Weidenkätzchen ist. Sie hat es gefunden, in der Nacht, in der ihre Mutter vom Schaufelmann versteckt wurde. So hat sie es Inge erzählt, die sagt, Emma hätte dabei mit unterschiedlichen Stimmen gesprochen und ihr eine Heidenangst eingejagt. Hat sich die Frau das nur eingebildet? Emma ist noch ein kleines Mädchen.«

»In ihr verstecken sich mehrere Persönlichkeiten. Gut möglich, dass deren Stimmen völlig unterschiedlich klingen.«

»Was hat Emma so Schreckliches durchleben müssen, dass sich ihre Seele gespalten hat?«

»Das müssen wir herausfinden.«

Ich schnalle mich an. Saskia fährt los. Im Seitenspiegel fällt mir ein gelber Fiat auf.

»Wir werden verfolgt«, sage ich ruhig.

Saskia zuckt mit den Schultern.

»Das ist Schwester Inge. Sie möchte mit Ihnen reden. Ich kann in der Zeit ja mit dem kleinen Hund Gassi gehen.«

»Inge?«

»Ja.«

Ich bin gespannt, was sie mir zu sagen hat.

Emma

Am späten Nachmittag

Bei Emmas Großeltern Zuhause

»Hallo Schätzchen.«

Er war wieder in deinem Bett.

Wir riechen wie dein Opa.

Seine Hand liegt auf unserem Bauch.

Ich mag es nicht, wenn er uns berührt.

Emma versuchte, die Stimmen in ihrem Kopf zu überhören. Sie war froh, wieder zu Hause zu sein. An die letzte Nacht konnte sie sich nicht erinnern. Ihr Arm war dick bandagiert und pochte unter dem weißen Verband, der mit zwei breiten Leukoplast-Streifen fixiert war.

Schau doch nur, wie er dich ansieht.

Mach, dass er seine Hand wegtut.

Warum atmet er in dein Ohr. Das ist ekelig.

Er schmatzt.

Emma wollte sie anschreien, sie sollten endlich die Klappe halten und sie in Ruhe lassen, aber sie brachte keinen Ton hervor. Das Bett quietschte leise, als ihr Opa sich erhob.

»Schau mal.« Er lächelte. Etwas schwerfällig beugte er sich über den Bettrand und hielt plötzlich Xenias Teddybären in der Hand. Das Herz des Bären leuchtete.

»Wo hast du den her, Opa?«

Er leckte sich zaghaft über die Lippen. »Den habe ich unten im Keller gefunden. In einem Sack. Warum hast du ihn weggeworfen?«

Weil er nicht uns gehört! Das war Jana. Emma hielt sie zurück. Zum ersten Mal wollte Emma von ihr nicht beschützt werden.

Emma lächelte und nahm den Bären an sich.

»Ich mag es«, er strich ihr die Haare aus der Stirn, »wenn du lächelst. Dann kann ich die Grübchen auf deinen Wangen sehen. Sie erinnern mich an deine Oma. Als sie jung war, hat sie mich mit diesem Lächeln verzaubert. Wusstest du, dass ich mit deiner Oma zusammen in die Schule gegangen bin? Ich habe mich früher oft vor ihrem Elternhaus versteckt, im Gebüsch. Nie zuvor oder danach habe ich mich lebendiger gefühlt als in diesem Sommer. Ich war ein Junge mit hängenden Schultern und Sommersprossen.«

Emmas Hochstimmung, die sie im Krankenhaus empfunden hatte, trübte sich. Etwas lastete auf ihrer Brust und drückte ihr die Luft ab. Etwas Schweres, wie eine schlimme Erinnerung oder ein Erlebnis. Emma klammerte sich an den Bären. Ihre Arme umschlangen das Kuscheltier und pressten sein leuchtendes Herz fest gegen die eigene Brust. Die Kleine blinzelte. Sie wollte nicht weinen. Sie war ein verängstigtes Kind, das keinen Platz in dieser Welt fand. Ein Mädchen mit vielen Stimmen im Kopf und Einsamkeit im Herzen.

»Zugegeben, ich hatte Angst, von ihrem jähzornigen Vater erwischt zu werden. Aber ich war ihm immer einen Wimpernschlag voraus. Ich war flink wie ein Wiesel. Immer dann, wenn das Fenster offenstand, kletterte ich über das Fallrohr hinauf in ihr Zimmer und legte ihr eine Blume auf den Tisch. So habe ich das Herz deiner Oma erobert. Emma?«

Emmas Augen wanderten umher. Opas Hand fasste sie sanft am Kinn. Er suchte ihren Blick. Ihre Augen glänzten feucht.

»Ich muss dir etwas sagen.« Seine Stimme wurde brüchig. Die Freude wich aus seinem Gesicht. »Deine Oma wird nicht mehr lange bei uns sein können.«

»Dann wird sie nicht mehr länger leiden müssen«, sagte Emma kühl.

Die steifen Finger zuckten einmal.

»Was sagst du da, Liebes?«

Seine Hand rutschte ab. Sie lag auf Emmas Brust. Dort, wo das Herz schlug und für einen Moment stehen blieb.

»Wenn Oma tot ist, ist auch ihre Krankheit tot. Im Himmel gibt es kein Leiden. Das hat der Pfarrer mir versprochen. Meine Mama und mein Papa sind im Himmel, das hat er gesagt.«

»Wer?«

Endlich nahm er seine Hand weg.

»Der Pfarrer. Denkst du auch manchmal daran, Opa? An den Tod?«

Schlagartig erlosch das Lächeln auf seinem Gesicht.

»Findest du nicht, es wäre für uns alle das Beste?«

Ein kaum hörbares Geräusch kroch aus seinem Mund, ein Laut der Verneinung. »Nee …« Wie das Aushauchen eines Sterbenden.

»Ich will manchmal auch tot sein.«

»Sag sowas nicht, Kind«, sagte er schneidend.

»Opa?«

»Ja?«

»Schläfst du manchmal in meinem Bett?« Galle stieg ihr den Hals hinauf. Emma schluckte. Tränen schwammen in ihren Augen. Nur von ihm ließ sie sich anfassen. Nur bei ihm fand sie Trost. In seinen Armen. Oder wenn er ihr über das Haar streichelte.

Ich mag ihn nicht.

Ich glaube, er sagt nicht die Wahrheit.

Er schummelt.

»Legst du dich zu mir ins Bett?«, wiederholte Emma ihre Frage, weil sie sich nicht sicher war, ob Opa sie beim ersten Mal gehört hatte. Die Stimmen in ihrem Kopf stritten leise.

»Nur, wenn du mich darum bittest.«

Das Bett wurde zu einem See, in dem sie versank.

»Emma? Hast du das der Polizei auch gesagt? Diesem Mann, dessen Hand ständig gegen die Brust klopft? Er kommt heute zu uns. Er will dir Fragen stellen.«

Nein. Er darf nicht herkommen.

Er kann uns sehen.

Er steckt dich in eine Klinik für Verrückte.

Er wird uns alle in eine Gummizelle stecken.

Wir werden Tabletten bekommen.

Nur, weil du dich schneiden musstest!

Brechreiz überfiel Emma. Sie schnellte in die Höhe. Die Vorstellung, in der Psychiatrie zu landen, zerquetschte ihren Magen. Ein Gurgeln und ein Schwall gelber Galle, wie eine kleine Fontaine, schoss aus ihrem Mund.

»Oh Gott, Emma. Das müssen die Tabletten sein. Du hast ja auch kaum was gegessen.«

»Tut mir leid, Opa.« Emma winselte. Ihr Bett stank nach Kotze.

»Das macht nichts, du hast nur etwas Schlechtes gegessen. Das, was du im Krankenhaus serviert bekommen hast, sah nicht wirklich appetitlich aus. Ich werde das Bett neu beziehen, und du gehst dich duschen. Du darfst aber den Verband nicht nass machen.«

Wir sollen uns wieder schrubben.

Er will dich nackt sehen.

Ich halte es nicht mehr aus.

Die Stimmen in Emmas Kopf wurden lauter.

Emma schloss die Augen und zählte bis zehn.

Opa war nicht an ihrem Bett. Er lief hinaus. Wollte frische Bettwäsche holen. Emma stellte sich vor, wie kleine Schäfchen, weiß wie die Wolken im Sommer, über das Gatter sprangen. Sie erfand für jedes einen lustigen Namen. Dann hüpften statt der Schäfchen kleine Kätzchen durch ihre Fantasiewelt. Sie sprangen rückwärts über das rostige Gatter.

Kätzchen? Wo ist mein Weidenkätzchen?

Emma riss die Augen auf.

Marc war in der Tür aufgetaucht. Er saß in seinem Rollstuhl und lächelte, mit beiden Händen etwas in seinem Schoß versteckend. Das Miauen eines kleinen Kätzchens schwebte durch den Raum.

»Schau mal, was ich habe. Willst du es sehen?«

Emma nickte zögernd.

Ein kleiner grau-schwarz gestreifter Kopf mit großen runden Glubschaugen quetschte sich zwischen Marcs Händen hindurch und riss das winzige Mäulchen auf.

Miau.

Emmas Herz taute auf.

Ist es nicht niedlich?

Oh, wie süß. Ich habe noch nie ein kleines Kätzchen in den Händen gehalten. Das war Rita.

»Hat es schon einen Namen?«

»Sie ist noch ganz klein, und nein, sie hat noch keinen Namen.« Marc lächelte und rollte auf Emma zu. »Warum stinkt dein Zimmer nach …«

»Kann ich sie halten?« Emma wollte sich den Stimmen nicht beugen. »Darf ich sie …?« Sie hielt inne, wollte nicht vorschnell sein. Der Name musste gut überlegt sein.

Opa kreuzte mit frischer Bettwäsche auf. Er war leicht außer Atem. Marc machte seinem Vater Platz. Er rollte zum Fenster.

»Emma, solltest du dich nicht waschen?«, mahnte Opa. Dann hob er die Stimme, als er sah, was sein Sohn in den Händen hielt: »Marc?«

Marc blickte wortlos nach draußen.

»Emma, ab unter die Dusche! Marc, hilf ihr. Der Verband darf nicht nass werden. Und wo, zum Teufel, hast du die Katze her?«

»Aus dem Tierheim. Sie wurde entwurmt und geimpft.« Marc schob sich schnell in Emmas Richtung.

Ohne zu wissen, wie ihr geschah, hielt Emma das warme Fellknäuel in ihren Händen.

»Sie heißt Lady«, sagte sie mit strahlenden Augen. Dann begann sie zu betteln. »Opa. Darf ich Lady behalten? Bitte! Bitte, bitte, bitte!«

Opa warf die Bettwäsche auf den Stuhl und machte sich daran, das vollgespuckte Laken abzuziehen.

»Ich kann wohl schlecht nein sagen. Ihr solltet euch nun aber beeilen. In einer Stunde taucht dieser Doktor auf. Du darfst deine Lady behalten, wenn du ihm nicht verrätst, dass ich mich manchmal zu dir ins Bett lege. Sonst bekommt er das womöglich in den falschen Hals.«

»Danke, Opi.« Emma lief auf ihren Opa zu, stellte sich auf die Zehenspitzen und drückte ihm einen feuchten Schmatzer auf die faltige Wange, die nach Aftershave roch.

Johannes

Neustadt

»Wir drehen eine große Runde.« Saskia nimmt die Leine. Flummi läuft im Kreis und wedelt ungeduldig mit dem Schwanz. Wir stehen vor dem Eingang. Das Haus meines Bruders ist einer toskanischen Villa nachempfunden. Prunkvoll und modern. Die schwere Tür wird von zwei weißen Säulen flankiert.

»Danke«, sage ich.

Inge sieht betreten zu Boden. »Tut mir leid, dass ich mich Ihnen aufdränge.«

»Das tun Sie nicht. Kommen Sie herein. Mein Bruder und ich sind gespannt, was Sie uns zu erzählen haben.«

»Aber das darf keiner wissen. Sonst bekomme ich Ärger und darf nie wieder in einem Krankenhaus arbeiten.«

»Komm, Flummi.« Der kleine Chihuahua kläfft und zerrt an der Leine. Saskia schmunzelt und verabschiedet sich von uns. Lachend läuft sie davon. »Du hast es wohl sehr eilig.«

»Kommen Sie rein. Wir sind hier unter uns. Ich verspreche Ihnen, von diesem Gespräch wird Ihr Boss nichts erfahren.« Ich kreuze die Finger. »Großes Indianerehrenwort.«

Damit entlocke ich ihr ein unsicheres Lächeln.

Sie folgt mir durchs Haus.

Hier dominiert die Schlichtheit. Heller Boden, weiße Wände, große Bilder. Alles voller Harmonie.

Ich helfe Inge aus der Jacke. Gelb, mit Federn gefüllt.

»Danke«, sagt sie und wartet, bis ich mich aus meinem

Mantel befreit und ihr zwei Pantoffeln vor die Füße geschoben habe. Ich selbst schlüpfe in Hauschuhe, mit denen Flummi ständig einen Kampf ausfechtet. Ausgefranst, mit zwei großen Löchern an den großen Zehen.

»Der Chihuahua ist ein geborener Kampfhund, nur ist er im falschen Körper zur Welt gekommen«, scherze ich.

Erneut huscht ein Lächeln über ihre Lippen.

»Bevor ich es vergesse …« Sie greift in ihre Jacke. »Das hier hat Emma gemalt.« Sie hält mir einen Briefumschlag hin. »Den dürfen Sie aber erst aufmachen, wenn ich nicht mehr da bin.«

»Mache ich.«

Wir durchqueren das offene Wohnzimmer mit den großen Fenstern. Die schlichten Vorhänge lassen den Raum noch grenzenloser wirken.

»Schönes Haus«, sagt Inge.

»Finde ich auch«, pflichte ich ihr bei.

Meine Fingerknöchel klopfen drei Mal gegen das weiße Türblatt, ohne eine Antwort abzuwarten, halte ich Inge die Tür zu Benjamins Zimmer auf.

»Oliver macht Besorgungen. Das Haus gehört heute nur uns«, empfängt uns mein Zwillingsbruder. »Guten Tag. Ich heiße Benjamin. Ich würde Ihnen gern die Hand schütteln, aber ich bin ein wenig eingeschränkt, was die Mobilität betrifft. Und ja kein Mitleid.«

»Ich heiße Inge.«

»Wollen Sie sich setzen?« Ich biete Inge einen Stuhl an. Sie ist unschlüssig.

»Ich weiß nicht, ob …«

»Wir hören Ihnen einfach nur zu.« Ich berühre ihre Hand, halte sie nur mit dem Daumen und Zeigefinger. Sie zuckt nicht zurück.

»Setzen Sie sich doch.«

Inge hadert mit sich selbst, nimmt dennoch Platz und

wischt sich mit flachen Händen über die Beine, so wie es Frauen meist tun, wenn sie einen Rock oder ein Kleid glattstreifen.

»Das, was hier passiert, bleibt unter uns.« Ich lächle sie an.

Sie nickt. Ihre Hände ruhen auf den Knien. »Emma hat sich meinetwegen den Arm geschnitten«, beginnt sie und schließt die Augen. Ein gutes Zeichen. So kann sie sich besser auf das konzentrieren, was sie uns zu sagen hat.

»Sie hatte Durst. Ich wusste von ihren Verletzungen.« Sie hebt die Lider. Ihre Wimpern sind feucht.

Ich beobachte, wie sich ihr Blick kurz nach innen kehrt. Das passiert immer dann, wenn meine Patienten die Erinnerung hervorholen, um sie neu zu durchleben.

»Emma hat Sie an jemanden erinnert. Es gab in Ihrem Leben einen Menschen, den Sie geliebt und auf eine tragische Weise verloren haben. Noch immer werden Sie von Selbstzweifel und zerreißenden Vorwürfen, einen schlimmen Fehler begangen zu haben, geplagt und heimgesucht.« Benjamin wählt einen Ton, der tröstend und zugleich auffordernd ist. Er möchte mehr davon erfahren.

Ich gehe an den Tisch an der Tür und zupfe zwei Taschentücher aus der Box, die ich Inge reiche.

»Fangen Sie am besten von vorne an. Was ist damals geschehen? Sie haben ein Familienmitglied verloren, jemanden, den Sie geliebt, aber auch gehasst haben, so wie eine Schwester einen Bruder hassen kann. Man sieht es uns vielleicht nicht an, aber auch ich habe Benjamin früher gehasst, weil er immer derjenige war, der mehr bemitleidet wurde als ich. Er stand immer im Mittelpunkt«, sage ich, lege eine kurze Pause ein, so als müsse ich nachdenken, und hänge eine Notlüge an, die sich nicht zu sehr von der Wahrheit unterschied. »Er war der Lieblingssohn meiner Eltern.«

Mein Handy vibriert.

Inge zögert immer noch. Sie senkt die Lider und kneift sie noch fester zusammen.

Ich nutze die kurze Unaufmerksamkeit und werfe einen flüchtigen Blick auf das Display. Eine Nachricht von Benjamin. Er mustert mich.

»Du nutzt meine Gutmütigkeit zu deinen Gunsten aus. Auch wenn deine Absichten ehrenwert sind.«

»Sie haben recht. Ich hatte einen Bruder.« Jeder Satz klingt zögernd.

Das Handy vibriert erneut.

»Metronom.«

Ich laufe zurück zum Tisch und verpasse dem Pendel einen leichten Schubs.

Das monotone Klacken schlägt im Rhythmus eines Herzens, das keine Hetze kennt.

Klack.

Klack.

Klack.

Das gleichmäßige Pendeln hat auf uns alle eine beruhigende Wirkung. Inges Körperhaltung entspannt sich.

Wir leben viel zu schnell. Unsere Freizeit wird engmaschig in kurz aufeinanderfolgende Abschnitte eingeteilt. Uns bleibt keine Zeit, diese Erlebnisse zu genießen. So entsteht ein Gefühl des ständigen Hinterherrennens. Irgendwann sind wir einfach ausgebrannt und es bleibt beim Versuch, die Monotonie unseres Arbeitslebens mit Freizeit auszugleichen. Wir sind zu Gehetzten geworden, jagen dem Glück hinterher und vergessen dabei, zu leben. Irgendwann steht jeder von uns vor dem Abgrund.

Klack.

Klack.

Klack.

Mein Herz schlägt im Takt des Metronoms. Mein Atem ist gleichmäßig.

»Emma ist nicht nur irgendein Mädchen für Sie, nicht wahr?« Benjamin spricht wie ein Vorleser, der den Text auswendig kennt und weiß, wo er eine Pause einlegen und wo er die Stimme anheben soll. »Emma hat Sie berührt, tief im Herzen, weil Sie in Ihnen etwas geweckt hat. War es der Duft ihrer Kleidung oder die Art, wie sie Sie angesehen hat?«

Ich greife nach einem zweiten Stuhl, stelle ihn so, dass Inge, Benjamin und ich ein Dreieck bilden.

»Bei Emma hatte ich das Gefühl, meinen Bruder vor mir zu haben. Sie ist so schutzlos. In ihr habe ich eine Chance gesehen, etwas wiedergutmachen zu können, was ich meinem Bruder angetan habe.«

»Wollen Sie uns seinen Namen nicht verraten, weil Sie Angst haben, eine Tür zu öffnen, die sich nicht so leicht wieder schließen lässt?«

Ich höre den beiden einfach nur zu.

»Immer dann, wenn ich seinen Namen laut ausspreche, drängt sich die Vergangenheit in den Vordergrund und schiebt alles andere beiseite. Ich sehe Tommys Gesicht. Seine dunkelblauen Augen. Groß und unschuldig. Dieser Duft nach Weichspüler. Das fadenscheinige Flanellhemd. Sein leises Röcheln in der Brust. Der Keuchhusten. Wenn ich ihn so vor meinem inneren Auge sehe, bin ich wie betäubt.« Sie faltet die Hände und klemmt sie zwischen ihren Knien ein, kneift erneut fest die Augen zusammen, sammelt sich, weil sie Angst hat, ihr würde die Kraft nicht reichen. Mit einem leicht enttäuschten Blick sieht sie zuerst Benjamin, danach mich an. »Ich glaube, ich kann das nicht. Es sitzt zu tief in mir.« Sie schüttelt den Kopf. Versucht gar nicht, die Tränen wegzuwischen. Sie schnieft und schluckt.

»Er ist gestorben, weil Sie sich das gewünscht haben.«

Ein heftiges Nicken.

»Er war krank. Sehr krank. Ihre Eltern lebten nur für ihn. Und Sie fingen an, Ihren Bruder zu hassen.«

Sie schluchzt erneut. Diesmal höre ich ein leises, gequältes »Ja«. Sie berührt sich am Kopf. Ihre Finger zittern. »Tommy war unheilbar krank. Hatte Krebs. Hier drin. Er hat Tag und Nacht geschrien.« Sie macht ein Geräusch nach, das dem leisen Jaulen eines Wolfes gleicht. Natürlich nicht so laut wie ihr Bruder damals. »Wir waren Kinder. Er war dreizehn. Ich noch keine zwölf.« Sie tupft sich die Augen trocken. »Das, was ich Ihnen erzähle, sind nur Erinnerungen eines Kindes und keine hochkomplexen Gedankengänge eines Erwachsenen. Bin mir auch nicht mehr sicher, ob sich damals alles genauso zugetragen hat. Ich möchte mich keinesfalls dafür entschuldigen. Selbst mit elf Jahren ist man alt genug, um das, was ich getan habe, zu begreifen. Wegen mir musste mein Bruder sterben.«

»Das glaube ich nicht«, wiederspreche ich und hole tief Luft, weil ich möchte, dass sie das auch tut. Tatsächlich. Sie beginnt mich zu spiegeln, weil sie in mir einen Zufluchtsort für ihre Seele gefunden hat.

»Sie waren ein Kind, das verzweifelt nach einem Ausweg gesucht hat. Ihre Taten darf man nicht mit denen eines Erwachsenen gleichstellen. Diese diversen Aspekte haben Sie dazu veranlasst, dies zu glauben. Ich wage stark zu bezweifeln, dass Ihre Annahme auf psychologisch basierten Eingriffen fußt. Der Grund für den Tod Ihres Bruders war ein anderer. Sein Ableben haben nicht Sie zu verantworten.« Ich konsultiere mein Chronometer. Die Zeit läuft wie feiner Sand zwischen den Fingern davon, ich zwinge mir trotzdem ein Lächeln auf. »Denken Sie bitte an den Tag, an dem die Krankheit diagnostiziert wurde. Wann gab es einen Bruch in Ihrem Leben?«

Im Raum herrscht eine betäubende Stille. Nur das leise Surren eines sich entfernenden Hubschraubers schwebt über uns und stört das angespannte Schweigen. Das Klacken des Metronoms nehme ich gar nicht mehr wahr.

Inge räuspert sich. »Mein Bruder lag im Bett. Das bleiche Gesicht gegen das Kissen gedrückt. Ich habe ihn wecken müssen, weil wir frühstücken wollten. Er war schon immer dünn gewesen. Dünn und leicht. Von Wut genährt habe ich ihn grob an den Armen gepackt und grob auf den Rücken gedreht, weil er sich gewehrt hatte. Seine Augen waren gerötet. ›Ich werde sterben Inge, ich werde sterben!‹ Das war das Erste, was er zu mir gesagt hatte. Er klang so, als trüge ich an dem Ganzen …« Inges Zähne klappern. »Ich habe mich noch nie so schuldig gefühlt wie an diesem Tag. ›Warum ich und nicht du?!‹, hatte er mich angeschrien, ohne dabei laut zu werden. Dieses Zischen, das durch seine Lippen drang, war schlimmer als ein Schrei. Tommy wurde nie laut, er flüsterte nur, und das verletzte mich sehr tief hier drin.« Sie legt sie die Hand an die Brust. »Am meisten fürchtete ich mich jedoch vor seinem Blick. Tommy konnte mich minutenlang anstarren, ohne dabei etwas zu sagen. Nichts wühlt einen innerlich mehr auf als Ungewissheit. Ich habe es schon immer gehasst, ignoriert zu werden. Angeschrien zu werden bedeutete für mich, wahrgenommen zu werden. Wenn ich nicht beobachtet wurde, fühlte ich mich ausgestoßen. Eine Zurechtweisung konnte verletzen und hinterließ manchmal seelische Wunden, dieses Schweigen jedoch brachte meine Seele zum Bersten.« Sie öffnet den Mund und bewegt den Unterkiefer, als müsse sie diesen einrenken. Tränen schwimmen in ihren Augen. Sie schnieft.

»Wir liefen nach unten und haben gefrühstückt. Mein Vater sagte kein Wort, Mama versuchte fröhlich zu sein und plapperte ununterbrochen. Diese aufgesetzte Fröhlichkeit verschlimmerte alles nur noch. Tommy saß mit gesenktem Kopf da und stocherte mit der Gabel auf dem Teller herum. Ich erinnere mich an ein Geräusch, das nach einem Würgen klang. Tommy war aufgesprungen, der Stuhl kippte krachend nach hinten. Mein Bruder hatte sich an seinem eigenen Rotz verschluckt und gekotzt. Das war der Anfang. *Nichts wird mehr so sein wie früher*, war der erste Gedanke, der mir damals durch den Kopf schoss. Daran erinnere ich mich noch ganz genau. Anstatt Tommy anzuschreien, nahm Mama ihn in den Arm, mich hatte sie dabei einfach zur Seite geschubst. Ich habe für sie in diesem Moment nicht existiert. Mein Kopf knallte mit voller Wucht gegen etwas Hartes. Es gab ein Geräusch. Ein dumpfer Schmerz lähmte meinen Körper. Etwas barst und bohrte sich tief in meinen Arm. Zuerst habe ich nasse Kälte gespürt. Es war der Wasserkrug mit Eiswürfeln darin. Die Tischdecke war verrutscht, und der Krug fielt zu Boden. Ich sah nur Füße und das Rot, das die Kälte vertrieb. Der Schmerz schlich sich wie ein Dieb in mich hinein und erfüllte mich mit Wärme. *Oh Gott*, schrie meine Mutter. Sie hatte das viele Blut gesehen und mich. Noch immer sehe ich diesen Ausdruck in ihren Augen.« Inge verstummt.

Ich stehe auf und gieße Wasser in ein Glas, das ich ihr in die Hände drücke.

»Danke«, sagt sie und trinkt einen kleinen Schluck.

»Was haben Sie darin gesehen?«, fragt Benjamin leise.

»Ich war wieder ein Teil ihres Lebens.« Inges Augen sind auf einen imaginären Punkt gerichtet. »Thomas saß auf dem Stuhl. Mutter und Vater knieten neben mir. Sie redeten mir aufmunternd zu. Papa drückte etwas gegen meine Wunde. Ich glaube, das war sein Hemd. Die Wunde wurde mit sieben Stichen genäht und verheilte ziemlich schnell. Mein Bruder rückte erneut immer weiter in den Mittelpunkt, weil seine Krankheit sich nicht einfach so mit sieben Stichen aus der Welt schaffen ließ. Mehr noch, der Krebs wurde immun gegen alle Medikamente und fraß meinen Bruder von innen heraus auf.« Sie schluchzt. Das Wasser im Glas schwappt über. »Er wurde bettlägerig. In seinem Zimmer roch es immer nach Medikamenten, egal wie oft ich das Fenster gekippt oder manchmal, selbst im Winter, komplett aufgerissen habe, war dieser Geruch da und kroch weiter in die anderen Zimmer hinein. Einmal war ich allein mit meinem Bruder Zuhause. Ich ging zu ihm, weil ich nach dem Rechten schauen sollte. Zu jeder vollen Stunde. Tommy lag auf dem Bauch. Die Decke, zu einem Berg zusammengestampft, befand sich unter seinen nackten Füßen. Wie unter Hypnose trugen mich meine Beine dicht an sein Bett. Einerseits hatte ich höllische Panik davor … Die Furcht war greifbar gewesen. Er ist tot, das war mein erster Gedanke … Es war sogar mein heimlicher Wunsch, glaube ich …« Inge spricht ihre Gedanken nicht komplett aus, sie stolpert über die Worte und klammert sich an das halbleere Glas. »Gleichermaßen stieg in mir ein flüchtiges Gefühl einer Erleichterung auf, die mich glauben lassen ließ, Thomas' Tod würde alle meine Probleme aus der Welt schaffen. Nur mit den Fingerspitzen berührte ich ihn am Oberarm. Ich weiß nicht, warum genau dort. Ich glaube, weil Tommy sehr kitzelig gewesen ist. Seine Arme waren fest an den Körper gepresst, seine Hände lagen unter dem Bauch. Wie ein toter Soldat lag er in seinem Bett. Seine Haut war kalt. *Warum ist Tommy tot?* Diese Frage in meinem Kopf, die mit Mamas Stimme ausgesprochen wurde, versetzte mich in bodenlose Panik. Ich wäre wieder an allem schuld gewesen. Ich wäre diejenige gewesen, die für diese Tragödie zur Verantwortung gezogen würde, wenn mein Bruder gestorben wäre. Also riss ich ihn herum. Es fiel mir gar nicht schwer. Seinen steifen Körper umzudrehen, bereitete mir keine Probleme, weil ich unter Schock stand. Sein am Rücken durchnässtes T-Shirt ächzte. Ich biss die Zähne zusammen und zog immer heftiger. Ich wusste nicht, was ich sonst hätten tun sollen. Sein Gesicht war blau angelaufen. Die Lippen waren nur leicht geöffnet. Ein dunkler, fast schwarzer Fleck, genau hier.« Sie streicht sich beinahe zärtlich mit zwei Fingern das Kinn. »Tommy sprach immer weniger, er malte stattdessen Bilder, weil es ihm leichter fiel, das, was in ihm vorging, zu beschreiben.«

Ich muss an den Briefumschlag denken, den Inge mir anvertraut hatte und an die Worte: »Sie dürfen ihn erst aufmachen, wenn ich weg bin.«

»Thomas hatte versucht, sich umzubringen, indem er sein Gesicht ganz fest gegen das Kissen gepresst hatte«, schlussfolgerte Benjamin, denn auch er hatte mehrmals versucht, sich auf ähnliche Weise das Leben zu nehmen, nur kam ich, dem Zufall sei Dank, immer dazwischen. Statt eines Kissens bediente er sich eines anderen Tricks, er verschluckte sich absichtlich mit Wasser oder atmete Federn ein, nachdem er sein Kissen mit den Zähnen aufgerissen hatte.

»Anstatt ihn wiederzubeleben oder die Notrufnummer zu wählen, wie mir meine Eltern Tag für Tag eingebläut hatten, schlug ich Tommy ins Gesicht. Es klatschte richtig laut. Sein Kopf schnellte zur Seite, wie der einer kaputten Puppe. Meine Hand brannte, seine weiße Wange wurde rot, der dunkle Fleck an seinem Kinn verblasste.« Inges Stimme zitterte immer mehr.

»Warum waren Sie an diesem Tag allein mit Ihrem Bruder?«, mische ich mich vorsichtig ein.

»Meine Eltern hielten mich wohl für erwachsen genug.« Sie gab ein Lachen von sich. An ihrer Mundpartie war nicht einmal ein Ansatz von Freude zu erkennen. Ihr Blick wirkte schneidend und drohend zugleich. »Ich möchte meinen Eltern nicht für das, was aus mir geworden ist, die Schuld geben, aber sie haben dazu einen großen Teil beigetragen. Sie haben mir zu viel an Verantwortung aufgebürdet, sodass ich letztendlich unter dieser Last zusammengebrochen bin.«

»Sie haben Ihren Bruder an diesem Tag nicht zurück ins Leben geholt«, führt Benjamin das Gespräch zurück in die Vergangenheit.

Inge nickt zögernd.

Ich bemühe mich um einen aufmunternden Ton. Der Briefumschlag in meinen Händen knistert verräterisch, als ich danach greife. »Sie sagten, Ihr Bruder hätte mit Hilfe von Zeichnungen mit Ihnen kommuniziert?«

»Es waren eher Skizzen«, konkretisiert Inge.

»Und die sind hier drin?« Ich klopfe auf den Briefumschlag.

»Die letzten, die ich aufbewahrt habe.« Sie nippt an dem Glas, ohne daraus zu trinken. »Ich versuche mir ständig einzureden, Thomas von seinen Qualen erlöst zu haben«, sagt sie, so als müsse sie sich auch jetzt noch selbst davon überzeugen. »Dieses Geheimnis trage ich seit jeher hier drin.« Wiederholt berührt Inge mit der flachen Hand ihre linke Brust.

Verdrängung ist ein ganz normaler Vorgang der menschlichen Psyche. Der Geschädigte versucht dadurch, einen gesunden Abstand zu den Problemen, die ihn beschäftigen, zu gewinnen, um ein halbwegs normales Leben führen zu können.

Jeder Mord, beziehungsweise die Handlung des Mörders, hat einen bedürfnisorientierten oder zweckerfüllenden Hintergrund, der ein funktionales Ziel verfolgt. Entweder wird der Täter von innen heraus dazu getrieben, daher stammt auch der Begriff Triebtäter, oder er verfolgt andere Ziele. Gier oder sexuelle Abneigungen sind die häufigsten Ursachen. Doch in Inges Fall war die Liebe zu ihrem Bruder die Triebfeder.

»Sie waren nur ein Kind, das sich selbst überlassen wurde. Sie haben Ihren Bruder geliebt und ihn von seinem Leid befreit.«

»Ich habe das Kissen herausgezerrt, das von seinen Tränen warm und feucht gewesen ist, und drückte es Tommy ganz fest aufs Gesicht. Er hat sich nicht gewehrt. Nicht er sollte nicht mehr leiden, sondern ich«, zischt sie meinen Bruder an. »Es sollte endlich vorbei sein. Ich wollte nicht mehr Nacht für Nacht seine Schreie hören. Meine Eltern sollten nicht mehr miteinander streiten. An diesem Tag, das habe ich erst später erfahren, waren Mama und Papa bei einem Familienberater gewesen, weil sie sich scheiden lassen wollten, aber erst nach dem Tod ihres Sohnes. Unsere Familie starb zusammen mit Thomas.«

»War das der tatsächliche Grund ihres Sinneswandels?«, versucht Benjamin die Wahrheit aus ihr herauszulocken.

Ganz langsam bewegt sie den Kopf hin und her, so als hätte man sie bei einer Lüge ertappt. »Es waren die Zeichnungen«, nuschelt sie. Sie blickt auf meine Hände, die an dem Briefumschlag nesteln. »Er hat mich angefleht. Immer wieder schrieb er seine Bitte auf«, kehrt sie zurück zu dem traumatischen Erlebnis. »Ich spüre immer noch seine kalten Finger, die sich fest um meine Gelenke schlossen. Ich wollte das Kissen loslassen, aber Tommy hielt mich davon ab, also drückte ich weiter zu. Irgendwann zog ich es von seinem Gesicht. Seine Augen starrten zur Decke. Ich weiß nicht, wie ich das beschreiben soll, aber zum ersten Mal seit Langem erkannte ich in ihm wieder meinen Bruder. Er sah aus, als würde er mit offenen Augen träumen. Ich schob das Kissen unter seinen Kopf, deckte ihn ordentlich zu und taumelte rückwärts aus dem Zimmer. In der Tür blieb ich stehen. Etwas hielt mich fest.«

»Es waren die Bilder.« Mein Hals ist ausgedörrt. Eine Idee keimt in mir auf. Ich bin Inge sehr dankbar, dass sie sich uns beiden geöffnet und mich auf eine Idee gebracht hat, wie ich mit Emma kommunizieren kann, sollte sich das Mädchen vor mir verschließen.

»Ich sammelte sie alle auf. Einen Teil verbannte ich im Kamin, die restlichen versteckte ich unter der Matratze. Keiner kam auf den Gedanken, dass ich dahinterstecken könnte. Thomas wurde nie obduziert.«

»Sie haben aus Liebe gehandelt.«

»Nein, das war die selbstsüchtige Tat eines egoistischen Kindes!«, widerspricht sie mir.

»Thomas war todkrank. Selbstliebe hat nicht immer ein egoistisches Fundament, manchmal müssen wir an uns denken, weil auch unser Leben lebenswert ist. Wir leben nicht nur für die Menschen, die uns umgeben.«Ich lasse diese Aussage auf sie einwirken. Der Sinn des Gesagten schwebt wie eine Gewitterwolke über uns. Inge starrt mich an, als hätte ich ein Geheimnis verraten, welches sie Zeit ihres Lebens gehütet hatte. Ihr Mund klappt auf und wieder zu. Ihre Augen füllen sich mit Tränen. Sie blinzelt sie nicht weg, lässt sie einfach über die Wangen laufen. »Ich gehe jetzt lieber«, sagt sie schluchzend.

Hinter der Tür erschallt eine Mädchenstimme. Flüchtig streifen meine Augen das Chronometer. Viel zu früh. Cristina müsste noch in der Schule sein.

»Bitte, bleiben Sie kurz sitzen«, bitte ich Inge.

Bei mir schrillen die Alarmglocken. Hysterisch und trotzig brüllt Cristina ihren Zorn heraus. Ich stürme ins Wohnzimmer und achte darauf, die Tür hinter mir fest zu verschließen. Peter steht vor der geschwungenen Treppe, die nach oben führt und versperrt seiner aufgebrachten Tochter den Weg. Cristina trägt trotz der Kälte ein Kleid. Die Arme langgestreckt, die kleinen Hände sind zu Fäusten geballt, das spitze Kinn hochgereckt.

»Du hättest ihn nicht auf die Nase schlagen sollen!«, protestiert Peter und versucht, Cristinas Schulter zu berühren.

»Bla, bla-bla, bla-bla«, imitiert sie den Grafen Dracula aus dem Hotel Transsylvanien ziemlich treffend. Ich mag diesen Zeichentrickfilm. Auch wenn ihr nach weinen zumute ist, bietet sie ihrem Vater die Stirn und weicht seiner Hand aus.

Peters um Hilfe bittender Blick bleibt an mir kleben. »Das nächste Mal wirst du der Rektorin erklären müssen, warum meine Tochter einem Jungen die Nase blutig geschlagen hat!«, wirft er mir an den Kopf.

»Hallo, Teufelchen«, begrüße ich Cristina, nachdem auch sie mein Erscheinen mit einem bösen Blick quittiert hat.

»Er hat gesagt … er hat gesagt …« Sie schluchzt und bedeckt ihr zierliches Gesicht mit beiden Händen.

Peter geht in die Knie und will seine Tochter in den Arm nehmen. Cristina windet sich aus seiner unbeholfenen Umarmung.

»Was hat wer gesagt?« Peter schluckt schwer.

»Dieser blöde Lucian. Er hat gesagt, mein Bruder war ein Terrorist und hat sich in die Luft gesprengt, weil er illegal war.« Cristina versucht alles wortgetreu widerzugeben.

Peter drückt ihre Hände vom Gesicht weg.

Ich komme auf die beiden zu und setze mich auf die unterste Stufe.

»Stimmt das, Onkel?«

»Nein, das stimmt nur zum Teil. Dein Bruder war kein Terrorist, er war verzweifelt.« Das war die Wahrheit. In diesem Haus wurde nie verheimlich, dass Cristina adoptiert wurde. Ihre schwarzen Locken und der dunkle Teint ihrer Haut passten einfach nicht in die hellhäutige Familie, in die sie liebevoll aufgenommen wurde.

»Hast du Lucian mit der flachen Hand auf die Nase gehauen?« Ich hebe den linken Mundwinkel und halte die Hand so hin, wie wir es mit Cristina oft genug geübt haben.

Ihr Mund formt ein verschwörerisches, kaum erkennbares Lächeln. Ihre dunklen Augen glänzen wissend.

»Wir versuchen, unsere Tochter Konflikte gewaltfrei lösen zu lassen, und was machst du?« Peter lässt seine ganze aufgestaute Wut an mir aus, ich weiß aber, dass er mehr erleichtert als zornig ist.

»Bei einem dummen Menschen kommen die Worte

nicht immer an. Ab und zu muss man kräftig nachhelfen. Sonst bleiben die mündlichen Ermahnungen in den Gehirnwendungen stecken«, sage ich salopp. »Aber das machst du nicht so schnell wieder.« Ich senke die Stimme und den Kopf. Dabei sehe ich Cristina streng an.

»Ich habe ihn drei Mal vorgewarnt.« Sie reckt drei Finger in die Luft. Der rote Nagellack ist größtenteils abgebschabt. Sie schnieft.

»Große Mädchen schlagen kleine Jungs nicht«, füge ich hinzu.

Peter atmet genervt ein.

»Er geht in ihre Klasse und ist einen Kopf größer als sie«, verteidigt er seine Tochter, ohne es beabsichtigt zu haben. »Das war wieder einer deiner blöden Psychotricks«, knurrt er mich an, weil er begreift, von mir in die Falle gelockt worden zu sein.

»Lucian ist neun«, sagt Cristina und rümpft schniefend die Nase.

»Und du bald auch«, fährt Peter Cristina in sanftem, aber strengem Ton an. »Du weißt doch, deine Mama und ich sind immer für dich da.«

»Das ist eine Lüge! Ihr wart nicht da, als Lucian sich in die Tür gestellt hat und mich nicht durchgelassen hat. Er ist *fett.*« Das letzte Wort ist nur ein Lufthauch.

»Dann hättest du deiner Lehrerin …«

»Ich bin keine blöde Petze«, entgegnet Cristina unwirsch und verschränkt die Arme vor der Brust.

Eine Tür geht auf.

Inge erscheint darin.

»Ich begleite Sie nach draußen«, sage ich und stehe wieder auf. Beim Vorbeigehen streife ich Cristinas Haare und berühre leicht ihre Schulter.

»Onkel Joghurt«, ruft sie, holt mich ein und schnappt sich mit ihren kleinen feuchten Fingern meine linke Hand.

»Ja?«

Cristina blickt zu mir auf. »Stimmt es, dass meine Mama ganz arg krank war?«

»Ja, mein Schatz.« Auch das ist keine richtige Lüge.

»Bringst du mich morgen in die Schule?«

»Warum?«

»Damit du Frau Brauner erklärst, dass du mir diesen Trick beigebracht hast. Sie sagt, ich habe es nur erfunden.«

Von wegen keine Petze, schmunzele ich in mich hinein.

»Natürlich«, verspreche ich meiner Nichte.

Cristina löst sich von mir und rennt auf ihr Zimmer.

»Flummi, du kleiner Racker, wo bist du?«, ruft sie oben nach ihrem kleinen Hund.

Ich stehe mit Inge an der Tür und helfe ihr beim Anziehen.

»Danke für Ihre Offenheit«, sage ich und drücke die Klinke nach unten.

»Danke für Ihre Diskretion.« Sie hebt leicht die Stimme.

Den Dank fasse ich als eine Bitte auf, die bestätigt werden möchte. »Natürlich, das alles bleibt zwischen Ihnen und uns«, versichere ich Inge und mache mich daran, sie zu Ihrem Wagen zu begleiten.

»Wo ist Flummi?« Cristina taucht plötzlich hinter mir auf und zupft zweimal an meinem Jackett.

»Er ist auf einer wichtigen Mission«, sage ich gedämpft.

»Ich schaffe den Weg auch alleine«, verabschiedet sich Inge und geht, ohne sich noch einmal umzudrehen, Richtung Straße.

Cristina formt ihre beiden Augenbrauen zu zwei beinahe perfekten Bögen und hebt sie leicht an.

»Darf ich deinen Flummi ausleihen?«

Sie schüttelt den Kopf.

»Ich möchte ihn einem kleinen Mädchen vorstellen.«

»Ist sie krank?«

»Wer?«

»Na, das Mädchen.«

»Sie ist traurig, weil sie keinen Hund hat«, flunkere ich.

»Aber sie bekommt meinen Flummi nicht.«

»Natürlich nicht. Großes Indianerehrenwort.« Ich hebe den rechten Arm zum Schwur.

»Das darf man nicht mehr sagen.«

Jetzt bin ich ein wenig irritiert. Ich schiebe Cristina zurück ins Haus, weil draußen der Wind pfeift. Wo bleibt nur Saskia mit dem Hund? Hoffentlich ist ihr der kleine Racker nicht entwischt.

»Indianer und Eskimo darf man nicht mehr benutzen. Was Indianer bedeutet, weiß ich nicht mehr, aber Eskimo ist ein Schimpfwort und bedeutet Fischfresser, und Negerkönig ist ein ganz böses Schimpfort. Pippi Langstrupf lese ich nicht mehr«, plappert Cristina wie ein Wasserfall im besserwisserischen Ton eines Kindes, das den Drang verspürt, sein neu erlerntes Wissen mit einem Erwachsenen zu teilen. »War Astrid Lindgren eine böse Frau?«

»Nein. Ganz bestimmt nicht, aber darüber sprechen wir später. Großes Onkel-Joghurt-Ehrenwort.« Cristina kichert. »Ich muss noch kurz bei Onkel Benny reinschauen.«

Wir beide gehen rein.

Mitten im Wohnzimmer bleiben wir stehen.

Die Türklingel zwingt uns beide zum Schweigen.

Ein gedämpftes Bellen entlockt Cristina einen Freudenschrei. »Mein Flummi ist wieder da.« Sie rennt zurück und reißt die Tür auf.

Cristina schnappt sich den Hund und lässt sich von ihm das Gesicht ablecken. Sie kichert und kreist tanzend mit dem Hund im Wohnzimmer.

»Seine Pfoten müssen abgewischt werden.« Peter kommt aus dem Bad mit einem kleinen Badetuch. »Kommen Sie nur rein«, winkt er Saskia herein.

»Ich warte lieber vor dem Wagen«, entscheidet sich die junge Polizistin. »Er ist mir abgehauen«, formt sie den Satz mit den Lippen, als unsere Blicke sich treffen.

»Kommen Sie rein. Es ist kalt. Tee oder Kaffee?«, lässt Peter nicht locker, während er dem Chihuahua die Pfoten abwischt.

»Vielen Dank. Ich warte hier.« Saskia kommt herein, achtet jedoch darauf, auf dem Teppich zu bleiben. »Ein Glas Wasser wäre schön.« Sie haucht sich etwas Wärme in die Hände und berührt mit den Fingern ihre geröteten Wangen.

»Ich bin gleich bei Ihnen. Flummi nehmen wir auch mit«, sage ich und laufe in Benjamins Zimmer.

»Willst du mir gar nicht zeigen, was sich in dem Kuvert befindet?«, empfängt mich Benjamin, den Blick auf die Bildschirme gerichtet, die er während meiner Abwesenheit von der Decke hat nach unten fahren lassen.

Hastig fingere ich den Inhalt heraus und überfliege die schwarz-weißen Zeichnungen.

»Die sind allesamt beidseitig bemalt«, spricht Benjamin meinen Gedanken laut aus.

»Töte mich. Ich will sterben. Mach, dass die Schmerzen aufhören. Ich will tot sein. Inge, rette mich. Inge, mach mich tot«, höre ich mir selbst zu, weil ich nicht fassen kann, wie verzweifelt Thomas gewesen sein musste. Er sah die Flucht ins Jenseits bei seiner Schwester.

»Halt.« Benjamin rollt auf mich zu und senkt den Blick auf ein Blatt, das mir in der Hektik aus den Fingern gerutscht und zu Boden geflattert ist.

Xenia

Dunkler Raum

Xenia schreckte auf. Ihre Sinne waren benebelt. Das Wasser machte sie schläfrig. Ihr verschwommener Blick schweifte durch den Raum. Noch konnte sie nur Schemen erkennen. Eine zweite Flasche mit abgebrochenem Hals lag vor ihren Füßen auf dem Boden.

Sie hatte Durst. *Schon wieder?*, überlegte sie und fuhr sich mit der Zungenspitze über die rissigen Lippen.

Bildete sie sich das nur ein, oder war da tatsächlich jemand, der sich ihrem Versteck näherte?

Xenia strengte sich an. Das Rauschen in ihrem Kopf wurde umso stärker, je mehr sie sich auf die Geräusche konzentrierte, die mit jedem Herzschlag deutlicher wurden.

Äste brachen.

»Hallo?«, wisperte sie ängstlich.

Keine Antwort.

Nur das laute Pochen in ihrem Kopf war zu hören.

»Hallo?«, hauchte Xenia das eine Wort aus und presste die Lider fest zusammen.

Schon wieder knackte das Dickicht. Jemand bahnte sich den Weg durch trockenes Gestrüpp.

»Papa?«

Statt einer Antwort ertönte ein tiefes Grunzen, gefolgt von einem kurzen Quieken.

Xenia öffnete die Augen. Sie sah zu dem Fenster auf, das mit mehreren Brettern von innen zugenagelt worden war. Eines verlief quer und hielt die anderen drei zusammen.

Durch die fingerbreiten Spalten dazwischen drang etwas Licht.

Xenia saß auf der dünnen Matratze, die Knie an die Brust gepresst, mit dem Rücken gegen die Wand gelehnt da und sah zu, wie die hellen Schlitze dunkel wurden.

Das tiefe Grunzen hallte nun von den morschen Wänden wider.

Sie zog die Beine noch enger an die Brust.

Ihr Papa war Jäger. Das waren Wildschweine, wusste Xenia jetzt. *›Diese Tiere fressen auch kleine Mädchen und manchmal auch Menschen, wenn sie arg Hunger haben.‹* Fridolin, ihr Bruder, hatte Xenia oft Gruselgeschichten erzählt, auch von menschenfressenden Wildschweinen.

Die unbezähmbare Angst, die sich aus Xenias Fantasien speiste, und neue, schrecklichere Formen annahm, schnürte dem Mädchen die Kehle zu und trieb ihm Tränen in die Augen.

Sie blinzelte schnell.

Ein Geräusch, so als zöge jemand einen rostigen Nagel aus einem Brett heraus, jagte ihr eine kalte Gänsehaut ein, die sie frösteln ließ. Das lange Brett bewegte sich und hing nun mit einem Ende lose in der Luft.

Xenia war wie paralysiert. Sie konnte den Blick nicht abwenden.

Das lange Brett löste sich jetzt mit einem leisen Bersten komplett und fiel krachend zu Boden.

Ein weiteres Brett wurde weggedrückt.

Weißes Pulver rieselte hinein.

Eine Nebelwolke schwebte über dem Boden.

Das Tier, das seinen Rüssel durch den Spalt in den Raum schob, grunzte. Als hätte es ihre Anwesenheit erschnuppert, schniefte es zwei Mal laut.

Xenia rührte sich nicht und wagte auch nicht zu atmen. Sie erstarrte zur Salzsäule.

Auch das Wildschwein mit scharfen Zähnen im Maul gab kein Geräusch mehr von sich. Die gespenstische Stille kroch über die kahlen Wände und schloss Xenia darin ein.

Sie stieß einen kurzen Schrei aus. Ihr Gesicht wurde von einer weißen Atemwolke umhüllt, in der ihr Hilferuf im Nichts verpuffte.

Ein Scharren, gefolgt von weiteren Lauten, wurde vom lauten Tosen in Xenias Kopf übertönt.

Ihr kleines Herz pochte und drohte ihr dabei die Brust zu sprengen. Jedes Luftholen kam einer Qual gleich.

Sie verlor den Verstand und die Besinnung. Immer wieder wurde ihr schwarz vor Augen.

Das zu Tode verängstigte Kind nahm all seinen Mut zusammen und sog die kalte Luft ein.

Xenia drückte die Finger fest zusammen und schrie, so laut sie konnte. Nach einer oder zwei Sekunden fing sie an zu husten wie ein kranker Hund.

Sie konnte später nicht sagen, was das Wildschwein in die Flucht geschlagen hatte, ihr ohrenbetäubender Schrei oder das bellende Husten, vielleicht aber war es die laute Stimme eines Mannes gewesen, vor der das Tier weggelaufen war.

Eine ganze Weile noch blieb sie auf der Matratze sitzen.

Der Wind pfiff und trieb noch mehr Schneekristalle durch das Loch, das nun im Fenster klaffte.

Xenia warf die schmuddelige Decke beiseite, ohne den Blick vom Fenster zu nehmen.

Die Sonne drang tiefer in den Raum und enthüllte noch mehr schreckliche Dinge. Die grauen Wände waren von braunen und roten Schlieren überzogen. In einer Ecke kroch der Schwarze Schimmel bis an die Decke empor, die an einer Stelle durchhing.

Mit schlurfenden Schritten torkelte das verängstigte und geschwächte Mädchen auf den einzig möglichen Ausgang zu und spähte hinaus.

Dornige Äste wippten vor ihren Augen.

Sie rümpfte die Nase. Die kühle Luft stank nach frischem Kot.

Ich muss hier raus, vielleicht war der Mann ein Polizist oder mein Papa, redete sie sich ein. Der Heizkörper stand daneben, sodass sie nicht viel Mühe hatte, darauf zu klettern.

Ihre Knie gaben immer wieder nach, trotzdem schaffte sie es schon beim ersten Versuch, sich auf das warme Gerippe zu hieven.

Unsicher hielt sie das Gleichgewicht und quetschte ihren schmächtigen Körper durch die schmale Öffnung. Ihre dünnen Finger schrammten über die trockenen Erdklumpen. Sie spürte den Schmerz nicht. Xenia wurde von der Hoffnung auf baldige Rettung angetrieben. Sie war sich sicher, jemand hatte nach ihr gerufen.

Auf Händen und linkem Knie zog sie sich weiter hinaus in die Kälte. Ihr rechter Schuh blieb in dem Fenster stecken, als sich ein weiteres Brett aus der Verankerung löste und wie eine Bärenfalle nach ihrem Fußgelenk schnappte. Ein jäher Schmerz fuhr ihr Bein hinauf. Xenia schrie und zerrte verzweifelt an dem blöden Brett.

Es half nichts, sie steckte fest.

»Papa! Papa!«, schrie sie und sah sich um. Zwischen den stacheligen Ästen erkannte sie ein weißes Feld.

»PAPA!«, versuchte sie es erneut. Der kalte Wind trug ihren Hilfeschrei mit sich fort.

»Die Schweine fressen auch kleine Mädchen«, erschallte Fridolins Stimme in ihrem Kopf. Sie hörte ihren Bruder lachen.

Sie kreischte und griff um sich.

Mit der linken Hand erwischte sie einen der Äste. Ungeachtet des brennenden Stichs schloss sie ihre Finger noch fester um den dünnen Zweig und griff mit der rechten Hand nach. Die Stacheln bohrten sich durch ihre dünne Haut.

Blut tröpfelte aus ihren Fäusten auf die Erde.

»Xenia!«

Da war sie wieder. Die Stimme. Aber es war nicht ihr Vater. Sie gehörte dem Mann, der … »Nein!«, raunte sie. »Er ist böse. Er ist der Schaufelmann.«

Der Schaufelmann, wiederholte sie das Wort in Gedanken. *Wo bleibt Emma? Hat er meine Freundin* … Sie wollte den Gedanken nicht zu Ende denken, stattdessen legte sie sich ganz flach auf den kalten Boden und schloss die Lider. Er durfte sie nicht finden.

Johannes

Am nächsten Morgen

Vor dem Haus der Familie Wegener

Das Haus der Familie Wegener zeugt von der karrierereichen Vergangenheit des Hausherrn. Der Garten wird von professionellen Händen gepflegt, ein kleiner Brunnen – ein pinkelnder Engel mit abgebrochenen Flügeln, dem wegen der Kälte das Wasser abgedreht wurde – beherrscht den Vorgarten. Kniehohe Hecken, die kantig geschnitten wurden, umranden den breiten Pfad, dessen blankpolierte, weiße Platten mit feinen Ornamenten verziert sind. Die Absätze meiner Schuhe klackern hell auf den teuren Marmorplatten, die uns zum Haus führen. Selbst die Eingangstür, die von zwei Marmorsäulen flankiert wird, ist aus massivem Teakholz und mit schwungvollen Motiven verziert.

Ich betätige den Klingelknopf. Im Inneren erschallt ein Glockenspiel. Saskia Kirschmann, den kleinen Hund auf dem Arm, steht dicht neben mir. Flummi winselt und leckt Saskias Gesicht ab

Wir warten.

»Etwas unheimlich, dieses Haus«, sagt sie, während ich erneut auf den Klingelknopf drücke. Diesmal nehme ich den Finger nicht weg.

Klopfen Sie an, meine Mutter mag die Klingel nicht, erinnere ich mich an die mahnenden Worte des Herrn im Rollstuhl.

»Ist ja gut, ist ja gut!«, hören wir von innen.

Erst jetzt nehme ich die Hand weg.

»Ich glaube, Sie haben den Hausherrn verärgert«, flüstert die Polizistin und macht einen kleinen Schritt nach hinten.

Ein Schlüssel wird mehrmals umgedreht. Diverse Sperren werden geschoben. Einer der Türflügel geht nach innen auf. Vor uns erscheint ein älterer Herr. Ich hätte eher mit einem Pagen gerechnet, mit Frack und Zylinder.

»Ach, Sie sind es«, begrüßt uns Werner Wegener, ohne sich bemüßigt zu sehen, die Skepsis bezüglich unseres Auftauchens zu verbergen. »Sie haben sich verspätet«, fügt er hinzu.

»Das tut uns wirklich leid, wir wurden verhindert. Dürfen wir vielleicht reinkommen?«

»Emma schläft bereits.«

»Es ist zwar spät am Nachmittag, aber die Musik verrät mir, dass Sie nicht ganz die Wahrheit sagen.«

Ein Lied aus einem Zeichentrickfilm. Die von unzähligen Fältchen durchzogene Miene des älteren Herrn verzieht sich zu einer zerknirschten Grimasse.

»Emma ist noch nicht so weit«, gibt er nicht auf.

»Dürfte ich mich selbst davon überzeugen? Sonst können wir Ihr Aufbegehren als Behinderung der polizeilichen Ermittlungen einstufen.«

»Sagt wer?«

»Frau Kirschmann …«

»Wie eine Polizistin sieht sie aber nicht aus«, knurrt Herr Wegener. »Und das, was sie da in den Armen hält, soll das etwa ein Polizeihund sein?«

Flummi kläfft einmal.

»Dass ich nicht lache.« Der Mann schüttelt amüsiert den Kopf. »Heutzutage steht die Welt Kopf.«

»Wir möchten nur mit Emma sprechen, sonst nichts. Wir wissen, dass Sie ein sehr einflussreicher Mann sind. Das habe ich im Krankenhaus zu spüren bekommen, nachdem Sie Doktor Stang davon überzeugen konnten, ich würde seinem Ruf schaden. Ich bin danach zu der Einsicht gelangt, dass Sie ein würdiger Gegner sind, der sich nicht gern in die Karten blicken lässt.«

»Schon einmal wollte man uns Emma wegnehmen«, sagt er, nun mit weniger Groll in der Stimme. In seinen Mundwinkeln kleben schaumige Speichelfetzen, die sich jedes Mal zu dünnen Fäden ziehen, sobald er den Mund aufmacht. Seine Lippen beben.

»Hier versucht keiner, Ihnen das Kind wegzunehmen. Wir wollen nur mit Emma reden. Sie mag doch Hunde, nicht wahr?«

Ein Schatten von Skepsis huscht über sein Gesicht und verdunkelt seine Augen. »Woher wollen Sie das wissen?«

Ich greife in die Innentasche meines Mantels und ertaste das Blatt, welches mir in Peters Haus aus den Fingern geglitten ist, hole es heraus, entfalte die Zeichnung und zeige sie ihm. Darauf ist ein kleiner Hund.

»Diese Zeichnung stammt von Emma.«

Herr Wegener zuckt die knochigen Schultern. »Wenn ich ehrlich bin, befinde ich mich in einem inneren Zwiespalt.«

»Das verstehe ich nicht ganz.« Ich halte die Zeichnung so, dass mein Gegenüber sie gut sehen kann, aber er meint mit seiner Aussage nicht das Motiv.

»Ich weiß nicht, ob ich Ihnen trauen kann.«

»Ich arbeite mit der Polizei zusammen, aber ich bin nicht die Polizei und vertrete keines der Ämter, die befugt wären, Ihnen Emma wegzunehmen. Ich bin Psychologe und habe die Fähigkeit, mich sehr gut in andere Menschen hineinversetzen zu können, was nicht immer ein Segen für mich ist.«

»Sind Sie einer dieser Männer, der glaubt, omnipotent zu sein?«

»Nein, ganz bestimmt nicht. Wenn einer von sich behauptet, er könne von allem ein bisschen etwas, bedeutet dies für mich, er besitzt keine qualitative Eigenschaft, die ihn als Könner auszeichnet und kann eigentlich gar nichts richtig. Ich kann reden und zuhören, als Handwerker bin ich eine Niete.«

»Ein Dummschwätzer sind Sie also nicht.«

Das fasse ich als Kompliment auf.

»Es wird kalt.« Er zögert und zieht die Tür noch ein Stück weiter auf.

Ich lasse Saskia den Vortritt.

»Die Schuhe können Sie anlassen.«

Die schwere Tür kracht hinter uns ins Schloss. Mir fällt auf, dass die Luft in dem Haus unangenehm nach vollen Windeln und Lakritze riecht.

»Bitte erschrecken Sie sich nicht ob des Mobiliars. Das Haus steht zum Verkauf, ist einfach zu groß geworden für uns. Meine Frau liegt im Sterben, und ich habe niemanden, der mich dabei zu meiner vollsten Zufriedenheit unterstützen kann, also lege ich oft selbst Hand an.«

Ich sehe mich um. Die meisten Möbelstücke sind mit weißen Tüchern verhüllt.

»Guten Tag.« Ein Mann im Rollstuhl taucht vor uns auf und versperrt uns den Weg. »Sie kenne ich bereits«, sagt er. Sein Blick streift mich und ruht dann auf Saskia. »Doch die junge Dame wurde mir noch nicht vorgestellt. Ich bin Marc.«

»Saskia Kirschmann.« Die junge Polizistin bleibt auf Distanz.

»Und wie heißt der süße Hund?«

»Flummi«, erwidert Saskia.

»Das obere Stockwerk wird nicht mehr bewohnt.« Herr Wegener stellt sich vor die Treppe, die steil nach oben führt. Diese Geste ist deutlich genug, um keine weiteren Fragen zu stellen.

»Verfügt dieses Haus über einen Fahrstuhl?«

»Haben Sie etwa Interesse daran, es zu kaufen? Sind Sie ein Paar?« Marc gibt den Versuch einer Provokation nicht auf.

»Wo war früher Ihr Zimmer?«, beantworte ich seine

Frage mit einer Gegenfrage und nehme ihm somit den Wind aus den Segeln.

»Oben.« Er schluckt deutlich vernehmbar, weil er unüberlegt geantwortet hat. »Ist aber lange her. Da war ich noch kein verdammter Krüppel.« Mit beiden Händen schlägt er sich auf die Oberschenkel.

Seine Schuhe sind heute sauber.

»Haben Sie es vielleicht in Betracht gezogen, sich so zu akzeptieren, wie Sie sind, oder streben Sie danach, Ihre Mobilität um jeden Preis wiederzuerlangen?« Ich rolle derweil die Zeichnung zu einem Rohr zusammen.

»Was soll diese blöde Frage?«

»Ihr Schuhwerk war am Tag unseres ersten Treffens nicht so rein wie heute.«

»Und Sie? Sie sind doch auch nicht ganz heile, oder?«

»Ich möchte nicht verändert werden, ich bin mit mir im Reinen und gefalle mir so, wie ich bin.« Meine rechte Hand steckt in der großen Vordertasche und knetet den weichen Ball.

»Mein Sohn gibt sein Bestes. Kommen Sie bitte mit. Emma wartet auf ihren Kakao«, interveniert der ältere Herr lächelnd. Seine müden Augen sind wässrig. Mit einem knappen Wink zeigt er uns die Richtung und läuft voraus. Sein Sohn bildet den Abschluss.

Der Lack des hellen Parkettbodens ist stumpf. Jeder meiner Schritte erzeugt ein leises Knarzen. Zu meiner Rechten erstreckt sich ein großer Raum. Wuchtige Sessel, ein großes Sofa aus weißem Wildleder, ein Regal mit Büchern, Fenster, die bis an die Decke reichen, teure Teppiche und eine kranke Frau, die auf einem Bett liegt und überhaupt nicht ins Bild passt. Sie hängt an einem Tropf. Der rote Aufkleber darauf, wie auch der Aufdruck mit dem Logo einer australischen Firma, die dieses Produkt patentieren ließ, springen mir sofort ins Auge. Erst vor Kurzem habe ich darüber einen

Artikel gelesen, auf den mich mein Zwillingsbruder aufmerksam gemacht hat. Ich weiß, dass dieses Medikament, das sie da verabreicht bekommt, in Deutschland nicht zugelassen ist. Dieses Mittel lindert nicht nur die Schmerzen, es verspricht tatsächlich zu viel Erfolg auf Genesung, was der Pharmaindustrie nicht wirklich in den Kram passt. Nur kranke Patienten sind gute Patienten. Menschen, die immer krank sind, sind die besten Patienten überhaupt.

Die Frau atmet röchelnd.

Ihr Leben neigt sich dem Ende zu, ich kann diese Wolke, in der später die Seele verschwindet, förmlich über ihr schweben sehen.

Wir laufen weiter den breiten Gang entlang.

Die Kindermusik wird mit jedem Schritt lauter. Wir nähern uns langsam Emmas Zimmer.

Emma

In Emmas Zimmer

Sie kommen. Ich glaube es ist dieser Arzt, der in uns hineinschauen kann, meldete sich Jana wie so oft als Erste zu Wort.

Meint ihr, er ist ein Zauberer oder so? Rita wartete auf ihren Kakao und nervte Emma mit diesem blöden Zeichentrickfilm, den diese heute zigmal mitanschauen musste.

Habt ihr das auch gehört?, trällerte Rita weiter mit piepsiger Stimme, weil sie auf einmal total aufgedreht klang. *Ich glaube, er hat einen Hund dabei. Ich habe das kleine Hündchen bellen hören.*

Warum musstest du unbedingt einen Hund malen?, fuhr Milan Bernd an.

Damit sie nicht glauben, wir seien bekloppt. Ich habe keinen Bock mehr darauf, diese bescheuerten Tabletten zu schlucken. Mir wird davon speiübel, das weißt du doch, bot Bernd ihm die Stirn.

Seid doch leise, sie kommen her, zischte Jana.

Wer von euch Volltrotteln hat eigentlich die Wand vollgekritzelt? Wir hatten doch vereinbart, nur schöne Bilder zu malen? Bernd war immer noch auf Krawall aus.

Das war Er, wisperte Rita. *Dieses Mal war ich nicht so müde wie sonst und bin wegen der Schmerzen aufgewacht. Er hat mich sofort bemerkt und hat aufgehört.*

Sch…, machte Jana.

Warum juckt der Arm noch so …

Rita, sei still. Bring Emma in das Versteck, ich übernehme das. Jana trat nach außen.

Lass mich doch erstmal den Kakao trinken, meckerte Rita.

Aber du redest mit niemandem.

Die Wände um Emma herum wurden hochgezogen. Sie konnte zwar alles mit anhören, aber nicht mitreden. Emma kam sich wie ein Zuschauer vor dem Fernseher vor. Sie sah einen großen Mann und eine Frau, die einen Hund dabeihatte. Einen Chihuahua. Er sah süß aus.

»Hallo, Emma?« Der große Mann blieb vor ihrem Bett stehen und reichte ihr seine Hand. »Ich bin Doktor Hornoff. Wir kennen uns aus dem Krankenhaus. Erinnerst du dich?«

Rita war verwirrt. »Ich möchte meinen Kakao«, sagte sie mit piepsiger Stimme zu ihrem Opa. Ihr Blick wanderte erneut zu Saskia und dem Hund. »Darf ich ihn streicheln?«

»Hier ist dein Kakao, Schätzchen.« Opa reichte Emma ein Glas, das angenehm warm war.

»Zuerst möchte ich den Hund streicheln.«

Rita ließ sich nicht bändigen, auch weigerte sie sich, in den Hintergrund zu treten. Manchmal war sie wirklich eine nervige Göre.

Johannes

»Lass ihn zuerst an deiner Hand schnuppern«, sage ich und sehe zu, wie Saskia Flummi aufs Bett legt, damit Emma ihn streicheln kann. Das Mädchen gehorcht und streckt Flummi die kleinen Finger entgegen. Das geräumige Zimmer des Kindes steht in krassem Kontrast zum Rest des Hauses. Hier ist die Welt noch in Ordnung. Alles ist auf einander abgestimmt und hält eine gewisse Balance, die auf mich beruhigend wirkt. Nichts ist überladen. Die Tapeten sind pastellfarben mit unscheinbaren Motiven darauf. Die Möbelstücke weiß und schlicht.

»Der kitzelt«, freut sich Emma. Ihre Stimmlage ist höher, und die Aussprache viel zu kindisch für ein Mädchen, das in die zweite Klasse geht. »Jetzt möchte ich meinen Kakao!« Sie greift nach ihrer Tasse und nimmt einen großen Schluck. Ungeniert schlürft sie und fährt sich genüsslich mit der spitzen Zunge über den Milchbart.

»Können wir mit Emma allein sprechen?«, wende ich mich an den Großvater des Mädchens. Noch bevor er auffahren und mir widersprechen kann, schiebe ich schnell nach: »Ich behalte alles für mich. Keiner wird je erfahren, wer dem guten Doktor Stang eine hohe Spendensumme zugesteckt hat, um seine Frau mit nicht zugelassenen Medikamenten behandeln lassen zu können«, flüstere ich ihm zu. Sein Blick verrät mir, dass ich recht habe.

»Was hat mich verraten?«

»Das ist jetzt unwichtig. Ich verspreche Ihnen, Emma

nicht unnötig zu stressen. Aber sie scheint sich zu amüsieren.«

Tatsächlich quietscht Emma vergnügt und zappelt mit den Fingern in der Luft. Flummi erledigt seinen Part mit Bravour und jagt ihnen hinterher. Herr Wegener atmet resigniert aus, schnappt sich die Fernbedienung, die neben Emmas Bett auf einem Tisch liegt, und knipst den Fernseher aus.

»Marc, wir sehen nach deiner Mutter, sie muss umgedreht werden.« Herr Wegener nimmt das halbleere Glas und winkt seinem Sohn zu. »Komm jetzt!«

»Willst du Emma etwa mit diesen …?«

»Sei still.« Herr Wegener packt den Rollstuhl seines Sohnes und bugsiert ihn aus dem Raum. Die Tür schwebt leise zu.

»War das hier schon immer dein Zimmer?«, beginne ich das Gespräch und gehe vor der Kleinen in die Hocke.

Emma zögert. Ihre Mimik verändert sich. Flummi hat es sich auf ihrem Schoß bequem gemacht. Sie krault ihn gedankenverloren hinter den Ohren.

Am Fußende des Bettes fällt mir ein Kuscheltier auf.

»Der ist aber süß«, sage ich, richte mich auf und ziehe den Bären unter der Decke hervor. Aus dem Augenwinkel bemerke ich, dass Saskia, die am Fenster steht und uns schweigend beobachtet, unruhig wird.

»Ich bin gleich wieder da, muss nur schnell zum Auto«, entschuldigt sie sich bei mir. Schnellen Schrittes verlässt sie uns.

Emma zieht es vor, zu schweigen, statt mit mir zu reden. Ihr linker Arm steckt in einem dicken Verband.

Ich stehe auf und schaue mich um. Auf einem Tisch in der Ecke des Zimmers finde ich das, wonach ich suche. Einen Becher mit Stiften und einen Stapel weißer Blätter. Daneben steht ein Bild in einem Rahmen. Die meisten Gesichter darauf sind glücklich. Die Mitglieder der Familie Wegener hatten an diesem Tag Spaß, bis auf Marc. Sein Arm lag um Leonie Wegeners Hüfte. Emmas Mutter blickte verlegen in seine Richtung, als hätte ihr diese Nähe nicht gefallen. Sie lächelte trotzdem.

Emma verfolgt mich stumm mit ihrem Blick.

»Du malst doch gern, nicht wahr?«

»Jetzt nicht mehr.«

Endlich höre ich Emmas Stimme. Das Kindische und Naive ist nicht mehr da.

»Wieso?« Ich halte mich kurz.

»Na, weil ich mich sehr schlimm am Arm verletzt habe.«

»Malst du etwa mit der linken Hand?«

Sie nickt nur.

Genau das hat mich die ganze Zeit beschäftigt. Emma hat sich am linken Unterarm verletzt, obwohl sie Linkshänderin ist. Eine Ahnung bringt meinen Zeigefinger, dem die Spitze fehlt, zum Pochen. Der Phantomschmerz ist wieder da, lässt sich jedoch kontrollieren. Ich drücke den Fingernagel meines Daumens fest gegen die Narbe, was sich anfühlt wie Ritzen, nur ohne Blut.

»Du bist nicht allein, sondern hast Freunde, die dich beschützen, habe ich recht?« Ich achte darauf, Emma nicht mit ihrem Namen anzusprechen, weil ich mir nicht sicher bin, ob sie es ist, mit der ich mich unterhalte. Ihr unsteter Blick trübt sich kurz und wird wieder klar. Es entsteht dabei der Eindruck, als fände in ihr ein ständiger Wechsel statt. Ihre Lippen zucken. Ihr inneres Ich wurde in mehrere Persönlichkeiten gespalten, die nicht immer einer Meinung sind.

»Ich mag den Hund nicht mehr haben«, sagt sie plötzlich mit fester Stimme und schiebt Flummi von sich weg. Das Tier gähnt gelangweilt und springt vom Bett auf den Boden. Seine Krallen klackern auf dem Parkett. Es setzt sich neben meine Füße und blickt zu mir auf. Ich tätschele beruhigend den kleinen Kopf.

Genau diese Gefühlsregung komplementiert meine Vermutung, dass Emma einen inneren Kampf ausfechten muss, wenn sie von anderen Menschen bedrängt wird.

»Warum hast du dich verletzt, Emma?«

»Das waren nicht wir.«

Ich lasse mir meine Irritation darüber, dass das Kind plötzlich im Plural von sich redet, nicht anmerken.

»Wie heißt du?«

Zögern.

Sie blinzelt zwei Mal schnell.

»Emma.«

Eine starke Persönlichkeit hat wieder die Führung übernommen. Sie ist die Leitfigur, sie übernimmt oft die Aufgabe einer Gruppensprecherin. Sie kann sich sehr gut artikulieren und ihre Gedanken in Worte fassen. Obwohl sie sehr beredt ist, ist sie eine sehr schlechte Lügnerin. Ihr linkes Augenlid zuckt, und sie knibbelt am linken Daumennagel herum.

Ich knete den Bären, hole mir einen Stuhl und setze mich Emma gegenüber.

»Das ist nicht schlimm, wenn man Stimmen hört, Emma. Auch ich streite manchmal mit mir selbst, auch wenn ich nicht wirklich behaupten kann, dass sich in meinem Kopf viele Menschen verstecken können. Du bist ein schlaues Kind. Inge hat gesagt, dass du sie um die Stifte gebeten hast, weil du gerne malst.«

Sie blickt auf ihren Finger, der zu bluten anfängt.

»Wo sind deine restlichen Bilder?«

»Ich weiß es nicht.«

Von anderen Patienten, die einen schrecklichen Unfall überlebt haben, weiß ich, dass sie in ihren Träumen von den schlimmen Ereignissen heimgesucht werden. Sie schaffen es nicht, sich der Erinnerung an die Tragödie nicht zu erwehren. In ihren Träumen werden sie zu Zuschauern und durchleiden diesen Tag immer wieder aufs Neue. Am intensivsten sind diese Gefühle, die einen in den Wahnsinn treiben, an Tagen, an denen man sich schlecht fühlt. Um diese Qualen erträglicher zu machen, hat Emma, wenn auch nicht bewusst, eine Lösung gefunden. Sie ist nicht mehr allein. Sie wurde zu mehreren Persönlichkeiten. Nicht alle wollen sie beschützen, sonst hätte sie sich nicht den Arm aufgeschlitzt.

»Wer hat dich verletzt?«, will ich von dem Kind wissen.

»Niemand.«

»Nennt ihr ihn so?«

Die Kleine beißt sich auf die Unterlippe. Sie hat sich verraten.

»Kann ich mit Emma sprechen?«

Erneut sieht mich das Kind so an, als hätte ich etwas gesagt, das bisher noch nie jemand ausgesprochen hat.

»Nein«, erwidert es barsch.

Aus dieser kurzen Verneinung kann ich eine unverwechselbare Endgültigkeit heraushören, die mich stutzen lässt. Ich muss meine Vorgehensweise andern, darf sie nicht mehr bedrängen. Wenn ich weiter so mit ihr verfahre, wird sie sich vor mir verschließen und alles abblocken.

»Schau mal, wie Flummi tanzen kann.«

Ich möchte mit dem Kleinkind in Emma sprechen.

»Komm, Flummi, tanz!« Ich hebe die Hand in die Luft. Der kleine Hund wedelt mit dem Schwanz, stellt sich auf die Hinterpfoten und beginnt, hüpfend um seine eigene Achse zu kreisen.

Emma lächelt verhalten und taut langsam auf. Sie rutscht sogar an die Bettkannte.

»Der ist wirklich süß.« Da ist sie wieder, die Stimme, die ich Emma zu entlocken gehofft habe. »Bernd hat das Bild gemalt. Die anderen hat Inge mitgenommen und weggeworfen, weil sie voll mit Blut waren. Er hat uns in den Arm geschnitten. Wir kennen seinen Namen nicht, weil er sich vor uns versteckt.«

»Darf ich fragen, wie du heißt?«

Sie antwortet nicht. Ich senke den Arm. Flummi kläfft einmal laut, weil er ein Leckerli erwartet. Ich kraule seinen Rücken, womit sich der Hund fürs Erste zufriedengibt.

Die Tür geht auf. Saskia ist wieder da. Sie reicht mir ein Foto. »Das habe ich von ihrer Mutter bekommen, zur Fahndungssauschreibung«, flüstert sie mir ins Ohr.

Xenia, das verschollene Mädchen, sieht ernst in die Kamera, den Bären, der auf meinem Schoß liegt, hält sie mit beiden Händen fest umklammert.

»Ich heiße Rita«, antwortet die Kleine nun doch. »Kann ich das Hundi wiederhaben?«

Flummi hebt den Kopf und springt aufs Bett, als Emma – oder vielmehr Rita – ihre Arme nach ihm ausstreckt.

»Hast du eine Freundin, Rita?«

»Nein.«

Flummi liegt auf dem Rücken und lässt sich den Bauch massieren.

»Ist Xenia nicht deine Freundin?«

»Nein, nur Emma und Jana spielen mit ihr. Ich finde sie doof. Sie ist irgendwie komisch.«

»Warum das?«

»Sie hat ins Bett gepinkelt und behauptet, Emma wäre es gewesen.«

»Was habt ihr bei Xenia gemacht, bevor sie ins Bett gepinkelt hat?«

»Das weiß ich nicht.«

»Und danach?«

»Da waren wir alle wach, weil Xenia auf uns draufgepieselt hat. Wir wollten die Sachen waschen. Xenia sagte, die Waschmaschine steht im Keller.« Das Kind gähnt ungeniert. »Jetzt bin ich müde. Opa hat uns diese blöden Tabletten gegeben.«

Herr Wegener hat seiner Enkelin Schlaftabletten verabreicht, weil er etwas zu verbergen versucht, doch was?

»Ihr wart im Keller. Habt ihr da etwas gesehen oder gehört, dass dir Angst gemacht hat?«

»Die anderen schon, aber ich habe die Augen zugemacht.«

»Und was haben die anderen im Keller gesehen?«

»Ich glaube, da waren zwei Männer. Und ...« Sie verstummt. Erneut reißt sie den kleinen Mund auf, holt geräuschvoll Luft und reibt sich die Augen.

»Und was?«, dränge ich sie dazu, weiterzureden.

»Ich bin müde«, sagt sie gähnend und lässt sich langsam auf die Seite sinken.

Das ist zu wenig, ich brauche mehr Informationen. Rasch ziehe ich mein Handy aus der Tasche.

»Rita, hast du das hier auch gemalt, oder einer von euch? Hier, schau mal.« Ich wische über den Bildschirm. Schwarzweiße Fotos huschen von links nach rechts. Ich hatte die Wand im Krankenhaus abfotografiert, bevor wir uns dazu entschieden, die Tapeten abzuziehen.

Die Kleine blinzelt. Ihr Blick flackert wieder. Dann richtet sie sich auf. Sie ist nun von einer Energiewolke umgeben, die mich erschaudern lässt.

Namenlose Stimme

Das ist die Chance, auf die ich gewartet habe. Sie alle schlafen. Nur ich nicht. Rita murmelt vor sich hin. Ich habe mich wieder nach Außen gedrängt und sehe den Mann mit den grauen Schläfen und scharfen Gesichtszügen durchdringend an.

Ich fasse mir ein Herz. Ich möchte Emma und die anderen retten.

Was würde ich alles dafür geben, um sprechen zu können.

Der Mann hält mir ein Blatt Papier vor und legt einen Stift daneben.

»Wer hat diese Bilder gemalt?«, hakt er nach.

Er sieht nicht so aus, wie ich gemeinhin die Psychologen erlebt habe. Sein Verhalten unterscheidet sich komplett von seinen Kollegen.

Ich habe diese Bilder gemalt, will ich sagen und greife nach dem Stift, mit der rechten Hand. Etwas in seinem Gesicht verrät mir, dass er genau darauf gewartet hat. Die blöden Tabletten machen meine Bewegungen fahrig. Die Finger haben nicht den nötigen Griff.

Ich habe die Bilder gemalt, schreibe ich mit krakeliger Schrift.

Doktor Hornoff legt mir ein neues Blatt hin, das von dem Klemmbrett fixiert wird.

So gut ich kann, zeichne ich den Tisch und die tote Frau, die darauf liegt und mich mit ihren leeren Augenhöhlen anstarrt. Andere Bilder blitzen in meinem Kopf auf. Eine Wand, Buchstaben.

»Schaufelmann«, höre ich die Stimme des Mannes wie durch ein Kissen.

Meine Hand verschmiert das Bild, das nur aus Fragmenten besteht. Zu viele Erinnerungsfetzen explodieren in meinem Kopf. Grelle Lichtblitze machen mich blind.

Ich starre auf eine weiße Fläche, die vor meinen Augen zu flimmern beginnt.

»Felicitas«, schreibt meine Hand.

»Wer ist das?«

»Sie hat keine Angst. Sie beschützt Emma. Feuer.« Ich hoffe, er kann meine Schrift entziffern. Wie in einen Wasserstrudel gesogen, höre ich nur ein lautes Rauschen.

»Wie kann ich sie erreichen?«

»Feuer. Schmerz. Marc …«, schreibe ich hinzu. Der Stift fällt aus meiner Hand.

»So ein Mist«, flucht der Mann und verschwindet in dem Strudel des Wassers, das mich immer weiter in seine Tiefen zieht. Ich weiß, dass ich mir das nur einbilde. Ich ertrinke nicht, und trotzdem bekomme ich keine Luft.

Alle Eindrücke entgleiten mir. Ich tauche in die Schwärze ein und erwache in der Nacht, in der ich in Emmas Kopf geboren wurde.

»Emma! Bleib bitte bei mir. Wo hast du das hier her?«

Ich spüre etwas Weiches in meiner Hand.

Das Weidenkätzchen. Er drückt mir das kleine Fellbüschel in die Hand, das ich im Wald gefunden habe.

»Er hat Mama umgebracht.«

Ich höre mich zum ersten Mal sprechen.

»Sie ist noch immer dort im Wald.«

»Wo?«

»Im Wald … an dem Schild …«

Xenia

Eine Stunde zuvor

Draußen vor dem dunklen Raum

Äste brachen.

»Hallo? Xenia?«

Sie hatte sich getäuscht. Es war nicht der Schaufelmann, sondern Michael. Er war Papas bester Freund und wohnte in der Nähe.

»Ich bin hier!« Sie hustete, weil ihr Mund total trocken und die Kehle kratzig war. »Hier bin ich.« Sie fing an zu weinen, vor Erleichterung und Angst.

Das Dickicht raschelte und knackte immer lauter.

»Mein Gott. Was machst du hier, Kleines?«

Michael wollte sie hochheben.

Xenias gellender Schrei ließ den Mann zurückschrecken.

»Mein Bein steckt fest«, wimmerte sie mit schmerzverzerrter Stimme.

»Scheiße«, fluchte Michael und machte sich daran, ihr Bein zu befreien. »Nichts gebrochen, das ist schon mal gut.«

Xenia biss die Zähne zusammen. Sie schrie nicht mehr. Nicht, weil sie tapfer war, nein, ihr fehlte einfach die Kraft.

»Ich bringe dich jetzt ins Krankenhaus.«

»Ich will zu Mama.« Xenia hielt sich an Michael fest, der sie in den Arm nahm. Sie drückte ihren Kopf an seinen warmen Hals. Er deckte sie mit seiner Jacke zu und tätschelte ihren Rücken.

»Ich rufe deinen Papa an und sage ihm, dass ich dich gefunden habe.«

Xenia sagte nichts.

»Wie bist du hier gelandet, Kleines?«

»Ich weiß es nicht«, log sie.

»Kannst du den Mann beschreiben, der dich hier versteckt hat? Es war doch ein Mann?«

Xenia war sich nicht mehr sicher.

Sie weiß noch, wie sie durch den Garten gelaufen ist. Marc hatte sie sich geschnappt. Aber das war unmöglich. Er konnte ja gar nicht laufen.

»Hast du sein Gesicht gesehen? Kannst du ihn der Polizei beschreiben?« Michael hielt sich das Handy ans Ohr. »Kein Empfang. Ich werde es später erneut versuchen. War dieser Mann groß, klein? Hat er mit dir gesprochen?«

»Ich weiß es nicht.«

»Hast du sein Gesicht gesehen?« Michael trug Xenia vom Haus weg, in dem sie festgehalten wurde.

»Ja.«

»Wie sah er aus?«

»Ich weiß es nicht.«

Sie überquerten das Feld. Michael atmete schwer und stieß weiße Dunstwolken aus, die Xenias Gesicht wärmten. Sie erinnerte sich an diesen Geruch. Genau so roch es in dieser Nacht im Keller.

»Es war Marc«, sagte sie.

»Marc? Da hast du bestimmt etwas durcheinandergebracht. Wie sollte er denn bitteschön in seinem Rollstuhl herkommen?« Er lachte humorlos auf.

Will er ihn beschützen? Xenia fühlte sich auf einmal sehr schlecht. Ihr Magen grummelte.

»Du bist ganz schön schwer, Kleines.« Michael versuchte erneut, Xenias Vater anzurufen. Diesmal hielt er das Handy länger ans Ohr gedrückt als beim ersten Mal. »Hallo, Friedrich, du schuldest mir einen Kasten Bier, ich habe nämlich deine Tochter gefunden. Nicht weit von deinem Haus, in der abgebrannten Bruchbude … Weil ich mich dort vor den

Bullen verstecken wollte. Du hättest mich ja gleich ausgeliefert. Ein schöner Freund bist du.«

Xenia konnte dem einseitigen Dialog nicht wirklich folgen. Die wohlige Wärme lullte sie ein und machte ihre Lider bleiern. Ihr Magen hörte auf zu brummen. Auch sonst fühlte sie sich nicht mehr unwohl. Michael war Papas Freund.

»Ihr geht es den Umständen entsprechend gut. Sie mieft ein wenig, scheint aber wohlauf zu sein. Nur etwas schwach, was verständlich ist … Die blöden Polizisten sollten endlich kapieren, dass ich einer von den Guten bin. Und du auch!« Jetzt lachte er abfällig. Xenias Beine baumelten in der Luft.

»Aua«, wisperte sie. Ihr Fußgelenk meldete sich wieder mit einem pochenden Schmerz.

»Dein Papa holt uns gleich ab.«

Nach diesen Worten schlummerte das Mädchen ein.

Johannes

Jetzt

Im Haus der Familie Wegener

»Sie müssen die beiden Männer ablenken«, bitte ich Saskia und deute mit dem Kinn auf Vater und Sohn.

»Und wie?«

»Ich glaube, der Sohnemann steht auf Sie, und der alte Herr ist im Moment mit seiner kranken Frau beschäftigt. Ich will mich nur kurz dort oben umsehen.«

Wir beide stehen im Flur neben der Treppe.

»Das kann uns teuer zu stehen kommen. Das kann als Hausfriedensbruch geahndet werden.«

»Ich werde behaupten, ich hätte mich im Haus verirrt.«

»Das kauft Ihnen niemand ab.«

»Lassen Sie das schön meine Sorge sein.« Mit einer sanften Bestimmtheit schiebe ich sie ins Wohnzimmer.

»Kann ich Ihnen vielleicht helfen? Doktor Hornoff ist immer noch mit Emma beschäftigt. Die beiden wollten mich nicht dabeihaben«, improvisiert Saskia. Mit jedem Wort klingt sie sicherer.

»Wenn Sie bitte den Kopf meiner Frau anheben könnten, da wäre ich Ihnen sehr dankbar«, krächzt Herr Wegener.

Ich erklimme die Treppe und achte auf jedes Geräusch. Eine der Stufen ist wackelig. Ich verharre. Das befürchtete Geräusch bleibt aus. Erleichtert ausatmend, lege ich den Rest mit wenigen Schritten zurück.

Hier oben herrscht gähnende Leere. Die meisten Türen sind verschlossen. Ich entscheide mich für eine Tür, an der eine Kinderzeichnung hängt und trete ein. Nackte Wände komplettieren das Gesamtbild und den Zustand der Familie, die nicht mehr viel Freude am Leben zu haben scheint.

Mein Telefon vibriert.

Ich gehe ran.

»Doc, wo seid ihr?«

»Noch immer im Haus der Familie Wegener.«

»Warum flüsterst du?«

»Weil ich mich in einem Zimmer umsehe …«

»Das du unerlaubt betreten hast?«

»Karl, ich möchte mich jetzt nur ungern mit dir streiten, weil mir im Augenblick die Zeit fehlt.«

»Johannes!«

»Lass uns später darüber reden, da werden mir bestimmt passendere Ausdrücke einfallen, die ich dir so gerne an den Kopf werfen würde.«

»Wir haben das Mädchen«, sagt Karl und zieht an einer Zigarette. »Xenia ist aufgetaucht. Rate, wer sie gefunden hat?«

»Michael?«

»Woher weißt du das?«

»Nur eine Vermutung.« Vor meinen Augen schwebt ein Staubflusen durch den Raum und senkt sich langsam auf den Boden. »Karl, wie lange würde es dauern, um einen Durchsuchungsbeschluss …«

»Was? Welcher Beschluss?«

»Hier sind Spuren von Schuhen …«

»Jetzt fängt das schon wieder an. Dir ist schon klar, dass ich dich nur hören kann? Alles, was du siehst, bleibt in deinem Kopf, mit dem nur du zurechtkommen kannst. Deine visuellen Eindrücke werden leider nicht weitergeleitet. Ich frage mich oft, warum du noch frei herumläufst und nicht längst in einer Anstalt …«

»Karl. Mir drängt sich eine Vermutung auf, dass Marc

Wegener uns etwas verheimlicht, etwas, das uns vielleicht weiterbringen kann. Ich benötige seine Krankenakte. Kannst du dies für mich erledigen?« Ich gehe langsam in die Hocke und betrachte den vagen Schuhabdruck eingehend. Die Rauten sind mir zu vertraut. Es sind Converse All Star, wie die meines Sohnes, dämmert es mir. Dieselben trug auch Marc Wegener an dem Tag, als ich ihm zum ersten Mal begegnete.

»Bist du noch dran, Doc?«, knurrt Karl in den Hörer. »Ich bin ja die ganze Zeit nicht untätig gewesen. Diese Familie wurde von vielen Schicksalsschlägen heimgesucht. Scheint mit einem Fluch belegt worden zu sein. Du musst da schon mehr als nur eine Ahnung haben, Johannes. Ich will dieser Familie nicht noch mehr Kummer bereiten.«

An Glück, Schicksal oder Vorsehung fangen wir erst dann richtig an zu glauben, wenn wir verzweifelt am Abgrund unseres Lebens stehen. ›Erst, wenn wir etwas verlieren, erkennen wir den Wert dessen, was wir besessen haben‹, pflegte mein Vater immer zu sagen.

»Marc Wegener kam von der Straße ab. Sein Rücken wurde so sehr dabei verletzt, dass er an den Rollstuhl gebunden ist«, spricht Karl zu mir.

»Auch er wurde von Herrn Doktor Stang behandelt, dem Arzt, dem die Familie Wegener so vertraut.«

»Für morgen habe ich eine Besprechung anberaumt. Du und Saskia solltet um Punkt neun in meinem Büro erscheinen. Was den Durchsuchungsbeschluss angeht – ich brauche dafür mehr Anhaltspunkte.«

Er legt auf.

Ich verlasse den leeren Raum. Von unten vernehme ich das gekünstelte Lachen einer Frau.

Marc erzählt der jungen Polizistin etwas Lustiges aus seinem Leben. Seine Stimme überschlägt sich beinahe, weil er glaubt, Saskia würden seine Anekdoten interessieren.

Ich durchschreite den breiten Gang, werfe immer wieder einen Blick hinein in die leeren Räume, und setze meinen Weg fort.

Vor der letzten Tür bleibe ich stehen. Sie ist nur angelehnt. Und anders als bei den vorherigen Räumen sehe ich nicht einfach kahle weißgetünchte Wände. Ich tippe die Tür an. Ganz langsam geht sie nach innen auf und entblößt etwas, wonach ich gesucht habe.

»Hey, was machen Sie hier oben?« Herrn Wegeners drohendes Rufen dringt mir bis ins Mark. »Hallo?«

Er kann mich nicht sehen.

»Ich bin vielleicht nicht gut zu Fuß, mein Gehör ist jedoch ausgezeichnet, ich habe einen sehr guten Ohrenarzt!« Wollte der Mann witzig sein, oder sollte ich dies als eine versteckte Drohung auffassen?

Ich verweile noch einen Augenblick an der Tür, unschlüssig des weiteren Vorgehens, beschließe ich, das Risiko einzugehen.

»Hallo? Sind Sie da oben?«

Meine Lippen sind versiegelt. Auf leisen Schuhsohlen betrete ich vollends den Raum und lasse die schwarz-weißen Skizzen auf mich einwirken.

Die skurrilen und beinahe bizarren, ja fast schon furchteinflößenden Bilder überlappen sich. So als hätte der Künstler die Flächen immer wieder übermalt, weil er in einem Trancezustand gewesen war. War das das Werk eines Kindes? War das Emmas Werk? Die Höhe des Kunstwerks, das den kompletten Raum einnahm, berücksichtigend, könnte ich vom Tatbestand ausgehen, dass Emma einen Hocker oder eine Trittleiter dazu benutzt hat.

Die Bilder ergänzen den psychisch instabilen Zustand des Mädchens. Ich nehme die Blätter, die ich bei mir habe, zum Vergleich. Tatsächlich besteht dazwischen ein gewisser Zusammenhang. Dieselben gezackten Linien. Schraffierungen, die nur in ihrer Ganzheit ein Bild ergeben. Aufgerissene Mäuler. Bäume. Ein Wagen. Rote Tupfer durchbrechen das Schwarz-Weiße und ziehen meine Aufmerksamkeit auf sich. Ich erkenne Bremslichter eines Wagens, die von mächtigen Ästen verdeckt werden. Ein schwarzes Tuch oder eine Plane, darunter verbirgt sich ein Geschöpf, das mich mit rotfunkelnden Augen anstarrt. Eine Silhouette wird von zwei grellen Lichtern geblendet. Sie trägt ein rotes Kleid oder einen roten Mantel.

Hinter mir geht geräuschvoll die Tür auf.

Herr Wegener steht, sich mit der Hand an die Türklinke stützend, den Oberkörper weit nach vorne gebeugt, an der Schwelle und ringt nach Luft. Seine Lunge pfeift wie eine kaputte Orgel. Feine Schweißperlen benetzen die von tiefen Furchen durchzogene Stirn.

»Sie hätten nicht hier raufkommen dürfen«, keucht er, kaum verständlich. In seinen milchig-trüben Augen verstecken sich Angst und Widerwille. Seine Lippen sind von grobziselierten Falten umgeben, der Speichelschaum in den Mundwinkeln ist eingetrocknet. Er drückt seinen Rücken gerade, so gut sein Zustand es zulasst. Schlurfenden Schrittes läuft er auf mich zu. Seine Atemzüge sind kurz und japsend.

»Sie sollten die Vergangenheit ruhen lassen. Ich habe zuerst meine Schwägerin und danach meinen älteren Sohn verloren. Jetzt wollen Sie mir auch noch meine Enkelin wegnehmen. Ich bin ein vom Schicksal geschlagener Mann und werde nicht mehr allzu lange auf dieser Welt verweilen. Lassen Sie also bitte das Vergangene vergangen sein. Wir können das, was passiert ist, nicht umkehren und wiedergutmachen.«

Ich bin nicht gänzlich überrascht ob seiner Bitte.

»Da irren Sie sich aber. Wir können sehr wohl die Vergangenheit verändern. Sobald wir das Heute nicht als Zukunft abtun, sondern als ein Teil des Vergänglichen annehmen, können wir den Ablauf der Vergangenheit bestimmen.«

»Ich kann Ihnen leider nicht folgen.« Er lächelt entschuldigend und leckt sich die Lippen.

»Das, was wir gerade eben erleben, kann Vergangenheit, aber auch Zukunft in einem sein. Wenn ich jetzt nicht so handele, wie ich es für richtig halte, so kann dies unwiderruflich in der Zeitspirale verschwinden.« Ich versuche Zeit zu schinden, den alten Herrn mürbe zu reden, ihn von meinen positiven Absichten zu überzeugen.

Der Mann zieht die Augenbrauen zusammen, bis seine Stirn von einer senkrechten Falte gespalten wird.

»Sie sind doch ein Dummschwätzer«, murmelt er.

»Wir können die Vergangenheit nur dann beeinflussen, wenn wir ein genaues Bild von der Zukunft vor Augen haben. Unser Wunschdenken kann uns die Richtung weisen. Ich habe immer Menschen beneidet, die schon in jungen Jahren wussten, was sie mal später werden wollten.«

»Lassen Sie es gut sein. Das bringt nichts. Sie reden und reden, und ich komme mir dabei immer dümmer vor.«

»Diese Bilder sind Erinnerungen. Erinnerungen von schrecklichen Ereignissen, die sich tief in ein kindliches Gedächtnis eingebrannt und Emmas Geist wie einen Diamanten in viele kleine, nicht weniger schöne Steine gesprengt hat.«

Herr Wegener schweigt.

»Das Heute ist die Vergangenheit von morgen. Wenn Sie mich jetzt davon abhalten, Ihrer Enkeltochter zu helfen, wird sie niemals darüber hinwegkommen. Ihr Geist wird irgendwann zu Staub werden«, füge ich hinzu. Jetzt merke ich, dass er endlich den Sinn meiner Worte begreift.

Die trüben Augen füllen sich mit Tränen, das Kinn zittert und färbt sich dunkel. Mit zappeligen Fingern richtet er sich das Haar. Eine Marotte von früher.

»Sie können Emmas Eltern nicht ersetzen. Aber Sie können mir dabei helfen, ihre Ängste zu verstehen, damit ich ihr dabei helfen kann, mit ihnen umzugehen.«

»Sie malt sehr gern, aber mich erschrecken ihre grausigen Bilder. Manchmal schreit sie in der Nacht.«

»Das Mädchen erfährt nicht die Liebe, die es von Mutter und Vater bekommen könnte. Sie sind nur ein Ersatz, aber Sie geben Ihr Bestes.«

»Ich bemühe mich wirklich. Ich lege mich immer vor dem Schlafengehen in ihr Bett und erzähle ihr von ihrem Vater. Dieses alltägliche Ritual gibt mir die nötige Kraft, weiterzumachen. Emma ist so wunderbar anders. Ich möchte nicht, dass sie mir weggenommen wird.«

»Sie erzählen Ihrer Enkelin von ihrem Vater …«

»Ihre Mutter kannte ich nicht sonderlich gut«, unterbricht er mich.

»Sie konnten Ihre Schwiegertochter nicht wirklich gut leiden.«

»Woher wollen Sie das wissen? Das ist eine freche Unterstellung.«

»In Emmas Zimmer gibt es kein einziges Bild von ihrer Mutter, bis auf eines, auf dem alle Familienmitglieder drauf sind. Leonie und Marc, Ihr jüngerer Sohn, hatten einen Zwist miteinander. Hatte Ihr Sohn Gefühle, die weit über das Normale hinausgingen, für die Frau seines Bruders?«

»Natürlich nicht«, entgegnet er brüsk. »Wir waren eine ganz normale, vielleicht nicht sehr harmonische Familie.«

»Hatten Marc und Leonie ein Verhältnis?«

»Nein!«

»Warum sitzt er im Rollstuhl?«

»Ein Autounfall. Sie gehen jetzt lieber, sonst sehe ich mich gezwungen, die Polizei anzurufen.«

»Ich mache nur ein paar Bilder.«

»Nein!«

»Sie mochten Leonie nicht. Warum? Hat sie Ihren Erwartungen nicht entsprochen?«

»Sie hat meinem Sohn die Zukunft verbaut. Er hätte Arzt oder Chirurg werden können, stattdessen ist er …«

»… Vater und verheirateter Mann mit Zukunftsplänen geworden. Und vielleicht sogar glücklich gewesen?«

»Es ging ihr doch nur ums Geld!«

»Ihre Leiche wurde nie gefunden. Sie hätten ja nicht ahnen können, dass Ihr geliebter Sohn zum Kreis der Verdächtigen gehören würde. Daran haben Sie wohl nicht gedacht?«

»Schweig, du verlässt sofort mein Haus. Ich hatte nichts mit ihrem Verschwinden zu tun.«

»Und Marc?«

»Verschwinde.« Spuckefetzen fliegen durch seine bebenden Lippen.

»Was ist hier los?« Saskia taucht hinter dem alten Mann auf. Sie sieht uns beide verständnislos an. Langsam wandert ihr Blick von uns ab. Ihre Augen werden groß. »Was, um Gottes willen, geht hier vor?« Sie sieht sich um. Die Wucht der Bilder erdrückt sie beinahe. »War das etwa …?«

»Emma«, beende ich ihre Frage mit einer Antwort.

»Verschwinden Sie aus meinem Haus! Alle beide!«, schreit der Mann verzweifelt. Seine Stimme versagt. Er hustet und hält sich ein Taschentuch vor die Lippen.

Saskia greift zum Telefon. Sie ruft Karl an und bittet ihn um Verstärkung. Dabei fasst sie sich kurz. Die Schilderungen sind knapp und präzise.

Herr Wegener protestiert. Seine Verwünschungen und Flüche werden von weiteren Hustenanfällen unterbrochen.

»Sie haben das Kind unerlaubt sediert«, reagiert Saskia professionell auf Herrn Wegeners weiteren Wutausbruch und droht ihm mit einem gerichtlichen Verfahren, nach dem er höchstwahrscheinlich die Erziehungsberechtigung entzogen bekommt.

Er fängt an zu schluchzen. »Wenn Emma nicht mehr da ist, dann …« Sein Schluchzen geht in ein verbittertes Weinen über.

»Sie verlassen bitte sofort diesen Raum. Wir beide gehen nach unten und warten dort auf die Kollegen. Noch ist ja alles in Ordnung. Wir werden Emma nicht ins Krankenhaus bringen. Aber ich sehe mich dazu gezwungen, sie von einer Kollegin betreuen zu lassen, die hier nach dem Rechten schaut. Eine extra dafür geschulte Beamtin wird sich um das Wohlergehen des Kindes kümmern.« Saskias Ton bleibt sachlich.

Der ältere Mann stolpert unbeholfen auf die Tür zu und fängt seinen Fall in letzter Sekunde ab, indem er sich an der Türklinke festkrallt.

»Lassen Sie mich in Ruhe.« Er fuchtelt mit den Armen um sich, weil er sich nicht von Saskia helfen lassen möchte. Gemeinsam laufen wir nach unten.

Herr Wegener hält sich an dem blankpolierten Geländer fest.

Marc sitzt vor dem unteren Treppenabsatz in seinem Rollstuhl. Ein selbstgefälliges Grinsen teilt seine dünnen Lippen und entblößt zwei Reihen weißer Zähne.

Eine Ahnung zwängt sich in mein Hirn.

Mehr aus dem Reflex heraus als aus vorsätzlicher Handlung packen meine Hände Herrn Wegeners Schulter und ziehen ihn grob zur Seite.

»Was zur Hölle …« Er blickt sich hastig um und sucht nach Halt. Wir beide kämpfen um das Gleichgewicht.

»Fassen Sie das hier nicht mehr an.« Ich atme schwer.

Saskia eilt mir zur Hilfe. »Was ist los?« Wir halten Herrn Wegener an den dünnen Oberarmen fest.

Mein Blick wandert nach unten.

Marcs Hannibal-Lecter-Lächeln gefriert. In seinem Blick spiegelt sich eine Erkenntnis wider, die mir verrät, dass meine

Intuition mich nicht im Stich gelassen hat. Sein Adamsapfel spannt die von dunklen Stoppeln übersäte Haut.

»Kommen Sie. Wir helfen Ihnen.« Ich mustere Marc eingehend. Er kann meinem Blick nicht standhalten.

Herr Wegener wehrt sich nicht.

»Lassen Sie mich los«, stammelt er.

»Wir wollen Ihnen nur helfen.« Obwohl es in meinem Inneren brodelt, bin ich nach außen hin ruhig.

»Verlassen Sie unser Haus.«

»Wem gehörte dieses Zimmer?«

»Emma.« Er stolpert und gibt einen erstickten Schrei von sich.

»Passen Sie auf!«, schreit Marc uns von unten an.

Schwitzend und schwer atmend erreichen wir den sicheren Boden.

Marc rempelt mich mit seinem Vehikel an. »Passen Sie auf, Mann, und verpissen Sie sich aus unserem Haus.«

»Werner!«, krächzt Frau Wegener aus dem Wohnzimmer. »Werner!«

»Sehen Sie nur, was Sie angerichtet haben? Verpissen Sie sich. Haut ab!«, kreischt Marc. Vergeblich versucht er, mich am Arm zu packen. Erneut fährt er mich an. Er nimmt zu viel Schwung. Das Rad holpert über meinen Fuß, prallt von der ersten Stufe ab und …

»Sie Wichser«, schimpft er, verliert das Gleichgewicht und kracht auf die Seite.

»Werner!« Frau Wegener wird zunehmend hysterischer. »Marc!«

Der alte Mann ignoriert die Rufe. Er starrt wie gebannt auf seinen Sohn. Marc drückt sich hoch. Er krabbelt nur mit den Armen die Treppe hoch. Seine Beine sind wie zwei Fremdkörper, die an seinem Körper hängen.

Das Muster seiner Schuhsohlen passt nicht zu den Abdrücken von oben.

»Helfen Sie ihm doch, bitte«, stottert Herr Wegener. Sein Blick ist flehend. Er schubst mich leicht gegen die Schulter in Marcs Richtung.

Marc wehrt sich.

»Wir wollen Ihnen nur helfen«, versucht Saskia, den aufgebrachten Mann zur Räson zu bringen.

»Das ist Ihnen sehr gut gelungen. Sehen Sie mich an. Einen Krüppel zu Boden werfen ... War bestimmt nur ein Versehen. Tiefer kann ich nicht mehr sinken.« Seine Kiefermuskeln zucken.

»Das haben Sie sich selbst zu verdanken. Spielen Sie sich nicht auf wie eine Diva.«

»Eine Diva? Ich bin eine Diva?«

»Sie sind ein schlechter Schauspieler.« Mir geht er gehörig auf die Nerven.

»Wenn Sie sich weiterhin so vehement gegen unsere Hilfe wehren, lassen wir Sie liegen, so lange, bis die Kollegen da sind, die Sie bereitwillig auf eine Trage spannen und abtransportieren.«

»Wohin?«

»In die Psychiatrie.«

»Weswegen?«

Saskia zupft am Ärmel ihrer Jacke. »Sie haben einen Beamten während der Ausübung seiner Pflichten tätlich angegriffen, und zwar vorsätzlich! Sie werden später bestimmt auf Unzurechnungsfähigkeit plädieren, doch ich werde ihnen den Umweg gerne ersparen. Oder wollen Sie wirklich behaupten, all diese Bilder hätte Emma an die Wand gemalt?«

Marc dreht sich schwerfällig auf den Rücken.

»Das war ich. Ich war das. Ich! Emma ist noch ein Kind. Das oben ist mein Zimmer gewesen. Ich hatte nach dem Unfall ein Trauma. Hatte Albträume. War zeitweise schwachsinnig in der Birne.« Seine Lippen beben vor Zorn. »Meine geistigen und physischen Störungen waren stark ausgeprägt. Das ist doch wohl schwer von der Hand zu weisen, oder nicht?« Mit beiden Händen hebt er ein Bein nach dem anderen und lässt es wieder fallen. Dumpf schlagen die Füße gegen den Boden.

»Schluss jetzt«, entscheide ich. »Wollen Sie rechtlichen Beistand?«

»Wir haben nichts zu verbergen.« Herr Wegener schnäuzt sich. »Marc, mach die Sache nicht noch schlimmer, als sie schon ist.«

»Ach ja?«, blafft er zurück. »Was willst du dagegen tun, mich erschießen?« Er drückt sich weiter in die Senkrechte und stützt sich mit dem Rücken gegen die gedrechselten Streben des Handlaufs.

»Kurt war dein *richtiger* Sohn.«

»Wie bitte?« Ich sehe abwartend zu Herrn Wegener senior.

»Marc war schon immer auf meinen älteren Sohn eifersüchtig, weil er glaubt, ich hätte Kurt bevorzugt behandelt.« Er wischt sich mit dem Stofftaschentuch über die Lippen.

»Stimmt doch. Er nahm keine Drogen, war gut in der Schule und ging mit dir auf die Jagd. Er war ein Sohn, wie man ihn sich wünschte. Hätte er Leonie nicht geheiratet, wärst du auch weiterhin der glücklichste Vater auf dieser beschissenen Welt gewesen. Nun musst du mit mir Vorlieb nehmen. Schau. Dein Sohn ist ein Krüppel, der nichts auf die Reihe bringt.« Er schluckt schwer und schlägt mehrmals mit dem Hinterkopf gegen die hellen Streben.

»Nun kommen Sie hoch! Frau Kirschmann, würden Sie mir bitte helfen?«

Gemeinsam hieven wir Marc zurück in den Rollstuhl. Bei seiner Statur ist es kein leichtes Unterfangen. Marc wehrt sich zwar nicht, hilft uns aber auch nicht dabei. Wie ein nasser Sack hängt er in unseren Armen.

Stroboskopisches Blaulicht erhellt die Fenster. Das Bimmeln der Klingel übertönt die Rufe der Frau aus dem Wohnzimmer.

»Das müssen die Kollegen sein«, sagt Saskia erleichtert.

»Lassen Sie mich das machen«, erklärt sich Marc bereit, die Tür zu öffnen und fährt darauf zu.

Herr Wegener humpelt ins Wohnzimmer.

Ich begebe mich an eines der Fenster, schiebe die schwere Gardine mit den Fingern zur Seite und blicke hinaus. Geisterhafte Schemen wechseln im flackernden Blaulicht ihre Formen. Der Tag hat sich verabschiedet. Ein rascher Blick auf mein Chronometer verrät mir, dass es schon kurz vor halb sieben ist.

Das Handy in meiner Hose vibriert. Es ist Sonja.

»Kommst du heute noch nach Hause? Oder soll ich dir wieder das Sofa herrichten? Du kannst auch zu deinem Bruder ziehen, wenn du das möchtest.«

»Was hat Jack Brown wieder angerichtet?« Ich hoffe inständig, dass mein vierbeiniger Freund der wahre Übeltäter und für Sonjas schlechte Laune verantwortlich ist.

»Jack ist ein lieber Kerl, den ich behalten werde.«

Das Glück scheint mir nicht wirklich hold zu sein. Fortuna zeigt mir den nackten Hintern. Bleibt zu hoffen, dass sich das Blatt bald wendet. Doch bis dahin muss ich meine Frau bei Laune halten und mir etwas einfallen lassen, wenn ich nicht auf Jacks Decke schlafen will.

»Ich bin in einer halben Stunde zu Hause. Saskia, können Sie mich nach Hause fahren?«

»Ich bin keine eifersüchtige Frau, Johannes. Ich werde dir keine Szene machen, nur weil du eine attraktive Frau an deiner Seite hast …« Sonja verstummt, sagt nichts mehr. Nur ihr leises Atmen dringt durch den Hörer. Wo bleibt der Rest des Satzes?

»Johannes, wir müssen miteinander reden«, sagt sie stattdessen. Sie spricht meinen Vornamen voll aus. Ein Warnschuss in meine Richtung. Dann legt sie auf. Resigniert stecke ich das Handy zurück in meine Tasche. Das Abendessen wird wohl auch heute in der Mikrowelle auf mich warten. Verdammt. Will sie die Scheidung einreichen?

Sie ist die Einzige, die ich nicht lesen kann, weil ich immer damit beschäftigt bin, sie zu lieben. Liebe macht bekanntlich blind.

Männerstimmen werden laut.

Zwei uniformierte Beamte betreten das Haus. »Wir wollen Sie nicht festnehmen.« Zwei weitere Personen tauchen in der Tür auf: Lars Böhm, Karls rechte Hand, und Edgar, der junge Forensiker mit einem beinahe krankhaften Hang zur Perfektion.

»Hey, passen Sie auf!«, begehrt Marc auf, fährt rückwärts und macht Platz.

Lars weist sich sofort aus und hält das Kärtchen vor Marcs Gesicht. »Wenn Sie Mätzchen machen, werde ich Sie mitnehmen, verstanden? Sie sind kein unbeschriebenes Blatt. Ich habe hier so einiges über Sie herausgefunden.« Er streckt seinen Arm nach hinten und bekommt von Edgar eine braune Papiermappe in die Hand gedrückt. Blätter quellen heraus. Entweder eine Psychomasche oder Lars hat tatsächlich etwas mehr als nur oberflächliches Hintergrundwissen über den Mann aufs Papier gebracht.

»Was soll das?«, empört sich Marc.

»Ich bin hier derjenige, der die Fragen stellt«, entgegnet Lars kalt. Er wirft seinem Gegenüber die schwere Mappe in den Schoß und fügt hinzu: »Wir bluffen nicht! Sie können ruhig einen Blick drauf werfen. Nun machen Sie schon. Es gibt auch farbige Bilder.«

Herr Wegener erscheint. Er wischt seine geröteten Finger an einem weißen Papiertaschentuch trocken. Sein unsicherer Blick streift die Akte. »Guten Abend, die Herren. Der

Fall ist doch schon längst abgeschlossen. Marc hatte ein Alibi. Er war im Krankenhaus.«

»In dem Sie damals gearbeitet haben. Sie waren Chefarzt, wenn ich mich nicht täusche. Kurz darauf bekam Doktor Stang Ihre Stelle.«

Marc fegt die Akte vom Schoß. Lose Blätter landen vor seinen Füßen. Bilder von verbrannten Körpern flattern über den Boden. Schwarze Körper mit gefletschten weißen Zähnen.

Verkrümmt.

Verstümmelt.

Auf eine groteske Weise unrealistisch und dennoch furchteinflößend real.

»Ich war das nicht!«

»Das werden wir noch herausfinden. Mord verjährt nie, das ist Ihnen wohl bekannt.« Lars bleibt förmlich, auch als er sich mir zuwendet. »Wo sollen wir anfangen, Doktor Hornoff?«

»Am besten oben. Und nehmen Sie bitte Fingerabdrücke vom Handlauf der Treppe. Ich habe da so einen Verdacht.«

»Edgar, du übernimmst das Geländer, ich kummere mich um das Zimmer. Wollen Sie mich begleiten?« Lars kommt auf mich zu. Seine Hand umschließt meinen Oberarm. »Sie sollten lieber nach Hause gehen. Sonja war schon bei Benjamin. Ich würde nicht mit Ihnen tauschen wollen«, flüstert er mir ins Ohr.

»Ich werde es irgendwie überleben. Sie hat bloß wieder ihre Phase.« Der Satz geht mir nicht wirklich glatt über die Lippen.

Lars lässt von mir ab.

Ich schiebe einen Finger in den Kragen meines Hemdes und versuche, ihn zu lockern.

»Wie Sie meinen.« Lars reicht mir Gummihandschuhe, klopft mir auf die Schulter und nimmt die Treppe. »Jemand sollte die Blätter aufsammeln, sonst gibt es Ärger mit meinem Boss. Mit ihm ist seit gestern nicht gut Kirschen essen.«

»Ich mach das schon.« Ächzend senkt sich Herr Wegener auf die Knie. Die knorrigen Finger bekommen die Blätter nicht richtig zu fassen. Saskia und Edgar helfen ihm. Ich folge Lars nach oben.

»Ach du Scheiße«, entfährt es dem, als er sieht, womit wir es zu tun haben. »Edgar, komm sofort her! Das hier ist eher deine Materie.«

Schritte hallen.

»Ich werde solange die Treppe unter die Lupe nehmen«, murmelt Lars und zieht schnalzend die Gummihandschuhe über.

»Interessant.« Edgars Atem geht gleichmäßig, obwohl er die Treppe hochgerannt ist. »Ich hole nur schnell mein Equipment. Sie werden mich doch dabei unterstützen?«

Ich nicke. »Natürlich.«

Hier ruht Johannes Hornoff, weil er wiederholt zu spät zum Abendessen gekommen ist. So oder so ähnlich würde mein Grabsteinspruch lauten, wenn ich mir diesen aussuchen könnte. Dann streife ich mir die blauen OP-Handschuhe über. Sie sind eng und kalt. Die Haut darunter wirft feine Falten.

Während ich darauf warte, dass Edgar mit dem angekündigten Equipment zurückkehrt, werden unten Schreie laut. Sie klingen verzweifelt.

»Schnell, Hilfe! Nein! Bitte! Oh Gott!« Werner Wegeners panisches Rufen hallt durch das Haus.

Ich schnelle herum und stürze zurück in den Flur, nehme zwei Stufen auf einmal. In dem Durcheinander kann ich den Grund für die entstandene Panik nicht sofort ausmachen.

»Sie Wichser.« Ein stumpfer Schmerz durchfährt meinen Körper und kriecht meine Wirbelsäule hinauf.

Marc greift mich linkisch von hinten an. Er hat mir einen

schweren Gegenstand über den Schädel gezogen. Meine Beine knicken ein. Ich sehe, wie der Boden auf mich zurast. Ich falle wie ein gefällter Baum. Mit der Schläfe krache ich auf etwas, das mir die Lichter ausknipst.

Xenia

Währenddessen

In einem Berliner Krankenhaus

Xenia fröstelte ununterbrochen. Trotz zweier dicker Decken und etwas, das ihr der Arzt gegeben hatte, das immer noch sehr bitter auf ihrer Zunge schmeckte, klapperten ihre Zähne. Die Heizung hatte die Krankenschwester auch schon aufgedreht. Trotzdem spürte sie die Kälte, die unter ihre Haut kroch, nur nicht in ihre Füße. Dort brannte ein Feuer, das sie zum Weinen brachte. Schluchzend drückte die Kleine ihre Wange an die weiche Brust ihrer Mutter. Sie lauschte dem Pochen des Herzens. Wie eine Trommel klopfte das Herz.

Bumm.

Bumm.

Bumm.

»Mama?«

»Ja, mein Liebes?« Xenias Mutter strich ihrer Tochter liebevoll über die nassen Wangen.

»Ich glaube, ich weiß, wer der Mann mit dem Sack auf dem Kopf war.«

Tamara Zorn presste die Lippen aufeinander. Heiße Tränen fielen aus ihren verquollenen Augen.

»Wer, wer war der Mann?«

»Ich glaube …« Xenias Hals schnürte sich zusammen und tat weh. Sie fühlte sich krank. Die Worte blieben stecken, wollten nicht raus.

»Du musst keine Angst mehr haben.« Tamara versuchte, ihre Tochter zu trösten. Ihre Finger flatterten wie die Flügel eines Nachfalters über Xenias Augen und strichen ihre feuchten Haare beiseite. Warme weiche Lippen berührten ihre feuchte Stirn. »Du bist in Sicherheit.«

Ein kalter Lufthauch streifte ihre Füße. Das Mädchen zuckte zusammen und zog die Beine an.

»Xenia, wer war der Mann?«

Wenn du jemandem von mir erzählst, schneide ich dir den Kopf ab und stecke ihn in den Sack. Ich mache dich tot, Xenia. Ich mache dich tot. Das hatte die Vogelscheuche zu ihr gesagt.

»Die Vogelscheuche.« Mehr zu sagen traute sie sich nicht. Viel zu groß war die Angst.

»Wer?«

Xenia sah zum Fenster, hinter dem sich die nackten Kronen von Bäumen im Wind wiegten.

»Die Vogelscheuche hat mich vor dem Schaufelmann gerettet.«

»Von wem redest du da, Liebes?«

»Ich bin müde, Mama. Bleibst du bei mir?«

»Wollen wir uns aufs Bett setzen – oder uns hinlegen? Mein Rücken tut mir höllisch weh.« Tamara Zorn unterdrückte den Schmerz schon seit geraumer Zeit. Die Stuhllehne bohrte sich unter die Schulterblätter. Auch spürte sie ihre Beine nicht mehr. Sie saßen immer noch im Wartebereich, unweit des Zimmers, das für Xenia hergerichtet wurde.

»Ich trage dich auch rein. Wie früher, wenn du nicht schlafen gehen wolltest und ich dich ins Bett bringen musste.«

»Aber du bleibst die ganze Zeit bei mir.«

»Versprochen. Ich weiche nicht von deiner Seite. Nie wieder.«

Tamara drückte sich hoch auf die Beine, ohne das Kind loszulassen. Xenia war klein und wog nicht viel, trotzdem kostete es sie enorme Kraft, ihre Tochter hochzuheben.

»Wo ist Papa?«

»Er ist bei der Polizei.«

»Wieso?«

»Michael und dein Papa müssen den Polizisten erzählen, wo Michael dich gefunden hat.«

»Ach so.« Xenia schloss die Augen. Sie schwebte. Ihre Füße brannten jetzt nicht mehr so arg. Auch schmeckte die Medizin auf ihrer Zunge nicht mehr so bitter. Noch bevor ihr Kopf das Kissen berührte, schlief sie ein.

Tamara legte sich neben ihre Tochter und umschloss sie mit beiden Armen. Auf ihrer Brust lag eine Schwere, die ihr die Luft abdrückte.

Xenias Atem roch nach Dosenfisch, obwohl sie Fisch hasste. Sie murmelte: »Vogelscheuche. Vogelscheuche.« Ihre rissigen Lippen waren von feinen Schnitten durchzogen.

Tamara weinte.

Wer hat dir das nur angetan, mein Engel? Wie konnte das nur passieren? Sie versuchte, den Tag, an dem ihre Tochter entführt worden war, zu rekonstruieren. Unermüdlich kramte sie in ihrem Gedächtnis. Hatte Friedrich nicht einen Anruf vorgetäuscht? Nichts erschien ihr verdächtig, abgesehen davon. Ihr Mann hatte den Saal für eine halbe Stunde verlassen, war aber mit einer plausiblen Erklärung zurückgekommen. Er sagte, er hätte Magenprobleme wegen des ungewöhnlichen Essens beim Chinesen.

»Ich muss kurz raus. Fridolin ruft an. Nicht, dass sein Wagen wieder den Geist aufgegeben hat … Und ich muss aufs Klo. Hörst du, wie mein Magen knurrt? Ich hätte die Seegurke nicht bestellen sollen«, hatte er ihr müde lächelnd ihr ins Ohr geflüstert, an einem Nikotin-Kaugummi kauend. Friedrich versuchte seit einem halben Jahr, mit dem Rauchen aufzuhören. In diesen wenigen Monaten hatte er fünf Kilo zugenommen.

Seegurke? Er hatte doch gar keine Seegurke bestellt. Wir waren beim

Japaner und Friedrich hatte einen Sushi-Teller. Zwei davon waren mit Avocado, der Rest mit Fisch gefüllt. Tamara glaubte, ihr Mann hatte sich aus einem anderen Grund verdrückt: Der Film war mehr als langweilig gewesen. Friedrich hatte sich in der Zeit seiner Abwesenheit bestimmt den Bauch mit Nachos und Bier gefüllt, weil er von dem leichten Essen nicht satt geworden war. Oder hatte Friedrich womöglich doch eine Affäre? Er war in der letzten Zeit irgendwie anders.

Tamara zog ihre unruhig schlafende Tochter fester an sich.

Auch Fridolin verhielt sich in den letzten Tagen merkwürdig. Erst vor wenigen Jahren hatte ihr Sohn eine Phase der Selbstfindung durchmachen müssen.

Ist Fridolin womöglich schwul?

Tamara zermarterte sich den Kopf mit immer weiteren Fragen. Ihre Zunge wurde von der Beruhigungstablette pelzig, deren Wirkung nun spürbar wurde. Tamaras Arme und Beine wurden schwer. Ihre Lider schlossen sich. Tamara fiel in einen traumlosen Schlaf.

Johannes

Kurz vor Mitternacht

Neustadt

Ich bin nackt. Die aufgeheizte Haut dampft immer noch. Ich wische über den beschlagenen Spiegel und betrachte mein Gesicht. Die Narbe auf meiner linken Wange erinnert mich daran, wie knapp ich das letzte Mal dem Tod entkommen bin. Die Schläfe, auf der heute eine Porzellanvase zertrümmert wurde, ist leicht angeschwollen und tut bei Berührung weh.

Ich bin wohl doch ein Dickschädel.

Sonjas Sorgen sind nicht unbegründet. Mit gesenktem Kopf fahre ich den wulstigen Strang an meiner Brust entlang. Der Seelenretter – er hat mich im Schlafzimmer überrascht und vor den Augen meiner Frau aufgeschlitzt.

Ich vertreibe die vollkommene Stille, die beinahe ohrenbetäubend ist, mit einem tiefen Seufzer, und laufe auf nackten Sohlen ins Schlafzimmer. Das Haus ist leer. Sonja ist wohl mit Jack Brown spazieren oder sie joggt eine Runde vor dem Schlafengehen. Eine innere Leere übermannt mich. Ich komme mir wie der Teller in der Mikrowelle vor, den Sonja für mich reingeschoben hat. Er ist nicht leer, sie hat ihn mit Wasser aufgefüllt.

Damit will sie mir eines verdeutlichen: Sie hat zwar an mich gedacht, war jedoch zu aufgekratzt gewesen, um mir ein Abendessen vorzubereiten. Auch das Sofa ist nicht bezogen, was nicht heißt, ich könnte wieder in unserem gemeinsamen Bett schlafen. Die Sachen liegen auf dem Couchtisch. *Mach bitte keinen Krach beim Bettenmachen*, stand auf einem Zettel geschrieben.

Ich werfe mich aufs Bett. Irgendwie werde ich unseren Haussegen, der entschieden schiefhängt, wieder in die Waagerechte bringen müssen. Das weiße Laken ist kühl und schimmert im Mondschein, der sich ins Zimmer gestohlen hat. Noch immer spüre ich die Hitze auf meiner Haut. Ich schließe die Augen, passe aber darauf auf, nicht einzuschlafen.

Endlich geht unten die Tür auf.

Tapsige Schritte.

Ein gedämpftes Rufen: »Jack, bleib hier! Jack! Komm sofort zurück!«

Jack Brown spürt das heftige Knistern in der Luft. Er mag es nicht, wenn Sonja und ich uns streiten. Er fühlt sich in dieser Zeit immer zwiegespalten und möchte sich für keinen von uns entscheiden.

Zuerst taucht seine Nase in dem Türspalt auf. Er schiebt sich mit dem Kopf voraus hindurch und gibt einen tiefen Laut von sich, der aus seiner Brust und nicht aus seinem großen Maul kommt.

»Jack! Jack Brown«, ruft Sonja den großen Hund tadelnd wie ein ungehorsames Kind zu sich. »Sieh doch nur, was du hier mit deinen schmutzigen Pfoten angerichtet hast.«

Jack senkt den Kopf und trottet nach unten.

Ich lasse mehrere Varianten durch meinen Kopf laufen, wie ich Sonja am besten wieder besänftigen kann, ohne bei meinem Versuch laut oder, was viel schlimmer wäre, kleinlaut zu klingen.

»Johannes, bist du das?«

Ich muss meine Anwesenheit verraten.

»Ich bin oben. Im Büro!«

Sonja kommt hoch. Ich zähle ihre Schritte. Sie ist gleich da.

»Im Büro also?«

Sie steht in der Tür.

»Ja. Ich habe hier viel zu tun.«

Ich bin immer noch nackt und liege auf dem Rücken, habe meine Blöße aber bedeckt.

Sonja hat damit nicht gerechnet.

»Die holländische Tomatensuppe war köstlich. Dafür wollte ich mich angemessen bedanken«, sage ich spöttisch.

»Was soll das? Du glaubst doch nicht, dass ich nach tagelanger Abwesenheit mit dir schlafen werde?« Sie kommt näher. »Du gehst früh aus dem Haus und kommst erst zurück, wenn ich schlafe.«

Im fahlen Licht des Mondes sehe ich ihr feines Gesicht. Sie ist nicht wirklich böse auf mich, will aber ihre Position der beleidigten und vernachlässigten Frau nicht aufgeben.

Jack ist wieder da. Er schätzt die Entfernung richtig ein – und macht das einzig Richtige: Er verpasst seinem Frauchen einen Schubs von hinten. Seine mächtigen, frisch abgewischten Vorderpfoten landen auf Sonjas Schultern, die mit einem erstickten Schreckensschrei auf mich fällt. Ich fange sie auf und drehe sie auf den Rücken, liege auf ihr. Sie wehrt sich nicht.

Jack bellt siegessicher und hüpft auf das Bett. Ich tätschele ihm dankend die Flanke. Mein vierbeiniger Freund verschwindet wieder.

»Lass mich los!«, schmollt Sonja, obwohl sie das nicht möchte. Ihre Augen glänzen. Sie riecht nach Vanille – ihrem Lieblingstee. »Ich muss mich erst duschen.«

»Ich mag, wie du riechst.« Meine Hände gleiten unter das viel zu enge Oberteil und ertasten Sonjas weiche Haut.

»Eigentlich bin ich noch sauer auf dich.« Sie streift mir die Haare zur Seite und berührt die Schwellung.

Ich ziehe scharf die Luft ein und lächle noch breiter.

»Was ist?« Sonja wartet auf eine Antwort. Ihr Blick ist lauernd, jede verräterische Bewegung wird registriert.

»Eigentlich liebe ich dich mehr als alles andere auf der

Welt, auch dann, wenn du sauer auf mich bist«, sage ich nonchalant.

»Ist das deine neue Masche, mich ins Bett zu bekommen?«

»Was meinst du?« Ich habe den Hauch einer Ahnung, was jetzt kommt.

»Mich zu ärgern, damit du wieder Sex haben kannst?«

Statt zu antworten, ziehe ich am Stoff ihres Oberteils. Sonja hilft mir dabei, sie zu entkleiden. Unsere Lippen treffen sich.

Schweigend arbeiten wir beide an unserer Versöhnung. Sonja entspannt sich. Ihre Hände umfassen mein Gesicht. Ihre Küsse werden fordernder. »Du bist ein gemeiner Kerl«, raunt sie mir ins Ohr und verbeißt sich in mein Ohrläppchen.

Ich schließe die Augen und lasse mich treiben. Sonjas Fingernägel fahren über meine Brust und jagen mir eine angenehme Gänsehaut ein. Unser Atem wird immer schneller und rhythmischer, die Bewegungen immer heftiger, die Küsse leidenschaftlicher.

Mit einem erstickten Schrei erzittert meine Frau.

Namenlose Stimme

Tief in der Nacht

In Emmas Zimmer

Sie alle schlafen, nur ich bin wach. Ein leises Rascheln hat mich geweckt. Das Geräusch kommt aus der Wand. Ich lausche angestrengt und warte auf das verräterische Piepen von Mäusen. Ein langes, sehr hohes Quietschen folgt. Meine Kehle wird eng.

Felicitas hebt die Lider und späht zum Wandschrank. Nur sie und ich wissen, was sich hinter diesen unscheinbaren Türen verbirgt und woher dieses metallische Quietschen kommt. Das sind die Scharniere.

Er kommt wieder zu uns. Obwohl er weiß, dass im Nebenzimmer eine Frau sitzt und auf uns aufpasst, kommt er zu uns ins Zimmer. Er ist besessen. Er ist ein Monster.

Die Frau soll auf uns aufpassen.

Doktor Hornoff hat sie zu uns geschickt.

Emmas Körper verkrampft sich.

Was ist los?, fragt Rita müde.

Schlaf du nur, sagt Felicitas. Sie übernimmt jetzt die Führung. Mit ihrem Erscheinen habe ich gerechnet. Ich merke, wie eine ungeahnte Stärke Emmas kleinen Körper erfüllt.

Du kannst jetzt auch schlafen, Emma. Felicitas Stimme ist samtig weich und zugleich streng, wie die einer Mutter.

Khrrr… Khrrr… Khrrr… Die dünne Rückwand, die unser Zimmer von dem des Schattens trennt, wird weggeschoben. Kleiderbügel schaben leise über die Stange.

Emmas Augenlider flattern. Ich halte den Atem an. Felicitas soll glauben, sie sei allein. Ich will mir dieses Mal alles einprägen.

Er kommt, flüstert Felicitas.

Ich will dabei sein, versucht Emma ein letztes Mal, Felicitas zu widersprechen.

Ein kaum hörbarer Laut des Verneinens zwängt Emma immer tiefer in den Hintergrund.

Sie verschwindet hinter den schalldichten Mauern, die um Emma aufgezogen werden.

Die Präsenz von zwei starken Persönlichkeiten, die für Emmas und unser aller Wohlsein zuständig sind, ist deutlich spürbarer geworden.

In unserem Kopf ertönen die leisen Klänge von Beethovens *Für Elise*.

Felicitas zieht alle Register. Sie will uns alle von der Umwelt abschirmen. Sie ist sehr mächtig und sehr stark.

Während Emmas Körper missbraucht wird, täuscht Felicitas uns allen eine heile Welt vor und schützt uns so vor den schrecklichen Erlebnissen. Nur mit Mühe kann ich diese Schutzblase durchbrechen.

Der Körper atmet gleichmäßig.

Die Türen gehen langsam auf.

Ein leicht vornübergebeugter Schatten schleicht sich aus dem Schrank.

Der Eindringling ist nackt. Sein Körper glänzt im Mondlicht, als er sich verstohlen umschaut. Nach jedem Schritt bleibt er kurz stehen. In seinen Händen hält er etwas, das ich schonmal gesehen habe. Emmas Spieluhr. Ein Geschenk ihrer Mutter. Gallensaft füllt Emmas Kehle. Ich spüre das Brennen im Hals.

Ein jäher Brechreiz überfällt uns.

Der Schatten bleibt stehen.

»Emma?«, sag der Mann. Er verzieht das Gesicht und blickt zur Tür. Alles bleibt ruhig.

»Ich habe dir etwas mitgebracht. Ein Geschenk.« Er steht jetzt direkt neben dem Bett. »Die habe ich wiedergefunden.« Behutsam stellt er die Spieluhr auf den Beistelltisch.

Emmas Körper bäumt sich auf. Der Magen rebelliert und verkrampft sich. Bittere Galle spritzt aus dem weit aufgerissenen Mund auf den Boden, gefolgt von einem kurzen Hilfeschrei. Das leidgeprüfte Mädchen hat den Schutzwall durchbrochen.

»Nein!«, kreischt Emma. Zum ersten Mal ist Felicitas machtlos.

Der nackte Mann verschwindet wieder in dem Schrank. Kurz darauf taucht die Frau in der Tür auf und schaltet das Licht ein, das wie Säure in Emmas Augen brennt.

»Ich bin bei dir. Emma. Du hast nur schlecht geträumt. Es ist alles gut. Du hast wieder gespuckt. Das macht nichts«, redet die Polizistin trostspendend auf Emma ein. Sie setzt sich auf die Bettkante und hievt Emma in die Senkrechte. »So ist es gut.« Sie tätschelt ihren Rücken und bauscht ein Kissen auf, damit Emma nicht wieder umkippt.

»Hier, trink einen Schluck.« Die Frau hebt Emma einen Becher mit warmem Tee an die Lippen. »Langsam. So ist es gut. Hast du wieder etwas Böses geträumt?«

Emma schüttelt den Kopf.

»Er war wieder da.« Emma ist erschöpft.

»Wer?«

»Marc. Es war Marc. Er war hier. Er kam aus diesem Schrank.« Emma streckt den Arm aus und zeigt darauf. Eine Tür steht immer noch offen.

Die Frau greift nach ihrem Funkgerät und fordert Verstärkung an.

Johannes

Neustadt

Ich bin zu erschöpft, um einzuschlafen, darum stehle ich mich aus dem Schlafzimmer in mein Büro. Im Dunkeln blinkt das blaue Lämpchen des Druckers, in dem ein Stapel bereits bedruckter Blätter auf mich wartet. Ich ziehe die Tür hinter mir zu, binde den Bademantel fester um meinen Körper, und knipse das Licht an. Die Luft riecht nach Winter, da das Fenster auf Kipp steht, und ich fröstle, während ich den Rechner hochfahre und mich auf dem bequemen Bürostuhl niederlasse.

Nachdem ich das Passwort eingetippt habe, breite ich die Ausdrucke fächerförmig auf dem Tisch zu aus. Es sind Skizzen. Eigentlich nur einzelne Segmente eines Motivs. Bruchstücke eines Ganzen. Ich betrachte jedes einzelne und frage mich, was Benjamin wohl dazu sagt. Ich weiß, dass er unter notorischen Schlafstörungen leidet, wenn er an einem Fall wie diesem arbeiten darf. Bestimmt ist er noch wach. Kurzentschlossen nehme ich das Telefon von der Ladestation und wähle seine Nummer. Benjamin geht sofort dran.

»Hast du die Bilder schon gesehen?«, fragt er mich aufgeregt. Edgar hat mir die Sache sehr erleichtert. Er hat die Zeichnungen in Ebenen aufgeteilt und sie voneinander selektiert. Jedes Motiv steht nun für sich selbst. Wir müssen nur noch den Zusammenhang finden.«

»Es sind aber nur Ausschnitte. Hier sehe ich zum Beispiel nur ein Auge, und auf dem nächsten Bild einen Scheinwerfer. Hier wiederum ein Blatt.« Ich fläze mich in den Stuhl und gehe die Zeichnungen nacheinander durch. »Ein Cowboyhut. Ein Reifenabdruck. Eine Spieluhr. Ein Schuh. Wieder ein Auge«, zähle ich auf.

»Das sind die Bruchstücke der kaputten Seele eines kleinen Mädchens. Wir müssen sie dazu bewegen, dieses Bild zu vervollständigen. Manche Fragmente können ihrer Fantasie entsprungen sein, andere sind Erinnerungen, die sich in ihren Verstand eingebrannt haben, auch wenn sie keinen direkten Zugriff darauf hat.«

»Das sind noch nicht alle, oder?«

»Nein, nur die, die wir voneinander trennen konnten. Manche der Zeichnungen spiegeln das wider, wovor Emma sich fürchtet.«

Ich nehme ein Blatt in die Hand, von dem mich ein totes Tier anstarrt. Ein Reh, wenn ich mich nicht täusche.

»Die Bilder sind detailverliebt«, stelle ich fest.

»Das ist mir auch aufgefallen. Ich habe einige Bruchstücke zusammenfügen können. Das siehst du an der unterschiedlichen Dichte der Schraffierungen. Ich musste die Größe der Zeichnungen aneinander anpassen.«

Auf dem nächsten Bild erkenne ich die untere Partie eines Gesichts. Blut rinnt aus dem Mundwinkel. Ein Vorderzahn scheint zu fehlen. Die Lippen sind gespalten. Mir fällt das Schlucken schwer.

»Das ist ja schrecklich«, höre ich mich flüstern.

»Habe ich auch gedacht«, pflichtet Benjamin mir bei. Er hat eine Liveschaltung gestartet und sieht mich nun durch die winzige Kamera an. Sein Gesicht taucht auf dem Bildschirm auf. Er liegt im Bett. »Aber überrascht dich das, angesichts der erlittenen Traumata des Mädchens?«

»Nun ist aber Schluss für heute«, taucht Olivers Stimme aus dem Off auf. Benjamins Pfleger hat mitbekommen, dass sein Schützling wach ist.

»Bleib du weg hier!«, knurrt Benjamin drohend.

»Oder was?«, zeigt sich der große Mann ungerührt und lässt sich auf die Provokation nicht ein.

»Wehe, du ziehst den Stecker …«, droht Benjamin. Just in diesem Moment verschwindet er von meinem Monitor.

Ich lehne mich zurück und schaue mir die Bilder noch etwas genauer an.

Hinter mir geht die Tür auf. »Jack, geh wieder nach unten.«

»Warum schläfst du nicht?« Nicht Jack, sondern Sonja stört mich beim Denken. Ich drehe mich im Stuhl zu ihr.

»Kannst du vielleicht einen Blick darauf werfen? Du als passionierte Photographin hast ein gutes Auge fürs Detail und den richtigen Blickwinkel.«

Ich habe ihr Interesse geweckt.

»Komm in die Küche. Ich mache uns einen Tee und wir schauen uns gemeinsam deine schrecklichen Zeichnungen an. Wer hat sie gemalt?«

»Ein Kind. Ein achtjähriges Mädchen.«

Sonjas Gesichtszüge entgleiten. »Nicht wahr, oder?«

Ich nicke nur.

»Acht«, echot Sonja, mit zusammengekniffenen Augen. »Was bring ein Kind dazu, solche Bilder aufs Papier zu bringen?«

»An die Wand, nicht aufs Papier. Komm, wir gehen in die Küche.« Zusammen laufen wir nach unten und werden von Jack freundlich empfangen. Schwanzwedelnd trottet er uns hinterher.

»Wie krank ist unsere Welt?«

»Kränker, als du denkst, Liebes.« Ich schalte den Wasserkocher an und breite die Bilder auf dem großen Küchentisch aus. Das, was ich vor meinen Augen sehe, lotet die Extreme aus, was ein erwachsener Mensch imstande ist zu ertragen, ohne dabei einen psychischen Knacks davon zu tragen, nicht so ein Kind.

»Das alles erinnert mich an einen Thriller.« Sonja umrundet den Tisch, ohne dabei die Bilder zu berühren. »Hier, schau mal.« Sie bleibt stehen und zieht an der Ecke eines Blattes. Darauf ist nur ein Auge zu sehen. »Sieh mal.«

Ich komme näher. Zusammen stehen wir über das Bild gebeugt da und betrachten eine schemenhafte Gestalt, die sich in der Pupille widerspiegelt.

Xenia

Einige Stunden zuvor

Berliner Krankenhaus

»Mama?« Xenia strampelte mit den Füßen. »Mama!«, quiekte sie mit flatternden Lidern. »Mama!«

Tamara rüttelte ihre Tochter aus dem Alptraum heraus und hob ihren Kopf an. Das Haar klebte ihr nass an den Fingern.

»Wo ist Emma? Sie hat ihre Spieluhr vergessen!« Mit tellergroßen Augen warf Xenia den Kopf hin und her. »Wo bin ich? Mama, bist du das?«

Tamara hielt Xenias Kopf fest und richtete ihren Blick auf sich.

Xenia entspannte sich, um im nächsten Augenblick wieder zu verkrampfen. »Ich habe wieder ins Bett gepinkelt. Tut mir leid.« Tränen kullerten aus ihren Augen und benetzten ihre geröteten Wangen.

Tamara drehte die indirekte Beleuchtung etwas heller auf, sodass sie ihre Tochter besser sehen konnte.

»Das macht nichts, mein Schatz.« Sie streifte ihr mit beiden Daumen die Tränen weg. Die weichen Wangen ihrer Tochter waren glühend heiß.

Die kleinen Kinderhände zogen an der Decke. »Es tut mir leid. Ich habe dich angelogen. Nicht Emma hat in mein Bett gepinkelt. Ich war das.«

»Das ist nicht schlimm«, wiederholte Tamara und hoffte, dass eine der Nachtschwestern vorbeischauen würde.

»Mama. Warum lag da eine tote Frau in unserem Keller?«

Tamara blieb für eine gefühlte Ewigkeit das Herz stehen. Kurzfristig legte sich ein Gefühl über ihre innere Leere wie ein giftiger Nebel und raubte ihr die Luft zum Atmen.

»Was hast du gesagt?«

Xenia wollte sich gerade abwenden, um sich auf die Seite zu legen, als Tamara sie gröber als beabsichtigt zurückzog und ihr Gesicht mit beiden Händen umfasste.

»Ich will schlafen. Ich will aufs Klo. Lass mich bitte los.« Xenia wimmerte und war komplett durcheinander.

»Was hast du gesagt, Xenia?«

»Da war eine Frau. Ich glaube, sie war tot.« Xenia sah sich wieder in dem Keller. Wie in Zeitlupe begann sich alles um sie herum zu drehen. Ihre Mama sprach mit tiefer Stimme. Die Worte klangen lallend und in die Länge gezogen. Das Zimmer kippte zur Seite. Xenias Magen stülpte sich nach außen.

Alles vor Xenias Augen kräuselte sich.

Mama hat das Licht wieder runtergedreht, dachte Xenia.

Emma saß auf dem schmutzigen Boden und kratzte Buchstaben in die Wand. Kleine Steinchen rieselten zu Boden.

Xenia blickte sich um. Ihre Mama war nicht mehr da. Sie hörte Stimmen.

»Der Schaufelmann kommt!« Emmas Kopf schnellte herum. Doch statt ihres Gesichts sah Xenia die tote Frau. Ihre untere Lippe hing wie ein Stück Lappen zur Seite. Sie hatte oben keine Zähne. Vom Zahnfleisch tropfte Blut und füllte ihren Mund.

Einmal hatte Xenia nicht schlafen können und sich nach unten geschlichen. Sie blieb im Flur und sah sich den Film mit an, den ihre Eltern sich ansahen. Da kroch immer ein Mädchen aus dem Fernseher.

Jetzt kroch dieses Mädchen mit dem Gesicht der toten Frau auf sie zu. Xenia schlug die Hände vor die Augen, aber die Frau wollte einfach nicht aus ihrem Kopf verschwinden. Sie kroch immer schneller auf sie zu und zog eine breite Blutspur hinter sich her. Sie hatte keine Beine.

»Neiiin!«, kreischte Xenia. Kalte Finger packten sie am Fußgelenk. »Lass mich los!«

»Der Schaufelmann wird dich genauso töten wie mich«, sprach die Frau. Blut spritzte aus ihrem Mund. Sie lachte böse.

Xenia schlug noch heftiger um sich. Sie spürte das Gewicht der Frau auf sich.

Xenia lag auf dem Rücken. Die Frau saß auf ihr. Die kalten Finger krallten sich um Xenias Hals und drückten zu. Sie hörte sie sogar knacken.

Xenia wehrte sich nicht mehr. Fast schon gemächlich glitt sie in die bodenlose Schwärze.

»Xenia, Schatz! Schwester? Hallo?«, rief die tote Frau mit Mamas Stimme um Hilfe.

Johannes

Am nächsten Tag

Im Haus der Familie Wegener

Karl hat mich schon um 8 Uhr abgeholt.

»Wir haben aus Xenias Blut- und Urinproben Reste eines Benzodiazepins, das besser unter dem Namen Rohypnol bekannt ist und in den Medien als K.o.-Tropfen bezeichnet wird, herausfiltern können«, setzt uns Edgar in Kenntnis. Er öffnet die schwere Tür und lässt uns eintreten. Die Villa der Familie Wegener ist nicht leer. Die Spurensicherung hat alle Hände voll zu tun.

Lars Böhm rennt die steile Treppe nach oben und läuft wieder nach unten. Macht sich Notizen und wiederholt den Ablauf erneut.

Im Wohnzimmer steht immer noch das Bett. Edgar redet weiter. »Frau Wegener hat gestern einen Schlaganfall erlitten, von dem sie sich höchstwahrscheinlich nicht mehr erholen wird. Herr Wegener hat seine Frau ins Krankengaus begleitet.«

Marc Wegener wurde in der Nacht verhaftet, weil Emma ihn in ihrem Zimmer gesehen haben soll: nackt und ohne Rollstuhl. Das weiß ich von Karl.

»Das Mädchen wurde gefügig gemacht«, murmelt der große Hauptkommissar.

»Wir konnten keine Penetrationsverletzungen oder Spuren sicherstellen, die darauf hindeuten, dass das arme Mädchen nicht vergewaltigt wurde.« Edgar blättert in der dünnen Akte, weil er keinen Fehler machen will. »Zumindest nicht körperlich«, fügt er hinzu.

Ich halte den Kaffeebecher mit beiden Händen umklammert und puste eine zitternde Mulde in die schwarze Oberfläche. Herb und heiß, so wie ich ihn mag. Ich halte mich aus dem Gespräch heraus, versuche einfach nur zu begreifen, was Lars auf der Treppe macht. Immer wieder läuft er hoch und kommt mit unzufriedener Miene nach unten.

»Sie hatten recht«, schnauft der junge Kommissar mich an und hält sich die Seite.

Der Handlauf ist an einigen Stellen mit mehreren gelben Kreisen markiert. Pulverreste bedecken das blankpolierte dunkle Holz.

»Da, wo die Markierungen sind, haben wir seine Fingerabdrücke sicherstellen können«, deutet Lars meinen Blick richtig.

»Du möchtest herausfinden, wie gut er zu Fuß unterwegs ist?«

»Ja. Er scheint jede Stufe einzeln genommen zu haben. In der Mitte fehlen aber die Abdrücke.«

»Weil er vielleicht gestürzt ist? Eine der Stufen wackelt.«

»Könnte eine plausible Erklarung sein.« Der junge Kommissar zerrt ein kleines Heft aus der Gesäßtasche seiner Hose und macht sich Notizen.

»Marc Wegener hat sich wohl zu sehr an den Rollstuhl gewöhnt und ist in seiner Rolle als Querschnittsgelähmter aufgegangen. Dieser Marc wollte schon immer als Schauspieler eine Kariere machen. Der große Durchbruch blieb ihm verwehrt.«

»Konnte er sein Können überhaupt unter den Beweis stellen? Ich dachte, er hat als Erzieher und Sozialpädagoge gearbeitet? Diese Informationen habe ich aus seiner Krankenakte.« Lars blättert hastig in seinem kleinen Block. Die karierten Blätter flattern zwischen seinen Fingern. »Fast zehn Jahre«, sagt er und kreist eine Zahl ein. »Bis auf zwei

Auftritte im Theater und eine Kleinrolle in einer Miniserie, sonst hatte er keine Aufträge.«

»Edgar, wie hast du die Bilder auseinanderbekommen?«, wundert sich Karl und sieht sich die Skizzen erneut an, die ich ihm in die Hände gedrückt habe.

»Dann bin ich hiermit fertig«, schnauft Lars noch einmal tief durch und sieht zu seinem Kollegen.

»Ich habe dafür ein Programm benutzt, das mich dabei unterstützt hat, die Lagen in einzelne Abschnitte zu unterteilen.«

»Und der Schrank?« Karl ist immer noch mit den Zeichnungen beschäftigt. Das Papier raschelt.

»Ja. Der trennt die beiden Räume voneinander.« Lars stellt sich daneben und sieht konzentriert auf das, was Karl in den Händen hält.

»Ein Auge?«, wundert er sich und senkt seinen Kopf etwas tiefer. »Ist das eine Schaufel?« Er klopft mit dem Finger auf die Spiegelung der Pupille.

»Benjamin Hornoff hat sie alle in einzelne Ebenen selektiert. Ich habe daraus eine Explosivdarstellung erstellt.«

»Eine was?«, raunzt Karl und setzt auf seine fleischige Nase eine randlose Brille.

»Diese Darstellung kennt man aus den komplexen Bauzeichnungen, wenn man alle Teile auf einmal darstellen will.«

»Ach so«, brummt Karl.

»Es war nicht leicht, dennoch konnte ich mehrere Ausschnitte einander zuordnen. Es gab Puzzlestücke, die miteinander verknüpft werden konnten, sodass die Segmente zu einem komplexeren Gefüge zusammengeschoben werden konnten. Hier sieht man ganz gut, wie ich aus vier einzelnen Bildern ein etwas größeres zusammengesetzt habe.« Edgar zieht an einem der Blätter und legt es zuoberst. »Herr Hornoff hat mir natürlich dabei geholfen«, wiederholt er sich, weil er die Lorbeeren nicht allein ernten möchte. Benjamin hatte schon immer ein Auge fürs Detail.

Wir sehen ein Verkehrsschild. Eigentlich nur einen großen Teil davon. Die untere linke Ecke des umgedrehten Dreiecks fehlt.

»Mich interessiert aber das hier.« Karl holt wieder das Blatt mit dem Auge hervor.

»Hier überlappen sich die Bilder. Weil Emma dieses Motiv am häufigsten gezeichnet hat, ist es komplett.« Edgars Stimme schwankt.

»Aber unscharf«, murmelt Karl und prüft seine Brille.

»Verschwommen, genauso wie ihre Erinnerungen«, korrigiere ich ihn. »Benjamin hat sich bereit erklärt, dieses Bild noch einmal zu bearbeiten.«

»Da bin ich mal gespannt.« Karl reicht die Blätter an Edgar zurück. »Jetzt wollen wir uns aber Emmas Zimmer anschauen.«

Zu viert laufen wir an der Treppe vorbei.

Vor der Tür bleiben wir stehen. Wir tragen unsere Namen in eine Liste ein.

Von einer älteren Polizistin bekommen wir Gummihandschuhe und Schuhüberzieher ausgehändigt. »Bitte ziehen Sie sich all das über, bevor Sie den Raum betreten«, bittet sie uns. Sie klingt nach einer Kettenraucherin, deren Lunge aus allen Löchern pfeift.

Männer in weißen Overalls stellen gelbe Markierschildchen auf. »Fußabrücke sind genauso gut wie Fingerabdrücke.« Eine junge Polizistin schenkt mir ein Lächeln und strahlt den Boden mit einer UV-Lampe an. »Hier hat der Gute gekleckert. Wir sind hier für heute fertig.« Sie schaltet die Lampe aus, geht in die Hocke, fördert einen durchsichtigen Glaskolben zutage, macht einen Abstrich mit dem Wattestäbchen und verschließt ihn wieder, um das Beweismittel in einen Beutel zu stecken. »Spermaspuren«, fügt sie hinzu und richtet sich auf. »So, Jungs, packen wir alles zusammen. Diese Bühne gehört nun Ihnen.« Mit einem kecken Zwinkern in Karls Richtung zwängt sie sich an uns vorbei.

Koffer werden zugeschlagen. Beutel eingepackt. Lichtexplosionen blitzen auf und tauchen den Raum in grelles Weiß, um mit einem leisen Pfeifton zu erlöschen. »Ich bin soweit fertig«, sagt der Kriminalfotograf und folgt den Kollegen von der Spurensicherung nach draußen.

»Wo ist eigentlich Frau Kirschmann?«

»Saskia ist im Krankenhaus. Xenia, das Mädchen, das gefunden wurde, erlitt heute Nacht einen Nervenzusammenbruch.« Karl durchschreitet den Raum.

Ich begebe mich zu dem zerwühlten Bett. Eine Spieluhr liegt in Trümmern daneben. Der Deckel ist geöffnet. Die Primaballerina fehlt. »Darf ich sie aufziehen?«

»Tu dir keinen Zwang an.« Karl schiebt eine der Schranktüren mithilfe eines Kugelschreibers auf.

»Riechst du das auch, Karl?«

»Was?« Er dreht sich zu mir um. »Ihr zwei geht bitte in den Nebenraum.«

»Komm, Edgar.« Die beiden jungen Männer verschwinden ohne Widerspruch.

»Diese Dose riecht nach Rauch.« Auf der silberglänzenden Fläche haften noch Reste des Pulvers, das die Fingerabdrücke sichtbar macht. Die Gummihandschuhe machen meine Bewegungen unbeholfen. Ich ziehe den Mechanismus auf.

»Für Elsa, Mozart oder Bach.« Der bullige Kommissar runzelt die Stirn.

»Ludwig van Beethoven – *Für Elise*«, korrigiere ich.

»Sage ich doch.« Er schnuppert an der Spieldose.

»Hier fehlt die Figur.« Ich zeige auf den abgerochenen Fuß, der sich im Kreis dreht.

Karl umkreist die Pfütze des Erbrochenen, die beinahe vollständig eingetrocknet ist, und wirft einen kurzen Blick unters Bett.

»Ich möchte, dass Benjamin Marc Wegener befragt.«

Karl erhebt sich ächzend. »Was?« Die Stirn in Falten gelegt, sieht er mich perplex an. »Was soll das schon wieder?«

»Er hat mich ganz schön erwischt. Danach hat er mich nicht mehr gesehen. Benjamin und ich sehen uns täuschend ähnlich. Wir können behaupten, er habe mich so stark verletzt, dass ich jetzt im Rollstuhl sitzen muss. Das könnte seine Zunge ein wenig mehr lockern. Kannst du ein Zimmer mit einem venezianischen Spiegel reservieren?«

»Wohl zu viele Krimis angeschaut, was?« Karl grinst.

»Wir lassen Herrn Wegener senior dabei zusehen.«

»Was würde uns all das nützen?«

»Wo hat man Xenia gefunden?«

»Neben einer abgebrannten Hütte. Vor vier Jahren lebte dort eine Aussiedlerfamilie. Sie kamen aus Siebenbürgen und fanden hier ziemlich schnell Anschluss an die Gemeinde. Die Tragödie hat sich ereignet, als die jüngste Tochter verschwunden ist.«

»Tragödie? Zählte Marc Wegener damals zu den Verdächtigen? Darum diese Bilder mit verbrannten Leichen?« Mir fällt die Mappe ein, die Lars dabeihatte. Fotos von verkohlten Körpern tauchen in meinem Kopf auf.

»Du bist schon darüber informiert worden?« Karl steckt die Hände in die Hosentaschen.

»Nicht wirklich. Erzähl mir mehr davon.«

»Lass uns hinfahren. Liegt eh auf dem Weg. Danach fahren wir aufs Präsidium. Und ja, Benjamin kann mit Marc ein Gespräch führen, auch wenn mich diese Eigeninitiative Kopf und Kragen kosten kann.«

Emma

Polizeipräsidium Berlin

Emma war noch nie bei der Polizei gewesen, darum verspürte sie ein leises Kribbeln in ihrer Brust, das Herz hüpfte ihr bis zum Hals.

Opas warme Hand lag auf Emmas Schulter.

»Warum sind wir hier, Opa?«

»Das habe ich dir doch schon erklärt, Liebes. Die Polizisten wollen dir Fragen stellen.« Ihr Opa lächelte zuversichtlich, doch sein Blick wirkte traurig. Sie saßen auf Stühlen, die mit der Lehne zur Wand standen. Links von ihnen befand sich ein ganz gewöhnlicher Tisch vor einem ganz gewöhnlichen Fenster, auf dessen Sims eine etwas ungewöhnliche Pflanze stand.

»Was ist das für eine Blume?«, wollte Emma wissen, um sich abzulenken.

»Ein Kaktus?« Ihr Opa zuckte leicht die Schultern und stülpte die Unterlippe nach außen. »Ehrlich gesagt, sehe ich so ein Ding zum ersten Mal.«

Die Tür ging auf. Emma traute sich nicht, den Blick von dem lustigen Kaktus abzuwenden.

Er ist wieder da, meldete sich Jana als Erste zu Wort.

Ich werde keine Bilder mehr malen, entschied sich Bernd.

Ich habe Angst, nuschelte Rita.

»Hallo«, sagte der Mann.

Emma sah ihn im Fenster. Eigentlich nur sein durchsichtiges Spiegelbild.

Die Tür ging wieder zu. Ganz leise klackte sie ins Schloss.

»Sag hallo, Engelchen. Sonst ist es unhöflich.« Opa tätschelte Emmas Schulter.

Sie bewegte ihren Kopf ganz langsam nach rechts.

Der große Mann trug einen grauen Anzug mit einer roten Krawatte. Heute hatte er keinen Hund dabei, dafür eine große, schwarze Aktentasche.

Sein Name war Doktor Hornoff. Er war heute ganz allein.

Emmas Nasenflügel blähten sich. Kälte kroch unter ihre Haut. Er roch genauso wie Marc. Waren er und Marc Freunde?

Doktor Hornoffs Haar war dunkel, nur an den Schläfen war es fast weiß, wie bei ihrem Opa. Sie schüttelten sich die Hand und lächelten einander an.

Emmas Opa stand auf und drückte die Hand des Mannes. »Guten Tag«, sagte Opa, dessen Stimme bröckelte. »Ich wollte Emma nicht allein lassen. Mein Sohn ist auch hier.«

»Hallo, Emma.«

Sie blickte zu ihm hoch, wackelte mit den Beinen und versteckte ihre Hände unter den Beinen. Sie schob sie einfach unter das Kleid.

Doktor Hornoff lächelte. »Du musst mir nicht die Hand geben, wenn du nicht willst.« Seine rechte Gesichtshälfte war leicht angeschwollen.

Er hob die Hand und berührte seine Schläfe. »Sieht man die Beule noch arg?«

Ein bläulicher Fleck, dicht unter dem Auge, schimmerte auf der Haut.

Doktor Hornoff war ein Doktor, aber kein Arzt, das wusste Emma noch. Er schnupperte an seinen Händen. »Ich rieche wohl immer noch nach Rauch?«

Emma nickte. Schon wieder hatte er ihr eine Regung entlockt, ohne dass sie etwas dagegen tun konnte.

»Zuweilen tut es noch weh, aber nur, wenn ich zu fest

draufdrücke.« Ein halbseitiges Lächeln huschte über sein Gesicht.

»Ich habe da etwas, das ich dir zeigen möchte, zuvor will ich mit dir aber ein Spiel spielen.«

Er ging um den Tisch herum, blieb am Fenster stehen und blickte nach draußen. »Es schneit«, sagte er und drehte sich um. »Nehmt ruhig Platz.« Doktor Hornoff zeigte auf zwei Stühle, die vor dem Tisch standen.

»Weißt du noch, wie ich heiße?«

Er wartete, bis Emma und Opa sich gesetzt haben.

In Emmas Kopf entstand ein Crescendo. Alle redeten durcheinander.

»Onkel Joghurt?« Emma war sich nicht ganz sicher.

Erneut lächelte der Mann und knöpfte sein Jackett auf. »Das hast du dir gut gemerkt. So nennt mich meine Nichte, wenn sie mich necken will.«

Emma nickte unschlüssig. »Sie sind Psychologe. Sie helfen kranken Menschen, die Probleme haben«, meldete sich Rita oberschlau zu Wort.

Das bemerkte der Mann, denn seine Augen verengten sich. »Ja. Der bin ich, deswegen sind wir aber nicht hier. Wie gesagt, ich möchte dir etwas zeigen und dabei ein Spiel spielen.«

Er wuchtete die schwarze Tasche auf die leere Tischplatte. Mit einem Lächeln holte er mehrere Mappen heraus. Immer wieder blickte er zu Emma. Ihre Hand steckte zwischen Opas Fingern, die sie sanft streichelten.

»Schau mal, was ich heute gefunden habe.« Er legte mit spitzen Fingern eine kleine Figur auf den Tisch.

Emmas Herz stolperte.

Für eine Schrecksekunde drang Felicitas in den Vordergrund.

Auch das entging den Augen des Psychologen nicht. Emma schluckte. Felicitas war wieder weg.

Was macht er mit uns? Rita weinte wieder.

Emma bewegte sich nur ganz langsam. Sie rutschte auf dem Stuhl hin und her, ohne den Kopf komplett zu senken, sie wollte nicht den Anschein erwecken, sie hätte Angst.

»Ich war mit der Polizei in einem Haus, das vor vier Jahren abgebrannt ist. Dort habe ich diese kleine Puppe gefunden. Heißt sie nicht Däumelinchen?«

Das wusste Emma nicht. Sie schwieg.

Der abschätzige Blick des Mannes klebte an ihr. »Warst du schon mal in diesem Haus?«

Emma schüttelte verneinend den Kopf.

Ihr Gegenüber holte zwei Teelichter heraus und stellte die Tasche wieder weg.

Emmas Hände schwitzten. Sie befreite sich aus Opas Umklammerung und rutschte sogar ein Stück zur Seite. Plötzlich erdrückte sie seine Wärme und der Drang zur Nähe.

»Bevor ich es vergesse«, der Mann beugte sich noch einmal nach unten. Als er sich aufrichtete, zeigte er Emmas Opa eine halbleere Parfümflasche. Die Flüssigkeit schimmerte golden darin.

»Ist das ihr Parfüm?«

Opa nickt.

»Warum haben wir dieses Fläschchen im Zimmer Ihres Sohnes gefunden? Im Schrank, oberes Fach, wo er eigentlich wegen seines Handicaps nicht hinkommt.«

»Marc kann sich aufrichten. Er kann auch eine Weile stehen bleiben.« Emma sieht wie ihr Opa nervös an der Unterlippe knebelt. »Wieso schnüffeln Sie eigentlich in unseren Sachen rum? Dieses Verhalten ist jenseits jeglicher Moral.«

»Um Anstand und Moral geht es schon lange nicht mehr. Wir beide wissen das.« Er kräuselte wieder die Nase.

»Mein Anzug riecht nach kalter Asche und Räucherschinken. Selbst meine Hände, obwohl ich sie mehrmals mit

Seife gewaschen habe.« Er schnupperte an seinen Fingern und versprühte eine Duftwolke.

Feine Tröpfchen schwirrten in der Luft.

Emma zog den Kopf zurück.

Schon der nächste Atemzug versetzte sie in eine Schockstarre.

Der Mann drehte den Flakon um. Mit angestrengter Miene las er laut vor. »Zum Geburtstag alles Gute. Für Kurt. So hieß Ihr älterer Sohn. Sie schmeißen nichts weg, oder ist es ein Andenken? Wo haben Sie den Flakon gravieren lassen?«

Opa schwieg.

Emma schmeckte Blut auf ihrer Zunge. Felicitas schob sie wieder nach außen. *Nein,* entschied Emma. Tränen bahnten sich an und ließen alles zu einem Aquarell werden. Das Gesicht des Mannes verschwamm. Sie blinzelte heftig.

Darum roch er immer nach deinem Papa, hörte sie Janas Stimme.

Emma sah hilfesuchend zu Opa. Er wirkte noch blasser als sonst, seine müden Augen waren rot gerändert. Er stand auf und lief auf die Tür zu. Sein schleifender Gang verunsicherte sie noch mehr.

»Wollen Sie Ihrer Enkelin nicht zur Seite stehen?«

»Ich will nur etwas trinken.« Opa blieb vor dem Waschbecken stehen, drehte das Wasser auf und trank direkt aus dem Hahn. Nach einem kurzen Zögern kam er wieder zurück. »Ich bin einfach nur müde«, sagte er und betrachtete sein Hemd, das an der Brust zwei nasse Flecken hatte.

»Emma, wollen wir mit dem Spiel anfangen?«

Das Mädchen schwieg.

Herr Hornoff fasste in die Innentasche seines Jacketts. Lächelnd zauberte er ein glänzendes Feuerzeug hervor und ließ den Deckel aufschnappen. Eine kleine Flamme züngelte bläulich und ging beinahe aus, während er die beiden Kerzen anzündete.

»Wir beide halten nun unsere Hände darüber. So nah, wie wir uns trauen, und stoppen dabei die Zeit.« Er legte das Feuerzeug weg und klopfte auf die Uhr an seinem Handgelenk.

»Sie wollen doch nicht tatsächlich …«, ereiferte sich Emmas Opa und wurde von einem heftigen Hustenanfall unterbrochen.

»Wir wollen uns dabei nicht die Finger verbrennen, okay?« Der Mann sah Emma abwartend an.

Das Mädchen nickte unsicher und rutschte näher.

»Auf los geht's los. Bist du bereit, Emma? Wir beide benutzen den linken Arm, das ist die einzige Regel. Und nicht übertreiben.« Er nickte einmal. »Du bist doch Linkshänderin?«

Emma nickte zurück. Mit einem mulmigen Gefühl in der Bauchhöhle streckte auch sie ihren Arm in die Länge und verringerte den Abstand zu der brennenden Kerze.

Die Wärme kroch nur langsam in ihre Hand. Sie glaubte, das leise Ticken der Uhr zu hören.

»Du kannst jederzeit abbrechen. Wir wollen uns dabei nicht verletzen«, wiederholte der Mann. Das unstete Flackern der Kerze berührte seine Haut.

Nach der Wärme meldete sich der Schmerz. Schweißperlen traten hervor und benetzten Emmas Stirn.

Der Schmerz fraß sich nun tiefer.

Aua, greinte Rita. *Hör auf damit, das tut weh.*

Das ist ein Trick, er verarscht uns, meldete sich Bernd.

Ich gehe nach vorne, sagte Milan.

Emma sträubte sich dagegen.

Nimm die Hand weg!, verlangte Jana.

Emma biss die Zähne zusammen. Ihre Augenlider senkten sich. Unvermittelt fand sie sich hinter den durchsichtigen Wänden wieder – zusammen mit den anderen. Zum ersten Mal spürten sie alle Felicitas Energie.

»Hallo, Felicitas«, sagte Doktor Hornoff.

Woher weiß er von ihr?, fragte sich Emma.

»Weißt du, wer ich bin?«

Der Schmerz war weg.

Es tut nicht mehr weh, wunderte sich Rita. *Wir sind in Sicherheit. Felicitas wird uns beschützen und ihn besiegen. Sie kennt keine Angst und keine Schmerzen.*

»Kannst du mir den Mann genau beschreiben, der dir weh getan hat? Wir haben mit Inge geredet. Sie ist deine Freundin. Sie sagte, ein Mann war bei dir und hat bei dir im Bett gelegen.«

»Hören Sie auf«, knurrte Opa.

»Bitte seien Sie leise«, wies ihn der Mann in die Schranken.

»Kannst du bitte dableiben, Felicitas? Nur für einen Augenblick.«

Er griff nach unten und holte eine dünne Mappe hervor. Seine andere Hand schwebte immer noch über der Flamme.

»Schau mal. Kannst du mir bitte diese drei Zeichnungen vervollständigen?«

Er kommt!, schrie Rita. *Er kommt. Was macht dieser Mann mit uns?*

Alles vor Emmas Augen verdunkelte sich. Sie spürte die Kälte und das sanfte Kribbeln der Haut, obwohl sie im Hintergrund war.

Wieder beugte sich Doktor Hornoff nach unten und legte eine kleine Schachtel mit schwarzen Kreidestiften daneben.

Emmas Körper griff danach, doch statt der linken Hand benutzte die agierende Persönlichkeit die rechte. Der Mann hatte sie wieder ausgetrickst. Er schob eines der Blätter, nach dem sie gegriffen hatte, etwas näher an den Rand.

Auch auf seiner Stirn bildete sich ein Schweißfilm.

Emma sah zu, wie die Hand den Stift zwischen Daumen und Zeigefinger drehte. *Er* war wieder da.

Ein schwarzer, dicker Strich machte einen Bogen. Die Kreide kratzte über das Blatt Papier und hinterließ immer mehr schwarze Striche.

Je mehr Zeit verstrich, desto deutlicher wurden die Konturen. Emma erkannte darin ein Gesicht.

Opa schnappte nach Luft und riss ihr das Blatt aus der Hand. Er knäulte es zu einem Ballen zusammen und warf ihn zu Boden.

»Das ist absurd!«, brüllte er und wischte Emmas andere Hand zur Seite. Die Kerzen flogen vom Tisch. Wachs spritzte auf die Finger des Mädchens.

»Es war Marc! Und du hast es gewusst!«, hörte Emma sich beim Reden zu. Ihre Stimme war nicht viel lauter als ein Zischen, trotzdem zuckte ihr Opa so heftig von ihr weg, dass sein Stuhl dabei polternd nach hinten flog.

»Diese Flausen hat dir dieser Scharlatan in den Kopf gesetzt.« Opa zeigte mit zittrigem Finger auf Doktor Hornoff, der sich erhob.

»Sie beruhigen sich jetzt lieber, sonst werde ich Sie einsperren lassen.«

Die Tür ging auf. Ein großer Mann mit kurzen Haaren und großem Bauch kam herein. Ein zweiter, er war blond und hatte Segelohren, kam auf Emma zu. Er hatte den kleinen Hund dabei.

»Komm mit, Emma. Flummi möchte mit dir draußen spielen.«

»Opa?«, warf nicht Emma, sondern Jana fragend in den Raum.

»Geh, Liebes. Ich habe wohl überreagiert.«

»Darf ich ihn halten?« Rita drängte sich ungefragt vor.

»Ich heiße Lars. Flummi kennst du aber schon.«

»Ja. Er ist ein Freund von uns.«

Emma brauchte noch einen Augenblick, um das Erlebte zu begreifen. Es ging alles viel zu schnell. Zu viele Emotionen, zu viele Eindrücke.

Wir lassen Rita spielen, du sollst dich etwas ausruhen, ich passe auf dich auf. Jana war ganz nah bei ihr und spendete Emma Trost.

Johannes

Drei Stunden später

Karl Breuers Büro

Nach dem Gespräch mit Emma, besser gesagt mit der verborgenen Persönlichkeit in ihr, die ich nur mit einem Kniff an die Oberfläche locken konnte, bin ich aufgewühlt. Wir sind wieder in der Dienststelle. Ich stehe in der Ecke, neben dem Fenster, Karl vor dem Whiteboard, auf das er die Namen aller Personen schreibt, die etwas mit dem Fall zu tun haben könnten. Zu jeder verliert er ein paar Worte.

Ein leises Raunen, wie ein Meeresrauschen, schwappt durch den Raum. Köpfe werden gereckt. Es sind insgesamt um die zwanzig Beamte, die sich hier eingefunden haben. Einige machen sich Notizen, andere hören angespannt zu. Alle, bis auf einen jungen Mann, der neben der Tür sitzt, versuchen Karls Rückschlüssen zu folgen. Facebook, Instagram, WhatsApp, alles scheint für diesen einen Polizisten, dessen Kopf nach unten hängt, wichtiger zu sein als die Informationen, die Karl auf die Tafel kritzelt.

»Wenn ich jemanden dabei erwische, wie er auf sein verdammtes Smartphone starrt, fliegt er hochkantig raus, und zwar nicht aus dem Zimmer, sondern aus dem Team«, droht Karl seinen Kollegen an, ohne sich umzudrehen, als hätte er Augen im Hinterkopf oder meine Gedanken gelesen. »Diese drei Familien hängen alle miteinander zusammen. Wir müssen versuchen, daraus einen roten Faden flechten, der uns zu dem Mann führt, der eine Frau umgebracht hat, deren Blut wir in diesem Auto und im Keller von Familie Zorn sichergestellt haben.«

Karl wendet den Kopf über die Schulter.

Angespannte Stille.

Der junge Polizist bekommt einen Seitenhieb von seinem Nebenmann. Im selben Augenblick wirft Karl mit dem Stift nach dem irritiert dreinblickenden Mann. Der zuckt kurz zusammen und duckt sich instinktiv. Der Stift verfehlt seinen Kopf nur um Haaresbreite und knallt gegen die Wand. Überrascht von diesem Angriff, lässt er das Handy fallen und schluckt schwer.

»Rede ich chinesisch, oder was? Und kommen Sie ja nicht mit irgendwelcher Political-Correctness-Kacke. Mir ist wirklich pupsegal, an welchen Gott Sie glauben, oder ob Sie Veganer, Frutarier oder Marsianer sind.« Er baut sich vor dem Polizisten auf, der seinen Kopf tief in den Nacken legt. Stuhlbeine kratzen laut über den Boden. »Sobald Sie die Pforte des Polizeipräsidiums betreten haben, sind Sie ein Polizist – mit Haut und Haaren.«

»Meine Frau ist schwanger«, versucht er, sich aus der misslichen Lage zu lavieren.

»In welchem Monat?« Karl klingt gefasster.

»Im dritten.«

»Die Welt ist nicht mehr zu retten.«

»Sie übergibt sich schon seit Tagen.«

Karl massiert sich die Schläfen.

»Ich habe mich extra in eine andere Abteilung versetzen lassen, damit ich öfter für meine Frau da sein kann.«

»Gehen Sie. Sie haben für heute frei. Ich muss mich auf jeden von Ihnen verlassen können.« Karl zeigt auf die Tür. »Nun machen Sie schon.«

Der Mann erhebt sich mit niedergeschlagener Miene, sammelt sein Handy ein, sieht Karl kurz an und verlässt den Raum mit gesenktem Kopf.

»Ist hier noch jemand schwanger?« Karl lässt den Blick durch den Raum schweifen.

Niemand rührt sich.

Karl begibt sich zurück zum Whiteboard, greift nach einem anderen Stift und fährt mit seinem Statement fort.

»Wir fangen mit Familie Wegener an.«

Den Namen Wegener unterstreicht er.

»Leoni Wegener, die seit dem Dezember 2015 nicht mehr gesehen wurde, war mit Kurt Wegener verheiratet. Ihr Mann, der damals zu den Verdächtigen zählte, starb unter tragischen Umständen.« Karl räuspert sich. »Er wurde während der Untersuchungshaft von einem anderen Insassen ermordet. Die Gründe für diese Tat sind bis heute nicht wirklich klar. Die Wegeners hatten eine gemeinsame Tochter: Emma. Das Kind musste viel durchmachen, ist stark traumatisiert und leidet an einer Störung …«

Karl sieht zu mir, wartet auf eine Bestätigung. Ich nicke knapp.

»… die als dissoziative Persönlichkeitsstörung bezeichnet wird«, fährt er fort und dreht sich wieder zur Tafel.

»Herr Wegener senior und seine Frau haben noch einen weiteren Sohn, Marc Wegener, der nach einem Unfall in seiner Mobilität stark eingeschränkt ist und im Rollstuhl sitzt. Schon früher wurde er verdächtigt, ein Kind entführt zu haben. Leider konnte ihm damals nichts nachgewiesen werden. Und heute bestehen Zweifel daran, dass Marc Wegeners Behinderung ihn tatsächlich so stark einschränkt, wie er vorgibt.«

Erneut streift mich sein Blick.

»Emma beschuldigt ihren Onkel, sie nachts aufgesucht und sich zu ihr ins Bett gelegt zu haben. Die Untersuchungen dauern an. Was wir wissen, ist, dass das Kind nicht … «, Karl sucht nach passenden Worten.

»Das Jungfernhäutchen ist intakt, was nicht bedeutet, dass das Kind nicht missbraucht wurde«, ergreift Lars das Wort und löst damit ein leises Gemurmel aus, das rasch verebbt.

»Danke«, murmelt Karl und zieht einen langen Strich über das ganze Blatt.

»Jetzt kommen wir zur Familie Zorn.« Auch hier wird der Nachname unterstrichen.

»Friedrich Zorn und Tamara Zorn leben zwar zusammen, wollen sich jedoch bald scheiden lassen. Fridolin Zorn ist ein Kuckuckskind, wovon vermutlich nur die Mutter weiß. Der Vater hat höchstens eine leise Vermutung.«

»Wissen wir, wer der Erzeuger ist?«

»Jepp. Michael Stanzer. Und damit kommen wir zur dritten Familie dieses Bermuda-Dreiecks. Doch zuvor muss ich erläutern, dass Xenia, die gemeinsame Tochter von Friedrich und Tamara, entführt und in einem Haus festgehalten wurde, welches vor vier Jahren niedergebrannt wurde.«

Ein Klopfen an der Tür unterbricht Karls Redefluss. Saskia Kirschmann erscheint im Raum.

»Kommen Sie nur rein. Sie kommen wie gerufen.« Karls Ton hat nichts Sarkastisches, er meint es wirklich ehrlich.

Mein Handy vibriert.

Saskia nickt in den Raum zur Begrüßung und will sich setzen.

Ich greife nach dem Telefon. Eine Nachricht von Sonja.

»Was haben Sie für uns?«, will Karl von Saskia wissen.

Ich öffne derweil die Datei.

»Nicht viel. Aber Xenia hat gesagt, dass die Vogelscheuche ein Mann ist, den sie kennt.«

Der Empfang ist hier miserabel, die angehängte Datei lässt sich nicht herunterladen.

Karl verschwindet hinter der Tafel. »Wenn es so ist, muss ich etwas weiter ausholen und vorgreifen.« Er taucht mit einem durchsichtigen Asservaten-Beutel auf und hält ihn für jeden sichtbar in die Luft. »Wir konnten im Keller des abgebrannten Hauses Reste eines Jutesacks sicherstellen, an dem sich Spuren von Brandbeschleuniger nachweisen lassen. Vogelscheuche also. Wir nehmen an, dass der Täter sich diesen Sack über den Kopf stülpte. Diese Öffnung«, Karl klopft mit dem Stift auf den Stofffetzen, »wurde mit einem scharfen Gegenstand herausgeschnitten. Bitte, Frau Kirschmann, fahren Sie fort.«

»Xenia ist immer noch ganz durcheinander und steht nun unter ständiger Beobachtung. In einem Zustand des Deliriums verriet sie ihrer Mutter, dass es wohl Marc Wegener war, der diese Maske trug.«

Karl pinnt das schwarz-weiß schraffierte Gesicht des Mannes, den Emma gemalt hat, an die Wand, neben ein Foto, das von einem Kriminalfotografen gemacht wurde. Die Zeichnung ist stark verschmiert, das Papier zerknittert.

»Das hier«, sagt Karl und tippt abwechselnd auf das Bild des Kriminalfotografen und die Zeichnung, »ist Marc Wegener. Die Ähnlichkeit ist nicht zu übersehen. Emma hat ihn sehr gut getroffen. Ich finde …«

Erneutes Klopfen, dieses Mal dringender, zwingt Karl zum Schweigen.

»Herein?«

Edgar betritt den Raum.

»Und?« Karl hebt die Brauen.

»Das Handy, welches von der Spurensicherung bei Familie Zorn im Garten gefunden wurde …«

»Ja?«

»Der letzte Anruf konnte zurückverfolgt werden. Der Angerufene war Marc Wegener.«

Ich werfe einen Blick auf mein eigenes Handy, das kurz vibriert.

Ich habe mir das Bild etwas genauer angeschaut und die Pixel miteinander verbunden. Sieht nach einem Steinbock aus.

Ich lese die Nachricht, die Sonja mir zugeschickt hat, erneut und öffne den Anhang. Schwarz-weißes Bild.

»Karl?«

Stirnrunzelnd sieht der große Polizist zu mir. »Einen Moment«, brummt er und kommt auf mich zu. »Was ist?«, fragt er gedämpft.

Ich halte ihm das Handy vor die Augen.

»Was soll ich mit einem Steinbock?« Er kratzt sich die vernarbte Wange.

Ich kann mich des Eindrucks nicht erwehren, dass er mich für dämlich hält.

»Sieht nach einem Dodge aus«, korrigiere ich ihn.

Seine Miene hellt sich auf.

Statt des unterschwelligen Ärgers macht sich ein Hauch von Bewunderung auf seinem Gesicht breit. »Hat Michael Stanzer nicht so einen?«

»Wenn mich nicht alles täuscht: Ja. Den hat er neulich in den Graben gefahren. Dieser Michael hat auch ein Gewehr.«

»Und er läuft immer noch frei herum. Wir wollen ja nicht alles überstürzen, dennoch werde ich ihn mir vorknöpfen.«

»Sitzt Fridolin Zorn noch in Untersuchungshaft?«

»Nein. Sein Anwalt ist ein alter und gewiefter Hund. Dem Richter blieb nichts anderes übrig, als diesen Burschen gehen zu lassen.«

Karl hüstelt und klatscht in die Hände. »Lars, du machst an meiner Stelle weiter.« Er wirft seinem Kollegen den Stift zu. »Komm, Doc«, sagt er leise und nickt zur Tür. »Komm jetzt.«

Wir beide verlassen den Raum.

»Warte.« Karl kehrt um. »Frau Kirschmann?«

Saskia tritt in den Flur und zieht die Tür hinter sich zu.

»Sie haben noch die Zeichnungen, die Sie von Herrn Doktor Hornoff ausgehändigt bekommen haben?«

»Von Benjamin Hornoff.« Ein Zug nervöser Unentschlossenheit legt sich um Saskias Mund.

»Ja«, grummelt Karl, weil er sich über sich selbst ärgert. »Ich vergaß, wir haben ja zwei von diesen Psychologen«, schiebt er nach.

»Ich habe nur die Kopien«, werfe ich ein.

»Ist dein Bruder weitergekommen?«

»Ich hoffe es.«

»Ist er«, bestätigt Saskia. »Die meisten Bilder sind beinahe vollständig.«

»Gut. Folgen Sie uns in mein Büro. Sie werden nochmal mit Xenia reden müssen. Versuchen Sie, das Mädchen dazu zu bringen, sich an die Tatnacht zu erinnern.«

Wir laufen schweigend zu den Treppen.

Xenia

Noch am selben Tag

Berliner Krankenhaus

Xenia saß am Fenster. In ihrem Arm steckte eine Nadel. Der dünne Schlauch endete in einer durchsichtigen Flasche, die an einem Gestell hing. Die Welt um sie herum erschien unwirklich.

»Schatz, da ist jemand für dich.«

Xenia bewegte sich langsam. Ihr Kopf war wie mit Watte gefüllt. Sie musste an ihren Bären denken, der nicht mehr da war.

»Hallo, Xenia.« Die Polizistin lächelte sie an. Sie sah auch heute sehr nett aus, fand Xenia.

»Hallo«, flüsterte das Mädchen.

»Kann ich dir etwas zeigen? Wenn du nicht magst, werde ich wieder gehen.«

»Wo ist Emma?«

»Sie ist bei ihrem Opa. Du darfst auch bald nach Hause.«

»Das möchte ich nicht. Ich habe Angst. Marc weiß, wo ich wohne.« Die Tränen in ihren Augen brannten wieder.

»Lassen Sie meine Tochter bitte in Ruhe. Sie ist zu schwach«, versuchte Xenias Mutter, ihr Kind zu schützen.

»Ich habe mich vorhin mit dem zuständigen Arzt unterhalten und ihm meine Absicht erklärt. Zusammen haben wir die Bilder aussortiert, die Xenias Zustand verschlimmern könnten. Es besteht also keine wirkliche Gefahr für einen erneuten Zusammenbruch«, sagte die Polizistin mit einem Lächeln.

»Was ist das?« Xenia reckte den Hals, weil sie das oberste Bild sehen wollte.

»Das alles hat Emma gemalt.«

Xenia erhaschte etwas, das nach einem staubigen Zimmer aussah. Sie las die Buchstaben: SCHAUFELMANN. Unwillkürlich hielt sie sich mit Daumen und Zeigefinger die Nasenflügel zu. Der Gestank kroch trotzdem in ihre Nase. Xenia atmete durch den Mund.

»Warum stinkt es in unserem Keller, Mami?« Hilfesuchend sah sie zu ihrer Mama. Sie klang, als hätte sie Schnupfen. Xenia holte tief Luft. »Es war Barbara.«

»Wie bitte?« Die Polizistin lächelte Xenia an.

»Die Frau auf dem Tisch, das war Barbara.«

»Wer ist Barbara?«

»Eine Studentin aus Polin«, sagte Xenias Mama.

»Eine Studentin?«, wiederholte die Polizistin. »Was hat sie studiert?«

»Sie ging auf den Strich. Hier in Berlin – und wohnte in unserem Dorf, weil da die Miete noch niedrig sind.«

Xenia wusste nicht, was Auf-den-Strich-gehen bedeutete.

»Barbara war sehr nett, stimmt's, Mami? Sie war Fridolins Freundin.«

»Sie sollten lieber gehen, meine Tochter braucht ihre Ruhe. Xenia bringt einige Sachen durcheinander.« Xenias Mama wurde zusehends nervöser.

»Mami, du tust mir weh«, wimmerte das Mädchen und packte den Daumen ihrer Mutter. »Du zerquetscht meine Hand«, quengelte Xenia. Endlich ließ ihre Mutter von ihr ab.

»Danke für das Gespräch. Wo ist Ihr Sohn jetzt?« Die Polizistin griff zum Handy.

»Xenia hat sich geirrt. Fridolin hatte keine Freundin.«

»Doch«, wiedersprach das Mädchen. »Fridolin hat gesagt, er wird es dieser Nutte noch so richtig besorgen, weil sie ihn abblitzen ließ, das hat er gesagt! Und du hast mit ihm geschimpft, weißt du das nicht mehr? Das war an dem Abend, an dem du und Papa ins Kino wolltet.«

»Sei still«, zischte Xenias Mutter und drückte auf den Alarmknopf.

Johannes

Einige Tage später

Polizeipräsidium Berlin

Karl und ich stehen hinter einer verspiegelten Scheibe und beobachten Marc, der in seinem Rollstuhl vor einem leeren Tisch sitzt. Sein Blick ist starr auf die Tür gerichtet, in Erwartung meines Erscheinens. Obwohl ich nicht in seinen Kopf schauen kann, verrät mir sein grüblerischer Gesichtsausdruck, dass er sich eine Ausrede zurechtlegt, die immer noch nicht plausibel genug klingt, weswegen er sie ununterbrochen überdenkt.

Werner Wegener kauert in einer Ecke auf einem Stuhl und betrachtet seinen Sohn mit einem traurigen Blick, der stumpf und hoffnungslos wirkt. Die Tür geht auf.

Als Erster betritt Oliver den Raum.

Marcs Gesichtszüge werden mit jeder Sekunde langer.

»Guten Tag. Ich bin Doktor Hornoff«, wird Marc Wegener von meinem Bruder begrüßt, der die Welt nicht mehr versteht.

»Oliver, kannst du bitte den Tisch zur Seite stellen. Ich will keine Barriere zwischen uns beiden haben. Oder haben Sie etwas dagegen?« Benjamins Auftreten ist souverän.

Marc scheint immer noch das Gesehene nicht einordnen zu können.

»Warum sitzen Sie im Rollstuhl?«

»Das habe ich Ihrem Wutausbruch zu verdanken.«

Oliver hebt den Tisch an, als wöge dieser nichts, und stellt ihn an die Wand. Darauf finden Benjamins Metronom und zwei Räucherstäbchen Platz.

»Was wird das hier?«

»Ein Gespräch, das vor einem Gericht keine Aussagekraft hat. Ich möchte mich nur mit Ihnen unterhalten.«

»Ja klar. Sie wollen sich dafür rächen.« Er zeigt auf Benjamin. »Habe ich Sie schlimm erwischt?«

»Deswegen bin ich nicht hier. Wissen Sie, was ein Metronom ist?« Benjamin verkürzt die Entfernung, bleibt aber auf Abstand, weil wir alle wissen, wie unberechenbar Marc sein kann.

»Was soll diese Frage? Glauben Sie, ich wäre auch denkbehindert?«

»Nein. Tut mir leid, ich wollte nur sichergehen ...«

»Ist schon gut. Lassen wir diese Floskeln.«

»Oliver.« Benjamin sieht auf das kleine, symmetrische Gerät.

Oliver tippt die Pendel an.

»Ich habe auch eine Frage an Sie.« Marc grinst maliziös. »Wissen Sie, was schlimmer stinkt als eine tote Muschi?«

»Dieser einfallslose Witz geht anders, aber um auf demselben Niveau zu bleiben, lautet meine Antwort: zwei tote Muschis.«

Marcs Heiterkeit verpufft.

»Jetzt bin wieder ich dran. Wie gut kannten Sie Familie Lutz? Sie wissen schon, wen ich meine?«

»Ja. Rumänische Aussiedler aus Siebenbürgen. Ich kannte sie nur flüchtig.« Die knappe Antwort hat den Beiklang einer aufgesetzten Lüge.

»Das stimmt nicht. Wir haben erst heute Morgen die Reste einer Kinderleiche gefunden. Einer der Kadaverhunde hat unweit des Hauses angeschlagen. Hier, das steckte in der kleinen Skelettfaust. Oliver.« Der große Mann zeigt ein Foto des Fellknäuels, das Emma gehört. Benjamin blufft. Mein Bruder weiß von Marcs perverser Zuneigung und seinen nächtlichen Besuchen. Auch damals hatte Benjamin die

Tragödie mit allen ihm zur Verfügung stehenden Mitteln verfolgt, weil er die Erklärung der Polizei nicht akzeptieren konnte. Das Mädchen, von dem er nun spricht, blieb bis heute spurlos verschwunden. Marc versteift sich zuerst, entspannt sich jedoch sogleich.

»Wir können nichts vor Gericht verwenden. Alles, was Marc Wegener von sich gibt, können wir vergessen«, knurrt Karl so leise, dass ich ihn kaum verstehe.

»Das wollen wir auch nicht«, halte ich mich knapp und lausche Benjamins Stimme.

»Wir können den Richter milde stimmen, wenn Sie mit uns reden, und zwar jetzt.« Mein Bruder sieht zum Fenster. »Wie fühlt man sich denn, wenn man der Freiheit beraubt wird und den Rest seines Lebens in einer Zelle verbringen muss?«

»Sie haben nichts in der Hand.« Marcs Gesichtsausdruck verhärtet sich.

»Haben wir doch. Wir haben eine Videokamera eingebaut.«

Nicht nur Marc, sondern auch Karl macht ein verblüfftes Gesicht.

»Das war meine Idee«, gestehe ich. »Wir haben den Plüschbären dazu benutzt, Emmas Alpträumen ein Gesicht zu geben, und dieses gehört Marc Wegener.« Ich rede absichtlich lauter, damit Werner Wegener alles mithören kann. »Wussten Sie von den perversen Neigungen Ihres Sohnes?« Nicht Marc ist das Ziel unserer Befragung, sondern sein Vater. Er ist das schwächere Glied in dieser Verkettung böser Ereignisse. Ich nicke und gebe Karl ein Zeichen, einen kleinen Hebel umzulegen und die Verbindung herzustellen. Dann schaue ich auf meine Armbanduhr und folge dem schmalen Sekundenzeiger, der mühelos die Zeit vorantreibt.

»Marc kann nichts dafür. Er ist einfach krank. Er wollte dem Mädchen nicht weh tun.« Herr Wegener senior sitzt zusammengesunken da, die Ellenbogen auf die Knie gestützt, den Blick auf die frischpolierten Schuhspitzen gerichtet.

Die brüchige Stimme des Greises hallt von den Wänden des Nebenraumes wider. Karl reduziert die Lautstärke. Marc fährt wie nach einer unerwarteten Maulschelle zusammen. Sein scharfer Verstand will nicht recht begreifen, was hier abläuft. Er hat sich vorbereitet und sich alles zurechtgelegt, war auf alles gefasst, nur nicht auf diesen Hinterhalt.

»Vater, das hier ist eine Falle!« Marc hebt den Kopf. Er sucht nach dem Lautsprecher.

»Mein Sohn hat die kleine Violetta nicht umgebracht.«

»Wer dann?«, will ich von dem alten Mann wissen.

»Das Tier. Die Bestie. Marc hat das Kind nur ruhigstellen wollen. Er hat sie betäubt, er kennt sich in der Materie nur wenig aus, darum hat er sich mit der Dosierung verschätzt. Weinend kam er auf mich zu und hat mir alles gebeichtet. Ich fand Violetta im Garten. Sie war nackt, aber unverletzt.«

»War Marc auch nackt?«

Werner Wegener hebt langsam den Kopf. Seine Wangen glänzen bläulich.

»Ist das wichtig?«

»Halt's Maul!«, kreischt Marc aus dem Nebenraum. »Er erzählt Bullshit. Hört nicht auf ihn. Diese Aussage entbehrt jeglicher Grundlage. Hören Sie auf damit. Sie verarschen mich, oder? Das ist nicht mein Vater, der da redet. Das ist gegen das Gesetz. Sie manipulieren mich!« Er lacht wie ein Wahnsinniger. Seine Stimme hat einen hysterischen Beiklang. »Ich werde kein Wort mehr sagen. Bringt mich hier weg!« Mit heftigen Armbewegungen manövriert er seinen Rollstuhl zur Tür.

»Er war verzweifelt und bat mich um Hilfe. Er ist mein Sohn. Ich trage für seine Taten die Verantwortung, bis in den Tod. Ich habe alles versucht. Alles, um das Kind wieder zum Leben zu erwecken. Alle meine Maßnahmen blieben ohne Erfolg. Violetta war tot.«

»Kann ihm mal jemand das Maul stopfen?«, wettert Marc und dreht seinen Rollstuhl in unsere Richtung. Er zieht sich in die Höhe, weil er tiefer sitzt als der Spiegel, sieht hinein, doch sein Blick geht hindurch. Ich werde den Eindruck nicht los, dass er mich sehen kann.

»Bist du da drin, Vater? Sitzt du hinter dem Spiegel? Schau her! Schau, was du aus mir gemacht hast. Einen Krüppel.« Marc lässt sich wieder zurückplumpsen und schlägt sich mit flachen Händen gegen die Oberschenkel. »Warum erzählst du der Polizei nicht von deinem Plan?«

Karl räuspert sich. »Von welchem Plan redet er?«

Marcs Kopf schnellt nach oben zur Decke.

»Ist der dicke Bulle bei dir? Er ist nicht so dämlich, wie ich anfangs angenommen habe. Was haben sie dir für den Verrat versprochen? Geld? Hast du immer noch nicht genug? Die Bullen werden mich einsperren. Sie sind verlogen, allen voran dieser Riese.«

Karl ignoriert den moralischen Seitenhieb.

»Reden Sie nur weiter.«

»Ich wollte den Leichnam verschwinden lassen. Ich fuhr ins Krankenhaus. Marc sollte in dieser Zeit Violetta verstecken.«

»Was hat Marc mit der Familie des getöteten Mädchens zu tun gehabt?«

»Mein jüngerer Sohn ist nie einem festen Job nachgegangen. Nicht, weil er faul oder ungeschickt ist. Er war von allem schnell gelangweilt, weil er so vielfältig ist.«

»Er war auch nie verheiratet, hatte nie eine feste Beziehung.«

»Marc wollte schon immer Kinder haben. Er war von diesen kleinen Geschöpfen fasziniert und hatte stets einen guten Draht zu ihnen. Violetta vertraute ihm. Er brachte sie jeden Tag in die Schule und half ihr bei den Hausaufgaben. Die Eltern schätzten sich glücklich. Marc half dem Mann und auch seiner Frau bei dem Ausfüllen von unzähligen Formularen und brachte sie auf die nötigen Ämter.«

»Halt deine verdammte Fresse.« Marc trommelt gegen die Scheibe. Das Glas zittert unter seinen Hieben.

»Sie fuhren an dem besagten Tag ins Krankenhaus? Aus welchem Grund?«

»Ich wollte den Körper in hochkonzentrierter Lauge auflösen, die ich besorgen musste«, fährt Werner Wegener fort. Die Rufe seines Sohnes ignorierend, mustert er den Boden.

»Was geschah danach?«

»Marc hat das Haus angezündet. Zuvor hatte er die Eltern sediert. Er gab ein Betäubungsmittel in die Eisteekanne und brachte jedes Familienmitglied dazu, ein Glas zu trinken. Sie tranken auf die Freundschaft, im Glauben, Violetta würde meiner Frau beim Backen helfen.«

»Wo ist Violettas Leichnam?« Ich entferne mich von dem Spiegel.

Zwei Beamte betreten den Raum und packen Marc an den Händen.

»Ich weiß es nicht.« Werner Wegener vergräbt sein Gesicht in den knorrigen Händen.

Marc wehrt sich vehement und reißt sich aus der Umklammerung, der beiden Männer. Schreiend kippt er zur Seite und springt auf die Beine. »Dann erzähl ihnen doch gleich von deinem Clou mit meinen Beinen. Hast du nicht dafür gesorgt, dass ich ein Alibi und eine Diagnose von deinem Doktor Stang bekomme? Ha?« Er schlägt einen der Männer nieder, den anderen schubst er einfach von sich weg. Ostentativ streckt er den Mittelfinger in die Luft und drückt die Hand gegen das Glas. »Fick dich, Vater.« Feine Tröpfchen fliegen zwischen seinen bebenden Lippen hindurch und benetzen die gläserne Barriere. »Kurt war selbst nach seinem Tod dein Liebling. Leonie war dir da immer im Weg. Hast nicht du sie verschwinden lassen? Wo warst du an diesem Abend? Wo?«

Er presst jetzt sein Gesicht gegen den Spiegel. Seine Nase ist plattgedrückt. »Wie du mir, so ich dir, du blöder Wichser.«

»Ich war im Krankenhaus«, entgegnet sein Vater tonlos. »Hab mich an dem Abend volllaufen lassen, weil ich mich mit meiner Frau aufs Heftigste gestritten hatte. Ich hatte ihr anvertraut, was du gemacht hast.« Erst jetzt hebt er den Kopf und sieht zu der Fratze hoch.

»Hättest du dein blödes Maul gehalten, wäre die Sache im nächsten Jahr vom Tisch gewesen.« Er nimmt Anlauf und wirft sich mit der Schulter gegen den Spiegel.

»Ich werde dich …«

Das letzte Wort bleibt ihm im Halse stecken. Olivers mächtige Faust trifft ihn am Kinn. Die Wucht des Fausthiebs schleudert Marc zu Boden. Sofort werfen sich die zwei Beamten auf ihn. Marc wehrt sich nicht mehr.

Handschellen klicken.

»Ihr Wichser!«, brüllt Marc.

»Sind Sie bereit, diese Aussage vor einem Richter zu wiederholen?« Karl verschränkt die Arme vor der Brust.

Werner Wegener bejaht die Frage mit einem Kopfnicken.

»Haben Sie vielleicht eine Ahnung, was mit Ihrer Schwiegertochter damals geschehen ist?«

»Nein.«

»Hatte Leonie Wegener Streit mit Ihrem Sohn?«

»Ich hielt mich weitestgehend aus ihren familiären Problemen raus. Sie war eine sehr starke Frau, die wusste, was sie von ihrem Leben wollte, und formte meinen Sohn nach ihren Vorstellungen.« Er holt Luft und nimmt die Hände weg. »Kurt war ein guter Junge. Er war zu gutherzig. Ich glaube, Michael steckt dahinter.«

»Versuchen Sie sich etwas präziser auszudrücken, wir brauchen Details. Das, was Sie da von sich geben, ist wenig aufschlussreich«, brummt Karl und fährt sich mit dem Daumen über die Augenbraue. »Michael Stanzer stand damals auch im Visier der Polizei.«

»Genau aus diesem Grund, befürchte ich, wurde Kurt umgebracht.«

»Weil er und Michael Leonie umgebracht haben?«

»Nein. Mein Sohn hatte damit nichts zu tun. Er würde keiner Fliege …«

»Das haben Sie bis zum heutigen Tag auch von Marc, Ihrem jüngeren Sohn, behauptet«, entgegnet Karl.

»Ich sage die Wahrheit und bin bereit, für alles, was ich mit meinen Lügen angerichtet habe, die volle Verantwortung zu übernehmen.«

Die Luft knistert wie kurz vor einer Explosion.

Im Korridor stampfen Füße von mehreren Personen. Marc brüllt sich die Seele aus dem Leib.

Benjamin und Oliver verlassen das kleine Zimmer.

Mein Handy vibriert. Eine kurze Nachricht von Benjamin ploppt auf dem Bildschirm auf. »Dein Plan ging doch noch auf.«

»Kurt liebte Leonie. Er würde ihr so etwas niemals antun, schon gar nicht in Anwesenheit seiner Tochter.«

Die Tür wird aufgerissen.

Die Deckenbeleuchtung flackert auf. Ein Lichtreflex fliegt über Herrn Wegeners trübe Augen und lässt ihn blinzeln.

Lars hüstelt verlegen. »Emma ist verschwunden«, stammelt er schuldbewusst.

»Wie konnte das passieren?«, will Karl wissen.

»Sie hatte nach Papier und Stiften verlangt. Und da war,

da war diese Frau …« Er schnippt mit den Fingern nach dem Namen, der ihm nicht einfallen will.

»Inge«, sage ich.

»Wo ist meine Enkelin?« Herr Wegener quält sich auf die Beine und stützt sich dabei an den Armlehnen ab. »Sie haben sie dieser Verrückten überlassen? Sie hatten mir versprochen, auf Emma aufzupassen!« Er taumelt. Seine Beine versagen. Herr Wegener zittert am ganzen Körper. »Sie … Sie …«

Der verbale Angriff droht auf eine Auseinandersetzung hinauszulaufen, die unnötig eskalieren könnte.

»Beruhigen Sie sich bitte. Inge ist nicht gefährlich.« Ich helfe dem verzweifelten Mann zurück in den Stuhl.

»Lars, du bleibst hier. Du, Doc, kommst mit mir.«

»Was soll ich tun?«

»Bring den Mann in ein Krankenhaus, bevor er noch krepiert.« Karl schnappt nach seiner Jacke und wirft mir meinen Mantel zu.

Im Laufschritt nehmen wir die Treppe nach oben.

»Wo laufen wir hin, Karl?«

»In mein Büro. Dort war Emma zuletzt.«

»Hey, Sie da.«

Wir beide bleiben abrupt stehen und drehen uns um.

»Kann ich endlich nach Hause, oder was? Ich warte auf meine Entlassungspapiere. Ihr Kollege, Böhm heißt er, glaube ich, hat mich zu Ihnen geschickt. Eigentlich habe ich alles, um gehen zu können, mir fehlt nur Ihre Unterschrift.«

Fridolin Zorn erhebt sich.

»Ich warte hier seit Stunden auf einen von euch. Bei der Festnahme hat es nicht so lange gedauert.« Er drückt die Wange mit der Zunge nach außen. Sein Blick ist provokativ. Er hat in einer Zeitschrift gelesen, die er nun auf einen kleinen Tisch zu den anderen wirft.

»Bitte, haben Sie noch ein wenig Geduld.« Karl greift zum Funkgerät.

Fridolin steckt seine Hände in die Hosentaschen und holt eine Zigarettenschachtel heraus. Dabei fällt ein dicker Schlüsselbund klimpernd vor seinen Füßen auf den Boden.

Wie kochendes Wasser fließt die Gänsehaut über meinen Rücken. Ein Puzzlestück rückt auf seinen Platz. Ich habe jetzt ein anderes Bild vor meinem geistigen Auge. Nicht Marc Wegener und vielleicht auch nicht Michael Stanzer, sondern Fridolin Zorn, hatte etwas mit dem Verschwinden von Leonie Wegener zu tun.

»Karl, wir haben ihn.« Mit der rechten Hand ertaste ich den flauschigen Bommel, den ich seit Tagen mit mir trage. Emmas Weidenkätzchen.

»Was?« Das ätherische Rauschen an Karls Ohr wirkt aufdringlich.

»Wir wollten gerade zu Ihnen«, sage ich und reibe sanft an dem Hasenfell.

Fridolin beäugt mich skeptisch. Wir sind zu weit weg, als dass er meine Worte hören kann.

Zwei kleine Bommel desselben Tieres hängen an einem der Schlüssel.

Karl unterbricht die Verbindung. Das mechanische Knistern weicht einer ohrenbetäubender Stille.

»Ich habe jetzt aber keine Zeit. Komme morgen wieder.« Fridolin Zorn hebt die Schlüssel auf, ohne den Blick von mir zu nehmen.

Ich habe mich verraten.

»Nur eine einzige Frage«, höre ich mir beim Reden zu und verkürze schnell den Abstand.

Fridolin hat Lunte gerochen. »Nicht heute. Die Unterschrift kann bis morgen warten.« Ein böses Lächeln zwängt sich auf sein Gesicht. »Ich muss los«, sagt er schnell und verändert seine Position.

»Warten Sie bitte. Ihre Eltern haben Ihre Aussage bestätigt«, halte ich ihn hin.

»Welche Aussage? Ich brauche keinen, der mich in Schutz nimmt. Bin erwachsen genug. Habe mich noch nie hinter dem Rücken der anderen versteckt, auch wenn ich schwächer war als die meisten. Entweder bin ich dem Streit aus dem Weg gegangen, indem ich so viel Abstand geschaffen habe, wie es nötig war, oder ich habe meinen Kontrahenten mit Fäusten bearbeitet, so lange, bis er gelernt hat, mir aus dem Weg zu gehen.«

»Das haben Sie schön gesagt, und ich unterstütze Sie darin. Ihr Vater hatte an dem Abend den Anruf entgegengenommen. Er meinte, der Wagen hatte einen Schaden, weil die Gangschaltung geklemmt hat. Ihre Mutter und er waren im Kino, darum hat er Michael gebeten, Sie abzuholen.«

Fridolin wartet die Situation ab, bleibt aber auf der Hut.

»Ich hatte auch mal einen Dodge«, improvisiere ich und bediene mich eines simplen Tricks. »Herr Stanzer hat behauptet, es wäre Ihre Schuld, dass die Gangschaltung jetzt im Arsch ist.« Ich wähle absichtlich die ruppige Art des Redens, weil ich authentisch rüberkommen möchte.

»Michael ist ein Wichser. Der Pick-up hat keine Gangschaltung.« Alle Farbe weicht aus seinem Gesicht, weil er merkt, dass ich ihn auflaufen ließ. Laut seiner eigenen Aussage ist er nie mit diesem Auto unterwegs gewesen, nicht als Fahrer und auch nicht als Beifahrer.

»Sie verdammter Wichser«, knurrt er. Der Schlüsselbund in seiner Hand hüpft zwei Mal in die Luft und fliegt wie ein Geschoss in unsere Richtung. Das faustgroße Bündel aus diversen Schlüsseln und bunten Anhängern fliegt an mir vorbei.

Ein Lufthauch streift meine rechte Wange.

Karl steht hinter mir und duckt sich weg.

»Verdammtes Arschloch.« Diese Gefühlsexplosion gilt mir. Fridolin gerät in Rage. Seine Haut bekommt rote Flecken. Ohne lange zu fackeln, packt er einen der Stühle an der Lehne, hebt ihn auf und schleudert diesen gegen meinen Kopf.

Ein jäher Schmerz explodiert in mir, noch bevor die gepolsterte Rückenlehne von meinem Ellenbogen abprallt, den ich mir schützend vors Gesicht halte.

Holz birst.

»Geht's?«

»Was?« Ich reibe mir den Hinterkopf. Den Rücken spüre ich überhaupt nicht.

Mein linker Arm baumelt wie ein Pendel an der Schulter.

Karl hilft mir auf die Beine.

Ich brülle durch zusammengebissene Zähne. Der verdammte Stuhl hat mir den Unterarm gebrochen, befürchte ich, und nehme humpelnd die Verfolgung auf.

Fridolin rennt den Flur entlang und stößt die Tür in vollem Lauf auf. Diese knallt gegen die Wand. Putz rieselt auf die Fliesen. Das Glas in der Tür bekommt Risse. Durch den heftigen Aufprall federt die Tür zurück. Der jähe, durchdringende Schrei, der aus Fridolins Kehle kommt, lockt mehrere Polizisten aus ihren Räumen.

»Haltet ihn auf!«, befiehlt Karl.

Feine rote Tropfen klatschen auf den Boden. Fridolin hat sich geschnitten.

Er durchquert den Korridor und biegt nach links ab.

»Er entwischt uns! Riegelt die Türen ab! Dieser Drecksack nimmt den Notausgang!« Karl schreit in das Funkgerät und wird langsamer.

Emma

Eine halbe Stunde zuvor

Außerhalb der Stadt

Wo fahren wir hin? Rita war schon immer die eine, die alles wissen wollte. Auch Sachen, die sie nichts angingen.

Sei still, zischte Jana.

Die Anspannung machte Rita Angst.

Zum ersten Mal ließ Emma nicht zu, dass jemand anderer die Kontrolle übernahm.

»Geht es dir gut, Schätzchen?«, fragte die Frau und setzte den Blinker.

Rita sah, dass die Frau mit den roten Haaren und der Igelfrisur lächelte.

Die Musik, die im Radio lief, gefiel Rita nicht. Sie verstand kein Wort, und die Elektrogitarre klang wie eine kaputte Orgelpfeife.

»Soll ich die Musik ausschalten?«

Ja, sagte Rita.

»Nein«, hörte sie Emma sagen.

»Ich werde meinen Job verlieren, an dem ich all die Jahre gehangen habe. Ich bin schon längst erwachsen, dennoch benahm ich mich wie ein naives Mädchen. Dabei gefiel mir die Arbeit nicht wirklich. Die Arbeit schon«, fügte die Frau schnell hinzu und strich Emma über die Wange. »Das Arbeitsklima, das wollte ich sagen, das gefiel mir nicht.«

»Arbeitsklima?«, übernahm Emma das Reden.

»Ja. Mein Chef arbeitet nur wegen dem Geld.«

Wegen des Geldes, korrigierte sie die Frau, ohne es laut auszusprechen. Rita verstand nicht wirklich, warum Emma die

Frau korrigiert hatte. Wenn Emma im Vordergrund war, konnte Rita ihre Gedanken mit Leichtigkeit lesen, so wie jetzt.

»Der Eid des Hippokrates bedeutet den meisten Ärzten nichts mehr. Nur Profit …«, wieder so ein Wort, mit dem Rita nichts anfangen konnte, Emma schon, weil sie nicht nachfragte, »… nur das allein zählt. Wenn Krankenhäuser privatisiert werden, muss am Ende des Jahres Gewinn geschöpft werden. Der Rest ist nebensächlich. Was bin ich töricht. Ich rede die ganze Zeit nur über Sachen, die dich nicht interessieren. Und du bist dir ganz sicher, du hast dein Weidenkätzchen zu Hause vergessen? Du brauchst es unbedingt, weil die böse Persönlichkeit in dir dich sonst verletzen kann?«

Emma nickte, blickte aus dem Seitenfenster und sagte: »Aber du fährst in die falsche Richtung Du hättest hier nach rechts abbiegen müssen.« Mit jedem Wort wird sie leiser, weil das, was sie sieht, ihr Gemüt aufwühlt. Wie eine Filmrolle flackern die Bilder hinter ihrer Stirn an ihr vorbei. Früher hatte Opa einen Diafilmprojektor, mit unzähligen Geschichten, die er ihr vorlas. Jedes Bild war mit einem kurzen Text versehen. Nur waren die Bilder in ihrem Kopf nicht schön. Sie roch die feuchten, kalten Baumnadeln, die ihr gegen den Rücken piksten, weil der Schaufelmann sie auf die Erde geworfen hatte.

»Wir sollten sie hier begraben, neben ihrer Mutter.« Emma verkrampfte sich. Die Stimme war wieder ganz nah und sehr real.

»Halt, da kommt jemand. Lass uns hier abhauen«, hatte die andere geflüstert. Grobe Hände hatten Emma gepackt und über die Schulter geworfen. Der Schmerz auf der linken Seite ihres Kopfes hatte pulsiert. Der Herzschlag gab den Ton an. Jedes Pochen entlud sich in ihrem linken Auge mit einer Hitzewelle. So wie auch jetzt.

»Du musst wenden. Du hast dich verfahren«, stammelte Emma und blickte sich hastig um. Im letzten Augenblick erhaschte sie noch die Abbiegung, die jetzt hinter der grauen Leitplanke verschwand. »Du musst umdrehen. Mein Opa wird sich Sorgen machen.« Emma musste an sich halten, um die Frau nicht anzuschreien.

»Das glaube ich nicht. Wir machen nur einen kurzen Umweg.« Inge griff nach hinten.

Emma kämpfte gegen den inneren Drang, sich doch noch hinter den unsichtbaren Mauern zu verstecken.

»Was fällt dir hier auf?« Inge deutete kurz auf ein Symbol, weil sie sich auf die Straße konzentrieren musste, welche sich in einem scharfen Knick nach links schlängelte.

Verängstigt schaute Emma auf das zerknitterte und verschmierte Blatt.

»Das habe ich aber nicht gemalt.«

Sie erkannte nur graue Schemen.

»Ist das Blut?« Emma rieb an den Flecken mit den ausgefransten Rändern, die wie Tintenkleckse aussahen. »Mein Blut?«

Die Frau nickte und zog ihr das Blatt aus den Fingern.

»Du brauchst keine Angst haben. Du wirst ja nicht deswegen verhaftet, ich aber schon.« Die Frau trat aufs Gas.

Emma schluckte. Ihr wurde jedes Mal schlecht, wenn die Bäume so schnell an ihr vorbeihuschten, so wie jetzt. Darum fährt sie nie mit einem Karussell.

»Ich will raus hier.« Emma zog an dem Türgriff.

»Nicht so schnell. Ich weiß, wer uns helfen kann.«

»Ich will das Kätzchen nicht mehr haben. Ich habe Angst. Lass mich bitte gehen. Warum fährst du in diese Richtung? Dort lebt das Böse«, sprach Emma mit veränderter Stimme.

»Ich war zwei Mal auf der Jagd. Mit deinem Opa und Herrn Stang, meinem Vorgesetzten. Das, was du gemalt hast, ist ein Schild. Und dieses Schild befindet sich auf diesem Straßenabschnitt. Ich habe deine Zeichnungen nicht weggeschmissen, sondern habe sie studiert, weil ich dir helfen will, so wie ich meinem Bruder geholfen habe. Ich will dich retten. Will dich befreien. Will, dass du wieder normal schlafen kannst.« Der euphorische Singsang machte Emma Angst. »Ich möchte zu meinem Opa.«

»Ich will, dass du keine Schmerzen mehr hast, will, dass du wieder atmen kannst ...« Tränenerstickt fügte Inge hinzu: »Will, dass mein Bruder mir endlich verzeiht, weil ich ihn habe so lange leiden lassen.«

Sie beugte sich vor und griff ins Handschuhfach. In ihrer Hand blitzte ein Skalpell auf.

Rita konnte in der blankpolierten Klinge Emmas Gesicht erkennen, nur einen kleinen Teil, aber selbst der strahlte unbändige Angst aus.

Er kommt, winselte Rita und schlug die Händchen vor die Augen. *Er kommt,* wiederholte sie immer und immer wieder. *Ich habe Angst, Emma.*

Das tut weh! Lass mich, lass mich los. Rita hatte zu viel Angst, um den Hilferufen zuzuhören. Sie verkroch sich in der hintersten Ecke des Verstandes und summte die Melodie, die Emma so liebte.

Johannes

Jetzt

Polizeipräsidium Berlin

Fridolin zerrt an den Handschellen. »Sie haben nichts gegen mich in der Hand. Absolut nichts. Nur weil ich den Pick-up gefahren habe? Wer sagt, dass ich etwas mit Leonies Tod am Hut habe. Ha!?« Er will aufspringen. Zwei Polizisten drücken ihn grob zurück auf die Bank. Seine Borniertheit ist anstrengend.

»Tod? Noch hat hier keiner Sie gefragt, ob Sie mit ihrem Tod was zu tun haben. Bisher sprachen alle lediglich von Frau Wegeners Verschwinden.« Karls geschäftsmäßiges Gebaren und der abweisende Ton verunsichern Fridolin zusätzlich. Der große Hauptkommissar lehnt an der Tischkante und blättert in der Akte. Karl hebt den Blick und sieht den Verdächtigen über den Rand seiner Brille, die tief an der Nasenspitze hängt, abwartend an.

»Wer war Ihr Komplize?«

»Ohne meinen Anwalt sage ich kein Wort.«

»Gerade, wo es spannend wird.« Karl schlägt die Akte zu und klatscht sie auf die Tischplatte. »Wer außer Ihnen war in der Nacht in dem Wagen?«

Fridolin verschließt sich.

Karl richtet sich auf.

Einen Augenblick beäugen sie sich gegenseitig und warten darauf, was als Nächstes passiert.

»Ich bin Ihrer Lügen überdrüssig«, fährt Karl fort, verschränkt die Finger ineinander und lässt die Knöchel knacken. »Barbara hatte eine Schwester.«

»Was?«

»Sie haben schon richtig gehört. Sie hat hier in Deutschland auch *Menschenkunde* studiert, männliche Protagonisten mit Geld und sexuellem Verlangen, war das Hauptfach ihres Studiums. Sie gehörten auch zu dem engen Kreis der Männer, von dem sie sich ihr Leben finanzierte, ihres und ihrer Familie.«

»Barbara war nicht meine Freundin. Ich habe sie nur gefickt, mehr war da nicht.«

»Manchmal denke ich, dass das, was Frauen über uns Männer denken, der Wahrheit entspricht, auch wenn es nicht auf uns alle zutrifft. Die meisten Männer sind schwanzgesteuerte Wesen, das lässt sich nicht leugnen. Diese Barbara hat Ihnen das bisschen Hirn, das Sie hatten, weggebumst.«

»Sie können mich mal!«, schnaubt Fridolin.

»Das werde ich noch«, entgegnet Karl ruhig. »Dies wird Ihnen jedoch nicht wirklich gefallen. Wo haben Sie sich mit Barbara getroffen?« Karl dreht sich um und hebt ein loses Blatt Papier von der zerkratzten Tischplatte auf, auf der mehrere Mappen zu zwei schiefen Türmen hochgestapelt sind.

»Ich nahm immer einen Wagen.«

»Den roten Toyota.«

»Ja.« Und wieder läuft der trottelige Mann in eine geschickt gestellte Falle. »Nein«, stößt er hervor und bläht verärgert die Nasenflügel. »Sie verdrehen mir die Worte im Mund.«

»Machen Sie gern Knoten?« Karl drückt die Brille auf die Nasenwurzel und sieht gedankenvoll auf das Blatt, das er sich vors Gesicht hält.

»Was?« Fridolin legt die Stirn in Falten.

»Wir haben ein Kondom gefunden, mit Ihrem Sperma darin.«

»Wo?«

»Im Siphon. In Barbaras Wohnung, in der Kloschüssel. Das Gummi hat sich an dem Kalkbelag verfangen.«

»Das ist wieder einer Ihrer Tricks. Barbara hatte auch keine Schwester. Sie wollen mich nur vorführen wie ein naives Mädchen.« Der sorgenvolle Unterton hebt seine Unsicherheit hervor.

»Sie haben natürlich recht, ich habe gelogen. Ich habe behauptet, Barbara hatte eine ältere Schwester, aber das stimmt nicht. Barbara und Anastasia sind eineiige Zwillinge, was bedeutet das wohl?«

»Keine Ahnung?«

»Sie haben im Schichtwechsel studiert!« Karl malt Gänsefüßchen in die Luft. »Anastasia hat Sie erkannt. Und noch etwas. Da die beiden Frauen einer Eizelle entsprungen sind, ist ihre DNS identisch. Die Blutspuren im Wagen des Toyota stammen von Barbara.«

»Nein. Ich habe Barbara nicht umgebracht.«

»Ich lasse mich mit so einer billigen Lüge nicht abspeisen, Herr Zorn. Oder bevorzugen Sie den Namen Ihres richtigen Vaters? Fridolin Stanzer vielleicht?«

»Woher … woher wissen Sie das?«

»Ich habe dafür ein Auge.« Karl wirft mir einen kurzen Blick zu.

Fridolin taxiert mich. »Weiß mein Vater das auch?«

»Nicht, wenn Ihre Mutter ihm das nicht erzählt hat. Uns geht das nichts an«, ergreift Karl wieder das Wort.

Ich registriere eine leichte Veränderung in Fridolins Blick.

»Ist das wahr? Ist Michael Stanzer mein richtiger Vater?« Etwas bricht in ihm. Etwas, das ihn kleiner werden lässt. Etwas, das er die ganze Zeit von sich weghalten wollte.

»Haben Sie zuerst Ihren nichtbiologischen Vater angerufen? Ihre Eltern waren ihm Kino, nur leider war Ihr Vater verhindert. Sie gerieten in Panik und haben sich an Michael

Stanzer gewandt, weil er Ihnen schon Mal geholfen hat. Vor zwei Jahren. Er hat Leonies Leiche versteckt und den Mund gehalten. Herr Stanzer hat dafür gesorgt, dass Kurt im Gefängnis getötet wird, weil er anfing, unangenehme Fragen zu stellen. Michael und Kurt haben Emma gefunden, unweit des Tatortes. Das warf Fragen auf, auf die Michale Stanzer keine Antwort wusste. Vielleicht hat sich Michael Stanzer auch seinem besten Freund anvertraut, dass er einen Sohn hatte?« Meine Stimme hat keine Höhen und Tiefen, sie klingt monoton, trotzdem entgeht mir nicht, wie Fridolin die Zähne aufeinanderpresst. »Sie haben die Leiche zuerst in das Haus Ihrer Eltern gebracht. Barbara war noch nicht tot. So handeln oft Menschen, die mit der Situation überfordert sind. Mit dem Auftauchen ihrer kleinen Schwester haben sie nicht gerechnet. Beinahe wäre alles schiefgelaufen. Dank Marcs plötzlichem Auftauchen waren die Kinder abgelenkt, und Ihnen gelang es dann doch, die schwerverletzte Frau aus dem Haus zu schaffen. Sie hätten nicht die Kraft, Barbara die Treppe hochzutragen. Sie hatten sich bei dem Aufprall am Knöchel verletzt. Michael dagegen ist kräftig genug.«

Fridolin Augen werden rot. Eine dicke Vene schwillt auf seiner Stirn an.

»Wir haben Blutspuren zweier Frauenfinger an der Wand entdeckt.« Karl greift nach hinten und holt den passenden Abzug aus einem dünnen Ordner. Er zeigt Fridolin das Foto. »Emma hat Ihre Stimme erkannt. Sie sind der Schaufelmann. Sie wollten das Mädchen töten.«

»Was?«, krächzt er stimmlos. »Schaufelmann?« Dieses eine Wort löst einen Funken Panik in ihm aus.

»In dem Schuppen Ihres Vaters gibt es viele Gartengeräte. Es war ein müßiges Unterfangen, sie alle auf Spuren zu untersuchen. Aber diese Sisyphus-Arbeit hat sich am Ende doch noch ausbezahlt. Haben Sie Leonie Wegener den Schädel gespalten?« Karl atmet schwer aus und lässt den Kopf kreisen, wie ein Boxer vor dem Kampf.

Fridolin klappt der Mund auf.

»Zwischen dem Stiel und dem Schaufelblatt hatte sich ein winziges Stück Hirnmasse versteckt, und weil Sie die Schaufel in die hinterste Ecke gestellt haben, anstatt sich ihrer zu entledigen, konnten die Kollegen daraus wichtige Schlüsse ziehen. Ihr Vater war zu beiden Tatzeiten bei seiner Frau. Zweimal hatte er ein wasserdichtes Alibi. Sie jedoch waren entweder zu Hause oder mit Michael auf der Jagd. So schließt sich der Kreis.«

»Es war seine Idee.« Fridolin sucht die Flucht im Verrat.

Er will nun Michael Stanzer in allen Punkten belasten. »Michael hat vorgeschlagen, den Wagen im See zu versenken.«

»Ich bin ganz Ohr«, sagt Karl und lehnt sich wieder gegen die Tischkante, das Klingeln seines Handys ignoriert er geflissentlich.

Xenia

Vor einem kaputten Haus

Xenia klammerte sich wie ein Äffchen an ihre Mutter und traute sich nicht, das Haus anzuschauen. Die Ruine weckte in ihr die schlimmsten Albträume ihres Lebens.

Der Polizist, zu dem Xenia Lars sagen durfte, stand neben ihr.

»Ist das der Ort, an dem Sie Xenia gefunden haben?«, fragte Lars Onkel Michael. Onkel Michael war Papas Freund, aber jetzt sprachen sie kein Wort miteinander.

»Ja«, sagte Onkel Michael knapp.

Xenias Herz raste.

Tamara drückte ihre Tochter noch fester an sich. Der warme Atem des Kindes streifte ihren Nacken und ließ die Frau erschaudern. Es war immer noch kalt. Die aufgewühlte Erde war von einer weißen dünnen Frostschicht überzogen. Der Raureif hat sich über dürre, dornige Äste gelegt. Die Eiskristalle funkelten im gelben Sonnenlicht wie winzige Diamanten.

»Wo genau? Und was hatten Sie hier zu suchen? Was hat Sie hergeführt?« Der junge Polizist strich sein flachsblondes Haar hinter die Ohren und schrieb etwas in ein kleines Notizbuch. Die Erdklumpen unter seinen Füßen knackten wie dünnes Eis.

»Ich wollte mich hier vor euch verstecken. Jeder in unserem Ort weiß, was hier passiert ist, und meidet dieses Haus für gewöhnlich.«

»Sie schreckt diese Tat jedoch nicht davon ab, sich hier zu verstecken?«

»Ein Hase, dem die Jäger auf die Pelle rücken, versteckt sich nicht selten in einem Fuchsbau. Ich bin Jäger.«

»Und Sie wurden zum Gejagten.« Lars blickte nur kurz auf.

»Wie haben Sie Xenia gefunden? Hat sie um Hilfe gerufen?«

»Ja. Hier war eine Wildschweinrotte. Hat nach Wurzeln gegraben und sich an den Eicheln gelabt.« Michael trat mit der Schuhspitze gegen einen Erdklumpen. »Sehen Sie.« Er beugte sich nach vorne und nahm ein Stück Erde in die Hand. »Eine Eichel kann sehr nahrhaft sein.« Er zerbröselte den Klumpen, bis er zwischen Daumen und Zeigefinger eine dieser Nüsse hielt, die von Schweinen sehr begehrt waren. Das wusste Tamara, weil sie als Kind ihren Geschwistern dabei geholfen hatte, sie zu sammeln. Ihr Vater hielt Schweine.

Michael klopfte sich die Handflächen sauber und schritt gemächlich durch das Gestrüpp. Gefolgt von zwei Uniformierten schritt er näher an das Haus.

»Genau hier habe ich Xenia schreien hören. Sie lag da, vor diesem Fenster. Ihr Bein war eingeklemmt.«

Tamaras Herz verkrampfte sich. Das kleine Kellerfenster war mit zwei Holzlatten vernagelt. Ein Kinderschuh lag in einer tiefen Kuhle.

»Gehört dieser Ihrer Tochter?« Lars Böhm sah zu Tamara.

Sie zögerte mit der Antwort. »Ja«, entgegnete sie schließlich gequält, weil die schreckliche Angst ihre Kehle blockierte. Noch ehe die Vorstellung, was hätte alles passieren können, an Kraft gewinnen konnte, schob sie die schreckliche Vorstellung beiseite und strich ihrem Kind über den Rücken. *Ich werde dich nie wieder aus den Augen lassen*, schwor sie sich und blinzelte heftig.

Der junge Polizist ging in die Hocke. Mit dem Stift stocherte er in der Mulde. Es folgte eine kurze, überraschte Pause, dann wurden seine energischen Bewegungen hektischer.

»Ach du Scheiße«, stieß er hervor, legte den Stift beiseite und fuhr mit den behandschuhten Fingerspitzen über etwas Weißes.

Die glatte Oberfläche sah für Tamara wie ein Stein aus.

»Bitte treten sie zurück.« Lars Böhm breitete die Arme aus. »Bitte!«

Er stand auf und drängte die kleine Gruppe zum Umkehren. »Absichern.« Eine Polizistin mit schwarzem Zopf nickte und griff zum Funkgerät.

Bewegung kam auf.

»Frau Zorn, folgen Sie meiner Kollegin zum Wagen. Sie, Herr Zorn, begleiten Ihre Frau. Sie bleiben da!«, zwang er Michael zum Stehenbleiben. »Sie sind mir noch eine Erklärung schuldig. Warum genau dieser Ort?« Seine Stimme war schneidend.

Tamara ließ sich von ihrem Mann ziehen. Friedrich wusste noch nicht, dass Fridolin nicht sein, sondern Michaels Sohn war.

Sie konnte kaum an sich halten. Ihr schwante nichts Gutes.

»Das habe ich Ihnen schon gesagt«, entgegnete Michael unsicher.

»Und wie erklären Sie mir das, was ich gerade eben gefunden habe?«

»Was?«

»Ein kindlicher Schädel. Ich vermute, hier wurde das verschollene Mädchen begraben.«

Violetta, geisterte der Name in Tamaras Kopf und nahm Konturen an.

»Das war ich nicht.«

Epilog

Johannes

Eine Woche später

Karl steht vor der versammelten Mannschaft und trägt die gesammelten Informationen zusammen. Noch mehr Fotos mit Wasserleichen wurden angebracht, die es zu identifizieren galt.

»Fridolin Zorn hat Frauen entführt, vergewaltig, teils geschlachtet und verspeist. Allesamt Prostituierte aus dem Ausland, die keiner vermisst hat. Alles verlorene Seelen auf der Suche nach einem besseren Leben.« Karl räuspert sich. »Insgesamt waren es fünf junge Frauen, die dieses Monster im See versenkte. Er umwickelte sie dazu mit Kaninchenmaschendrahtzaun, den er mit einem großen Magneten beschwerte. Das Auto, welches er zuvor mithilfe von Michael Stanzer dort versenkt hatte, diente als eine Art Ankerplatz. Dort hielten die Magnete die Leichen an Ort und Stelle. Von manchen ist nur das Skelett übrig. Barbara konnte von ihrer Schwester zweifelsfrei identifiziert werden.«

Meine Augen streifen die Fotos, auf denen ich nur menschliche Knochenreste erkennen kann.

»Kleine Fische haben sich daran sattfressen können«, sagt Karl und räuspert sich erneut.

»Was passiert mit den beiden?«, will eine junge Frau wissen. Sie war diejenige, die die Stelle am See ausfindig gemacht hat.

»Fridolin Zorn kommt nicht mehr raus, das ist sicher. Auch Michael Stanzer wird sich vor dem Richter verantworten müssen. Er war womöglich der Auftraggeber, der einen der Insassen dafür bezahlt hat, Kurt Wegener umzubringen, weil der anfing, zu viele Fragen zu stellen. Marc Wegener sitzt jetzt schon in der Psychiatrie.«

»Das arme Kind. Von allen enttäuscht und misshandelt«, sagt die Frau sichtlich mitgenommen.

Emmas Oma ist gestern gestorben und ihr Opa ist ihr in der Nacht gefolgt. Er hat Tabletten geschluckt, eine ganze Menge wie es scheint, und wird noch heute obduziert.

Sie hat niemanden mehr.

»Diese Krankenschwester steckt doch mit denen unter einer Decke, oder nicht?« Ein älterer Herr, der in der Ecke steht, zwirbelt an seinem mächtigen Schnurrbart.

»Sie wird psychologisch betreut, stellt jedoch keine Gefahr für die Umgebung dar. Sie wollte dem Mädchen nur helfen. Durch ihren ungewöhnlichen Einsatz konnten wir den Fall endlich lösen. Inge Baumgart war nicht manisch-depressiv und zeigt sonst keine Abweichungen.«

»Wie kommt es dann dazu, dass Emma ein Skalpell in die Hände bekam? Oder steckte es in dem Bären?« Der Mann fährt sich mit der Zunge über die Innenseite seiner Oberlippe. Unter den gegebenen Umständen kling die Frage deplatziert, töricht, beinahe spöttisch. Er nickt auf das Foto mit dem kopflosen Kuscheltier.

»Nein. Frau Baumgart hat es aus dem Krankenhaus entwendet. Zu Zwecken der Selbstverteidigung, weil sie auf dem Nachhauseweg mehrmals von halbstarken Typen angegangen wurde. Der letzte Versuch hätte in einem sexuellen Übergriff enden können. Reizgas hält nicht alle Männer davon ab, einer Frau unter den Rock zu greifen, das sind ihre Worte, nicht meine, nun lasst uns wieder auf das Wesentliche konzentrieren.« Karl reibt sich die Hände und fasst alles zusammen. Manches wird vertieft, sodass später die Akten dem zuständigen Staatsanwalt vorgelegt werden können.

»Und woher die Sicherheit, dass wir die Richtigen erwischt haben?«, lässt der Mann nicht locker.

Ein zögerndes Klopfen.

»Ja!«, brummt Karl und sieht abwartend zur Tür. »Sie kommen wie gerufen, Edgar. Haben Sie die Ergebnisse dabei?«

Der junge Forensiker nickt knapp und händigt ihm einen Briefumschlag aus.

Karl begibt sich zu einer Fotoserie, die Überreste einer Frauenleiche aus mehreren Blickwinkeln zeigt. Bis zur Unkenntlichkeit verwest, liegt Leonie Wegeners Leichnam in einer Grube.

»Wir haben auf dem Medaillon partielle Fingerabdrücke sicherstellen können. Im Inneren der Leiche fanden wir ein Präservativ mit Spermaresten. Der DNA-Abgleich hat einen Treffer ergeben. Fridolin Zorn hat in dieser Nacht die Frau vergewaltig und getötet. Vielleicht auch in einer anderen Reihenfolge. Michael Stanzer hat gestanden, dabei gewesen zu sein. Er wollte seinen biologischen Sohn von der Tat abhalten und hat sogar versucht, die Frau wiederzubeleben. Daher auch die Fingerabrücke an dem Schmuckstück.« Der große Hauptkommissar klopft mit einem Stift auf das nächste Foto.

Eine Nahaufnahme. Das goldene Schmuckstück hat die Form eines Herzens.

Auf dem nächsten Bild ist es aufgeklappt. Darin sind zwei Fotos eingefasst. Auf einem erkennt man das lachende Gesicht Herrn Wegeners, auf dem zweiten lächelt Emma.

»Und die Kinderleiche, die Kommissar Böhm gefunden hat?« Der Mann ist über beide Fälle bestens informiert.

»Wir gehen stark davon aus, dass Überreste von dem vermissten Mädchen stammen. Während der Löscharbeiten wurde diese Stelle zu stark beflutet. Das Wasser ließ den Graben tiefer sinken. Darum fanden die Leichenhunde das tote Mädchen nicht, weil der Schaum sich wie eine Schutzschicht darübergelegt hat.«

Meine Augen taxieren weiße Skelettknochen, die ordentlich zu einem menschlichen Körper zusammengelegt wurden.

Der Schädelkochen hat ein zackiges Loch.

Marc hat das Mädchen nicht erwürgt, sondern erschlagen.

»Warum gab es keine weiteren Übergriffe seitens Marc Wegener?«

Karl hüstelt. »Er hatte Emma und lebte seine Fantasien auf Kosten des Kindes aus.«

»Verfluchter Mistkerl«, zischt der Polizist und hakt nicht weiter nach.

»Wir machen Schluss für heute!«, ruft Karl.

»Frau Kirschmann, ich danke Ihnen, dass Sie sich um Familie Zorn gekümmert haben. Die Eltern und das Mädchen werden Ihre Unterstützung sehr schätzen, so wie ich auch«, wendet er sich mit einem gedämpften Ton an Saskia und reicht ihr eine dünne Mappe. »Das hier sind Fragen, die Sie bitte bis zur Gerichtsverhandlung noch ausfüllen sollten.«

Stühle werden geschoben. Stimmen werden laut.

Einige der Anwesenden verlassen den Raum, andere bilden kleine Gruppen und versuchen detailliert über die Geschehnisse nachzugrübeln. Andere bilden solche Sätze wie: Hätte ich den Fall geleitet, oder, wenn ich hier das Sagen hätte …

Ich mache das Fenster auf, atme gierig die kühle Luft ein. Ich bin mit unserer Arbeit zufrieden, nur nicht mit dem Ergebnis. Emma hat sich noch tiefer in ihre Welt verkrochen und kommt aus der Hülle nicht mehr raus. Wir haben noch einen weiten Weg vor uns.

Emmas Weidenkätzchen liegt weich in meinen Händen.

Die Expertise hat ergeben, dass die drei Fellbällchen von ein und demselben Tier stammen. *Ich werde Emma noch heute besuchen*, schwöre ich mir, schließe die Augen und blende die Geräusche um mich herum aus.

»Hey, Doc, willst du hier übernachten?«

Karls schwere Hand ruht auf meiner Schulter.

Ich hebe die Lider und drehe mich um.

Unsere Blicke treffen sich.

Karl reicht mir die Hand.

Der Händedruck ist fest und freundlich.

»Danke. Dein Bruder und du habt mir wieder sehr gut geholfen. Eines ist mir jedoch nicht klar. Wie konnte er in Teufels Namen den Ort so präzise bestimmen? Er sitzt doch im Rollstuhl.« Noch immer lässt Karl meine Hand nicht los.

»Emma hat die Straße und den See gezeichnet. Das Schild gibt es in der Umgebung nur ein einziges Mal. Die Straße macht hier eine scharfe Biegung. Aus den Dokumenten, besser gesagt aus Kurt Wegeners Aussage, wo er damals seine Tochter gefunden hat, hatte Benjamin einen Bezugspunkt. Auch bat er Oliver, diesen Abschnitt abfahren. Einen Tag zuvor waren die beiden draußen. Oliver hat eine Drohne, ausgestattet mit einer HD-Kamera. Dieser Baum«, ich zeige auf eine Zeichnung, die ganz am Rande der großen Korkwand angebracht ist, »war für Benjamin der eindeutige Beweis, dass er mit seiner Vermutung richtig lag.« Karl und ich betrachten das realistisch dargestellte Bild. Wie ein gekrümmtes Wesen, ein Greis mit gebeugtem Rücken, der sich gegen den Wind stemmt, beide Arme in die Luft gestreckt, trotzt der geborstene Baumstamm allen Witterungen.

»Sie flogen die Ortschaft ab?« Karl lässt mich los. Er lächelt schief. »Alle Achtung. Dein Bruder ist ein Genie.«

»Ich weiß.«

»Komm, ich gebe dir einen Kaffee aus. Finster wie deine Seele, so trinkst du ihn doch, habe ich recht?«

»Ja.«

Zusammen gehen wir in den Korridor. Schweigend lasse ich den Raum mit seinen schrecklichen Bildern hinter mir und versuche mich zu entspannen.

»Kümmerst du dich um Emma?«, will Karl wissen.»Das bin ich dem Kind schuldig.«

»Das sind wir alle. Sie ist sehr stark. Jeder von uns würde unter einer solchen Bürde zusammenbrechen, sie jedoch meistert ihr Leben auf ihre eigene Weise.«

»Da hast du recht.«

Schweigend steuern wir den Kaffeeautomaten an, vor dem sich eine Menge versammelt hat.

»Hey, Doc. Wir müssen da lang.« Karl zeigt zu den Treppen. »Ich habe dir doch einen echten Kaffee versprochen. Wir gehen zu Luigi, er macht den besten Espresso.«

Dagegen habe ich nichts einzuwenden.

Emma

Ein halbes Jahr später

Ein Sonnenstrahl verirrte sich auf Emmas Gesicht. Die Wärme tat ihr gut. Sie saß auf dem breiten Fenstersims und beobachtete Menschen, die im Park spazieren gingen, als die Tür ihres Zimmers aufging und Doktor Hornoff, zu dem sie Doktor Joghurt sagen durfte, hereinkam. Sein Gesicht wirkte freundlich. Er winkte ihr zu. Emma hob die Hand und wackelte schüchtern mit den Fingern.

Emma rieb das weiche Fell zwischen ihren Fingern. Die Spieluhr mit der Ballerina, die Doktor Hornoff reparieren ließ, stand vor ihren Füßen. Sie zog die Uhr auf und sah erst dann zu dem großen Mann.

Sie blickte ihn einfach nur an.

Hoffentlich hat er wieder das Hundi dabei, meldete Rita sich mit ihrer piepsigen Stimme zögerlich zu Wort.

Der Mann verschwand wieder.

Emma vernahm ein leises Summen.

Zuerst sah sie zwei Füße und Räder. Onkel Benjamin saß in seinem Rollstuhl und lächelte.

Emma grinste zurück.

Flummi, fiepte Rita.

Der kleine Hund drehte sich auf dem Schoß des Mannes im Kreis und wedelte heftig mit dem Schwanz.

»Na los. Ab.«

Flummi sprang auf den Boden und rannte auf Emma zu. Er war zu klein, darum hüpfte er und kam nicht ganz hoch auf die Fensterbank.

»Darf ich dir meinen allerbesten Freund vorstellen?« Doktor Joghurt kam mit einem riesigen Hund in das helle Zimmer, das Emma mit bunten Farben bemalt hatte. Die schattenhaften Gestalten verschwanden allmählich aus ihrem Kopf. Die bisher namenlose Stimme hatte sich für den Namen Theodor entschieden und jagte den anderen keine Angst mehr ein. Und Felicitas war nur noch einmal aufgetreten, als der Zahnarzt einen von Emmas Zähnen ziehen musste.

»Er heißt Jack Brown.« Doktor Joghurt hielt den Hund am Halsband. Der Hund nickte zweimal und entlockte Emma ein Lächeln. »Soll er dir etwas zeigen?«

Oh, ja. Rita war außer sich vor Vorfreude.

»Okay«, flüsterte Emma und schwang ihre Beine nach unten. Flummi kratzte ihr über die Schuhe und leckte die Schuhspitzen, einmal berührte seine feuchte raue Zunge Emmas nackten Knöchel, weil sie heute keine Socken trug.

Das kitzelt, lachte Rita.

Sei endlich still. Bernd war genervt. *Ich will sehen, was der große Hund kann.*

»Kann er den kleinen runterschlucken und wieder ausspucken?«, sprach Bernd seine Frage laut aus.

Die beiden Männer lächelten.

Flummi klemmte den Schwanz ein und fing an zu knurren.

Bernd, halt die Klappe. Milan und Jana waren auch da, ließen aber Emma immer mehr den Vortritt.

»Nein. Er wird Flummi nicht verspeisen. Jack hilft deinem kleinen Freund.« Doktor Joghurt tätschelte den Rücken des großen Hundes.

Jack trottete auf den kleinen Flummi zu, machte sein großes Maul auf, packte den Chihuahua am Nacken und hob ihn hoch. Er wartete, bis Emma Flummi entgegennahm.

Das Mädchen lächelte und streichelte das weiche, leicht feuchte Fell.

Dann tat der große Hund etwas, womit Emma niemals gerechnet hätte. Er legte ihr seinen Kopf gegen die Brust und lauschte ihrem Herzen. Das glaubte sie zumindest. Er nahm ihr die Angst. Emma konnte es spüren.

Flummi wurde unruhig und schleckte Emmas Mund ab.

»Hör auf, Flummi, du stinkst«, lächelte das Mädchen.

Zum ersten Mal fühlte sie sich frei.

Jack gab einen kurzen, tiefen Laut von sich.

Flummi sprang auf den Boden und lief zu Onkel Benjamin. Er sprang dem Mann auf die Beine und versteckte sein Gesicht unter Onkel Benjamins Achsel.

Jetzt mussten alle lachen.

»Darf ich morgen Xenia besuchen?«, fragte Emma, nachdem sich alle beruhigt hatten.

»Ich denke schon«, versprach ihr Doktor Joghurt.

»Sie ist meine Freundin«, sagte Emma und schloss kurz die Augen. »Ich möchte ihr das hier schenken.« Sie sprang von dem Sims, ging zum Tisch und hob eine Zeichnung auf. Darauf waren zwei Prinzessinnen, die Händchen hielten. Beide lächelten und hatte schöne Kleider an.

»Theodor hat mir dabei geholfen«, sagte Emma freudestrahlend.

»Sehr schön«, wurde sie von den beiden Männern unisono gelobt.

»Finde ich auch«, entgegnete sie.

Wir haben eine Freundin, trötete Rita.

»Wollen wir vielleicht zusammen spazieren gehen? Ich möchte dich unserer Nichte vorstellen, wenn du magst. Sie heißt Cristina, von ihr habe ich dir schon viele lustige Geschichten erzählt.«

»Noch eine Freundin?«, fragte Rita ungläubig.

Emma machte große Augen. »Ja, das will ich.« Zum ersten Mal ergriff Emma als Erste die Hand eines Mannes. Er war der Einzige, dem sie vertrauen konnte, vielleicht, weil er den lustigsten Namen hatte: Doktor Joghurt.

Ende

»Passen Sie bitte auf Ihren Kopf auf«, wurde Tamara von der Polizistin ermahnt, die ihr beim Einsteigen in den Kleinbus half.

Wie elektrisiert blickte Tamara durch die beschlagene Scheibe.

Michael sank auf die Knie. So als würde er bei dem Polizisten um Gnade bitten. Er faltete sogar die Hände wie zum Gebet. Die Handschellen an seinen Handgelenken glänzten silbern.

»Ich rufe unseren Sohn an. Er muss doch schon längst zu Hause sein«, kamen Friedrichs bebende Worte wie aus einer anderen Welt.

»Was?« Tamara atmete schwer. Xenia schnaufte leise. Sie war eingeschlafen.

»Fridolin. Er wollte seine Entlassungspapiere abholen.« Friedrich strich unbeholfen über das Display.

»Ach ja.« Zu mehr fehlte Tamara die Kraft.

Zusammen lauschten Sie den Freizeichen.

»Hauptkommissar Breuer«, meldete sich eine tiefe Stimme.

»Karl, wir haben das Mädchen endlich orten können«, ertönte eine weitere Stimme aus dem Hörer. »Emma ist laut dem Programm genau hier.«

»Ist Fridolin bei Ihnen?«, unterbrach Friedrich den Mann.

»Fridolin Zorn?«

»Ja.« Friedrich rieb die Finger aneinander.

Tamara wartete ungeduldig auf eine gute Nachricht, sie presste ihr Ohr fester an das Telefon.

»Kann ich meinen Sohn sprechen?«

»Das ist im Moment leider nicht möglich. Er wird wohl noch ein Weilchen bei uns bleiben müssen. Mit wem spreche ich eigentlich?«

»Friedrich Zorn, ich bin Fridolins Vater.«

»Warten Sie kurz.«

»Was? Sie müssen sich irren. Mein Sohn … Er ist unschuldig. Er war zu Hause«, wetterte Friedrich wie einer, der sich seiner Worte nicht sicher ist, wie einer, der für sein Kind alles in die Wege leiten würde, auch die Schuld auf sich nehmen, nur um es in Sicherheit zu wissen. »Ich war es. Ich habe das getan. Fridolin hat damit nichts zu tun.«

»Wir werden Ihre Aussage gerne aufnehmen. Brauchen Sie dazu eine schriftliche Vorladung? Oder kommen Sie noch heute aufs Präsidium?«

»Ich komme gleich. Bin schon unterwegs.« Friedrich sprang aus dem Wagen. »Ich muss aufs Präsidium«, bettelte er einen Mann mit einem dichten Schnurrbart an. »Sie wollen meinem Sohn etwas anhängen, was er nicht getan hat.«

Tamara war drauf und dran, ihrem Mann von der Nacht zu erzählen, in der sie schwach geworden war.

Der Polizist bat Friedrich, nichts zu überstürzen.

Xenia wachte auf. Sie drückte sich von Tamara weg. Ihre Wimpern waren feucht.

Tamara spürte das Schwinden ihrer Kräfte mit jedem Atemzug deutlicher.

»Ich erinnere mich wieder an die Musik.«

»Welche Musik, Schätzchen?« Tamara lächelte zaghaft und strich Xenia über die feuchten Wangen.

»Die Melodie. Der Schaufelmann hatte die gleiche lustige Musik wie mein Bruder. Die habe ich für sein Handy ausgesucht.«

Emma

Währenddessen

Irgendwo am Straßenrand mit Inge im Wagen

»Hallo, Felicitas«, freute sich Inge und wischte die blutige Messerspitze an dem Ärmel ihrer Jacke ab. Sie steckte sich den blutigen Daumen in den Mund. »Tut mir leid, Emma, dass ich dir solch einen Schrecken einjagen musste, aber ich hatte nie vor, dich zu verletzen. Siehst du.«

Emma betrachtete Inge durch die durchsichtige Mauer, hinter der sie sich versteckt hielt. Felicitas beschütze sie mit ihrer Präsenz.

Inge zeigte ihr den Daumen. Sie hatte sich die Haut geritzt. Aus einem kleinen Schnitt bildete sich ein Blutstropfen und floss langsam nach unten. »Das hat nicht wirklich weh getan.« Die Frau mit den feuerroten Igelhaaren wickelte einen Leukoplasten darum und lächelte wieder. »Felicitas, kannst du mich hören?«

Felicitas war das Tageslicht fremd. Die Farben um sie herum irritierten sie zusätzlich. Sie war das Kind der Schatten, ein Wesen, das nur Nacht und Dunkelheit kannte.

Nacht, Dunkelheit, Angst und Schmerz, daraus bestand ihr Leben.

Das Mädchen nickte schüchtern.

»Hier«, nuschelte Inge und reichte Felicitas ein Klemmbrett mit einem weißen Blatt Papier darauf.

»Das brauche ich nicht«, sagte Felicitas mit zu engen Schlitzen zusammengekniffenen Augen. »Das Licht tut mir weh«, flüsterte sie und hob schützend die Hand.

»Dem kann im Nu abgeholfen werden.« Inge setzte Emma

eine Sonnenbrille auf die Nase. »Du siehst wie Grace Kelly aus, nur in klein.«

Die sieht lustig aus. Wir sehen aus wie eine Oma, freute Rita sich, die in den kleinen Spiegel in der Sonnenblende, die Inge heruntergeklappt hatte, blickte.

»Du hast deinen Teddybären ganz doll lieb. Er spendet dir Trost und schützt dich vor bösen Träumen. Ich mag, wie das kleine Herz aufleuchtet.« Inge streichelte dem Bären über die weiche Stirn.

Felicitas lauschte dem steten, monotonen Rhythmus ihres Herzes und tauchte in die Vergangenheit ein, die nur sie in allen ihren schrecklichen Details kannte. Das Gefühl des Unwohlseins verdichtete sich und ließ sich nicht mehr abschütteln. Sie nahm Inges Anwesenheit nur am Rande war.

Die Wirklichkeit wurde zu einer surrealen Welt, die für sie nicht zu existieren schien.

Im Geist zerrte Felicitas noch so unbedeutend erscheinende Kleinigkeiten vor das innere Auge und lauschte den Geräuschen.

»Das hier ist nicht der richtige Ort. Wir sollten weiterfahren«, flüsterte Felicitas. »Ich muss die Stimmen hören. Sie sprechen zu mir.«

»Wer?«

»Der Wald. Wir waren im Wald. Ich muss die Bäume und das Wasser hören. Das Rauschen und das Plätschern. Wasser. Wir waren am Wasser. Und Blätter. Matsch und kleine Steine«, zählte Felicitas auf.

Der Wagen rollte an. Das Knirschen der Räder drang durch den schmalen Schlitz in Inges Tür hinein.

»Wir haben Zeit, Kleines.« Inge ließ die Scheibe noch ein Stück weiter nach unten gleiten.

Eine Woge des Entsetzens brach über dem Mädchen zusammen und begrub sie unter der Last der Erinnerungen. Felicitas hielt den Atem an. Sie verharrte für einen Moment zu einer kleinen Salzsäule, die eine viel zu große Schmetterlingsbrille trug. Alles Leben war aus ihr verdrängt worden. Die Stimmen, die sie manchmal vernahm, waren weg. Nur das Rauschen des Windes und das leise Krächzen der Äste nahm sie wahr. Das Brummen des Motors blendete sie einfach aus. Ihr feines Gesicht wurde kreidebleich und frei von jeglichen Emotionseindrücken.

»Hier. Halt an«, stammelte das Mädchen und richtete sich auf.

Die Bremsen quietschten. Felicitas riss die Tür auf und beugte sich aus dem Wagen zum Straßenrand. Sie konnte den aufwallenden Brechreiz nicht mehr überwinden. Sie spuckte und keuchte. Ihr Magen verkrampfte sich und tat höllisch weh. Inge streichelte dem Kind den Rücken.

»Es tut mir so leid, Liebes. Es tut mir so leid«, wiederholte sie.

Ein glibberiger Speichelfaden hing an Felicitas' Unterlippe. Sie wischte ihn mit dem Handrücken weg und stieg aus dem Wagen. Von den Rückblenden, die mit immer stärkerer Intensität in ihr auftauchten, wurde ihr schlecht. Wie scharfkantige Hagelkörner explodierten sie vor ihren Augen und schlugen erbarmungslos auf sie ein.

Taumelnd überquerte Felicitas die Straße. Mit halbgeschlossenen Augen folgte sie dem schüchternen Rascheln, das nicht in die Natur passte. Eine stärkere Böe erfasste eine große schwere Plastikplane und zerrte an den ausgefransten Rändern.

»Hier habe ich mich versteckt.« Das Mädchen sog die kühle Luft ein, die nach Kiefernholz und morschem Laub roch.

Endlich riss Felicitas die Augen auf.

»Nein. Nein. Nein. Nein. Ich will das nicht, lass mich los. Papa, nein. Papa, nein. Er ist hier. Der Schaufelmann. Er steht direkt neben dir!«, kreischte Emma.

Sie drehte heftig den Kopf hin und her. Wie eine, die von einer Explosion geblendet wurde, starrte sie ins Nichts. Die Brille flog auf den Boden. Die Augen stumpf, der Blick leer und trotzdem mit unbeschreiblicher Angst erfüllt. Sie drehte sich im Kreis und suchte nach einem Ausweg.

»Nein. Papa? Papa, wo bist du?«

»Emma, Emma, komm zurück. Felicitas! Lass bitte Emma zu mir sprechen!« Inge eilte auf das Kind zu. Die teure Brille zerbarst unter ihren Schuhen.

»Emma, Kind. Das, was du jetzt siehst, ist vorbei. Ich bin es, Inge.«

»Nein, nein, nein.« Emma schlug der Frau ins Gesicht und lief zum Wald.

»Emma!«

»Nein! Wasser. Ich muss zum Wasser. Dort ist meine Mami!« Die Stimme veränderte sich zu dem Winseln eines kleinen Kindes.

Johannes

Zeitgleich

Karl fährt wie ein Wahnsinniger. Ich halte mich an dem Türgriff fest.

»Wir sind gleich da.« Edgar sitzt auf der Rückbank und informiert uns über den Aufenthaltsort des Signals, das sich seit zehn Minuten nicht mehr bewegt hat.

Der BMW brummt wie ein wildes Tier. Die Räder drehen durch, nachdem Karl eine scharfe Kurve geschnitten hat. Der Geruch nach verbranntem Gummi steigt mir in die Nase. Ich sehe schon, wie die Leitplanke sich in den schwarzen Lack und die Türen frisst. Mein ganzer Körper verkrampft sich. »Du bringst uns noch alle um, Karl!«, schreie ich ihn an.

»Es muss irgendwo hier sein.« Edgar redet so, als würden wir nicht gegen eine Mauer knallen oder auf einen Abgrund zurasen.

Unter Aufbietung aller Selbstbeherrschung entkrampfen sich meine Finger, die sich um den Griff geklammert hatten. Der Wagen verliert an Geschwindigkeit.

Ich atme kurz auf.

Karl geht sofort in die Eisen, als Edgar »Hier, halten Sie hier an!« schreit.

Beide stürmen aus dem Wagen.

Ich brauche eine Sekunde länger, vielleicht auch fünf. Noch immer spüre ich den Druck auf meiner Brust. Der Gurt hat mir den kompletten Brustkorb zerdrückt. Das Herz steckt irgendwo im Magen, vielleicht sogar etwas tiefer.

Mein Haar ist klitschnass, so wie auch das Hemd, das mir wie ein nasser Lappen am Rücken klebt. Ich steige aus dem Wagen und mache einen ersten Gehversuch.

Karl und Edgar laufen am Straßenrand entlang, die Blicke zu Boden gerichtet.

Wie mit einem Peilsender sucht Edgar mit seinem Lokalisatior die Gegend ab.

»Pass auf, Edgar.« Karl packt den jungen Mann am Arm. »Ist das Kotze?«

»Sieht ganz danach aus. Hier ist das Signal am stärksten«, sagt Edgar verwundert.

Ich laufe den beiden nach wie ein besoffener Pinguin.

»Wonach suchen wir eigentlich?«, will ich von den beiden mit schmerzverzerrter Miene wissen und knöpfe den Mantel wieder zu, weil der kalte Wind mich frösteln lässt.

Edgar klopft gegen das Gerät, wie manche es mit der Fernbedienung tun, wenn die Batterien nicht mehr genügend Saft haben. »Wir suchen nach dem Teddybären, den ich mit einem Peilsender versehen habe«, murmelt er gedankenverloren.

Der junge Forensiker dreht sich im Kreis und läuft ein Stück nach rechts in den Straßengraben, der von Papierbechern und bunten Burgerverpackungen verunziert ist.

Ich horche auf. Zwei Polizeiwagen rauschen an uns vorbei.

»Was war denn das?« Karl sieht den Fahrzeugen hinterher. Im selben Moment meldet sich sein Handy.»Lars? Was habt ihr?« Ich kann dem abgehackten Monolog nicht viel entnehmen und trete mit dem rechten Fuß gegen einen Busch. Ein rötliches Pulsieren zieht meinen Blick auf sich. Ich gehe in die Hocke und erblicke Emmas Plüschtier. »Ich habe ihn«, freue ich mich und hebe den Bären auf. Der Kopf häng nur an einem dicken Faden. Gelbe Watte ragt aus dem Halsstumpf.

»Wir müssen weiter«, brummt Karl. »Edgar in den Wagen, du Doc, bekommst später ein Fleißsternchen.«

Mein Handy vibriert. Ich schaue mir die Nachricht an. Karl zieht mich am Ärmel. Ich drücke ihm das Spielzeug an die Brust und blättere mich durch die Dateien.

Emmas Zeichnungen huschen an meinen Augen vorbei. Karl bleibt neben mir stehen. »Was hast du da?«

»Benjamin hat etwas herausgefunden.« Ich tippe auf eine Karte, die mit winzigen roten Punkten versehen ist. Jeder der Punkte hat eine Zahl. Sie alle sind mit einer Linie verbunden. In der Mitte steckt eine digitale Pinnnadel.

Ich berühre sie mit der Fingerspitze. Ein Fenster mit Koordinaten ploppt auf.

Das Handy vibriert abermals in meiner Hand. Eine Sprachnachricht.

»Ich glaube, das ist der Ort, an dem Emmas Mutter getötet wurde«, hören wir Benjamin sagen.

Emma

Emma weinte immer noch. Sie hatte sich befreit. Die unsichtbaren Wände hatte sie eingerissen und sich trotz Janas Ermahnung nach außen gewagt.

Alles um sie herum entsprach den Bildern aus ihren Albträumen. Der große Baum. Der dornige Busch. Das Schild, das zur Seite geneigt am Straßenrand stand, und sich im Wind quietschend hin- und herbewegte.

Emma saß auf der Erde. Ihre kleinen Finger waren schmutzig. Hier, genau an dieser Stelle, hatte sie damals das Weidenkätzchen gefunden. Tränen liefen ihr über die Wangen.

Polizeisirenen rissen sie grob aus der erdrückenden Starre. Inge kämpfte sich durch das Dickicht bis zu ihr hindurch. Ihr Gesicht hatte feine Kratzer. »Da bist du ja.« Sie atmete schwer. Tränen schimmerten in ihren Augen. Sie streckte die Arme nach Emma aus.

»Lass mich in Ruhe«, winselte Emma.

Noch mehr Gestalten trampelten die kleinen Sträucher nieder. Wie Dämonen schälten sie sich aus dem trügerischen Nebel. Die unterschiedlichen Empfindungen wühlten alles in ihr auf und rollten wie eine Lawine über sie hinweg. Emma konnte die Eindrücke nicht mehr auseinanderhalten. Das, was der Fantasie geschuldet war, und das, was tatsächlich stattfand, ließ sich nicht mehr trennen. Sie glaubte den Verstand zu verlieren.

Unter all den Menschen, die sie einkreisten, befand sich

auch derjenige, der ihr Seelenheil zum Bersten gebracht hatte: Der Schaufelmann. Sie erkannte ihn an dem Tuch, mit dem er sich die Nase tupfte. Die Schatten aus dem Wald krochen auf sie zu.

»War es hier?« Ein großer Polizist packte den Mann am Kragen, der sich weigerte, Emma anzusehen. Er trug Handschellen. Und dann sah er sie doch an.

»Erkennst du mich wieder?« Der Schaufelmann bleckte die Zähne und riss sich aus dem Griff des großen Mannes los.

Emma rührte sich nicht. Sie suchte nach einem Ausweg. Alle Stimmen in ihrem Kopf redeten durcheinander. Sie alle hatten Angst.

»Der Mann, der dem Mädchen das angetan hat, ist gefühlsarm und gemeingefährlich, er ist explosiv. Im Sexualleben zeigen diese Individuen oft eine Abnormalität mit einer sadistischen Ader.« Diese Persönlichkeit lebte nicht in Emmas Körper, die Stimme gehörte Doktor Stang. Emma wusste nicht, was diese beiden Sätze zu bedeuten hatten. Sie musste Doktor Stang oft besuchen, mit Opa und Marc. Nachdem Papa im Gefängnis von einem Mann getötet wurde, auch das wusste sie, wurden ihre Albträume schlimmer.

»Erkennst du mich wieder, Emma?«, wiederholte der Schaufelmann. Er hieß in Wirklichkeit Fridolin und war Xenias Bruder.

Sie schüttelte den Kopf. Nicht er hatte sie in ihrem Zimmer besucht, sondern Marc.

Warum haben Sie meine Mutter getötet? Was habe ich denn Böses getan? Warum wurde ich von zwei Männern verfolgt und verletzt?, fragte sie sich im Stillen. Ihre Unterlippe zuckte.

»Emma? Emma?« Doktor Hornoff ging neben ihr auf die Knie. Er hatte etwas in der Hand. Es war weich und ganz winzig klein.

»Ich glaube, das gehört dir.« Er drückte ihr das warme

Wollknäuel in die kleine Faust. Die andere Hand hielt sie hinter dem Rücken versteckt.

»Weidenkätzchen«, flüsterte Emma.

»Erkennst du den Mann wieder?« Ein anderer Mann kniete vor ihr. Er war jünger, hatte Segelohren und sah überhaupt nicht wie ein Polizist aus.

Emmas schaute wieder zu Fridolin. Widerwillig schüttelte sie den Kopf. »Nein«, sagte sie ganz leise.

»Sehen Sie!«, freute der sich und rieb sich wieder die Nase. »Ich habe es nicht getan. Michael, er war es. Ihre Annahme können Sie sich sonst wohin stecken. Die Hypothese dieses Doktors basiert eh auf einer sehr wackeligen Beweislage. Sie haben nur Indizien, so nennt ihr doch all das Zeug, das ihr euch aus den Fingern saugt.«

Emma kehrte ihr Bewusstsein wieder nach innen. Sie war müde.

»*Durch das Entstehen von neuen Persönlichkeiten gelingt es den schuldlosen Wesen, das Böse und das Gute in einem subtilen Gleichgewicht zu halten. Dazu gehört auch Ihre Enkelin. Sie schützt sich vor den Eindrücken und Erlebnissen. Sie schafft mehr Raum und kann sich durch den ständigen Wechsel erholen.*« Wieder sprach Doktor Stang in ihr.

»Michael hat das alles arrangiert. Er hat von Leonie nicht das bekommen, was er von Kathrin, dieser Fotze, bekommen hat. Seine frigide Frau hat ihn nie rangelassen, also hat er die Frau seines besten Freundes flachgelegt, ohne ihre Einwilligung. Er hat ihr hier aufgelauert. Ich blieb die ganze Zeit im Wagen. Mir war nicht bewusst, was da vor sich ging. Ich bin unschuldig«, sprach Fridolin.

»Wir haben den See gefunden«, ertönte die Stimme einer Frau, die schwer atmend hinter Emma auftauchte.

»Und?«

»Wir haben einen Suchtrupp und eine Tauchereinheit angefordert. Dort gibt es frische Autospuren.«

»Frische?«, echote der Polizist ungläubig.

»Ja. Der Ort wurde oft frequentiert. Die Spurrillen sind ziemlich tief.«

»Wir waren beide hier. Vor zwei Jahren. Danach habe ich diesen Ort gemieden«, meldete sich eine weitere Stimme. Emma kannte auch sie. Es war Michael Stanzer. Er war immer nett zu ihr gewesen. Hatte sie auch mehrmals in die Schule gebracht, wenn Opa ihn darum gebeten hatte. In die *besondere Schule* für besondere Kinder.

Er kam näher.

Der Duft nach Tabak drückte ihr die Kehle zu.

Emma blinzelte die Tränen weg.

Wiederholt riss sich das Mädchen aus Inges Händen, weil die Frau sie vom kalten Boden hochheben wollte.

»Es tut mir leid, Emma, dass ich damals nur zugesehen habe.« Michael weinte.

»Halt, wo wollen Sie hin?« Der große Polizist riss Fridolin zurück.

»Ich will mich doch nur bei dem Mädchen entschuldigen. Etwas Eigeninitiative wird doch wohl erlaubt sein. Ich möchte etwas Reue zeigen, wie Michael, dieser Schlappschwanz.«

»Wir haben einen Wagen!«, rief dieselbe Frauenstimme aus dem Wald.

»Lars, du bleibst hier. Ich schaue mir die Sache genauer an.« Der Polizist ging an Emma vorbei und fiel zu Boden, weil Fridolin ihn mit der Schulter in den Rücken geschubst hatte. Lachend griff dieser nun nach Emma und zerrte sie grob in die Höhe.

Seine Handschellen waren kalt und drückten schmerzhaft gegen Emmas Hals. Sie hing in der Luft und bekam keine Luft.

Das Metall scheuerte ihr die Haut wund. Ihr Unterkiefer drohte zu bersten.

»Na, was sagt ihr jetzt? Hm? Damit hat keiner von euch gerechnet, habe ich recht?« Er lachte.

Emma sah erstarrte Gesichter.

Der große Polizist stemmte sich auf die Beine und klopfte sich die Nadeln und die Moosreste grob von der Kleidung und hob dann die Hände. »Machen Sie die Sache nicht unnötig kompliziert, Herr Zorn. Ich bin unbewaffnet. Das Kind kann nichts für all das. Emma hat schon viel durchmachen müssen.«

»Arschlecken!«, knurrte Fridolin. »Wie haben Sie diesen Ort gefunden? Michael, hast du Ihnen unser Versteck verraten?«

»Nein.«

»DU LÜGST!«, schrie der Mann und drückte noch heftiger zu.

Emma spürte die Veränderung in sich. Die Stimme, die keinen Namen hatte, übernahm die Kontrolle über ihren Körper. Ihre rechte Faust schloss sich fester um das Weidenkätzchen, in der anderen hielt sie das warme scharfe Skalpell fest umschlossen. Sie hat es mitgenommen, als Inge konzertiert auf die Straße geschaut hat. Aber es war nicht sie, die das mitgehen ließ, sondern das Wesen, das keinen Namen hatte.

»Wie haben Sie diesen Ort gefunden?«, wiederholte Fridolin.

»Mithilfe meines Zwillingsbruders«, meldete sich ein anderer Mann. Er hieß Doktor Hornoff und Emma mochte ihn, weil er ihr ihre Sachen wiedergegeben hatte. Das Weidenkätzchen und die Ballerina.

Emma konzentrierte sich immer mehr auf ihren linken Arm. Sie ließ das Weidenkätzchen fallen. Ihre Handflächen waren feucht, das Skalpell rutschte ihr beinahe aus den Fingern. Sie ballte die rechte Faust um den glatten Griff fest zusammen. Der Unbekannte, vor dem sie sich alle fürchteten, benutzte als Einziger diese Hand.

»Er hat die Bilder mit den hiesigen Begebenheiten verglichen und drauf spekuliert, dass das, was aus Ihnen geworden ist, hier seinen Anfang genommen hat. Die geografischen Gegebenheiten stimmen mit Emmas Zeichnungen überein. Wenn Sie das Kind töten, wird ein weiteres Leben unnötig ausgelöscht.« Er bewegte sich nicht. Auch alle anderen standen zu Salzsäulen erstarrt da. Nur Fridolin nicht. Er schritt rückwärts.

Emma hob den Arm. Das Skalpell in ihrer Hand war scharf wie eine Rasierklinge. Sie schob das scharfe Ende hinauf, bis sie auf Widerstand traf. Sie spürte kaum, wie die Klinge durch die Haut und das darunterliegende Fleisch fuhr, zumal sie nicht mehr viel von der Umwelt mitbekam, weil ihr dafür die Luft fehlte. Die Schneide durchtrennte mühelos die Sehnen. Warmes Blut quoll aus der Fleischwunde.

Emma schnitt noch tiefer in den Arm.

Der Griff um ihren Hals lockerte sich. Jemand schrie gellend.

Johannes

Ich sehe, wie die selbstgefälligen Gesichtszüge des Mannes sich verändern. Sein tödlicher Griff lockert sich. Er ist nicht mehr Herr der Lage. Die markanten Züge bilden nun einen krassen Kontrast zu seinen von Panik durchfluteten Augen. Sein Schrei weicht einem Geräusch, das mich an ein sterbendes Tier erinnert, das in eine Falle geraten ist.

Plötzlich kommt Bewegung auf. Alles passiert gleichzeitig. Karl stürzt sich auf den Mann. Emmas Gesicht ist blutverschmiert. Sie sieht wie eine Puppe aus, die für einen Horrorfilm präpariert wurde. Leblos hängt sie in Karls Armen. Fridolin Zorn schreit und lässt sich nicht bändigen. Aus seinem Handgelenk spritzt dunkles Blut. Karl rennt mit Emma auf dem Arm zurück zur Straße. Ich folge ihm. In Emma rechter Faust blitzt ein Skalpell auf. Sie lässt es los und es fällt dumpf auf die kalte Erde.